梦中，他不必攀高山越险峰，
也无须伤人伤己，便能饮到赖
以生存的泉水，也能触到远在
恐天的太阳。

余醒.

余醒 著

太阳雨

北京联合出版公司
Beijing United Publishing Co.,Ltd.

在无人知道的地方，你是太阳。

栗子记得趁热吃。

目录

Contents

小蘑菇，天晴了。

第一章
冰与火

深秋薄暮，灰黑的天幕之下是零星的灯火，归家的人步履匆匆。

城南的长宁路，此时最为热闹，往来不断的车辆在霓虹闪耀的道路上穿梭。一家私人会所门前，一个衣着光鲜的门童迎上前，车门打开，靡靡乐声飘进耳朵，把人拽入这浮华的欢乐之场中。

这儿也有格格不入的，比如此刻鹤亭包厢内沙发正中端坐着的人。

整条长宁路上的私人会所加起来两个巴掌都数不过来，鹤亭在其中也不算特别，至多装修现代化，富丽堂皇，没那么老派，来玩的多是年轻人。

此处的服务生更是青春洋溢，今晚的领班带着一队小伙子进门，让他们排排站开的时候，沙发上坐着的才舍得抬下眼皮，看了两眼。

刚才领班被叫进来之前，他可是一个正眼都没给。

"人都叫来了，时少。"见惯了大场面的领班退到一旁，笑容不减地说，"您看看这里头有没有您要找的那位。"

被称为"时少"的年轻男人没答话，兀自坐着，目光扫了一圈收回来，垂下眼皮，浓睫在眼下投下两片参差的灰影。顺着高挺的鼻梁往下，是色泽偏淡的唇，稍厚的上唇微翘，衬得下巴勾起的形状恰到好处。

他穿了件不算合身的衬衫，领口最上方的纽扣抵着喉结，带有褶皱的袖口沿凸出的腕骨绕了一圈，入目尽是冷白，到指节处才泛了点红。他指间夹着一块骨牌，用圆角敲了敲木质桌面，发出轻而有规律的声响，似在极力压抑不耐烦。

能在这地方混出头的个个都是人精，没等他开口，领班眼珠一转，主动说道："傅总昨天摸的正是这副牌。"

许是被这句话取悦到，敲击声停，坐在沙发上的男人再度抬头。面前的两排服务生中几个胆大的与他对视，不过须臾又畏畏缩缩地低下脑袋。并非这时少相貌可怖，而是生得过分好了，精致得如同画上去的五官衬着那双冰一样冷的眸，利刃般地扎过来，没几个人受得住。

"摸的这副牌……"迎着光，他的唇才有了些血色，此刻缓慢张合，"看的是哪个人？"

音色也是冷的，如同温度降至0℃时将凝未凝的水滴。

站着的服务生们你看我、我看你，眼神或怂恿或犹疑，还是领班站出来指了指，把昨晚在这个包厢服务的几个人点了出来。

坐着这位的耐心显然是耗尽了，他放下骨牌站起身，蜷缩的身躯舒展开，是将近一米八的高挑个头。只是清瘦了些，身材纤细，站在他侧面的领班甚至能看见他肩胛骨的形状。

倒是像个以色事人的——这么轻浮地想着，领班面上依旧带着职业性的笑："昨晚上在这个包间的就这几位了。"

因着范围缩小，不多时，目标本人便露了马脚，他被靠近的身影吓得后退两步，又被挡住了去路，逼至墙角。稍稍仰面，一张对于男人来说过分艳丽的面容映入眼帘，初来乍到不及两个月的服务生先是一哆嗦，紧接着便因自惭形秽而白了脸。

"是你？"幽深的眼底波澜不起，冷峻的男人用命令的语气道，"抬头。"

看清这服务生的脸后，他唇角松下，终于流露出些许占据上风的得意。

不过是远看体形相仿，近看除了那双圆眼，哪还有什么相似之处？

场面像是比赛中途因对手太弱索性弃权，人来得突然走得却怡然优雅，走之前还有闲心把桌上弄乱的骨牌码放整齐。

脚步声远去，窃窃私语在门后演变成放肆交谈。

"有什么了不起的，不过是时家捡来的一条野狗。"

"叫他一声时少，他还真当自己是时家少爷了。"

"别酸了，再野人家身上也流着时家的血。"

"谁酸了？他打扮得再人模狗样，也掩盖不了身上的市井气，不然傅总怎么瞧不上他，还点我们小徐。陈哥，你说是不是？"

被唤作陈哥的领班笑而不答，挥手令众人散了。

那姓徐的服务生方才吓得够呛，出了一身冷汗，这会儿还倚靠在墙边，见陈哥要走，忙追上前叫道："陈领班。"

领班站定，偏过头去，只见二十不到的少年双颊飘红："要是傅、傅总下回过来还找我，我是不是该……"领班听得扑哧一声，似在笑他痴心妄想。

"傅总会不会再来都尚未可知，还想他点你？"陈领班拍拍少年的肩膀，"藏好小费，见好就收吧，那位可不是什么好惹的主。"

说到不好惹，在这偌大的枫城里，即便是食不果腹的流浪汉也能就赫赫有名的时家说上两嘴。

新中国成立之初，时家凭借背景打通人脉，在枫城商圈占有一席之地，紧接着在房地产崛起之初果断投入全部身家，不到十年时间便一跃成为地方首富，并且在其他新兴领域也多有涉足。如今，时家已发展成影响整个枫城经济命脉的家族企业。按说这样的家族必然是根深叶茂，子孙满堂，经常上演子孙争夺继承权的戏码。然而，时家人丁稀少，在能称得上豪门的家族中又过分低调，如今为人所知的唯有时家的掌权者时怀亦身体健康，暂无"传位"的意向。

"也没人可传，时家老爷子真是可怜，两个儿子去了一个，剩下那个还是外面野女人生的，上不得台面。"由于来来回回服务于枫城的富家子们，鹤亭的服务生们总能搜罗些鲜为人知的消息，茶余饭后当笑话传递，"这不，刚才还跑这儿闹呢，生怕别人不知道他用手段把人家傅少爷困住的破事。"

夜色渐浓，流言四起。故事中的人也许全然不知，也许知晓却装作不在意。

一辆黑色轿车沿着道路驶入草木葱茏的庭院，从驾驶座下来的人在冷风中站了片刻，待从鹤亭带回来的脂粉味散了，才抬脚走向灯火通明的宅邸。

屋内点了香薰，是时家女主人喜欢的佛手柑味。换鞋进门，被堂屋中坐着的年轻女人叫了名字，略显匆忙的脚步停下。

"时濛，你跑什么？"长发披肩的年轻女人招呼道，"马上就要吃饭，过来坐啊。"

对于自己在这个家里的地位，时濛有着很清晰的认知。因此他光坐着不说话，捧着茶盏，盯着杯壁上的青花图案出神。

"这会儿倒像个乖学生了。"把人招过来还不够，时思卉忍不住调侃道，"要是平时也这样安安静静的，该多好啊。"

时濛缓慢地眨了下眼睛，没听懂似的。时思卉也不管他，偏头对坐在单人沙发上的中年女人道："妈，你说是不是？"

自入座起就闲闲歪坐、疏于搭话的李碧菡这才抬了下眼皮，很轻地"嗯"了一声。

作为时家目前的女主人，李碧菡看着时濛长大，对他的态度虽谈不上坏，但也远不及视如己出。这是必然的，血缘分亲疏，况且谁会喜欢扎在心里拔不掉的一根刺？

时濛有这个自觉，因此并不介意。只是在李碧菡抬眼望过来的刹那，想起十多年前自己刚来到这个家的时候，曾经有不明情况的访客夸自己和李碧菡长得像，举手投足都是一个模子里刻出来的。这算是这些年来难得的能让时濛记住的笑话了。

"对了，今天傅宣燎会来家里吗？"时思卉又起了个话题，"他最近好像挺忙的。"

时濛回过神，意识到是在问他，应了句："会来。"

一声意味不明的笑将时濛拉回现实。

时思卉是家中长女，从小到大被众星捧月地宠着，向来不屑于掩饰情绪，由着性子把人招过来，又由着性子取笑："也是，他必须来。"

说着，时思卉又倾身靠近时濛，冲他眨眼睛："要是他不来，算不算违约啊？"

四年时间，足够把白纸黑字的约定变成习以为常的行为。

新一轮寒潮在夜晚悄然降临。

天彻底黑下来之前，傅宣燎在车里接了电话，同时把车内温度调低了些。

"不去。"他拒绝电话里的人，"昨天那地方乌烟瘴气的，亏你谈生意能找到那儿去。"

"你别说，最近那帮老顽固也爱去那儿坐坐……况且那小男孩，姓徐的那个，你不是挺照顾的吗？"

傅宣燎先是愣了一下，随后修长的手指在方向盘上一敲，反应过来后，面上便浮现出些许戾色："别提了，不知他从哪儿弄到我的电话，今天已经打五遍了。"

电话那头，傅宣燎的好友高乐成笑得直打跌："说明我们傅少魅力不减，当年时家二少……"

"提他干什么？"想到前路通往何方，傅宣燎更没好气，"我宁愿自己是个丑八怪。"

高乐成见好就收，又开了几句无伤大雅的玩笑后，两人把下次会面的时间敲定了。电话挂断，傅宣燎收了笑，映在车窗玻璃上的侧脸线条冷硬，像是被风染上寒凉。

傅宣燎步入时家大宅，正赶上开饭。

时家规矩多，用餐时讲究食不言，傅宣燎恪守礼节沉默入座，只在瞥眼看见时濛被衬衫袖子包着的手腕时，眉梢微扬，似是诧异。

也许是一家之主时怀亦在场，傅宣燎身旁的时濛自饭局开始就安静得过分，夹了两筷子菜，添了一碗汤，意外地没对傅宣燎指手画脚，横加控制。

饭毕，时怀亦点名傅宣燎跟他去书房坐坐，想必有商场上的事要谈。

说来令人唏嘘，时家在枫城叱咤风云数十载，到头来家中竟没有一个可以继承衣钵的，时怀亦临近退休，只能靠提携友人家的小辈发挥自己的余热。对此傅宣燎姿态摆得正，接受时怀亦提点也怀着敬意，是以从书房出来，他在一楼的后院吹了一会儿冷风，捋了一遍交谈的内容，才上楼去。

其实时怀亦对他的照拂除了出于上一辈的交情，还与何有关，傅宣燎心里也门儿清。对于时怀亦提出的合作……傅宣燎一只手按太阳穴，一只手握住门把手往下按。

傅家在商界算是后起新秀，尚未站稳脚跟，能攀上时家这根高枝固然好。可吃人的嘴短，放在从前，他坦荡磊落，可以无所顾忌，如今却被另一桩稀里糊涂的交易牵绊着……

门扉应声开启，屋内黑压压一片，傅宣燎专注于思考无暇观察，抬手刚要摸到开关，肩膀突然被人从后面制住，紧接着一个拖拽，整个人猝不及防。他的背脊狠狠撞上墙壁，险些连后脑勺一块儿遭殃，傅宣燎"嘶"了一声，在黑暗中紧蹙眉头。对方似乎发觉自己下手重了，后撤半步，手却固执地按在傅宣燎肩上不肯松。

"又发什么——"

最后一个字还没说出口，傅宣燎就看见身前比他矮半头的人身形一颤。

时濛没有回答，而是问："昨天去哪里了？"

对于他的自欺欺人，傅宣燎觉得既好笑又可怜："你不是都知道了吗？"

刚才在楼下收到高乐成的通风报信，傅宣燎不是不惊讶。毕竟时濛这人清高自傲，又极爱面子，即便再不爽也只敢窝里横，跑出去示威不像他的作风。

不过对于已经做了的事，时濛从不抵赖反悔，他坦荡地昂着头："不准去那种地方。"

傅宣燎又笑了："怎么？"

不得不承认，话里的几分故意，为的就是让时濛流露出气急败坏又无可奈何的神色。

在任何一段关系中，没有任何一个雄性生物甘于处在下风。于是，当时濛那双黝黑的眼睁大，变成乌溜溜的圆眼，神情像是气急败坏又像是难以置信时，傅宣燎难掩心中快意。

"怎么，气坏了？"他弯腰偏头，凑近了看时濛。

此刻，傅宣燎显然没料到挑衅可能带来的后果，也忘了时濛一旦疯起来，向来不计后果。只见时濛那双黑沉沉的眼睛里暗流涌动，傅宣燎尚未来得及分析其中含义，左手突然就被举高，撞在了墙壁上。

受到袭击时，人做出的第一反应是回击，傅宣燎也不例外。他强行抽出了自己的胳膊，精准地掐住面前人的脖子，猛一使劲，将袭击者推到对面墙上。

时濛踉跄两步，剧烈的撞击逼出喉间一声闷哼，蹿入鼻腔的铁锈味使眼前发白了一瞬，待猛吸一口气，眼前的面容逐渐清晰，他才慢慢卸了力气。

疼痛使傅宣燎面目狰狞，察觉到时濛放松身体，他又觉得好笑："真以为我不敢动你？"

走廊的灯光透了一点进门，傅宣燎背光站着，立体的五官在脸上映出连片阴影。时濛凝望着他，在逐渐平复的喘息中，将所有情绪藏在黑暗里。

一方放弃挣扎，角斗便失去意义。傅宣燎松开五指，背过身去迎着光抬起手看伤处，低声咒骂了一句。

傅宣燎去楼下问阿姨拿药箱的时候，碰到身披浴袍端着红酒杯从楼上下来的时思卉。她找了个空位坐下，瞟了一眼傅宣燎手上的伤，笑着说："都出血了，要不要打针破伤风疫苗？"

傅宣燎没理会，清洗完伤口，搽了碘酒，转身就要上楼。

时思卉的声音在傅宣燎身后响起："要是我弟弟还在，何至于……"

时思卉后面的话压在喉咙里，傅宣燎也不想听，抬脚拾级而上。

许是喝多了，时思卉口无遮拦，起身追问："你就这么认了吗？你忘了时沐，忘了答应过他的事了吗？"

脚步一顿，傅宣燎没有转头。

"你们都忘了。"他平静地说，"我还记着那些做什么？"

时濛畏寒，冬日里总是将房间里的暖气调得很高。

进屋甩上门，傅宣燎把脱下的大衣丢在床上，环视一圈，没人，时濛应该在洗澡。

二楼最里侧的这间房是个套房，卧室、小型客厅加上卫生间，功能齐全，原本是时家老爷子留给最宠爱的儿子的卧房，几年前被时濛抢来，成了他发疯的地方。

品了品"抢"这个字，傅宣燎伸开双腿，背靠沙发，勾唇讥笑。可不就是抢吗？时沐有的他都要有，无论死物活物，都是先抢来再说。

卫生间隔音很好，时濛洗完出来的时候，看见歪在沙发上闭目养神的傅宣燎，先是一愣，没想到他会这么快回来，接着视线向下，扫过他搭在膝盖上的手，不过两秒又移了开去，径自走向阳台。

傅宣燎睁开眼时，入目的便是裹在沉沉夜色中的颀长身影。

与开着空调盖棉被有异曲同工之妙的是，时濛喜欢在暖气充足的房间里打开窗户看夜景。不算温柔的风撩起浴袍空荡的袖管，常拿画笔的纤长手指拂过耳畔湿漉漉的发尾，露出缀满水珠的白皙脖颈，隐约能见几枚突兀的指印，如散落在雪地的点点猩红。

他看了一会儿，歪在沙发上不知不觉就睡着了。

次日醒来，傅宣燎拿起外套穿上的时候，瞥见搭在沙发扶手上的白衬衫，他不放弃挑衅的机会，扭身问时濛："哪儿弄来的？"

刚睡醒的时濛也不知道自己是什么时候跑到床上的，陷在凌乱被子里，闻言瞥了一眼。

傅宣燎拎了那衬衫丢到床上："昨天没看仔细，穿上让我瞧瞧。"

半张脸被盖住，被窝里伸出一截手臂，一手掀开衬衫。时濛翻了个身，用屁股对着捣乱的人。

傅宣燎走到床边，单手撑在时濛身侧，贴着他薄薄的耳郭，皮笑肉不笑地说："你不穿，我怎么知道是青出于蓝，还是东施效颦啊？"

10月的第四个星期天上午，时濛起床后先撕掉用红笔圈上的星期六那张日历，然后拿出美工剪刀，把只穿了一次的衬衫剪得稀碎。

顶层阁楼冬冷夏热，家里没人愿意上去。时濛向父亲要来，把阁楼布置成了画室。上个月完成的那幅薄涂画已经干透，时濛指腹轻轻拂过画布上的斑斓色块，起伏不定的心绪终于安定下来。

他将画布从画架上摘下，卷成一束，塞进身后的背包里。

出门下楼的时候，时濛碰到从二楼房里出来的时思卉。经过一天的休憩，她束起头发，戴上眼镜，又恢复了职场精英的干练打扮。

看见时濛身后的画，时思卉问："去孙老师那儿？"

时濛走在前面，闷闷地"嗯"了一声。

"他就是个带艺考美术生的。"时思卉略带讥讽地问道，"你不都能靠卖画赚钱了吗，还要跟他学？"

"嗯。"

两人同时下楼，一齐走到外面。阳光洒在身上的时候，时濛脖子上被掐的痕迹暴露无遗。

时思卉心中翻涌而上的愤恨不甘被强压了下去，取而代之的是轻蔑和讥诮。瞧着时濛那过分精致的侧颜，时思卉说："你母亲也住在那儿附近吧？"

时濛伸手拉开车门，闻言偏头看去，神色有些许迷茫。

"勾三搭四的毛病难改得很，尤其是当第三者，横刀夺爱什么的。"虽然说着别人的事，时思卉的目光却紧紧盯着时濛，"你可得看好她，别再让我们时家跟着丢脸。"

路上等红灯的时候，车窗外的路边有个小孩走路摔了跟头，被母亲模样的女人抱在怀里哄。

如果说疼了会哭是天性，那么疼多了学会沉默便是天分了。时濛看见那孩子还是哇哇哭个不停，神情如死水般漠然，甚至觉得很吵。

孙老师家住城东，老小区多层楼房的一楼。时濛把车停在北面围墙下，走进铁门半掩的院子前，先把毛衣领口往上拉了拉，然后越过朝西的门洞，径直上台阶进了主屋。

上了年纪的人住在一楼总没有关门的习惯，何况隔壁就是自家开的绘画班。孙雁风正往食盆里倒猫粮，就听自家猫"喵"了一声，从斗柜上跳下去，扭着屁股走到门口。

"濛濛来了。"看清来人，孙雁风招手道，"站着干吗？快进来坐。"

时濛在最靠外面的椅子上坐下，皮毛油光水滑的橘猫在桌下围着他的裤腿蹭来蹭去，他不动声色地收了收腿。

"它倒是黏你。"孙雁风端着茶壶回到客厅，给时濛斟上一杯，"这猫平日家里一来人就躲没影了，看来它跟你有特别的缘分。"

接过热茶捧在手心，时濛才得空看下头的猫，那猫刚好也仰起脑袋看他，相顾无言，目不转睛，仿佛坐实了"缘分"二字。

习惯了爱徒的寡言，孙雁风转身去搬画架，像每个上了年纪的老头那样边做事边说闲话："你妈妈最近也养了只猫，捡的，黑白花，叫木木，木头的木，你要是哪天得空啊……"

布完画架转身，孙雁风看见时濛已经将带来的画布铺在桌上，用刷子上光油了，看样子是一个字也没听进去。

孙雁风叹了口气，在边上看了一会儿，负手回屋去了。

隔壁就是绘画班，星期一到星期五，孙雁风在学校美术教室带艺考生，周末在家隔壁授课，星期天上午学生最多。因而时濛拥有了半日宁静，给画作仔细刷了油，装了窄边木框，一忙就是三个多小时。

中途有一段插曲，时濛找螺丝刀的时候拉开斗柜的抽屉，发现里头卷着的几幅画，其中一幅散开了，露出标着署名的一角，清秀的"沐"字让时濛想起了早上傅宣燎口中的"东施效颦"。

时濛微张的唇抖了几下，手掌握紧又松开，念及不是自己的东西，便强行压下了破坏的欲望。

不到中午，时濛便要走了。

留他自是留不住，孙雁风忙洗了手从教室出来："画还是老样子，要不我看情况帮你卖了？"

时濛点点头，说："谢谢老师。"

不想让人空手回去，孙雁风摸了斗柜上的一条烟往时濛包里揣："老朋友送的，都不知道我肺不好，劲儿小的也抽不得了……"

背包拉链被拉严，时濛没让东西进包里。

"我也不抽了。"他说着，把空瘪瘪的包甩到肩上。

孙雁风霎时一怔，把人送出门才想起来问："怎么不抽了？"

孙雁风印象中时濛刚学会抽烟不过半年，正是瘾大的时候，上个月来这里时口袋里还揣着包女士烟。而且这孩子固执得很，长辈的劝导一概不听，能让他做出改变的只有他自己。然而时濛并不想解惑，只丢下一句"戒了"，继续往外走。

"你妈妈最近身体不好。"孙雁风跟了上去，像是怕没机会说，"她很想你，有空的话，去看看她吧。"

虽从一个长辈口中听到这种类似请求的话，时濛却丝毫没有动容的迹象。

正午日头高悬，他抬头望天，太阳散开的光晕一圈连着一圈，仿佛无穷无尽，照着他苍白无血色的脸，头晕目眩。

傍晚时分，时濛做了个梦。

漆黑的画面，只有声音，零碎的声音，碗碟砸下的刺耳声、桌椅倒地声、雷声、雨声，在没有阳光的阴暗角落里，恐惧如同霉菌般疯狂滋生。他听见母亲歇斯底里的哭喊、同伴的嘲笑，以及画纸被撕碎的声音，飘在很远的地方。

"我叫时沐，是你的哥哥。"稚嫩的童音响起。

"在这个家里，你必须摆正自己的位置。"威严的男人说道。

"救救他，救救他吧，妈妈求你了。"女人用尖厉的声音哀求着。

"为什么死的不是你？"这是女人带着哭腔的指责。

"你以为进了这个家门，就是时家的人了？"这是事不关己者的提醒。

"等着吧，你会遭报应，你们都会遭报应的。"诅咒铺天盖地。

…………

时濛在梦中捂住耳朵，在椅子上蜷缩身体，惊醒时甚至分不清自己身处何地。

时濛缓慢地伸出手，目光落在窗外的一片黑暗里，神志恢复清明的同时，他想起今天是他最讨厌的星期天，于是恹恹地再度合上眼。又要等上六天，等到下个星期六……

"醒了？"一道低沉的嗓音自身后传来，打断了时濛的思绪。

他先是肩膀一缩，待到反应过来是谁在房间里，几乎是立刻扭过身去，赤脚踩地站起身来。

梦里最后的声音来自一个男孩，与其他人不一样，他说："你画得真好看。"还说："别怕，这里没有人会欺负你。"

为了守住这方安全的领地，时濛不管不顾地扑了上去，在梦里把人抱在怀里，急促的心跳才重归平静。

醒来后双眼睁开一线，看见斜倚在门口的那道身影，时濛猛然睁大眼睛，从床上翻坐而起。今天不是星期六，他不应该在这里。

时濛站在床边不说话，也不动，不确定自己是否仍身处梦中。

似是觉得他呆愣着很有趣，傅宣燎笑了一声："你的鞋呢？"

今天是星期天，时濛觉得，多一点的时间都算是偷来的。

对视的刹那，傅宣燎愣了一下，神色中有几分诧异，又有几分阴郁，转瞬又变回浑不吝的笑。

很久以前听说，得到双方当事人认可的记忆才称得上一段真实的故事，而被一方遗忘的，最多只能算一场哗众取宠的独角戏。

此刻，时濛忽然想起正午见过的太阳，灼烫、刺眼，却还是让人想要靠近。于是他选择闭上眼，双手抱臂，再疼也缄默不语。

两人针锋相对惯了，处处都要分个高下，谁能牵动对方的情绪、谁能让对方乱了分寸，谁便是赢家。今日傅宣燎来时家本不在计划之内，他路过二楼便推门进来瞧了时濛一眼。

怎么说呢？合约在身，多在甲方面前刷脸也是让自己图方便。

傅宣燎把在阳台边的拖鞋踢到床边，走到门口又回头，后知后觉地问："你戒烟了？"

时濛又躺回床上，翻了个身，懒得理他。

由于保持着良好的健身习惯，傅宣燎一年到头连感冒都鲜少患上，全身上下就呼吸道残留了点陈年旧疾。

每逢换季，傅宣燎的鼻子就格外敏感，有一回进时濛的屋子，他正叼着烟站在阳台上，一阵风往里吹，烟味直窜鼻孔，呛得傅宣燎连喷嚏带咳嗽，险些把肺咳出体外。所以时濛身上没了烟味，傅宣燎很快就发现了。

两人的关系不过靠着一纸合同维系，再者一个星期两人仅有一天会见面，他不至于自作多情到把时濛戒烟的原因扯到自己身上。

下楼进到起居室，空气中柑橘香气浓郁，甜得傅宣燎险些又要打喷嚏。

"小傅来了，随便坐。"

时家女主人已经等在那里，桌上茶香袅袅，倒有了些谈话的氛围。

傅宣燎入座，寒暄后并不急于主动切入正题，而是拿起茶盏握在手中把玩。

傅宣燎下午和高乐成去他们家新开的高尔夫球场，在那儿偶遇时怀亦的夫人李碧菡时，傅宣燎便察觉出对方的一丝刻意。后来，李碧菡邀请他去家里小聚，加上今日时怀亦不在家，更坐实了他的猜测。

"昨天老时只顾着拉你聊生意上的事，我都没能插上嘴。"李碧菡坐在沙发的单人位，笑得温婉，"听说你母亲去国外调养身体了，我忙得赶不上去送她，等她回来，务必带她来家里坐坐，我亲自煲汤给她喝。"

傅宣燎自是应下。

李碧菡和傅宣燎母亲蒋蓉年纪相仿，又毕业于同一所师范院校，各自嫁人后作为同一圈层的太太也经常往来，算得上闺中密友。

因此当年两家人曾口头结过亲，想让傅宣燎与时思卉凑成一对，后来事情没成。几经兜转，傅宣燎还是落在了时家。

说起往事，李碧菡颇有感慨："小时候，你们三个就玩在一起，跟亲的一样不分彼此，我们当时就觉得这是一场不可多得的缘分，后来加上时濛……"

提到这个名字，李碧菡的目光恰到好处地暗了一下。

"这孩子打小性子就野，不服管教，在我身边待了这么久，也没什么改变。"她叹了口气，"就是委屈了你，正是年少有为、大展拳脚的时候，却被困在我们时家，还要常常过来。"

这话说得半真半假，至少傅宣燎记得，时濛八岁刚到时家那会儿还是挺乖的，乖到成天躲在角落里，影子都见不着。

不过这是他们的家事，与傅宣燎并无关系，他笑了笑，说："见外了，我也得仰仗伯父提携，每周抽空来听一席教诲，是我赚了。"

好不容易挑起的话题被傅宣燎这么四两拨千斤地客套了回去，李碧菡面色稍显不悦，没怎么表现出来，捧起茶时面上又带了笑。

这回是历尽沧桑无可奈何的悲凉，李碧菡望向厅堂正中的墙壁上挂着的一幅画，画上风烟十里，山峦叠翠。

"要是沐沐还在，看见我们能像这样和乐融融地坐在一起，该有多高兴啊。"

四年里，傅宣燎极少刻意去想时沐，这阵子频繁被身边人提起，他有种无处可逃之感。

路过学校，想起两人曾勾肩搭背走进校门；经过展馆，想起自己临时顶上作为摄影师记录下时沐拿奖的一幕；驶过不起眼的街角，都能回忆起曾在这里与时沐说过什么话。

"我爸希望我念商科，可我只想画画。"少年转过身，阳光穿过树叶缝隙细碎地落在眼睛里，"你也不想接手家业吧？以后我聘请你当我的御用摄影师，怎么样？"

暮色填满街角，时沐的笑容永远定格在了那一刻。

抵达鹤亭，时间刚过十点。

高乐成亲自下楼接应，在电梯里还啧啧称奇："昨天还嫌这儿乌烟瘴气，今天就自个儿跑来了。"

傅宣燎纠正道："是前天。"

这次去的还是顶层最安静的包厢。

上回在这儿和另一家谈合作，按惯例叫了几个服务生作陪，傅宣燎被迫接受了有人坐在身边，脸臭得仿佛下一秒就要掀桌走人。这回高乐成学乖了，一个服务生也没叫，弄得当值领班诚惶诚恐，还以为上回服务不周，惹恼了傅总。

对此，傅宣燎的回应是："吵得慌，手脚还不干净。"

高乐成听了直乐，摆手让领班出去："我们傅总今天没兴致。"

被问起从哪儿来，傅宣燎说时家，高乐成眼珠一转："又去帮你家时二少？"

"不是。"近来忙新项目压力大，傅宣燎眉间攒着团黑气，闭眼揉了揉，"时家夫人喊我去坐坐。"

高乐成也不是个傻的，稍一琢磨心里便有了数："怪不得下午在球场……原来又是借叙旧之名行拉拢之实啊。"他摩挲着下巴，揶揄道，"难不成还想着把女儿嫁给你？"

傅宣燎"哼"地笑了一声："怕不是疯了。"

许是真的累了，傅宣燎后仰，身体陷在沙发里，两条长腿随意地支在地上，眯着眼，脸上没什么表情。

高乐成观察了下傅宣燎的脸色，又忍不住好奇心，问道："那你怎么想？我瞧着时家老爷子还挺偏袒这个外头捡来的儿子，他要什么就给什么……"

差点又踩雷，好在高乐成反应快，忙扯回正题："反正摆在面前的就俩阵营，看你怎么选了。"

旁观者能参透的，傅宣燎自然也能发觉。

关于谈话的目的，虽然李碧菡点到即止，她无非想为自己争取最大的利益，总之，这偌大的家业不能便宜了"外人"。只能怪时家老爷子思想传统，捡来的孩子都能分得百分之十以上的股份，也不怕他拿着烫手。

"匹夫无罪，怀璧其罪。"傅宣燎抬手撑住额角，"况且他错漏百出、罪行累累，无论我选不选、选哪边，都自有人收拾他。"

这话说得凉薄，高乐成都唾摸出几分寒意。他倒了杯酒递过去，没正形地说道："你舍得？"

傅宣燎脑海中不期然地浮现出几个小时前时濛从座椅上跳起的样子——眸中光芒闪耀，发梢随动作飞扬，夕阳铺在身后，美得像一幅画。可惜短暂的温情抵不过长久的算计与禁锢，手臂一动，牵动手掌处的新鲜伤口，痛感不可避免地拨动神经。

全都不是他想要的，都是被强行塞到手中的。如此想着，傅宣燎的面色越发阴沉，接过酒杯，仰头一饮而尽。

"逢场作戏罢了，有什么舍不得的。"

夜幕之下，时家大宅阒静无声。

这幢宅院是建于民国时期留存到现在的老建筑，多年来修修补补，到底比不上新楼踏实稳固。每到秋冬，北风便顺着墙缝往屋里钻，久未修葺的阁楼尤甚。生怕屋里干湿失衡影响画纸和颜色，时濛暖气都不开，在画架前站到夜深，手僵得拿不住笔才停下。

这次画的是一幕与冬天有关的景，白雪皑皑，陆地荒寒，一个人形单影只地走在其中，日光在山野秃枝间静静移动。关灯下楼的时候，一个人的脚步声清晰可闻，时濛几乎能身临其境地感受到画中人的寒冷。

穿过二楼走廊，时濛低头看了一眼尽头那间房的门缝，有光，里头的人还没睡。

楼下只停了两辆车，时怀亦今天没回家。回到房间，时濛盯着桌上放着的汤碗，看了很久。

记忆中第一次见到用如此精致的碗盛的汤时，他不敢伸手去接，唯恐把碗碰脏。

后来他长大了，明白了这碗汤存在的意义并不是担心他受凉，而是象征性地走个过场，那个名叫李碧菡的美丽女人对他笑也不是因为喜欢。毕竟没有谁的喜欢是分两面的，当着旁人笑得温柔，无人的时候又冷若冰霜。

时濛也说不清自己为什么还记得这些，或许跟孙老师家的猫喜欢挨着他一样不讲道理，睡前，他还是把这碗凉得透心的汤喝了下去。

半夜惊醒，时濛警觉地竖起耳朵，只听到北风拍打窗户的声音。

胃部隐隐作痛，他下床走到衣帽间，从里侧抽屉的最下面摸出一件看尺寸并不属于他的毛衣。

抱着毛衣躺回床上，时濛还是睡不着。可能是烟瘾上来了，他想。

欲望没被满足的时候，所有感官都蹦出来刷存在感，让时濛又想起了一些不愉快的事。

比如小时候和那两个人一起学画画，自己永远得不到老师的夸奖；又如，明明出生在同一天、同一家医院，自己却要喊那人"哥哥"；再如，傅宣燎今天来时家了，可是他走的时候没同自己告别。

为什么不来呢？

时濛猛地从床上坐起来，打开上了密码锁的床头抽屉，从里面拿出张文件单，再掏出一沓纸，借着窗外院子里的灯光翻看。一张接着一张，可这并不足以压制烦躁。时濛只好摸出一根烟捏在手里，不能抽，就把过滤嘴拧折，让烤干的烟草落在掌心，揉出能让人身心放松的香气。

他逐字逐句地抠，神经质般地苛责，烟草的味道涌入鼻腔时，突然想起上回傅宣燎闻到烟味的反应。

时濛再度下床，飞快行至阳台，将窗户全部打开。

下一秒，灌入室内的风吹起床上摊放的纸，窗帘跟着飘荡，胡乱地映在白墙上，参差交错，堪比幢幢鬼影。场面一时混乱，时濛跳起来够，趴在地上找，钻到床底下翻，好不容易才将合同收拾归位。

做完这些，他已然出了一身汗，前额碎发都被打湿。时濛边平复呼吸边挨着床边跪坐下来，脚背贴着地板，青色血管浸透寒霜，残留肤表的一点温度也被吞噬。

喧嚣停息，窗外月亮高悬树梢，屋里的人累得不想再动弹。

伸手摸到床上的毛衣，捞过来，连同合同一起抱在怀里，时濛弯腰任脸颊贴着它们，合眼沉沉睡去。

一夜过去，傅宣燎醒来时，天刚蒙蒙亮。

他在会所的包厢里将就着洗漱，换上昨晚差人准备好的西装三件套，推门出去时碰上从 SPA 间回来的高乐成。

"这么早，不多睡会儿？"

被好友身上刺鼻的香味熏得皱眉，傅宣燎往边上退开一步："不了，公司开例会。"

"哟，傅总上线了。"高乐成拢紧身上的浴袍，捂住自己身上散发出的味道，感叹道，"我要有你一半的事业心，我爸做梦都能笑醒。"

其实傅宣燎不喜欢被人喊"傅总"，一来听着像极了"副总"，二来他对这行并无兴趣，担此重任完全是赶鸭子上架，被逼无奈。因而一大早接到父亲傅启明的视频通话，他"啧"了一声，接起来的时候语气便不怎么好："早啊老傅总，欢迎下到基层视察工作。"

傅启明被噎了下，顾及长辈威严没发作，只问他："星期一例会准备得怎么样？"

"凑合吧。"傅宣燎说，"你要是不放心，就早点回来接手，好让我喘口气。"

瞧见视频里奢华的背景墙，傅启明冷哼一声："我看你进气比出气多，滋润得很。"

父子俩聊不下去，傅启明的手机换到母亲蒋蓉手里。她把视频切换到后置摄像头拍摄，走到落地窗边给傅宣燎看南半球的夕阳，小声劝道："你爸就是嘴上严厉，昨天还担心你一个人忙不过来，说要把老刘派去协助你。"

傅宣燎连忙拒绝："那倒不必，刘叔比我爸还严厉，他要是来了，我就真的没法喘气了。"

蒋蓉笑了："你呀，跟你爸一样，嘴硬得很。"

知子莫若母，她明白傅宣燎的打算——刘叔是傅启明的左膀右臂，傅家在国外还有生意要打理，傅宣燎自是不会不懂事到让父母跟着操心。

说到拓展国外的生意，蒋蓉语气轻松："都挺好的，你爸也没在国内的时候忙了，每天都陪我散步。这边气候暖和，空气也不错，上周复诊，医生说我调养得很好。"

见母亲气色红润，所言非虚，傅宣燎放了心："那就好，等忙完这阵……算了，能忙完再说吧，老傅总走得干脆，根本不管小傅总死活。"

蒋蓉被逗得直笑。

难得放松，傅宣燎在会所大堂找了块安静的地方，以视频通话的方式陪母亲看了一会儿风景。

"那下回过来，是一个人还是两个人啊？"蒋蓉轻声细语地问。

傅宣燎装傻，回道："您让我去哪儿大变个活人，跟我一起去？"

目光微暗，蒋蓉想起很久之前，傅宣燎也是个性子开朗的人，也曾趁寒暑假期带时沐来家里玩，而那时她只当十来岁的傅宣燎少年心性，根本做不得真。

蒋蓉叹了口气："要是不开心，就别往时家去了。"

傅宣燎一愣。

"当年是爸妈无能，公司运转出问题，为了渡过难关竟允许你签下合同，害你被困在时家这么久。"说着，蒋蓉的声音便带了些哽咽。

作为母亲，蒋蓉认为自己是失败的。当年她非但无力保护儿子，还默许羽翼未丰的他站出来撑起整个家。后来缠绵病榻的那些日子，为了让自己心里好受些，她甚至自欺欺人地想时沐和时濛是亲兄弟，长得又有五分相似，傅宣燎定然也会愿意和他做朋友。如今想来，自己何其自私。

转身面向窗户，看着外面的车水马龙，傅宣燎说："都是过去的事了，还提它干什么。"

"现在还来得及，如今公司走上正轨，我们商量过了，维持现状就好，借时家的钱也已经还上，我们不再欠他们了。"蒋蓉难得表现出急迫，语速都快了起来，"到时候我和你爸一起出面，看在多年交情还有如今两家业务往来的分儿上，时家定会退让几分，不会再勉强。"

沉默持续了半分钟之久，傅宣燎故作轻松地笑了下："妈，别开这种玩笑。"

"妈妈没在开玩笑。"用指腹揩去眼角泪水，蒋蓉调整了状态，冷静地叙述经过深思熟虑得出的结论，"况且当年那合同订得仓促，漏洞百出，就算走法律程序，也必定能摆脱这一纸荒唐约定，还你自由。"

此时，时濛悠悠醒转，直起身扭了扭僵痛的脖子，弯起膝盖想站起来，才瞧见地板上的双脚冻得发了紫，用手掌包着焐了半天才缓过来。

时家的规矩包括工作日的早上，全家共进早餐，时濛下楼的时候已经开席了。

时怀亦像是刚从外面回来，外套都没脱就坐下了，纵然在外面呼风唤雨，眼下也就是个夜不归宿的丈夫，在妻子面前总有些气弱。而时濛的入席无异于火上浇油。

时思卉只在节假日归家，偌大的餐桌只有三人，李碧菡再惜面子，对迟来的时濛，也很难像在外人面前那样给好脸色。

椅子还没坐热，时濛就听到李碧菡问："昨天小傅没在家留宿？"

时濛"嗯"了一声。

时怀亦问："昨天小傅来过？"

"是啊，在外面碰到，顺便喊他来坐坐，原以为他会在家里住一晚呢。"

李碧菡拿起杯子喝了口果汁，又看向时濛："说起来，这一点上你倒是和你母亲不同，要是换作她，无论如何都不可能让人就这么走了。"

轻飘飘一句话，让时怀亦脸上差点挂不住。

李碧菡吃完就提前离席，时怀亦重端一家之主的架子，问时濛近来可曾和他亲生母亲联系。

时濛说没有，时怀亦点点头："少同她来往，别被她带坏。"

时濛垂眼不语，时怀亦又说："你继母她就是怨我，对你没有坏心，你平时可多与她亲近。"

见时濛仍是无甚反应，时怀亦似乎想再说点什么，话到嘴边变成一声叹息："她这些年不容易，你别生她的气。"

对于不想接收的信息，时濛向来反应迟钝。

比如早上在餐桌上的谈话，直到两小时后站在展馆的咖啡厅里，他才回过味来，有些迷茫地告诉坐在对面的人："父亲让我不要生她的气。"

只听"啪"的一声，妆容精致的女人把手中的菜单往桌上一拍："凭什么不能生气，她又不是你亲妈！"

动静不小，引得咖啡厅里的客人纷纷侧目，只有时濛波澜不惊，低头继续搅咖啡。 女人显然也习惯了他总是置身事外的淡定模样，自顾自地出主意："我看你还是搬出来吧，反正不缺钱，刚才厅里的那两幅画又拍了高价。要是嫌看房子麻烦，直接搬我那儿去，雪姐家的大门永远向你敞开。"

自称雪姐的女人名叫江雪，是时濛的合作伙伴，也是唯一能称得上时濛朋友的人。

江雪今年二十七岁，比时濛年长三岁。按说性格大相径庭的两个人很难和平相处，这些年来两人小矛盾有，却从没吵过一场架。说起原因，一来，时濛性子冷，跟谁都吵不起来；二来，两人都被对方看到过自己最落魄的样子。总之，从画手与伯乐，再到画家与经纪人，冰与火般的两个人互相扶持，奇迹般地成了无话不说的朋友。

"不了，住在家里挺好的。"再好的朋友也要保持距离，时濛拒绝道，"再说男女有别，我搬过去会耽误你谈恋爱。"

早就打定主意游戏人间的江雪耸肩道："不必替我把'玩乐'用'恋爱'美化，全世界的男人都不配——"说着她转动勺柄，冲抬眸看过来的时濛眨了下眼睛，"你除外。"

江雪和时濛这次约在展馆喝咖啡，除了监督拍卖情况，也是为了商谈接下来的工作安排。

　　谈及工作，江雪秒变恨铁不成钢的老父亲："你说你，一点事业心也没有，白瞎了一手画技。那些跟你同辈的青年画家挤破头抢节假日的展位，你倒好，特地叫人安排在工作日人流量少的时候，生怕金主爸爸长了眼睛能看见？"

　　时濛有点感冒，神色淡漠，恹恹地说道："节假日没空。"

　　"嗯嗯嗯，我知道你星期六忙。星期天呢，上赶着给老孙送画，让他做中间商赚差价？"

　　"孙老师没有从中牟利。"

　　江雪"哼"地笑了一声："也是，那种败坏艺德的事都让他干了，还想在这圈子里待下去，他也只能安分点。"

　　时濛说："当年的事，孙老师可能并不知情。"

　　江雪脑里的这根炮仗猝不及防地被点着："好，就当他不知情，再撇开你家那位跟你没有血缘关系的继母不算，你亲爸亲妈呢，他们真的什么都不知道，眼睁睁看着你受欺负？"

　　她语速极快，言辞也极其犀利，句句直戳要害："还有那个姓傅的，他当年怎么对你，你都忘了？"

　　咖啡从滚烫到冰凉只需短短十分钟。

　　江雪别过身去平复呼吸，转过来时已然重归平静。

　　"抱歉，总是把我的经历套到你身上。"江雪眼眶还是红的，笑得勉强，"我这个当朋友的真是，也不盼着你点好。"

　　"没有。"

　　不通人情世故如时濛，也知道江雪是关心则乱，毕竟她有过相似的经历，不计后果的勉强最后落得惨淡收场。无论作为过来人还是朋友，她都不希望看他重蹈覆辙。

　　时濛虽然迟钝，可谁对他好、谁对他坏，他自有辨别能力。

　　"他……小时候对我很好的。"时濛说。

　　江雪狂翻白眼："好好好，知道了，就那点好你能翻来覆去说一辈子是吧？"

　　时濛抿了抿唇，复又开口："他最近对我也挺好的。"

　　江雪抽了张纸擤鼻涕，放弃了劝说："好好好，你说好就好。"

　　两人又聊了点别的。

　　虽然多数时候，时濛都沉浸在自己的世界里，对无关的事不屑一顾，可今早时怀亦用了"带坏"二字时，时濛想到的是——既然她这么坏，你为什么还把她留下？

把这个疑惑说给江雪听的时候，又一次获得白眼："她漂亮呗。"

世俗又直白，时濛恍然大悟地点头，江雪见了又替他着急："你也是，生了张好看的脸，偏偏没长心眼。防着点身边的人，包括那个姓傅的，别以为有张合同就万事大吉了。"

"他不会的。"时濛说。

江雪上下打量着他："看来，这阵子你俩处得真不错。"

其实，时濛是对傅宣燎的人品有信心，他从小便坦荡正直，从不碰任何触犯道德底线的事。不过回忆前两天的种种，时濛还是"嗯"了一声。

"那你还感冒了？"

"晚上忘了关窗。"

"之前的夜店事件呢？"

"那不是夜店，是私人会所。"时濛认真地陈述调查结果，"他去那边谈生意。"

江雪眯起眼，还是充满怀疑。

只慌乱了一瞬，时濛很快又找到新的证据："他周末来时家了。"

时濛用手指紧摁杯壁，仿佛这样就能从漫漫长夜里抠出一点光亮。

分别之前，两人沿着展馆外的台阶往下走，江雪借机多劝几句："站在旁观者的角度，我还是建议你把那些事告诉他，能解开总比误会好。"

时濛的脚步在台阶上停顿。

"死无对证，没人会相信我。"

"信不信由他，但说不说在你……"

"我不想这样。"时濛半张面孔掩在兜帽里，背影孤单又倔强，"但凡有一分可能他不信，我都不会说。"

江雪无奈地呼出一口气，跟上去："行吧，你有傲骨有气节，不愧是搞艺术的。"说着话锋一转，从包里掏出一张卡纸，"星期五东方酒店的晚宴邀请函，去的都是业内人士，还望艺术家赏脸大驾光临。"

时濛偏头看了一眼，抗拒都写在眼神里。

"这是工作日。"江雪佯作凶狠，"能推的都给你推了，必要的社交不准拒绝。"

在沉默中几经挣扎，时濛总算从兜里伸出一只手，勉为其难地将邀请函接了过来。

一晃到星期五，其间时濛闷在家中画室里给新作构了图，定下主体和主色调，早上江雪打来电话提醒的时候，他还有点蒙，险些将这事忘了。

时濛吃过午饭出门，江雪亲自开车来接，去酒店之前先载他去商场挑了身衣服。

"你一个学美术的，衣品竟然烂成这样。"江雪问收银员要了个纸袋，把时濛自己的衣服团成一团塞进去，"简直难以置信。"

对于这番审美打击，时濛不置一词，只在走进酒店之前，瞥了一眼映在透明落地窗里的人影——高瘦，简单的短靴长裤之上是一件白衬衫，外面罩着克莱因蓝的西装外套，衬得露在外面的一段脖颈很白，头发低过耳垂，久未打理却不显凌乱。

即将看到那张脸的时候，时濛收回目光不再继续往上。

江雪对自己的"杰作"十分满意，进到宴会现场就拉着时濛四处向这个策展人、那个批评家，还有各行各业的投资者推荐，收到赞赏总要笑吟吟地接上一句："我们家时濛的画和他的人一样美而不浮夸，每根线条都透着灵气。"

社交间隙，时濛终于有机会开口："雪姐，太夸张了。"

江雪瞪他一眼："广告嘛，三分真本事七分靠吹捧。你看舞台边上那个，自封什么'美女画家'，今天好不容易把你弄出门，就是要让他们开开眼。"

时濛说不过她，拿了只盘子，既然插不上话那就默默吃东西。

傅宣燎是在宴会进行到一半时到场的。

前天收到那张蓝底金字的邀请函，他的第一反应也是拒绝。

"都是艺术圈里的人，我去凑什么热闹。"

"你小时候不也学过画画吗？"高乐成理所当然地说。

"从小到大加起来学了不到一周。"傅宣燎皱眉，"现在想到颜料的味儿还犯恶心。"

高乐成嘿嘿直乐："那你为啥还尽找画画的朋友？"

傅宣燎斜睨一眼，对方立马收了声。

过了一会儿，高乐成又捡起被扔在桌上的邀请函，叹道："不去没关系，就是可惜了，听说这场拍卖会有时沐的那幅……叫什么来着？就是很久之前被买走的那幅，听说是收藏画的人公司破产了，正变卖家当填坑呢。"

于是，傅宣燎便出现在了这里。

当年由于种种阻挠没能留住的画，今天他志在必得。为此他忍受着酒宴前半段的无趣煎熬，在被不知道第几个有心搭话的人敬酒后，才跟高乐成打过招呼，退到无人的地方，双手抱臂靠在窗边，观察金碧辉煌的宴会大厅中形形色色的人，包括穿着一身没见过的衣服、打扮得颇为扎眼的时濛。

起初那一抹蓝落入眼中，傅宣燎以为自己看错了，待定睛再瞧，眼神中便带了些讽刺。先前听说这位油画界冉冉升起的新星清高得很，从不参与应酬，如今看来也不尽然。

只见时濛跟在他那个经纪人身后，安静得能用"乖"字形容。谁能想到这个人就在几天前发疯打伤了人，伤痕到现在还没消？

时濛显然不知道自己正被多双眼睛注视着，躲在江雪身后，趁他们聊得火热，扭身取了块小蛋糕放在餐盘里，用叉子切开，一点一点往嘴里送。

他吃饭很小口，咀嚼又慢，在远处几乎看不出腮帮子在动，盯着食物的目光也很专注，和他画画的时候如出一辙。印象中他小时候便这样，吃东西总是闭着嘴，动作很小很安静，像是怕食物残渣掉到地上挨骂，又像是出于本能地珍惜。

许是太闲了，傅宣燎就这样看着他把蛋糕吃完，心想：以你现在的手段和地位，在家谁也不敢饿着你。瞥眼一看玻璃窗，才发现自己的唇角不知什么时候扬了起来，弯出一个弧度。

傅宣燎瞬间收了笑，脸色变得极其难看。他迅速收回视线，然后扭身走向楼梯旁的露台，吹了一会儿风才冷静下来。

好歹相处了这么久，对方能在经年累月中摸清自己的喜好，自己在潜移默化中获知了对方的生活习惯，也没什么稀奇。

傅宣燎长舒一口气，觉得舒服多了。

这层的露台面积很大，越过中间的隔断花坛，还连着那头的半截过道。

今天的宴会来宾诸多，时不时有喝多了的人跑出来吹风醒酒，或结伴闲聊片刻，因而傅宣燎刚打算回到室内，就意外地从那头传来的议论中听见了自己的名字。

"傅家少爷也来了，你看见没？"

"刚在吧台边的那个？他就是傅宣燎？"

"对，肩宽腿长得像个模特，好多人找他搭话。"

"是挺帅的……你不会看上他了吧？"

"别瞎说。"

"看上也没戏，他可是时家的人。"

"时家？难道是我知道的那个时家？"

"还能有哪个时家？当年那事闹得那么大，傅家和时家差点撕破脸。"

"哪年？不会是我出国那几年吧？快给我说说。"

…………

傅宣燎被迫听了一耳朵关于自己的八卦，要说内心毫无波澜也不太可能，只是在时过境迁的当下从别人口中听到，某一瞬间恍惚以为自己抽离了出来，站在旁观者的位置欣赏一段荒诞无稽的相声表演。

说八卦的人声音压得很低，断断续续听不真切。傅宣燎在脑内补全了前因后果，末了又觉得自己贱得慌，上不了台面的陈年旧事记了这么久，还记得这么清晰。

为了避免制造出动静被当成偷听者，他决定等这两人说完再走。谁想这两人上了头，又借着这事聊起了时濛。

"说起来，另一位主角今天也在现场。"

"你说的是时家那野种？是不是刚才会场里被人介绍的那个画家啊？"

"还画家呢，谁不知道他是一个上不了台面的人生的，时家人连门都不让他亲妈进。"

"难怪。"

"我听说啊，他曾经偷过别人的画去参赛，还差点拿了奖。"

"啊，这么坏？"

"那人还是他同父异母的哥哥，就是时家真正的少爷……"

就在那个名字呼之欲出的时候，宴会厅内灯光大亮，将露台的大理石地面照得刺目反光。

掌声过后，主持人字正腔圆地对着话筒宣布："拍卖会正式开始，将要展示的第一件拍品，是已故画家时沐的油画作品——《焰》。"

全场人的目光都被吸引到台上，傅宣燎步步走近，越过人群看到那幅多年没见的画，他甚至以为自己仍处在梦境中。

而目睹这幅画重见天日的时濛，第一反应是闭上眼睛。并非双眼被画作浓重的色彩刺痛，他只是害怕。太怕了，怕到只是听到这幅画的名字就心尖震颤，身体像被剖开了放在厅堂的正中央，接受着四面八方涌来的鄙夷与谩骂。

台上的主持人尽职地介绍着——该作品落笔自然，匠心独运，用柔软的笔触抒发了浓烈的感情……仿佛全世界最美好的词语都用在了这幅画上。画作者也得到了至高的赞誉。

周遭的交谈声，让时濛回想起那人苍白面孔上得意的表情。紧接着便是拍卖环节，台下喧嚣四起，嘈杂得令人恶心。

时濛对江雪说想去外面透透气，穿过熙攘的人群，正要远离时，耳畔响起一道熟悉的声音。

"一百万。"

伴随着剧烈的嗡鸣，时濛抬头望去，刚举牌叫价的傅宣燎站在人群外，神情肃穆，像坚定的守护神，目光死死地落在画上，一刻也不舍得挪开。

来之前谁也不会想到，一场以交际为目的的酒宴，会变成一场火药味十足的争夺。

内行看门道，外行看热闹。觥筹交错的场合，凑热闹的显然比真正的业内人士多得多。因此，当这幅名为《焰》的画被叫价到三百万时，现场鸦雀无声，所有人都惊住了。已经有人在心里偷偷猜测这画是否沾了画手已故的光，就像凡·高的画作生前无人问津，去世后却声名大噪一样。

"四百万。"

继续紧跟的叫价仿佛坐实了这个猜测，众人望过去，竞买者是刚才打算离席的时姓画家。

有知情者开始小声讨论——

"画这画的不是他同父异母的哥哥吗？"

"没看出来他们兄弟感情这么好。"

"你看看另一个竞拍的是谁。"

"啊——"

傅宣燎恍若未闻，一心只想拿下这幅画。

"五百万。"他出价。

话音刚落下，就听那头的时濛用清亮嗓音毫不犹豫地跟："五百五十万。"

惊诧的抽气声此起彼伏，毕竟一幅并非出自名家之手的画作能拍到如此高价，着实罕见又蹊跷。

偏头望去，傅宣燎的眼神似火，暗藏愤怒与不解，即便触碰到那一抹森冷的蓝也丝毫没被浇熄。

他咬牙举牌，沉声道："六百万。"

"六百五十万。"时濛再跟。

"七百万。"

画作的叫价自进入七位数中后段，现场的氛围就逐渐胶着，所有人都竖起了耳朵，紧张地参与进这场突如其来的厮杀。

唯有时濛自始至终冷静着，象征无限的克莱因蓝在他身上奇妙地显出了忧郁感，举牌的动作都机械得如同设计好的程序。

争夺没给他带来任何快感，这幅画对他来说只是必须要拿到手的证明。

察觉到投过来的凌厉视线，时濛抬眸与傅宣燎对视，高举号牌，上下唇不紧不慢地开合："一千万。"

几分钟后，开拍的第一幅画作以一千万高价成功拍出。拍卖行负责人计算佣金的时候笑得见牙不见眼，请财神似的把时濛请到了后台的会客间。

工作人员去准备合同，屋内只有时濛和江雪二人。

"我看你是昏了头。"刚才使出浑身解数都没能拦住时濛的江雪痛心疾首地说，"来前你可没跟我说今天要花钱，你手头可用的流动资金有这个数吗？"

时濛歪靠在墙边，额头上都出了一层薄汗，像是累极了，闭着眼轻轻地说："有。"

江雪松了口气："有钱也不是这么花的，再说那画明明是你——"

还没说完，就听"砰"的一声，会客间的门被人从外面打开，一个身材高大的男人风一般地大步走进，上前抓住时濛的手腕把他扯起来，不由分说地往外走。

时濛本就浑身无力，脚步虚软地被拽着跑，跟跟跄跄，被拖进一个黑暗的房间时，还听见江雪在后面焦急地喊，接着又听到剧烈的关门撞击声，最后是反锁的响动，世界顿时安静。

"为什么？"没等时濛开口，傅宣燎先发问，"时濛，为什么？"

他的声音很低，伴着急促的呼吸，似在强压愤怒，给面前的人解释的机会。

然而时濛并不觉得有什么需要解释的，他跟跄两步站定，深吸一口气，装傻反问道："为什么穿衬衫吗？"

因为那个人总爱穿衬衫啊。

"我穿不好看？"

傅宣燎没耐心同他闲扯，粗声道："我问的是，为什么要跟我抢那幅画。"

时濛扯了下嘴角，讥诮道："没有为什么，想要就抢了。"

说完一阵风迎面袭来，被掐住脖子推到墙上的时候，时濛只来得及闷哼一声，接着就被剧痛吞灭了神志。

虽说两人总是针锋相对，打架都像野兽间的缠斗，可时濛被傅宣燎用足以致命的力道掐着，还是第一次。出于求生的本能，时濛双手抓着傅宣燎的手臂，竭力抵抗，可惜刚才那场众目睽睽之下的争夺耗尽了他的力气，眼下只能徒劳地挣扎。

"时濛，"傅宣燎从齿间恶狠狠地挤出他的名字，怒目圆睁，手臂青筋暴起，"你这个疯子，你这个什么都要抢的疯子！"

看起来真的很生气啊，时濛想，他会杀了我吗？或许他早就想杀了我。由于喉咙被扼住，难以呼吸，时濛的嗓子发出濒死时的嘶哑声响。

时濛觉得自己宛如坠入无人之境，天地连成白茫茫的一片，除了耳侧凛冽的风，什么都没有。唯独占有这件事早就刻在他的骨血里，是与求生一样的本能。

"我的……东西。"破碎的话语从时濛喉咙里挤出，"它是……我的。"

恍惚中，时濛的耳畔出现了稚嫩的童音："你画得真好看。"

现在呢，为什么不夸我画得好了？

被愤怒支配的傅宣燎并不知道时濛心中所想，只是牢牢地捏着他的命门，咬牙切齿、一字一句地告诉他："你、休、想。"

最后一缕目光被他用来凝视面前的男人，时濛不知道此时自己在笑，既疯癫又凄凉。颤抖的指尖触到近在咫尺的面孔，拂过线条利落的轮廓，急速涣散的瞳孔里映着傅宣燎恨着他的模样。

哪怕已经看不清晰，哪怕无人认可，时濛仍固执地向虚空中的神明宣布："我的……那是，我的。"

第二章
想摸摸太阳

手腕蓦地一松，黑暗中被放大无数倍的声音叩开尘封心底的门，倏地将傅宣燎拽进过往的洪流中，记起曾经与眼下极其相似的一幕。

四年前的夏天，枫城迎来短暂的梅雨季。

外面天气闷热，病房里却冷冷清清，因为安静，也因为雪片一样飞来的病危通知单。傅宣燎从国外赶回来，推掉所有聚会应酬，守在病房门口，雕像似的一动不动。

"能做骨髓配型的都叫来做过了，骨髓库里也找不到匹配的。"时怀亦认命般地拍了拍傅宣燎的肩，"最后的日子，好好陪陪他，让他开心一点吧。"

这天的探视时间，病床上的时沐说："我后悔了。"

他的声音很轻，傅宣燎不得不凑近了听。

"是我太胆小。"时沐面容苍白，气若游丝，"你走后的每一天，我都在后悔。"

唯恐他说太多话耗费心神，傅宣燎应道："我知道，我都知道。"

时家继承人病魔缠身、时日无多的事，在圈子里已不是秘密。随着傅宣燎回国，前尘往事也被连根带泥地拔起。

时傅两家交好多年，往来甚密，两家的后代也年龄相当，强强联手方能共赢，曾有圈中人断言两家的后代必会联手。

携手长大的伙伴情谊、形影不离的同窗岁月……不知从何时起，所有人都默认他俩是无话不说的朋友。后来傅宣燎一声不响就出国求学，众人也只当是傅少在为继承家业做准备罢了。

对此，时沐笑得勉强："他们只猜对了一半。"

彼时两人都是少年，汹涌人潮将他们推到台前，暴露于阳光之下。社会的压力、家长的质疑、对前路的迷茫，轻易击溃了这段脆弱的友谊。

先退缩的是时沐，他拒绝了傅宣燎的接近；傅宣燎心灰意冷，同意了家中的安排。

当时想的是分开一阵子对谁都好，可造化弄人，等他回来了，时沐却要走了。

"都怪我。"许是弥留之际的人都爱自省，即使无人提起，时沐也仍不放过自己，"如果当年我能勇敢一点，也许一切就不同了。"

病魔来势汹汹，由不得人缅怀回望。

傅宣燎想抓住最后的时间为他实现愿望，通过多方联系，得知某四年一度的绘画比赛报名在即，时沐一直想在该比赛上夺得名次，住院之前还在积极做准备。

按说时间充分，参赛作品至少完成大半，当傅宣燎询问时沐，他却苦笑，摇摇头说不参加了。

傅宣燎再三追问，才得知他熬了许多个日夜创作出来的作品被盗走一事。

"不是剽窃，是明抢。"时沐的妈妈李碧菡抹着眼泪，"你伯父偏心那野种，说要分股权给他，他在家里便嚣张得无法无天，竟连这种阴损的事都做得出来。"

听到"野种"这个词，傅宣燎先是愣住，随即便想起，时家确实有这么一号人。

那人自小也在时家长大，却犹如一团影子，脚步没有声音，呼吸比风还要轻。

他比同龄人瘦小很多，总是静悄悄地跟在他们后面，无处可去的时候就缩在角落里，问他干什么他也不说话，一双黑白分明的大眼睛死死盯着人看，令人不太舒服，却又不忍心将他赶走。

起初，傅宣燎无法将偷画贼与那个存在感极低的小孩联系到一起，直到他找到学校的画室，想问问是否确有其事，刚起个头，只见那个名叫时濛的男孩跳起来，张开双臂挡住画架，满脸都是戒备的神色。

傅宣燎不在的这几年，这小孩长得很快，曾经又矮又瘦的病秧子如今已抽条拔高，五官也长开，越发俊俏精致。

可那幅画右下角分明写着"沐"字，傅宣燎与时沐相识多年，自是不会认不出那字迹。

彼时的傅宣燎还把时濛当小孩子看待："小时候抢哥哥的东西是不懂礼貌，现在还抢是要吃牢饭的。"

原以为时濛会被唬住，谁知他竟更嚣张："该坐牢的是他，不是我。"

后来事情的发展出乎所有人的意料，时濛竟然真的用那幅偷来的画参加比赛，并顺利进入决赛，若不是傅宣燎百般干涉阻挠，他怕是能凭借那幅画拿到不错的名次。

然而傅宣燎也只能做到这一步，想将署名权收回已经没有可能。

"他自小就爱模仿我的画风，画如今在他手上，说什么都没用了。"时沐无奈地说道，"算了，怎么说也是我弟弟，随他去吧。"

虽然时沐嘴上说着不在意，可傅宣燎能看出他的痛苦与煎熬。他经常望着窗外发呆，在这世上最后的几天也郁郁寡欢，生机以极快的速度从他身上流逝。

时沐终是没能撑到凉风习习的秋日。

直到临终，时沐才说出真相："那幅画……是为你画的，是我想着你，一笔一笔画出来的。"

"你别忘了我……"在生命的最后几分钟，时沐奄奄一息，还紧紧攥着傅宣燎的手，反复念叨，"别忘了我，别忘了我，好不好？"

正是因为忘不了，时沐下葬后，傅宣燎不死心，又一次找到时濛。

"他是你的哥哥，那是他留下的最后一幅画。"傅宣燎强忍悲痛，"他对你那么好……你把他的画给我。"

听了这话，时濛先是茫然地睁大眼睛，然后非但没有愧疚，反而笑了起来："他死了，他死了，对不对？"

傅宣燎从未见过他这样笑，放肆又残忍，笑着笑着又哽咽了，眼角有泪滑落。

"我的，谁也不许抢走。"他紧紧抱着那幅画，双目猩红，盯着傅宣燎，"都是我的……我的。"

再后来，傅家出事，时怀亦提出以一份为期十年的合同作为代价提供帮助。签下名字的那一刻，傅宣燎才明白过来，时濛想要的根本不止那幅画。

他远比傅宣燎想象的更可怕，幼年时那个闷声不响跟在人屁股后面的小孩早就不见了。

　　或许那只是他的伪装，一个虚幻的影子，他原本就是这样贪婪无度，时沐拥有过的，他统统都要据为己有。

　　而傅宣燎，因为时沐曾经拥有过他的陪伴，所以时濛也要得到。

　　这段关系的开端与友情毫无关系——从回忆中脱身，掐着时濛脆弱脖颈的傅宣燎这样告诉自己。

　　可又有什么用？人已经不在了，事情也已经发生，如今的挣扎计较全是徒劳。

　　最终傅宣燎还是松开手，放过了眼前罪孽深重却不知悔改的人。

　　他早就对这个本性自私恶毒的人失望了。

　　骤然涌入喉咙的空气让时濛呛咳不止，虚软的身体沿着墙壁缓缓下滑，即便如此，他还抓着傅宣燎的手腕不肯放。

　　这回轮到傅宣燎笑了，他扯了下嘴角，低声道："时濛，别疯了。"

　　光是抽出手的动作就耗尽了心力，傅宣燎只觉得疲累至极。

　　转身出去之前，他大喘一口气，告诉时濛："不是你的，永远都不会属于你。"

　　一场小小的闹剧，只惊动了当事人以外的两个人。

　　本来躲在吧台喝酒撩妹的高乐成闻讯赶来，一脸惊恐地看着从里面出来的傅宣燎，问道："你不会把他……弄死了吧？"

　　滑落手背的液体在空气中变凉，再蒸发，傅宣燎摇摇头，不说话。

　　江雪踩着高跟鞋噔噔噔地跑进去，把时濛从里头扶出来的时候，狠狠瞪了高乐成一眼，似在骂他乌鸦嘴。

　　四人分两路，谁也不想同对方说再见。

　　待行到无人处，江雪不客气地一把扯开时濛刻意拉高的衣领，看见雪白的脖颈上青紫斑驳的骇人掐痕，顿时怒火中烧，要去找傅宣燎算账，却被时濛拉住手，听见嗓音微弱地说："别去，我不疼。姐，你别去找他。"

　　江雪气他没出息，咬牙切齿地一跺脚："谁管你疼不疼，我去找块布给你包起来，刚还跟人吹牛夸你比画美，瞧瞧你现在的丑样子！"

　　时濛抬头望向玻璃窗，映在上面的人面白如纸，形容枯槁，跟死人没什么分别。

　　许是怕他有心理负担，江雪改了口："不过你底子好，脖子上多一道跟戴了条贴颈项链似的，好看。"

说是这么说，等找酒店服务生弄来药酒，江雪捏着棉球小心翼翼地涂抹，抹着抹着忍不住红了眼眶，怕时濛看见，别过头去。

晚宴结束后，名为《焰》的画被里三层外三层包得妥妥帖帖，搬上了江雪的 SUV。

拍卖行的工作人员还在油皮纸上绑了朵大红花，庆祝交易圆满成功。

江雪却高兴不起来，开车送时濛回去的路上，抱怨佣金高得离谱，见时濛眯眼歪靠在座椅上，没有开口的意思，她便不再没话找话，专心开车。

到时家大宅门口，时濛下车的时候，江雪忽然想起上次的聊天："搬出来的事，考虑得怎么样？"

时濛愣了一下，不到两秒便回道："不了，我还是住在这里。"

他和傅宣燎之间只有那个约定，若不守在时家，不在替他立下规定的人眼皮底下待着，这个约定是否能顺利履行下去，都是未知。

他承受不了更多的未知，只好给傅宣燎套上绳索，同时把自己困在原地，动弹不得。

下了车，时濛把画从后座搬下来，抱在怀中刚直起身，扑面而来的秋夜凉风让他打了个寒战。

走出去没几步，身后传来车门打开的声音，江雪探出身来冲他喊："他有什么好，不就长得帅点，有几个臭钱吗？你也不差啊，一掷就是一千万，他都抢不过你。"

时濛知道江雪是在逗他开心。

他便带着伤和累，在簌簌风声中转过身去。

他想起几个小时前，傅宣燎为了他怀里的这幅画恨不得把他掐死的眼神，时濛微微提起唇角，学着普通人那样笑。

这晚，傅宣燎睡得极不踏实。

后半夜心悸睁开眼时，耳边仍回荡着那句"别忘了我"，他去洗手间在凉水底下冲了两遍脸，才真正清醒过来。

回到包厢里拿起手机，看见母亲蒋蓉发来的几条消息——

"睡了吗？"

"妈妈就是来跟你说一声，已经和你爸商量好了，下个月回国就去时家拜访，你不用担心。"

发梢沾了水，有一滴砸到屏幕上。傅宣燎用拇指抹去，然后叹了一口气。

他给母亲回复："先不急，事情没那么简单。"

倒不是危言耸听，早前傅宣燎就发现时怀亦对时濛比外人以为的更在意，不然四年前也不会出面帮时濛逼他签合同。这些年，时家对他的提点照顾，以及促成的两家合作，多半也与时濛脱不开干系。

或许想着只有一个儿子了，又或许想对从前的亏待做出补偿……傅宣燎捏了捏眉心，不再费脑子想这些无关紧要的事。

也没时间容他细想，去健身房跑步一小时回来，好友高乐成安排的"即兴表演"已经就位。

今天是一幅景物画，服务生小心翼翼把画框抬进来的时候，傅宣燎眉梢一挑："也是昨晚的拍品？"

"不是，是从画展上买来的，刚运到这儿。"高乐成笑得鸡贼，"时二少的大作。"

傅宣燎脸色一沉，又扫一眼画上的花，从运笔到色彩基调，果然与时沐的极其相似。

"虽然那幅叫什么来着……哦对了，是《焰》，咱们失之交臂了，但也别沮丧嘛。"高乐成慷慨道，"这幅就当兄弟送你的，拿去随便发泄发泄。"

傅宣燎嗤笑一声："钱多烧的。"

高乐成说："也没花多少钱，我知道你心里憋着火，这不是给你找来了合法报复途径吗？虽然他爱偷东西，但总不能打断他的手吧。"

傅宣燎抿了口酒，摇晃酒杯，目光变得幽暗："你怎么知道我这么干过？"

四年前，时沐去世之后，傅宣燎曾不止一次找时濛索要那幅画。

傅宣燎经过自己的努力与多方协调，外界已普遍认同《焰》的作者是时沐，可时濛被猪油蒙了心，无论如何都不肯将那画交出来。

傅宣燎最后一次和时濛争论是在时家阁楼。这间原本属于时沐的画室如今也被时濛霸占，被问到画去哪儿了，时濛扭头看过来，声音和眼神一样冷："卖了。"

傅宣燎的心都提到了嗓子眼："卖给谁了？"

"一个收藏家。"

"那是时沐的画，你凭什么卖了它？"

"画作拥有者对画作本身有处置权。"像是不习惯与人面对面交流，时濛语速很慢地说，"我不想看到它，就卖了。"

按规定接受馈赠方便是画作拥有者，在作者离世之后，的确有权对其进行任何操作。时濛正是钻了这个漏洞，在不被承认是作者的情况下，仍然可以随意处置画作。并且他不肯说卖给了谁。

　　"忘了，好像不是本地人。"时濛扭头盯画板，炭笔在画布上勾勒轮廓，"现在应该已经把画运走了。"

　　出自时沐之手为自己而作的画被卖给了陌生人——这样的结果让傅宣燎难以承受。

　　盛怒之下，他大步上前，抓住了时濛拿笔的手。

　　虎口卡在对方的手腕关节处，一施力，时濛手中的炭笔应声落地，不得不再度与傅宣燎对视。

　　明明应该是疼的，他却神色凛然，毫不畏惧："你想捏断我的手？"

　　傅宣燎紧咬牙关，不由得加大了力气。时濛很瘦，腕骨凸出，在这样的暴力对待下，几乎能听见骨头与皮肉之间因为剧烈挤压而发出的咯吱声。

　　恨意几乎攀升到顶峰，傅宣燎粗声问道："你以为我不敢？"

　　"就算断了，我还有另一只手。"

　　时濛忍痛忍到脸色煞白，非但不求饶，表情反而有一种即将解脱般的愉悦。

　　他抬起下巴看着傅宣燎，眼神隐含挑衅："就算断了，他也已经死了，不可能再活过来了。"

　　听完这段往事，高乐成打了个哆嗦："他是真的不要命啊。"

　　傅宣燎从鼻孔里"哼"了一声，不置可否。

　　倒酒的时候，高乐成越想越觉得离谱："你说他这种跟正常人脑回路不一样的，连命都不在乎，还能在乎什么？钱？可他用一千万买幅画，眼睛都不眨。"

　　傅宣燎瘫倒在沙发上，仰面朝天花板摇了摇头，像在说没有，又像在说不知道。

　　高乐成忽然笑了一声："我知道了。"

　　傅宣燎偏过脑袋，递了个"有屁快放"的眼神。

　　高乐成一拍大腿："用尽手段把你绑在身边，还让你每个星期六去时家帮他干活。不惜一切也要断了你对时沐的念想，电视剧里不都这么演……"

　　"这叫占有欲。"傅宣燎打断他的话，"叫自私、贪婪、损人利己。"

　　如此荒唐的关系，怎么能称为在乎？

哪有人的在乎是不顾对方意愿强行束缚，哪有人的在乎是别人有的他都要有，不管不顾地抢过来？

傅宣燎忽地坐直身体，将桌上的酒一饮而尽，然后伸出胳膊摊开手："打火机。"

将东西递过去的时候，高乐成还有点纳闷："你不是不抽烟吗？"

傅宣燎接过打火机，站起来，踱步到刚送进来的那幅画前。

"这画随我处置？"他最后确认一遍。

"当然。"高乐成说，"你想丢地上踩几脚都没问……"

话音渐弱了下去，只见傅宣燎单手推开打火机盖，拇指拨动砂轮，火苗倏地在眼前蹿起，让他眯了眯眼睛。

不是没有犹豫，可是梦里的声音挥之不去，提醒他记住时沐是抱着怎样的遗憾去世的，更提醒他眼前的这幅画出自一个怎样残忍的人的手。

这让傅宣燎下定决心，将那炽热焰心移动到画的正中，招展的白色花瓣向内蜷缩，先是焦黑的一个洞，再迅速扩散开，直到整朵娇艳的花都被火焰吞没。

火光肆虐，如张牙舞爪的魔魅。

傅宣燎冷眼看着，想象中的快感并没有如期而至。他想起了那个人画画时专注的样子。

可他从不做让自己后悔的事，于是转过身去，故作轻松地说："挺解压的，下回还有这种好事，记得叫我。"

星期六之前的一晚，时濛总能睡得安稳些。

即便他做了个噩梦，梦里他的画被当成石板铺在地上，被千人踩万人踏……等到坐起身，翻过床头的一页日历，醒目的红圈便发挥了抚平慌乱的作用，成功让他平静下来。

日期右上角还有颗不起眼的小星星，时濛盯着看了一会儿，又伸出手指戳了几下。

假日不用共进早餐，时濛上楼躲进画室，一待就是半天。

其间接到孙老师的电话，说上回的那幅画找到买家了，报了个数，问时濛觉得怎么样。

时濛想也没想就说："可以。"

孙雁风应下了，又问他最近怎么样，时濛说挺好的。

"那星期天过不过来呀？"孙雁风在电话里试探着问，"老师买点你爱吃的菜，咱们师徒俩在家喝两杯？"

时濛垂低眼帘，似在犹豫。

孙雁风见他不说话，劝道："一年就这么一次，反正在那个家待着也……束手束脚的。"

"束手束脚"这个词用得委婉，从四年前开始，每年的这一天，都很难熬。

时濛终究没有答应老师的邀请，因为傅宣燎今晚说不定会来，明天可能会晚些走。

毕竟一年就这么一次。

然而等到傍晚，时濛还是没看到那辆熟悉的车从远处驶来。

画室里有张铺画纸用的大桌子，时濛在半米高的纸牌塔旁边重新搭了一座三层高的楼塔，家中阿姨敲门喊他吃饭的时候，他手一抖，紧挨的大小两座塔瞬间倒塌，一起被夷为平地。

时思卉也回来了，回屋换了身衣服，出来的时候看到桌上的蛋糕，先是愣了下，之后了然道："提前一天也好，省得晦气。"

时濛恍若未闻，拉开椅子坐了下来。

每人都分到一块蛋糕。

李碧菡坐在时濛对面，不紧不慢地说："本来应该是明天的，想着明天还有别的事，就趁早把沐沐的生日过了吧。"

时怀亦脸色不太好看："好好的生日，提前一天算什么？"

"是啊，好好的生日。"李碧菡悠悠说道，"要是沐沐还在，今年就二十四岁了。"

满桌人都沉默了。

时濛低头看着盘子里被切开却还是很漂亮的蛋糕，想起很小很小的时候，在来到时家以前，他曾经把"过生日想吃蛋糕"这个愿望写在脏兮兮的日记本里。

"吃啊，时濛。"时思卉喊他，"我记得你小时候可喜欢吃甜食了。"

时濛坐着不动。

当时是吃不到，现在则是不想吃了。

忽然听见李碧菡"哼"地笑了一声："小濛是不是在等自己的蛋糕啊？以前，我都会给你们兄弟俩一人准备一个蛋糕。"

时濛抬起头，望向对面时，李碧菡脸上的笑意已经散了。

"一模一样的蛋糕，沐沐有，你也有。"她看着时濛，眼中有痛苦，有恨意，唯独没有温情，"你为什么还要抢他的，是我对你不好吗？"

没等到时濛回答，时怀亦喝道："够了！吃饭就吃饭，说那些干什么？"

"那些？"李碧菡又笑了起来，"你就只有这一个儿子吗？那时沐呢，二十岁就死在医院里的我的沐沐，又算什么？"

时怀亦沉着脸，不耐烦地说道："谁说时沐不是我儿子了？当年大家都尽力了，时濛也验了骨髓，既然不匹配，那还有什么办法？"

"化验单都不知道去哪儿了，当然你说什么便是什么。"

"你——"时怀亦摔了筷子，"我还能盼着自己儿子死不成？"

…………

自四年前开始，每年的这几天，时家都会爆发一场闹剧。

没有结果的争吵，多以李碧菡掩面而泣、时怀亦无奈哄劝结尾。

"我的沐沐，我可怜的沐沐……"

李碧菡不断念叨着，哭得险些背过气去。时思卉忙着给母亲倒水，经过时濛的座位踢一脚他的椅子："傻坐着干吗？"

时濛回过神，扭头看客厅里的落地钟。

晚上七点半了，傅宣燎还没来。或许是因为昨天的事。

在画室窗前又坐了一个多小时，险些睡过去的时濛迷迷糊糊回想起昨晚在酒店发生的种种。可是时濛又觉得傅宣燎不应该生气，毕竟被掐脖子的是自己，一夜过去，掐痕还很清晰。

第二夜也快要过去了。

斜靠在玻璃窗上，院子里亮着一盏孤零零的灯，周围的树木随风摇摆。时濛忽然想到，明天自己也二十四岁了。

曾经二十岁的时濛一无所有，而二十四岁的时濛拥有想要的一切。

哪怕所有人描述他的行为都用"抢"这个字，时濛还是认为这些本来就该属于自己。就像机器的外壳和齿轮，出厂时就是一体，谁也不能离了谁。

时濛摸出很少使用的手机，打开通讯录，手指在编号为"001"的号码上悬了许久，却没有点下去。

他不想像上回那样急躁了，容易诱发烟瘾。他试着放松，做了几个深呼吸，在心里从一数到一百，又倒着从一百数回一，没等来人，倒是做了个短暂的梦。

也是在这个阁楼上，梦里的时濛很小，可以轻松躲进桌子下面。

小时濛很喜欢这个地方，经常趁没有人偷偷上来待一会儿。这天运气不好，刚来不到五分钟就有别的人进来了。时濛双手抱膝缩在桌子底下，看着两双腿在眼前晃来晃去，听那两个人讲学校里的事，竟有点入迷。

突然，一双属于少年的修长的腿在书桌前停住，时濛立刻咬住唇，大气也不敢出。

"哎，上回你不是说在国外买了台新的游戏机吗？"

"是啊，你想玩？"

"嗯，你先去把插头插上，我打个电话就来。"

时沐关上门，脚步声渐远。正当时濛静静等待那人打完电话也出去时，眼前突然出现了一张他看过许多遍的脸。

少年时的傅宣燎就生了张顾盼神飞的好面孔，此刻那双桃花眼的眼角微微上翘，露出个略带玩味的模样。

傅宣燎向桌底伸出一只手，掌心向上，说："没人了，快出来吧，在里面待着不冷吗？"

可这次时濛抬起手，只摸到坚硬的玻璃窗。

他冻得一激灵，心跳不由得加快。仿佛听到某种召唤，时濛向窗外望去，此时楼下院外的栅栏边有道身影一闪而过，他什么也没想，扭身推开门往楼下跑去。

时家大宅有个占地百来平方米的院子，穿过幽邃葱茏的灌木丛，经过水波荡漾的景观池塘，推开铁门时，恰好与宽阔空地上无处可躲的人打了个照面。

上了点年纪的女人穿着单薄的裙装，身材窈窕，风韵犹存，明艳的面容在月光的映照下少了几分尖锐刻薄，多了几分温和柔润，让时濛有一瞬的愣怔。

见门打开，她的眼睛先是一亮，看清楚开门的人后，又迅速黯淡了下去。

也许是没想到会被发现，女人目光躲闪："是你啊，濛濛。"

虽然时濛有些失望，但还不至于因此忘了生养之恩。

他垂了眼，低低唤了声："妈。"

没地方坐，两人在院外找了处避风的墙角，隔了段距离面对面站着。

"你爸他……在家？"杨幼兰问。

时濛点头："在。"

女人往墙根挪了一小步："你出来的时候，没惊动其他人吧？"

时濛想了想："没有。"

杨幼兰后知后觉地发现自己这样像做贼，忙解释道："你知道的，你爸他不让我跟你走得太近。"

"嗯。"时濛表示认可，"我知道。"

母子俩许久未见，竟没什么话可说，杨幼兰不甚熟练地寒暄："最近很辛苦吗？瞧着又瘦了。"

这话全然不像她以往嘴里说出来的，因此时濛愣了半晌，喉咙里只飘出一个无意义的音节："啊？"

杨幼兰当他敷衍，立刻拉下脸："啊什么啊，你个小没良心的，进了时家，过上好日子，就不要妈妈了。"她伸出手指戳了戳时濛胸口的布料，"还记得谁是你亲妈吗？亏得我还大老远跑来给你过生日！"

杨幼兰吊起的嗓音十分尖厉，时濛却悄悄松了口气——这才像她。

已经过零点了，时濛"嗯"了一声，当作回答。

杨幼兰凶完又觉失言，别开眼"哼"了一声："那个女人，她对你好不好？"

她问的是李碧菡。

时濛拿不准杨幼兰想听什么回答。

小时候有一次从时家回去，杨幼兰也这么问。他说"好"，被杨幼兰抄起扫帚狠狠揍了一顿，边揍边骂："她怎么可能对你好？你个小兔崽子吃人家点东西就胳膊肘往外拐，白把你养这么大！"

后来又有一次被问到，时濛学乖了，回答"不好"。可不知触了杨幼兰哪块逆鳞，她推搡着时濛又是哭又是笑，嘴里念叨着一些自相矛盾的话，一会儿说"她凭什么对你不好"，一会儿又叉着腰大骂活该，说这都是报应。

杨幼兰眼泪都笑出来了，疯了似的。

这回时濛同样不知该如何作答，只好抿唇不语。

杨幼兰许是也有了数，又问："你爸呢，对你好不好？"

时濛点点头。

杨幼兰总算放心了，嘀咕道："也是，他就只有你这么一个儿子了，怎么可能亏待你。"

时濛隐约知道杨幼兰问这些，不是为了知道他好不好，而是要一个结果，索一份心安。

比如这回，她又自作主张带了些东西，一件衬衫、一个火龙果，还有一罐奶糖。

"都是你喜欢吃的。"杨幼兰把这些连同花花绿绿的塑料袋一股脑儿地塞到时濛怀里,"衬衫是妈妈亲手做的,你不是爱穿衬衫吗?睡觉都穿着。"

时濛张了张嘴,没反驳。

临分别时,杨幼兰情绪稳定,难得有了点慈母的样子。

"你应该听孙老师说了吧,我养了只猫。"她看着时濛,抬手替他理了理额前的发,微笑着说,"成天上蹿下跳的,还总爱黏着我喵喵叫,跟你特别像。"

杨幼兰把时濛送到院子门口时,她眼底流露出的也的确是不舍。

这是二十多年来,屈指可数的能将"善良"这个词与她联系上的时刻。

上回是在四年前,她得知时沐被查出血癌晚期,非要去做骨髓配型。当时时濛有些迷茫,又觉得可以理解。毕竟大家都喜欢时沐,没有人希望他死。

"手脚轻点儿。"铁门打开的时候,杨幼兰提醒道,"别让你爸发现了……他不想让你见我。"

往里走几步,时濛鬼使神差地回头,看见杨幼兰还站在门口。

她无疑是美丽的,鹅蛋脸上嵌着两颗琉璃珠似的眼眸,唇不擦口红便有一种楚楚动人的纤弱,也无损眉目间的艳色。她爱穿裙装,正是因为知道自己的优势所在。

可此刻晚风托起裙角,路灯下的身影显得寂寥,空气中无端地流淌着悲伤。

睡前,时濛把衬衫放在枕边,剥开一颗糖放进嘴里,任由甜味蔓延口腔。

这一晚,他睡了个好觉。

次日是个大晴天,时怀亦难得没有出去"应酬",而是在家陪妻子共进早餐。时濛作为陪客被拉着在餐桌旁坐下,引得李碧菡几欲落泪,倒真成了全家最晦气的存在了。

时怀亦头疼又无奈:"你还有思卉,还有小濛,他们都是你的孩子。"

不提时濛还好,把他带上,李碧菡更加悲痛欲绝:"怎么能一样?我的沐沐是早产儿,出生的时候只有一丁点儿大,我还没来得及看清他的脸,他就被抱走了……我可怜的沐沐啊。"

说到早产的事,时怀亦理亏,只好放弃了劝说,继续温声安抚妻子。

而在这样一个特殊的日子里,时濛满脑子想的只有一件事——傅宣燎还没来，是故意不来，还是忘了？

时濛决定去找他。

他换了衣服匆忙下楼，走到一半想起忘了拿东西，回房间蹲在床头翻找时，瞥见一个吃了一半的火龙果。

刚才餐桌上也有火龙果，但是没人碰，像是摆在那里做样子。

时濛并不喜欢吃这种长相奇怪又不是很甜的水果，想着昨晚杨幼兰把它递给自己的样子，到底没有把它丢掉，而是用纸袋包好，揣进口袋一起带走。

他先去了傅宣燎的住处，想看看傅宣燎在不在家里。

傅家房产不多，常住的只有一套位于城南某高档小区内的大平层。

小区安保严密，不容易进。时濛找到理由，果断地按下编号 001 的号码，听着绵长的嘟嘟声的过程如同等待审判，心跳都快起来了。

然而，接电话的不是傅宣燎。

"喂，谁啊？"

听着这有点耳熟的男声，时濛依稀记起是傅宣燎的朋友，姓高，家里做酒店生意。

"我是时濛。"虽然一万个不情愿，时濛还是自报家门，接着问，"傅宣燎在吗？"

那头爆了一句粗口，接着陷入沉静，听起来麦克风应该是被手捂住了。

过了大约半分钟，环境噪声带着另一道声线敲打在时濛的耳膜上："什么事？"

傅宣燎的声音很好听，低而不沉，浑而不厚，连不耐烦都透着一股慵懒的随性。

时濛耳朵有点热，将手机换了一边听，也让对方等了二十来秒，才开口："昨天是星期六。"

"是啊。"

"你没来时家。"

"干吗？"傅宣燎笑了一声，"要扣工资啊？"

"不扣。"时濛果断地说道，"今天补上。"

鹤亭顶层的某包厢内，气氛安静得诡异。

难得休息的小傅总此刻异常暴躁，整个人仿佛火药桶一般，给个火星子就要爆燃。

高乐成道："早知道刚才就说你还没醒，不让你听电话了。"

傅宣燎"哼"了一声，说道："没用的，他一样会过来，上次在这儿谈个生意，他不就找来了吗？"

"那……你现在回家去躲躲？"

"他有我家地址。"傅宣燎抓了一把头发，"算了，他爱来就让他来吧。"

高乐成留了个心，嘱咐前台的接应人员不要轻易放人进来。

傅家距离鹤亭并不远，十五分钟后时濛赶到，被服务生拦在门口的时候还有点搞不清状况。

"我来找人。"他说。

不知是不是巧合，被派来拦他的正是上回被他为难过的姓徐的服务生。

方才接到自顶层包厢打来的电话，徐智就心情大好，现在瞧着眼前这位"时少"，竟萌生了几分同情。

空有豪门少爷的躯壳，内心自卑又脆弱，听到点风吹草动就提心吊胆——这日子过得比他们这些服务生还要可怜。

不过该拦还是要拦，徐智问："找哪位？"

"傅宣燎。"

"傅总啊，真是不巧，他这会儿正和客人谈事呢。"

意思就是没空见。

"我等他。"时濛说。

徐智微笑道："抱歉，鹤亭只接待 VIP 客人……"

时濛这才抬眼看向面前的人。徐智被他意义不明的冷眼看得一哆嗦，险些忘了接下来要说什么。

"非，非 VIP 客人麻烦到厅外就座。"

徐智原以为这话一出，这位脾气乖戾的时少必然硬闯，毕竟上回可是放他进来了的，今天的阻拦显然是有人刻意安排。不承想，时濛沉默片刻，什么都没说，就转身出去了。

鹤亭厅外的等候区，其实是门童和司机专用的，方便他们随时待命。

时濛没有在那里多做停留，而是径直走到外面，站在门廊下等。

这个位置靠近人行道，抬头就能看见顶层的大落地窗。楼上的高乐成酷爱凑热闹，趴在窗边往下看，险些与时濛对视，吓得立刻缩回来。

"他正在楼下虎视眈眈。"他拍拍胸口拉上窗帘，拉到一半想起什么，问傅宣燎，"要不要来看看？"

傅宣燎随手抄起桌上的一本杂志，说道："不看。"

"你说，他会等多久？"

"不知道。"

"啧。"高乐成摇头感叹，"我本将心向明月，奈何明月照……"

傅宣燎听不下去了，喊道："闭嘴。"

高乐成耸耸肩，不再吱声了。

过了一阵，高乐成又坐不住了，跑到窗边扒开百叶窗帘，往上瞅一眼："瞧这天色，好像要下雨。"

傅宣燎手上动作一顿，接着翻过去一页，问道："早上不还出太阳了吗？"

"是啊，现在又不是夏天，怎么说变天就变天了呢？"高乐成纳闷道。

雨落下来的时候，人也跟着烦躁起来。

傅宣燎不到一分钟翻了十七八页，一个字都没进脑袋，于是丢开杂志站起身，在屋里来回踱步。

高乐成见他这样，觉得有趣："没事啊，老傅，一楼前台有伞，淋不着他。再说了，他不是叫'濛'吗，蒙蒙细雨，说不定就喜欢淋雨玩呢。"

傅宣燎不耐烦地回了句："他不喜欢雨。"

高乐成挑眉："哟，对人家挺了解的啊。"

傅宣燎自己都搞不清是怎么知道时濛不喜欢雨天的，大约是小时候总在下雨天发现他躲在阁楼的桌子底下，而阳光普照的时候，又能看见他扒在窗口仰头朝天看，也不怕太阳光刺眼睛。

思及此，傅宣燎又撸了把头发，心想：早知道会这样，自己星期六就去一趟了，总比现在被拿"缺勤"做借口逼他就范强。而且那幅画还在他手里。

傅宣燎越想越气闷，三步并作两步走到门口，出门前还不忘顺走一把黑色长柄伞。

高乐成在他身后放肆地笑。

傅宣燎没好气地说道："我怕他戳那儿碍着鹤亭做生意。"

"这个你甭担心，他凭着那张脸，站门口就是一块活招牌。"

"滚！"

楼下人行道旁，时濛听着雨水滴答的声音，还没数到一百，就看到身材高大的傅宣燎从会所门口出来，神色里带着点气急败坏。

时濛牵起嘴角——这局还是我赢了。

走到时濛面前的傅宣燎懒得废话，直接切入正题："去哪儿？"

时濛一时想不到，反过来问他："你想去哪儿？"

傅宣燎嗤笑："我哪儿都不想去啊，你能让我在这儿待着吗？"

时濛不假思索地摇头。

"那得了，你慢慢想。"傅宣燎一只手撑起伞，罩在两人上方，另一只手插兜，一副无所谓的样子，"反正就一天时间，随你分配。"

头顶的黑暗莫名地给了时濛安全感，他仰头看了看伞底，视线再往下移，落在傅宣燎身上。

傅宣燎被探究的目光盯得发毛，回瞪着，问道："看着我干吗？今天不也是你生日吗？"

他向来不是忍气吞声、束手就擒的人，一个"也"字就是在提醒时濛——不是我想记得，而是你和他同一天生日，没办法不记得。

时濛自然听懂了。

他微微低下头，刚才淋了点雨，水珠自浓睫垂落，眼角奇异地泛起一片红。

傅宣燎比时濛高半个头，从这个角度刚好可以看见他敞开的领口和细白的一截脖颈，皮肤表面有被自己暴力掐捏留下的痕迹。

就在前天晚上，这家伙差点儿被他掐死，今天却又像什么都没发生似的来找他，还被他三言两语弄得像要哭了。

傅宣燎在心里暗骂，这家伙是什么时候学会装可怜的？

实际上时濛并不清楚傅宣燎的心理活动，虽然被那个"也"字扎了一下，但也只是轻轻的一小下，不怎么疼。而且傅宣燎只是脾气差了点，说话不好听，心肠却极软，从头顶偏向自己的伞就可以窥知一二。

时濛现在要做的就是，仗着傅宣燎这份心软，最大化地为自己争取利益。

距离今天结束，还有整整十四个小时。

经过一番思考，时濛抬起头，说道："去游乐园。"

怕被拒绝，也怕傅宣燎没听清，没等人答应，他又固执地重复一遍："我想去游乐园。"

距离鹤亭最近的游乐园有个半小时车程，坐副驾的傅宣燎一上车就开始打瞌睡，醒来时已经快到地方，外面的雨也停了。

"别怪我没提醒你。"傅宣燎打着哈欠说，"刚下过雨，游乐场大部分设施可能都没开。"

时濛在开车，双目紧盯前方道路："嗯。"

傅宣燎其实不想去，用脚指头想也知道那种地方周末肯定挤满了人，并且小孩居多，相当可怕。

他企图拖延时间："快到饭点了，你不饿吗？"

时濛腾出一只手，把放在座位中间茶座上的纸袋拿给傅宣燎。

傅宣燎打开一看，汉堡、薯条加饮料，还有一个切开一半的火龙果。他刚才睡得太死，完全不知道时濛什么时候下车买的这些，嘴角一抽，说道："准备得还挺充分的。"

到游乐园的时候，傅宣燎正好把最后一根薯条塞进嘴里，边用湿纸巾擦手边下车，环顾四周，觉得有点熟悉。

坡度陡峭的过山车轨道、半径极长的摩天轮……枫城就两个大型游乐园，只有这个几乎没有翻新扩建过，基本保持了二十多年前刚建成时的规模。

作为土生土长的枫城人，傅宣燎小时候自然被父母带来这里玩过。他仔细想想，十年前也来过一次，大概是班级或者社团组织的活动。

应该不是什么愉快的体验，不然不至于忘得这么干净，一点细节都想不起来。

时濛走在前面，老老实实到售票处的队尾排队。傅宣燎站在旁边掏出手机划拉几下，疑惑道："为什么不在网上买票？刷身份证就能进。"

"我要纸质票。"时濛说。

傅宣燎问道："要那个有什么用？"

时濛顾不上理他，踮起脚，默数了下前面的人数，得出大概要排十五分钟的结论。

没办法，傅宣燎只好陪他等。

买完票还是时濛走在前面，两张票一起检，傅宣燎跟在后面进园，恍惚中觉得自己像被家长带来玩的小朋友。

本来两个大男人来游乐园就够诡异了，傅宣燎提心吊胆，唯恐时濛拉着自己陪他玩什么旋转木马之类的，到时候彩灯闪烁音乐响起，他一米八七的大高个儿怕是会成为全园最煞风景的风景。

好在时濛只在旋转木马旁停了两秒，就抬脚绕了过去。然后，他在卖零食的推车前停了下来，要了一只冰激凌，走到旁边的长椅上坐下，拍拍身旁的空位，示意傅宣燎来坐。

傅宣燎心想：有意思，这是让我看着你吃？

刚坐下，傅宣燎就见那只冰激凌忽然出现在眼前，脆皮筒上顶着一圈双色奶油，尖顶上撒了巧克力脆，被那只握着它的手衬得倒有几分赏心悦目。

愣了好一会儿，傅宣燎不确定地问："给我的？"

时濛点头："嗯。"

傅宣燎鬼使神差地接了过来，却下不去嘴，毕竟一个大老爷儿们在小孩聚集的地方吃冰激凌……

他问时濛："你的呢？"

时濛像是被他问住了，茫然地眨了下眼睛。

傅宣燎不等他回答，就站起来走到零食贩卖车前买了一只冰激凌。路上碰到的一个因为蛀牙被父母阻止吃甜食的小朋友，看见傅宣燎一手一只，露出了羡慕的表情。

接过冰激凌的时候，时濛还有点蒙，小心翼翼地捧着，目不转睛地看着。

傅宣燎见不得他这样子，说："谢谢你的午饭，礼尚往来。"

两人便坐在雨后依旧热闹的游乐园里，在小朋友们的注视下，吃冰激凌。

时值深秋，天冷风大，傅宣燎上下牙不住地打战："吃什么不好，非要吃冰的。"

时濛也冷得厉害，嘴唇都白了："不是你喜欢吃吗？"

傅宣燎回忆半天，才依稀想起最后一次来这座游乐园，因为小卖部矿泉水缺货，他买了好几只冰激凌解渴。

"那是夏天，太热了，没办法。"傅宣燎简直心累，"这天气，你也不怕把肠胃吃出毛病。"

话音刚落，时濛就扭身打了个响亮的喷嚏，转过来时鼻头和面颊都红了，不知是冻的还是羞的。

傅宣燎看乐了，啃一大口冰激凌哆哆嗦嗦地嚼，一边抖着一边想起些什么。

"你怎么知道我喜欢吃这儿的冰激凌？"

怎么会知道呢？时濛在心里问自己。

十年前的夏天，教室外蝉鸣聒噪，念初二的时濛待在午后暑气蒸腾的画室里，把一个人脸的轮廓修改了许多遍，仍不满意。要有深邃的眸、利落的下颌线，还有笑起来很好看的唇形……

时濛微微蹙眉，心想：等他下回来家里，找机会多看几眼。

忽闻脚步声走近，时濛收拢思绪，险些条件反射地钻进桌底。

许是嫌教室里闷热，外头两人适时地停在走廊拐角处。

"那周末的社团活动，你去不去？"

"游乐场是你们小孩子去的，我不去。"

"上高一就是大人了？等我再跳一级……"

"别别别，要是你跳级跳得比我还高，我爸又要念叨我没出息。"

少年爽朗的笑声让一墙之隔的时濛听入了神。

"你到底去还是不去？"

"我一个高中生……唉，算了，我去。"

"那说好了，星期天上午十点，游乐园门口见。"

"嗯，不见不散。"

…………

后来时濛回想这件事，总有一种阴错阳差地捡便宜的感觉。

因为那时的时沐没想到画室里有人，也没想到最终他失约去不了。

那个周末，后来成了存储在时濛心底关于傅宣燎的重要日子之一。

他自己买了张游乐园的入场券，跟在人群后，看着傅宣燎因为时沐爽约黑着张脸，站在太阳底下，一口气吃了八只冰激凌。

时濛喜欢甜食，猜测这冰激凌多少起了些调节情绪的作用，于是在十年后依葫芦画瓢照搬经验，希望能让傅宣燎的心情好一些。

事实上确实如此，吃完冰激凌的傅宣燎比之前安静多了，不再对时濛做出的种种不合常理的行为挑三拣四、指手画脚，甚至耐着性子陪时濛在另一张长椅上坐了近两个小时。

雨过天晴，太阳无精打采地露脸，面前被树丛环抱的是游乐园的过山车，每隔几分钟便看见车厢缓缓爬升至轨道的最高点，然后伴随着此起彼伏的尖叫声，加速度俯冲，上升，再落下，如此循环，直到回归起点。

时濛喜欢这种有规律可循的过程，按顺序排列的数字，逐层递减的纸牌塔，都能让他觉得放松，进而愉悦。

可现在他并非一个人，他身边坐着傅宣燎，一个总是让他打破规律的人。

"再看下去游乐园就要关门了。"傅宣燎冲过山车抬了抬下巴，"不上去体验一下？"

时濛怔怔地扭头望过来。

他的眼睛很大，清润得仿佛含着两汪水，傍晚夕阳和游乐园亮起的彩灯投在他眼睛里，如同水面泛起粼粼波光。

"来都来了。"无意识地，傅宣燎的语气变得轻软，"今天不是你生日吗？"

半小时后，两人排上了雨后重新运转的最后一班过山车。

上去的时候，时濛被后面的人挤了一下，脚步踉跄，险些摔倒。傅宣燎手疾眼快，扶了一把。

见他在人群中畏缩谨慎得连动作都放不开，傅宣燎皱着眉，同排在自己后面的女孩商量换了位置，让时濛和自己坐一横排。

上回坐过山车是十几年前了，系上安全带，露天车厢嘎啦嘎啦地沿着轨道向上爬时，傅宣燎难得有点小紧张。

"哎，"他用胳膊肘碰时濛，"你怕不怕？"

时濛睁大双眼盯着前方，神情和开车时一样专注。

看样子是没听见，傅宣燎耸耸肩。

这种胆子大到敢偷别人东西的家伙，坐个过山车怎么可能害怕？然而车厢爬升到最高点时，傅宣燎的手忽然被身旁的人一把抓住。

时濛的手很冰，也很软，被这样一只手握住的感觉并不糟糕。

恍神的一刹那，傅宣燎偏头看去，时濛恰巧也在看他。

他听见时濛说："傅宣燎，我……"

仅过了半秒，车厢以近乎垂直的角度俯冲向下，之后的话语消失在风声和尖叫声中。傅宣燎只看见眼前的唇瓣缓慢开合，说着他无法弄懂的话。

回去的路上，傅宣燎开车，他把座椅调低，温度调高，开着时濛的车觉得还是很不习惯。

"早知道就开我的车来了。"傅宣燎说。

时濛手肘撑在车窗边，望向窗外越来越远的游乐园，旋转着的摩天轮变成一个亮晶晶小圆盘："嗯，你的车空间大。"

傅宣燎低笑一声。

太平和了，这是前所未有的。

改变留下的"后遗症"持续的时间比预想中漫长，到鹤亭门口，傅宣燎拉起手刹，下意识开始思考的第一件事竟是——这么晚了，要不要把时濛送回家？

时濛已经下车了，绕行至驾驶座车门旁，等傅宣燎下来。

傅宣燎动作很慢，包括下车，包括走到自己的车前。

一定是因为今天的出游，傅宣燎想，果然不该答应他的。

即便如此，他还是在启动自己的车子后，不自觉地看向来时的方向。

鹤亭的地面停车场很宽敞，一眼就能看见时濛还站在打开的车门旁。

他身形单薄，却站得笔直，没有穿那天在酒宴上看到的正式服装，毛衣搭厚外套看起来舒适又日常，傅宣燎想起许多个星期六他等在门口的样子。明明是跑下来的，还在喘，偏要装作刚好碰到，按部就班地说一句"你来了"，很懂礼貌似的。

其实就是个性情乖张的野孩子，不记得从何时起变成了这样，总之和时沐一点都不像。

可是，如果今天在这里的是时沐，过生日的是时沐，傅宣燎一定不会就这样让他离开。

傅宣燎会把他带回家。

许多念头陆续地涌入脑海，不断重叠，傅宣燎还没想好就先开了口。

"很晚了，"他问，"要不要去我家？"

大概连路过的蚂蚁都会觉得这个问句多余，因为傅家就在鹤亭附近。

于是很快地，傅宣燎听到时濛那辆车的车门关上的声音，以及一句很轻却足以听清楚的"好啊"。

路上，时濛接到江雪的电话。

"生日快乐啊，小濛濛。"江雪掐着时间打来，以为这会儿时濛是一个人，"那家伙走了吧？你看我是不是很识相，昨晚和今天白天都没来打扰你。"

时濛正坐在傅宣燎车的副驾上，闻言偏头看一眼"那家伙"，实话实说："他没来。"

"什么？"嗓音顿时拔高几个度，江雪怒道，"不是正好星期六吗，他凭什么不去？"

虽然没开免提，但这音量已经足以让身边的人听见。时濛眼看着傅宣燎的唇角弯起一个不明显的弧度，稍稍侧过身，对着手机说："改成今天了。"

"这样啊，"江雪一下子淡定了，"你们出去了？"

"嗯。"

"去的哪儿？"

"游乐园。"

"今天不是下雨了吗，游乐园还营业？"

"营业的。"

时濛在忙的时候从不接电话，包括开车，因此江雪以为他这会儿很有空，同他聊了起来："哎，那姓傅的有没有给你准备礼物？"

时濛垂眼，抠着膝盖上的布料："没有。"

江雪啐道："臭男人。"

时濛："……"

迟钝如他也察觉到了一丝尴尬，好在江雪无意让话题停留在傅宣燎身上，话锋一转，说道："没关系，姐给你准备了礼物，明天当面给你。"

时濛说："谢谢姐。"

"你别抱太大期待，姐送礼向来以实用为主。我看你为了买幅画把家底掏空了，正好给你一点补贴，改善一下生活。"

提到那幅画，时濛莫名地坐立不安，没头没脑地重复了一遍"谢谢"。

大概是听出电话那头的人心不在焉，江雪打算终结这次通话："那你现在回去了吗？"

时濛不知该如何说明当下的情况，便随口道："嗯，快了。"

"这么晚开车不安全，你家那么远，叫个代驾吧。"

时濛抬眼望向窗外，繁华路段和郊区到底不同，这个点还很热闹。

"不用。"他说，"我今晚不回家。"

"那你住哪儿？"

路虎在平坦的路上行驶得稳当，就算前路未知，时濛也全然不慌张。

时濛思索许久也找不到对傅宣燎的合适称谓，不想让江雪担心，便答道："一个朋友家。"

傅家放弃独栋选择住高层，自然是为了交通方便。

时濛没见过这种电梯直接入户的房子，在玄关处愣了好久，才确定自己已经在傅宣燎家里了。

"随便坐。"傅宣燎招呼他，"我去看看有什么能吃的。"

两人都没吃晚饭。傅宣燎打开冰箱，只找出两个鸡蛋和一盒牛奶，他把仅剩的食物拿在手里盘了盘，开始思考不吃晚餐直接睡觉的可行性。

到底有客人在，傅宣燎最终还是选择点外卖。

"炸鸡、比萨、烧烤、麻辣烫、小笼包……这个点只有这些了。"他把手机丢给时濛，"你自己点，地址用默认的就行。"

瞧着这熟练度，显然已经点过很多次外卖了。

时濛环顾四周，目测房子两百多平方米，意式装修风格，精致又简洁，收拾得也很干净，看样子有家政阿姨定期来打扫。不过，应该很长时间没有做饭阿姨上门了，因为厨房灶具跟新的一样。

见时濛东张西望，傅宣燎问："干吗，嫌房子小啊？"

时濛收回视线，摇摇头。

"确实比不上你家。"傅宣燎伸开手臂仰靠在沙发上，"要是待不惯，我叫个司机送你回去。"

时濛又摇摇头，捧着手机专心研究怎么点外卖。

一段路的时间，足够两人回过神来，逐渐找回从前的相处模式。

时濛点了两个十寸比萨、两对烤翅、两份蟹粉小笼包、两碗麻辣烫、两杯饮料……约有十余种，劳动三个快递小哥送餐。

原本想在厨房中岛台解决晚餐的傅宣燎不得不把食物挪到餐桌上铺开，谈不上心疼钱，就是有点不知所措。

更不知所措的是时濛，即便他没表现出来。他第一次点外卖，光看种类没注意分量，就想着每样都来两份。没想到傅宣燎连付账的面部识别都没设置，所以结账的时候时濛没来得及看价格就自动付款了。

"点这么多，吃得完吗？"傅宣燎问。

"明天还可以吃。"时濛说。

"那干吗不明天再点，吃新鲜的？"傅宣燎又问。

时濛不说话了，拿起一块比萨，默默地往嘴里塞。

他从小便这样，遇到不想回答的或者不知该怎么回答的问题，就装没听到，因此在旁人面前落了个"高冷"的印象。可在傅宣燎眼里，这种行为与逃避责任无异，他最烦的也正是时濛这副我行我素、不屑解释的态度。

拿起饮料狠吸一大口，傅宣燎自嘲地想，就当他是金主好了，哪有干活的管金主理由的？

想通的傅宣燎冷静下来，吃过晚餐后给时濛指了卫生间方向，还亲自给他找了套干净的新浴袍送进去，自认伺候得相当妥帖。

退出去之前，傅宣燎调侃地问："会自己洗澡吧，需要搓背工吗？"

不知时濛是真傻还是装傻，竟沉思片刻，像是认真思考了可行性，然后回答："不用，我自己可以。"

傅宣燎一脸笑意地退了出去，走到客厅想起忘了给他开浴缸上头的暖风机，折返回去直接推开门，抬眼正对上衣衫半解的时濛。

两人俱是一愣，傅宣燎先反应过来，抬手"啪嗒"一声按下墙边的按钮，时濛条件反射地转身背对着他。

时濛没有泡澡的习惯，把卫生间的玻璃门关严，待水流哗哗地冲刷身体，他才找回一个人的安全感。

他长这么大几乎没有外宿经验，八岁之前杨幼兰管得严，有回在学校帮老师收作业本回去晚了，被她抄着扫帚打，被指着鼻子骂"养不熟的白眼狼"。

后来去到时家，就更没有外宿的机会了，毕竟除了江雪，他没有其他朋友，也没有其他可去的地方。

陌生的环境会让时濛感到恐惧，他想起刚到时家的时候，也是这么害怕，总是躲在阁楼的角落里，有一次还被粗心的阿姨锁在里面，待了整整一夜，险些冻出毛病。

初次来到傅宣燎家的时濛，把自己关在卫生间近一个小时。出来穿衣服的时候，看见镜子里肤色苍白到病态的人，目光和心脏一起慢慢凉了下来。

他开始觉得自己不该出现在这里，不该答应傅宣燎随口的邀请。

他好像总是越过所能企及的界线，去够超过自己能力范围的东西。

抬手摸了摸左边胸肋之上覆着的皮肉，与别处不同的触感、泛起的温度让时濛指尖微颤。不过傅宣燎粗心，刚才应该没看见，时濛轻轻呼出一口气，拿起浴袍往身上披。

时濛从卫生间出来的时候，客厅已经收拾干净。没在垃圾桶找到的剩饭出现了冰箱里。他想起吃饭的时候，傅宣燎扬言要把吃不完的打包扔出去，这人口是心非得有些幼稚。

这套房子有五个房间，洗澡前傅宣燎让他随便选一间。时濛便推开了离客厅最远的一扇门，里面亮着灯，单独配的卫生间里依稀有水流声传出。

五分之一的概率，竟然一试就中了。

主人说了随便选，时濛既来之则安之，进到套房里，在书桌旁的椅子上坐下。

傅宣燎的书桌，有着独属于他的特征——乱而有序。

各种专业书籍、杂志摞在一处，足有电脑显示屏高，最上面的 kindle 像是宝塔的顶盖；水笔也堆得乱七八糟，颇具设计感的笔筒被弃置不用，仿佛桌角或者地面才是它们的归宿；再来便是毫无分类可言的合同文件，直接被堆放在打印机上方，都是 A4 纸，勉强算整齐。

虽然乱却分区明确互不干扰，时濛强忍洁癖没有动手替他收拾，偏过脑袋打算眼不见为净时，看见放在桌子右边书架上的一套画笔。

木质笔杆，红貂毛笔头，妥帖地排放在同样木质的洗笔筒里，比桌上那堆笔的待遇好了不知多少。

出于职业习惯，时濛下意识想试试这笔，扫视一圈没找到颜料，遑论画纸，再仔细打量一番，这套笔虽然保存得很好，但好几支笔杆处有明显的磨损痕迹，显然是被人用过的笔。

能得到如此珍视，是谁用过的不言而喻。

正当时濛分神思考该如何处理时，卫生间的门打开，傅宣燎边擦着头发边走出来，看见时濛先是一愣，然后瞥见他手上拿着的东西，眼中浮现出一丝戾色。

"别碰我的东西。"他说。

时濛觉得他很不讲道理，刚才还让他随便坐随便选房间，现在又不让碰了。

这种情绪应该叫生气，可是雪姐说过生日不能生气——得出结论，时濛皱着眉，把笔插回洗笔筒里。

时濛的反应出乎傅宣燎的意料。

按照时濛得不到就要毁掉的倔劲儿，傅宣燎以为他会当场把笔掰折，或者打开窗户扔出去，没想到他这回转了性，非但没发疯，还乖乖把东西放回原处。就是很明显心情糟糕，嘴角下垂，坐在椅子上低头看地面，不知在想什么，像个受到批评的小孩。

傅宣燎没察觉到自己心软了，走上前去，说："不就几支笔吗，你忘了我以前也学过画画？"

时濛稍微偏了偏头，余光捕捉到傅宣燎高挺的鼻梁和滴着水的几缕头发，然后收回视线，闷闷地"哦"了一声。

傅宣燎被他的反应逗笑了，手撑着椅背直起身："既然你选了这间房，那今晚就睡这儿吧。我去吹个头发，冰箱里有水，你自己拿来喝。"

时濛突然开口道："还有三分钟。"

"什么？"

"生日，还有最后三分钟。"

明白过来的傅宣燎不由得失笑："不就过个生日吗，你掐着秒过？"

时濛没有回答他的问题，而是自顾自地问："你开心吗？"

傅宣燎又蒙了："这话不该我问你吗？是你过生日。"

傅宣燎觉得很奇怪，自己被迫把关于礼物的部分也放在了心上，刚才洗澡的过程中左思右想——怎么说也是人家的生日，什么礼物都没准备是不是太……

多余的纠结被一道声音打断。

"我开心，"时濛说，"我很开心。"

时濛的世界没有那么多弯弯绕绕，他的每个想法都可以与行动成为最直接明了的递进关系——过生日不可以生气；喜欢就要攥在手心；还有就是——你开心，我也很开心。

他察觉到今天傅宣燎对他的态度变好，坚信这都是因为去了游乐园的缘故。

隔着一层朦胧的水雾，时濛看着傅宣燎，将十年前没机会说出口的话说了出来："他不陪你去，我陪你去。"

事实上，傅宣燎几乎忘了那天的情形，经时濛提醒，方想起那天大抵是被时沐放了鸽子。好像是因为时沐临时决定去外省参加一场足球比赛，傅宣燎知道的时候时沐已经上了飞机，匆忙到走前都没来得及跟他说一声。

出于趋利避害的本能，傅宣燎的大脑会下意识地放掉一些不太愉快的经历。

既然是不愉快的，自然不太愿意被提起。他该生气，该恼羞成怒，该质问时濛"你凭什么觉得自己可以替代他"。这家伙小时候喜欢偷偷跟着他和时沐，他是知道的，只不过从未点明。

如今从时濛口中听到，他竟有一种隔世之感，好像那是上辈子发生的事了。久远到他都记不清当时的心情，是被爽约的愤懑，还是作为一个高中生独自跑去游乐园玩的丢脸？

不，事情已经过去那么久，早就不重要了。

或许是不忍心破坏最后三分钟的气氛，傅宣燎扯开嘴角，语带玩味地说："那天你果然也在。"

时濛低垂眼帘，轻轻地"嗯"了一声，似是觉得不好意思。

"怎么不来找我？"傅宣燎问。

时濛别过头，不说话。

难得见他露出难以招架的样子，傅宣燎忍不住凑近观察："是不是不敢来找我？"

时濛闭上眼，睫毛簌簌颤抖，幅度很小地摇了摇头。

傅宣燎追问："为何记得这么清楚？"

没等傅宣燎说完，时濛用力推开他，从他身侧的空隙钻了出去，跺着拖鞋"啪嗒啪嗒"地往卧室跑。

傅宣燎没忍住笑，慢悠悠转过身，倚靠在门框，双手抱臂，问逃回卧室的人："我还没说完呢，你跑什么？"

待时濛的背影消失在拐角处，傅宣燎嘴角的笑意收起，目光也冷了下来。

想到他偏执的占有欲……傅宣燎眉心拧起，脸色蒙了一层阴霾，像碰到了一件不知该如何处理的麻烦事。

次日醒来，时濛下意识往身旁摸，没摸到熟悉的毛衣，睁开眼对着陌生的家具愣了许久，才想起这里是傅家。

穿好衣服走出去，客厅、餐厅空荡荡的，一个人都没有。

桌上放了张字条，看字迹，是出自傅宣燎之手——

"我上班去了，饿了叫外卖。要走的话自己打车，别忘了你的车停在鹤亭。"

便笺纸透光，翻过来看还有一行字——

"有事打我电话。"

来来回回逐字逐句读了三遍，时濛把这张字条整齐地对折，塞进口袋。

经过昨天，时濛发现傅宣燎与自己有一个共同点——在食物方面极其不讲究，基本上填饱肚子就行。他把冰箱里的剩菜拿出来，挑了几样方便的放在微波炉里加热，一个人坐在偌大的餐厅里慢吞吞地吃。

时濛吃到一半忽然想起什么，拿起手机对着编号 001 的号码看了几秒，想到那句"我上班去了"，改成发短信——

"你有没有吃早饭？"

编号为 001 的手机号的主人十分钟之后才回——

"吃了。"

时濛想问他吃了什么，冰箱里的食物明显都没动过，输入了几个字后，手指点击屏幕的动作又慢慢停了下来。

就算从星期六调整到了星期天，现在已经星期一了，他没有理由再打扰了。

去鹤亭取车的时候，时濛在停车场遇到了傅宣燎那位姓高的朋友。他悠哉地晃过来，站在车前似笑非笑。

被挡了去路的时濛按了两下喇叭，这家伙非但没让开，还绕到驾驶座俯身敲车窗。

稍做犹豫，时濛还是打开了车窗，问："什么事？"

"没什么事，就是想近距离欣赏人比画美的画家。"高乐成虽然言语轻佻，却规规矩矩保持着社交距离，夸奖也算走心，"啧，果然百闻不如一见。"

对于无关紧要的人说的话，时濛向来左耳进右耳出。

没离开按钮的手刚要把车窗关上，高乐成忙道："哎，别急。"

他从裤兜里掏出一个信封，沿着车窗缝塞进去："既然这么巧碰见了，麻烦把这个带给您的经纪人江小姐。"

信封从窗口进来掉在腿上，时濛拿起来看了看，没打开，问道："这是什么？"

高乐成故弄玄虚地眨了下眼睛："秘密。"

时濛正要去见江雪，既然是顺路捎带，他也不好奇姓高的和雪姐的关系，便将信封插到茶座里，默认可以帮这个忙。

高乐成立刻表示感谢，并附赠一个冷知识："画家，头发短一点更好看哦。"

久未打理发型的时濛闻言一怔。

高乐成指着时濛耳下的位置，做了个咔嚓剪掉的动作。

和江雪的见面地点依旧是展馆内的咖啡厅。

江雪有笔账没算完，拿出计算器拍桌上，对照合同嗒嗒嗒地按，核算清楚后，抬头就看见时濛扭头转向右方，盯着玻璃窗看得出神。

"我看你平时挺不修边幅的嘛。"江雪有些意外，"怎么，终于被自己的颜值震撼到了？"

时濛收回视线，摇摇头，继续搅动杯子里的咖啡。

江雪把最近的几笔收入汇报给时濛，然后长叹一口气："赚的赶不上花的。"

她还在惦记那一千万，觉得那是一笔冤枉钱，给时濛礼物的时候也别别扭扭："喏，给你的纪念币，今年刚好是你的本命年，挺有意义的。"

整版金币包装精美，正面印着今年的生肖，背面则是枫城秋日的落叶风光，用了精细的喷砂凝霜和微缩雕刻工艺，其中几枚还做成了圆形打孔币，极具艺术价值。

"你这表情……不会是嫌土吧？"江雪强行给自己"挽尊"，"金子保值，以后实在走投无路了，还能换点钱东山再起。"

江雪说完又觉得自己乌鸦嘴，轻轻拍了拍嘴巴："呸呸呸，我们濛濛富三代，饿死谁都饿不死姓时的。"

时濛弯了弯唇角，将沉甸甸的礼物收下："谢谢雪姐为我考虑。"

由于很少见到他笑，江雪被这抹神色晃了眼睛，端起杯子轻咳一声："有什么好客气的。"

江雪的淑女形象只保持了不到五分钟，当时濛从口袋里拿出信封递过去，告诉她这是一位姓高的先生托他转交的，她嚯地跳了起来。

"什么东西？让他赶紧拿回去！"江雪嫌弃道，"居然找你帮忙，真是阴魂不散。"

时濛见她这么大反应，知道这忙帮错了，便把信封收了回来。

他没有过问别人私事的习惯，不过江雪性子直，没等被问就主动交代了："上回酒宴之后，这小子不知道哪根筋搭错了，天天往我办公室送花。"

时濛想了想，很确定地说道："他在追你。"

"呵，老娘岂是他这种不学无术的纨绔子弟能追的？"

"他毕业于藤校商科，是高家独子，高氏集团市值千亿美元。"时濛分析道，"严格来说，不算纨绔子弟。"

江雪有些惊讶："你也想让我找个有钱的？"

时濛认真地说："是你说的，门当户对很重要。我觉得，如果你必须结婚的话，可以把他列入考虑范围。"

"小屁孩，"江雪笑了，"先把你自己的事整明白了，再来教育姐姐我吧。"

两人谁也说服不了谁，下午从展馆出来，一同钻进附近的酒馆，点了三盘菜、一扎啤酒，接着讨论。

说是讨论，实际上多数时候是江雪在单方面发泄，时濛做个聆听者，偶尔点头或摇头表达意见。

"虽然说爱情是这世界上最不靠谱的东西，但我们还是可以保留一丝期待。"

没醉的江雪如是说，时濛表示赞同。

"不过这份期待，首先排除纨绔子弟。"江雪竖起手指摇了摇，"男人有钱就变坏是有足够的理论、数据支撑的。看看你爸，我都担心他哪天又带个孩子回去，说是你的弟弟，跟你分家产。"

想到自己也是被这样带回时家的，时濛无法反驳，默默给江雪又开了罐啤酒。

借酒浇愁的结果便是勾起不堪回首的往事，江雪支着脑袋左摇右晃，念念有词道："坏男人、坏男人……可是那个谁，还没发达呢，怎么就这么坏？"

这个问题，时濛答不上来。

江雪松垮着嘴角，恨自己不争气："怎么又想到他了……"

多的是无法言说的苦楚，江雪只能仗着醉酒"神志不清"来宣泄。

时濛的性格注定他虽无法成为开导者，却足够做一名优秀的倾听者。

"你说他为什么就是不喜欢我呢？"说起那个男人，江雪很难不钻牛角尖，"是我不够漂亮，家里不够有钱，还是赚得不够多？"

沉默过后，时濛只能说："不是你的问题。"

借着酒精带来的麻痹撕开伤口，好像就不那么痛了。

时濛想起当年第一次见到江雪，她昂首挺胸地站在他面前，说有信心将他捧成国内首屈一指的画家。

分明是个初出茅庐的小姑娘，却敢说大话，敢到处去闯。

"我老家在浔城，D牌巧克力吃过吧？我家的工厂生产的。"说起家庭背景，江雪骄傲自豪却不扬扬得意，"我还有个未婚夫，A大博士在读，是不是很厉害？我出来闯荡呢，就是为了向他证明，即便没有父母帮助我也可以独当一面，也能配得上他、养得起他！"

曾经时濛有多佩服江雪的勇气，四年前的那个雨夜，就有多心疼她的遭遇。

"我被骗了，濛濛，我们都被骗了。"彼时江雪毫无形象地坐在路边，浑身湿透，狼狈至极，"他说跟我在一起只是为了顺利念书，都是我父母逼他的，他说……他说他欠我们家的已经还清了，让我不要再勉强他了。原来、原来我以为的那些恩爱甜蜜，对他来说只是勉强，只是迫不得已。"

"他根本从来就没有喜欢过我。"

…………

眼泪和着雨淌下，似乎还掺了血的味道。

当年的感同身受有多彻底，后来时濛的遭遇就让江雪有多生气。

在循循善诱、言语打击甚至冷嘲热讽均无效后，无可奈何的江雪只能在恰当的时机借由自己的经历替他敲响警钟。

比如现在。

从回忆中抽离，江雪自问自答："都不是，不是因为我不够好，而是丘比特没瞄准，射穿了我的心，却没射中他的。"

说着，她比画了个拉弓的姿势，把自己逗笑了。

时濛抽了张纸巾递过去。

擦干净眼泪又开了罐啤酒，与时濛放在桌上的易拉罐相碰。江雪总结陈词："古话说得很对，强扭的瓜不甜。"并发出灵魂拷问，"姐跟你讲的话，你到底听进去没？"

时濛先点点头，又摇头，是听懂了却不全认同的意思。

他夹起一片挂着辣椒碎的藕片放进嘴里，嚼两下，便想起了昨晚和傅宣燎一起吃的麻辣烫，也有这股辛香，透着股食材原本的甘甜。

他对食物并不讲究，只要能下嘴，便能咂摸出甜味。

"瞧你这模样就是没听进去。"江雪有气无力地摆摆手，"算了，不撞南墙心不死，你开心就好。"

为了证明自己没有撞南墙，时濛说："昨天我们玩得很开心。"

江雪恍然大悟："我就说嘛，好好的去什么游乐园……你不早说，害我瞎操心。"

时濛很少出门，不知道枫城还有什么好玩的地方。他想，如果去游乐园可以缓和关系，那么不如制造更多这样的场景，两个人不用针锋相对，简简单单待在一起就可以很快乐。

听了时濛的诉求，江雪打起精神："等着，姐今晚就把枫城旅行必打卡地点给你整理个文档。"

晚上回到家，时濛把江雪发来的资料誊抄在笔记本上，按照自己想去的程度排了顺序。

时间刚过九点，傅宣燎应该下班了。

为了不在合约规定的时间以外打扰，时濛还是选择发短信，措辞也尽量谨慎。

傅宣燎总是说他"疯"，他也不是不可以学着"正常"一点——

"这个星期六，我想安排其他活动。"

等待对他来说也是一件不能分心的事，所以发完短信后，他没有边画画边等，也没有放下手机先去洗澡，而是握着手机坐在窗台前等回复。

很快，傅宣燎就打电话过来："什么事？"

"星期六不要来这边了。"时濛言简意赅，"我们在外面见。"

电话那头的人笑了一声："玩上瘾了啊？"

时濛不否认，说道："确定之后我把地址发给你。"

傅宣燎也想知道他葫芦里卖的是什么药，轻松答应道："行啊。"

挂电话之前，时濛喊住他："傅宣燎。"

"嗯，还有什么事？"

"晚安。"

"晚安。"

通话结束，傅宣燎盯着手机发呆了半晌，也没参透那句没头没脑的"晚安"的意思。再寻常不过的言语放到时濛这个疯子身上，也变得稀奇古怪了。

他不知道的是，几十公里以外的时濛，因为这两个字得到了莫大的安抚。

这夜，时濛摆脱了纠缠不休的噩梦，闭上眼睛，在梦里看到无边无际的蓝天，还摸到触手可及的太阳。

今年枫城的冬天来得匆忙，跑几场会议、签几份文件的工夫，第一场雪就从天而降。

天气的突变给交通增添了压力，主城区的路上，车里的傅宣燎正因前方大排长龙的车队烦躁，接电话的语气便不怎么好："有事说没事滚。"

高乐成一听就知道怎么回事，贱兮兮地说道："堵车啦？唉，让你考个飞机驾照……"

"你从城南到城西开飞机？"

"城西？怎么不去城东老时家报到了？"

"时濛临时又改了地方。"

"上回也这样……"

傅宣燎皱眉："闭上你的嘴。"

高乐成非但不闭嘴，还说起自己最近在追的人，他很是苦闷地说："我还是第一次见到不喜欢花也不喜欢手写情书的女人……是不是时二少的朋友都不太正常？"

傅宣燎反问道："那你还上赶着追？"

"新鲜嘛，我长这么大第一次有女人对我这么凶。"高乐成兴奋道。

傅宣燎皮笑肉不笑："那你怕是个受虐狂。"

打电话来自然是有事，高乐成切入正题："傅总周末有空不？"

前面的车纹丝不动，傅宣燎双手松开方向盘，仰靠在座椅上休息："明天我爸妈回国。"

"那算了，接叔叔阿姨更重要。下周末呢？"

"应该有空。"

"就是那什么，我们家在城郊新开了个度假村。"

"请我去玩？"

"嗯，顺便把时二少……"

"我看你是醉翁之意不在酒。"

"哈哈哈，你知道就好，如果能顺便把他的经纪人一块儿叫来……"

"这我没法打包票。"傅宣燎说，"你也知道，是我受制于他，不是他受制于我。"

"可别这么说，明眼人都看得出来是他被你牵着鼻子走。"高乐成先恭维再扔糖衣炮弹，"其实我这儿有件有趣的事，不如咱们做笔交易，我告诉你，你帮我约人。"

"关于什么的？"

"时……"

"那还是别说了。"

"真不想听？这事只有我知道，错过可没机会了。"

高乐成深谙吊胃口之道，傅宣燎原本没兴趣也有兴趣了。

犹豫片刻，傅宣燎说："要是没帮你约上……"

"谋事在人，成事在天。没约上的话，我自认倒霉咯。"高乐成豁达地说道。

"那行。"傅宣燎以自己的商人头脑权衡，觉得怎么算这笔买卖都不亏，"你说吧，我倒要听听怎么个有趣法。"

来到时濛发来的地址，傅宣燎发现是家购物中心。

对于在初雪之日穿越大半个枫城跑来一家普通商场这件事，换谁都很难没有怨气，加上周末人多，停个车都费了好大工夫。乘电梯上去的时候，傅宣燎看到自己在窗户上倒映的面孔黑如锅底，仿佛不是去逛街，而是去砸店。

这份怒火在接到时濛的电话后飙升至顶峰。

"什么？你在南门？"傅宣燎在商场里四处张望，"南门是哪个门？"

"商场外面有指示牌。"时濛说，"我在一家卖糖炒栗子的店铺前。"

傅宣燎傻眼了，问道："你让我出去找你？"

"嗯。"

这家商场面积极大，如果傅宣燎所在的位置正好是北门，那么去南门可能要绕行一大圈。

外面还下着雪。

"你就不能进来吗？"傅宣燎试图挣扎。

"不能。"时濛斩钉截铁地说，"你过来。"

受制于人的傅宣燎只好咬牙冲出去，看到指示牌上的"北门"二字，气冲冲地顶风向南走。

商场前有一片很大的广场，周围的树和栏杆上挂满彩灯。

初雪给人的第一印象总是浪漫的，不少情侣在这里牵手相拥或者拍照留念。穿梭其中的傅宣燎显得格格不入，牛高马大，黑衣黑裤，这会儿更像是来寻仇的了。

快到的时候，前面有几个年轻人占道跳街舞，一帮路人围着看。傅宣燎几次想从人堆里挤过去，都被突如其来的鼓掌喝彩以及人群骚动挡了回来。

糖炒栗子店的招牌近在眼前，傅宣燎彻底没了耐心，站在人群中掏出手机拨电话。

时濛接得很快，显然他也在外面，听筒里传来呼呼的风声。

"时濛，"这两个字几乎是从牙缝里挤出来的，傅宣燎咬牙切齿地命令，"你转头。"

于是，撑着一把黑色雨伞的人转过身来。

眼前摇晃模糊的线条迅速聚拢，仿佛失灵许久的视线对焦程序被修复，方才路过的风景统统没在脑海中留下印记，眼前的一幕却出离地清晰——

时濛穿着一件对他的体形来说过分宽大的白色羽绒服，整个人被包裹在黑白色的世界里，有雪花飘落在他剪短的黑色发梢上，嘴唇和鼻头冻出来的一点红是这幅画上唯一不同的色彩。

不对，还有他亮起来的眼睛。

傅宣燎看见那个不习惯出现在人多场合的家伙，抬起胳膊冲自己挥了挥手，生怕自己看不见似的，又左右摆了两下。

几乎蹿升到头顶的火气瞬间被浇熄，傅宣燎甚至不受控制地挥手回应，等反应过来自己干了什么蠢事时，脸色又黑了几分。

两人进到室内，从时濛手中接过热乎乎的纸袋，傅宣燎才知道他守在外面是为了买这包糖炒栗子，刚才那家店门口排队的人不少。

"还是热的。"时濛说，意思是趁热赶紧吃。

两人进到餐厅坐下后，傅宣燎把手里已经剥开的栗子放到对面时濛的面前："你先尝尝。"

他的本意是找回主动权，不想时濛捏起那颗黄澄澄的栗子肉，好比托着颗价值连城的宝石，送到嘴边之前看了又看，差点儿没舍得吃。

比上回在游乐园的那只冰激凌还要宝贝。

给都给了，为了表现出无所谓，傅宣燎硬着头皮问："好吃吗？"

"好吃。"时濛难得反应敏捷，迅速回答，"很好吃。"

傅宣燎警惕地察觉到，有什么东西在悄然发生变化，像培养皿中蠢蠢欲动的微生物。

他开始把这种变化归咎于场景的改变，毕竟在公共场合，时濛会收敛脾气，自己也不好随便发作，就像在时家餐桌上，众目睽睽之下只能保持微笑，权当修身养性。

反正关起门来，打得天翻地覆也没人知道。

这么想傅宣燎便舒服多了。吃过晚餐，两人到楼上的茶吧小坐，闲着无聊，傅宣燎还故作轻松地同时濛搭话："你这衣服是新买的？"

时濛正拿着本巴掌大的硬皮本涂涂画画，闻言低头看自己的衣服："是的。"再抬头看傅宣燎，"好看吗？"

跟时濛相处久了的人都知道，从这家伙口中说出的话除了祈使句就剩下肯定、否定句，因此傅宣燎被他连贯自然的反将一军弄得措手不及。

黝黑的瞳仁看似冰冷，被盯着却又有一种炽热感。

逃避行不通，傅宣燎只好拿起杯子喝了口茶，让声音闷在杯子里："嗯。"

事实上确实好看，傅宣燎并不擅长说谎。

落在白色里的时濛像一枝插在瓷瓶里的花，花茎纤细，花瓣是另一种白，仿佛内里是透明的，才能白得如此纯净。

时濛画画的时候很专注，削得只剩五六厘米长的铅笔侧捏在手心，修长的手指在纸上唰唰地涂画，间或抬头看一眼在临摹的吧台上的摆件，眼睛微微眯起，对每一处光影都看得仔细。

大概没有人会舍得掐断这枝充满生机的鲜花。

这么想着，傅宣燎看了一眼自己的手掌，它曾几度残忍地掐住这枝美丽花儿的命门，企图将它毁灭。

对于自己下意识地用了"残忍"这个词，傅宣燎回过神来便觉得讽刺。

若将过分的程度分级，偷窃别人的心血之作，还有不择手段弄来想要的东西留在身边，全然不顾旁人的自尊和意愿，分明才是最残忍。

傅宣燎心想：我是疯了才会觉得他可怜。

傅宣燎负气般地收回视线，撑着下巴看窗户外的路人，看木纹墙壁，看杯子里漂浮的茶叶，就是不看这朵看似纯净实则掰开全是心眼的黑心莲。

时濛自是不知同行者丰富的内心活动，进门时他就注意到门口的中式壁龛灯，觉得很美，当即便掏出纸笔描画。

换作别人，第一时间必会选择掏出手机拍下，可是时濛习惯了用画笔记录所见，一旦投入便沉浸其中，画到收尾部分才想起对面还坐着个人。

傅宣燎从来不是个耐心充足的人，以往遇上这种情况早该坐不住了，今天却如此安静……

时濛放下笔和本子，小心地凑过去观察，然后得出结论——是因为睡着了。

托着下颌的手变成平放于桌面，上头压着一张睡着了都皱着眉的脸。时濛稍稍歪头，将视线摆到与傅宣燎齐平，看着他棱角分明的面部轮廓、高挺的鼻梁，以及浓密的睫毛。只有这个时候，傅宣燎才是温柔的。他不会说让人难受的话，不会用近乎怨恨的眼神看自己。

时濛想让他不要恨了，可是怎么能不恨呢？

光线的错位尚且能让同一处景象呈现出两种截然不同的效果，同样地，对由于角度不同而被掩盖的事实，人们只会相信自己看到的冰山一角。

所以，时濛感觉这安静的时光珍贵得像是偷来的。

时濛伸出手，心想：就一秒也好，让我不被他怨恨，不用担心被甩开。

哪怕就一秒。

其实在被触碰之前，傅宣燎就醒了。

他的警惕性向来很高，哪怕工作再累、身体再疲倦，在公共场合也不至于陷入深度睡眠。不过这段小憩虽然短暂，竟也让他做了个梦。

梦里，蝉鸣的午后，飘着浮尘的教室，他的双眼眯成细窄的一条缝，眼皮很沉，像是刚睡醒睁不开的样子。

在与困意做斗争的间隙，他听见有脚步声由远及近，来者走得很轻盈，又有些胆怯，动作很轻地坐在他对面，一阵窸窸窣窣声，掀开了他盖在脑袋上用以隔绝声音的课本。

来者略显急促的呼吸将气息喷在他的发顶，靠得越来越近，傅宣燎听到鼓动的心跳声。

正当他抬起头，打算把"偷袭者"抓个现行，眼前的场景忽然变换，耳朵里也涌入许多嘈杂的声音。

梦境与现实无缝衔接，傅宣燎瞬间擒住伸过来的手，捏着对方的手腕猛地按在桌面。

突如其来的变故让时濛受到不小的惊吓，他瞪圆眼睛，猛地后撤，被傅宣燎用审视的目光打量，又心虚似的垂了眼，故作掩饰地说道："你醒了。"

傅宣燎搞清楚状况后，对时濛倒也没多加为难，松了手，含混地问："我睡了多久？"

时濛抽回手，把本子盖好往口袋里塞，答道："二十分钟。"

晚饭吃过了，茶也喝了，开车回去的路上，傅宣燎望着出现在前车窗里的夜景，好像还没从燥热的梦里转换到飘雪的现实，低喃道："下雪了。"

时濛是打车来的，此刻坐在副驾，也望向窗外。

傅宣燎似乎听到时濛"嗯"了一声，又似乎没有。

他想起去年下第一场雪的时候，他正在办公室审批文件，听见外面女员工惊喜的欢呼，自己望向窗外却只觉茫然。

前年、大前年也一样。为了将债台高筑、濒临倒闭的公司重新扶起，傅家上下倾尽全力，傅宣燎作为独子自是不能袖手旁观。

从国外归来后，他便下工厂，旁听会议，到处跑业务，参与商务谈判……逐渐接手公司成为决策人，高速运转带来的成长足够显著，错过的风景也数不胜数。

许多曾经对他来说很重要的回忆也渐渐变得模糊，不经意回想起的某些片段甚至会让他怀疑是否记错。比如，不久前重现于梦中的场景，虽然当时没有抬头，但是在傅宣燎已经存在的记忆中，在教室"偷袭"他的是时沐。然而方才抓住时濛，与那双清澈眼眸对视的一刹那，他没理由地动摇了，不那么确定了。

顺着初雪的轨迹逐年往前倒推回忆，傅宣燎猝然抓到一个重要节点。

"八年前……"他迫不及待地向身旁的人求证，"八年前的圣诞节，你在哪里？"

第三章
淋雨小蘑菇

八年前的第一场雪下在圣诞前夜。

枫城老一辈人不爱过洋节,年轻人倒是热衷。圣诞前夕,学校布告栏旁竖了棵仿真圣诞树,来往驻足拍照者众多,都是初高中部的学生。

女孩子三三两两前来,红着脸把系了彩绳的礼物或烫了火漆的信封往树上挂,引来一片起哄声。有闲来无事的学生自发组织保卫队,举着喇叭站在圣诞树前:"实名认领啊实名认领,各位心里都有个谱,要是信打开写的不是你的名,尴尬的可不是我啊。"

远离热闹的另一边,时濛独自站在僻静的角落里,呼出的热气在眼前升起又散开。他把兜帽拉高,手缩到袖子里,做好能做的所有保温措施,一副打算常驻的架势。

闪耀的灯火映在眼睛里,再远的喧闹仿佛也与他息息相关。再次确认树顶那个蓝色的盒子暂时无人认领,时濛抬手用袖子搓了搓冻红的鼻子,又呼出一口白色热气。

时濛知道,那盒子不是给他的。

昨天放学之后,傅宣燎和时沐不知去哪里玩了,时家晚餐都散席了才回来。两人有说有笑地上二楼,时沐进套房,傅宣燎进客房。

客房就在时濛房间的旁边。这间房以前是时思卉的卧室,她去外地念大学,时沐让阿姨把房间收拾出来,方便傅宣燎偶尔过来时家住。

今早隔壁的闹钟一响,时濛也跟着起了。

可惜没掐准时间,收拾好东西打算出去的时候想起忘了带颜料,时濛慌慌张张地回去拿，收拾完出来，刚好撞上隔壁同样推门出来的傅宣燎。

以前遇上这种情况，都是时濛先走。他不想引人注意，每次都是先到院外的树丛里等着，看见傅宣燎出门，才蹑手蹑脚地跟上。

这回失策了，两人在距离不到三米的走道里出其不意地打了照面。时濛还没反应过来，傅宣燎先开口："你也这么早。"他手上拿着蓝色的礼物盒，丝毫没有避讳的意思，"干什么去？"

这些年，时濛在时家活得像个隐形人，平时和时家常客傅宣燎并没有什么交集。在学校就更说不上话了，两人年级不同，时濛又是艺术生，大多数时候都在画室待着，而画室又分东西两间，时沐常去的是东边那间。

因此经常以背影形式落在视线中的人突然正面相对，时濛当即愣住，随即后撤一步，答不上话。

大约觉得他的反应莫名其妙，傅宣燎咕哝了一句："我很可怕吗？"

时濛想说不是的，稍慢了一拍，就被急走的傅宣燎抢了先。

"我先走了，方便的话帮我跟伯父伯母说一声，他们应该还没起。"

说着，单肩背包的傅宣燎大步越过时濛，往楼梯口走去。

他一脚踩下台阶，又想起什么似的，突然停住，扭头往走道方向看过来，吓得时濛差点儿又"战术后退"。

傅宣燎一只手插兜，一只手举高扬了扬蓝色的礼物盒。

"如果你哥问起来，就说我去晨跑了。"他笑着说，料定时濛会答应，"记得帮我保密啊，小朋友。"

就在上个月，时濛刚过完十六岁生日，虽然他个子不高，但是很不喜欢被当作小朋友。因此今天他跟是照样跟，却故意把距离拉远了几米，边走边踢石子，在心里提醒自己不要总盯着那个背影瞧。

可是傅宣燎的笑让时濛想起那次自己躲在阁楼的桌子底下，他故意支开旁人伸出手叫自己出来的样子。

到学校门口，时间刚过七点，隔着条马路看着一棵绿油油的圣诞树被校工从车上扛下来，再竖到布告栏旁，时濛还有点迷糊。又看见傅宣燎趁四下无人，把书包扔在地上，噌噌两步攀爬上栏杆，扭身将蓝色的礼物盒挂在圣诞树顶端，用绳子系牢。时濛这才明白他这么早出门的原因。

艺术生也要上文化课，上午语数外三节课，时濛都没仔细听，虽然人在教室，却恨不得把眼睛留在布告栏旁守着。

时濛中午去食堂用餐，特地绕了远路在校门口转了一圈，确定那盒子还在，才定下心来继续下午的课程。

下午三点转移到综合楼的画室，时濛难得没有缩在墙角，而是选了靠窗的位置，仰起脖子就能看见校门口的情况。

今天学生少，东画室没开，美术老师孙雁风带着常驻东边的得意弟子们进门的时候，时濛正撑着下巴望着窗外，听到那个名字，才回神。

"时沐，让我看看你的画！"

学校画室的美术老师每周拟定一个主题，让学生围绕主题来绘画，时沐的起笔总是会受到所有人的关注。

五六个同学将时沐和他的画架围了个严实，七嘴八舌地问他构图、色调方面的问题。孙雁风嫌他们吵，挥着教鞭命令他们回自己的座位，画室才重归安静。

上课时间，校门口没什么人，时濛便也铺开画纸，拿起炭笔开始勾线。

耳边唯余笔头摩擦画纸的沙沙声，偶尔飘来几句交头接耳的低语。时濛将画板调到了迎着光的位置，余光瞥见孙老师正躬身指导时沐作画，看了一会儿，觉得没意思，收回视线，又盯着窗外发了几分钟呆。

他不喜欢待在人多的地方，思维受阻，效率降低，一个半小时只勾了个大致轮廓，压根儿没用上带来的颜料。

收拾画材的时候，时濛动作很慢，显得有些疲惫。后座的同学自走道经过他身边时，无意的一句"你这张和时沐那张的构图好像"给他原本就不甚明朗的心情再度蒙上一层阴影。

这个年纪的少年，没有谁喜欢总是被迫和另一个同龄人比较。可被拿来和时沐比较，已经成为时濛自八岁以来逃不开的命运。

从长相到身高到学习成绩，再到两人都喜欢的绘画，时濛已经习惯被放在做参照对比的低等位置。他比时沐矮五厘米，他和时沐同龄却比时沐低两级，他和时沐画风相似却总被认为模仿……还有很多很多。

时濛觉得，如果这一切皆因他是私生子，那未免太过匪夷所思，毕竟这几个要素之间毫无联系。

然而，这个世界没空解答他的疑惑，也不会采纳他的一面之词。

人们按自己的标准制定尊卑次序，又酷爱跟风抱团，他们觉得有关联那就是有，"真理"永远掌握在大部分人手中。

走到门口的时濛被老师孙雁风叫住："我看看你的画。"

时濛着急走，推托道说："还没开始画。"

"刚才课上看见你画了几笔。"

"不满意，擦掉了。"

孙雁风背着手看向时濛，时濛亦倔强地与他对视。

到底还是没勉强，孙雁风轻轻叹了口气："你的画风与时沐确有几分相似。"他试探着问，眼中带了一丝熟悉的怜悯，"要不要考虑改变绘画方式？或者……你有其他感兴趣的风格吗？"

时濛几乎跑着离开画室，一鼓作气向楼下狂奔。北风胡乱地扑在脸上，将头发肆意吹起。他在操场边停下脚步，两手撑膝拼命喘气。

说不清现在的心情，生气、失落，抑或是难过？在时家待了八年早习惯了，所以他现在依然很平静。时濛平静地调匀呼吸，平静地忘掉刚才发生的事，再平静地走到校门口，找一个没人注意的角落看向布告栏。

冬日的天黑得很早，不过此处视野不错，不仅能看清圣诞树上的蓝盒子，还意外地目睹了时沐被妈妈接走的场景。

是他的妈妈，不是我的，时濛想，虽然总有人说我和她长得很像。

李碧菡对时沐极好，听家中阿姨说，当年出了点意外，还没到预产期夫人就生下了大少爷。早产儿体质弱，夫人为此很愧疚，这些年更是加倍补偿，什么都要给他最好的——最好的生活条件、最好的教育环境、最好的母爱。

身材高挑、举止优雅的女人把柔软的手轻轻搭在时沐的肩上，身旁的司机打起伞撑在他们头顶，女人将儿子往身边搂，让他完全被伞笼罩。

时濛看见她的侧脸，笑容是他无幸得见的温柔。

直到两人上车，目送车渐渐驶远，时濛才察觉头顶落了几点冰凉，融化的雪水顺着额角蜿蜒下淌。

下雪了。

守护蓝色盒子的过程中，由于太无聊，数数都无法填满这段冗长的时间，时濛还想了一些平日里无暇去想的事。

比如他那个没住在时家的母亲杨幼兰，今天是怎么过的，下次见面的时候会不会又叮嘱他"记得让着你哥哥，你应该的"。

比如当年那场"意外"，如果杨幼兰知道撒泼耍闹的结果是李碧菡比她早生，会不会选择收敛一点，或者换一家医院。

比如孙老师那么喜欢杨幼兰，为什么非但不阻止她把孩子生下来，还甘做护花使者，想尽办法帮她把孩子送回时家。

再比如，为什么大家都喜欢时沐。

时沐已经被接走，这会儿说不定已经到家了。他的妈妈那样细心，家里定然开着暖烘烘的壁炉，并为他准备好热乎乎的汤和软绵绵的毛毯。

立在寒风中，头顶落满雪花的时濛一点也不羡慕，他的房间可以蹭到壁炉的余热，汤哪怕凉透也总会给他剩一碗。

他睁大眼睛望向那棵挂了漂亮灯串的圣诞树，盯着尖顶使劲看。

时沐走了，所有人都走了，那个蓝色的盒子，就是我的了。

他等啊等啊，看着圣诞树前的人换了一拨又一拨，远处钟楼的分针转了一圈又一圈，布告栏橱窗边的雪堆积成山。

走到圣诞树跟前的时候，自发守树的几名学生已经散了，门口的保安大叔从岗亭里探出脑袋吆喝道："下着雪呢，快点回家吧。"

时濛点头应下，却没走。等到校园里灯都熄灭，再无人注意这边，他把书包丢在雪地里，学着早上傅宣燎的模样慢吞吞地往上爬。

这并不是件容易的事，栏杆湿滑，也没个落脚点，依靠臂力攀爬上去，腾出一只手哆哆嗦嗦够到那盒子，时濛便手脚虚软，彻底没了力气。加之听到脚步声乱了心神，脚下不慎踩空，还没来得及自救，抱着盒子的时濛便仰面朝天地栽下去。

预想中的疼痛没有到来，身后传来的抽气声让时濛身体僵硬，不会动了似的。

"哐……好沉。"

接住他的人显然也不好受，时濛从喷在脸侧的气息中闻出他喝了酒。

他是什么时候来的？为什么喝酒？是因为礼物没有被期待的那个人拿走，还是……

没等时濛想明白，一条手臂自身侧伸出来，暖热的掌心在并不充足的光线下，还是准确抓住了时濛抱着礼物的手。

心跳声自喧嚣吵闹戛然止息，片刻后再度响起，径直冲向鼎沸。

傅宣燎大口喘气，粗声问："我生日那天，往我课桌里塞礼物的，是不是你？"

像被警察当街逮捕的小偷，时濛头也不敢回，良久才很轻地"嗯"了一声。

"去年，还有前年，也是你？"

"嗯。"

听到想要的回答，身后的人松了口气。

雪还在下，将两个人困在原地。

"我就知道……"傅宣燎的语气恶狠狠却透着股委屈，"我就知道，那个人是你。"

时濛第一次听到别人承认他、肯定他，本该欢欣雀跃，可他太过清醒，理智地知道这话并不是说给他听的。

由于早有预兆，时濛心里只是酸疼，密密麻麻，针扎似的。这痛感远没有书上写的天崩地裂、痛苦不堪那样夸张，但他花了些时间才缓过来。

时濛不善表达，默默在心里打了腹稿，深吸一口气，偏过头刚要告诉傅宣燎"你认错人了"，便见一颗脑袋歪在他左肩上，傅宣燎醉醺醺的，眼睛闭着，呼吸均匀绵长。

居然睡着了。

花了不到半分钟思考，又花了半分钟试图摇醒醉鬼未遂，时濛没办法，捞起傅宣燎两条胳膊架在自己肩上，艰难地把人从地上背了起来。

先把他带回家吧，时濛想，坐在雪地里会着凉。

傅宣燎比时濛大两岁，个子很高，就算在本校高三生中也是鹤立鸡群的，因此虽然不胖，但对时濛来说还是负担过重。

尝试了几次都捞不着他的膝弯，时濛只好攥着他的胳膊往前拽，让他的脚拖在地上，发出沙沙的摩擦声。

仅仅从学校门口走到马路边，时濛就累得气喘吁吁。

天气不好的深夜，鲜少有出租车经过。站着等不是办法，时濛改成架胳膊，扛着脚步踉跄的傅宣燎又走了两条街。

其间傅宣燎醒过一次，也可能是在做梦，含含糊糊地问："那你，是什么时候偷偷关注我的？"

时濛不想回答，也没力气说话。

"你说嘛。"傅宣燎不依不饶，路都走不稳却还要问，"你告诉我，我也……告诉你。"

喘了几口粗气，时濛有些无奈地回答："三年前。"

喝醉的人脑子不灵光，傅宣燎算了半天才说："那也太……早了。"

静默了一阵，时濛忍不住问："你呢？"

傅宣燎醉得不成样子，摇头晃脑哼哼唧唧："我啊，也差不多那个时候。你忘了吗？就是那次在医务室，你给我送——"

话没说完，有车驶来，侧后方的路上亮起灯光。时濛扭头看见绿色的"空车"字样，忙挥舞空着的那只手将出租车叫停。

等好不容易坐上车，时濛再问，傅宣燎已然迷糊到不知今夕何夕了。

"沐沐别闹……"睁不开眼的傅宣燎靠在车窗边，"让我睡一会儿。"

时濛也不是没脾气，扛了这家伙一路，还被认错，满心不高兴地鼓着腮帮子，低头玩手。玩了一会儿又担心傅宣燎这么睡不舒服，伸手扯他的胳膊，让他身体斜过来，脑袋靠在自己肩上。

　　又冷又硬的玻璃换成软乎乎的人肉靠垫，傅宣燎舒服地打了个哈欠，睡得更安逸了。

　　时家大宅地处郊区，时濛承诺了空载费，司机才肯往这边开。

　　付完钱下车，傅宣燎兜里的手机响个不停。时濛一只手架人一只手去找，摸得傅宣燎嘿嘿直笑，时濛也闹了个红脸，接起来的时候声音像蚊子嗡嗡："喂，伯母。"

　　"是沐沐吗？宣燎是不是又去你们家玩了？"

　　一个两个都认错，时濛没工夫解释："嗯，太晚了，我就把他带回来了。"

　　"真是麻烦你了。"傅宣燎的妈妈蒋蓉是个温柔的女人，"以后你也常来我们家玩，伯母买火龙果给你吃。"

　　时濛应下了，把烂醉如泥的人扛到屋里又费了番工夫。

　　时家人都睡了，只有住在靠近门厅的阿姨听到动静出来看情况，见时濛满头满脸的雪，吓了一跳："这么晚怎么不打个电话让司机去接呀？"

　　时濛摇头："打车也是一样的。"

　　阿姨上手帮忙，两人一左一右把傅宣燎架到楼上的客房里。

　　不想惊动已经睡下的人，时濛让阿姨去睡，自己跑到厨房里把剩下的汤热了热，端到楼上。

　　傅宣燎醉归醉，还知道往暖和的地方钻，闭着眼睛摸上床，掀开被子把自己裹了个严实，被扒出脑袋时垮着嘴角拉长声调抱怨："好冷啊……"

　　时濛第一次见他撒娇，感到新奇的同时，好像肩上多了一份责任。

　　他用勺子舀热汤往傅宣燎嘴边送，哄孩子似的："喝了就不冷了。"

　　傅宣燎乖乖张开嘴巴。

　　屋里只开了盏夜灯，昏黄的光线让傅宣燎介于少年和成年男人之间的面部轮廓显得尤为深邃，棱角分明得像绘画课上用来临摹的雕塑。

　　时濛听见傅宣燎不满的声音："灌到我鼻子里了。"

　　这其实不是时濛第一次离他这么近，上次……

　　认真喂了两勺汤，时濛踌躇再三，还是想知道，于是问道："你还记不记得三年前的冬天，救过一个人？"

傅宣燎时睡时醒，也许是大脑受到酒精影响，这会儿大概困倦多过清醒，一个字都没听进去。他睁不开眼，孩子气地拉着时濛的手摇来晃去，之后皱眉道："怎么这么冰啊？"

时濛从小体质欠佳，个子比同龄人矮一截不说，每逢换季，发烧感冒更是家常便饭，枫城的冬天都能把他冷出冻疮。

小时候不耐痛，满手的冻疮让他疼得拿不住笔，晚上放到被子底下又奇痒无比。杨幼兰不准他挠，说挠了手会烂掉。

当时，时濛深信不疑，为了能画画，再难受也不抓不挠。

后来到了时家，每逢秋末冬初都看到李碧菡给时沐准备一副新手套。他捡了时沐不要的一副戴上，果然没那么容易生冻疮了。

眼下时濛又发现了比手套还要暖和的——傅宣燎用大一圈的手笼住他的手，在掌心里焐了会儿，然后反复地搓揉。效果并不明显，傅宣燎眉间的皱纹更深，弄不明白似的咕哝："还是好冷。"

时濛已经感觉不到冷了，他僵在那儿，任由傅宣燎把他的手揉圆搓扁，再低头哈两口热气，继续揉。

察觉到温度变化，傅宣燎傻笑起来："热了。"

喝醉的傅宣燎是个矛盾体，一会儿稀里糊涂，一会儿条理清晰，和他并排躺在一张床上的时濛经常扭头确认他是否真的清醒。

"我就说，这床睡得下两个人。"傅宣燎摸黑往时濛身边拱了拱，"你还总要回自己房间。"

这句是对别人说的，时濛没搭理。

"两个人睡多暖和啊……"傅宣燎感叹道，"你说是吧？"

这句没有具体指向，时濛便"嗯"了一声，当作回应。

傅宣燎又笑了，黑暗中声音很低，震得时濛耳朵里嗡嗡响，耳郭也跟着发热。

"那次去游乐园，"傅宣燎哼唧道，"你为什么放我鸽子？"

时濛闷声道："我没有。"

"哦。"像是压根儿没听进去，傅宣燎既往不咎地说，"以后不准再放我鸽子了。"

过了半晌，时濛犹豫地问："你……还想去吗？"

"想啊。"

"嗯。"

两人躺了一会儿，听到楼下老式立钟被敲响，傅宣燎在钟声里送上祝福："圣诞快乐。"

　　时濛一直等到十二下敲完，也说："圣诞快乐。"

　　"礼物拆了吗？"傅宣燎闭着眼睛问。

　　时濛摇头，心想：那又不是给我的。

　　傅宣燎打了个哈欠："喜不喜欢？拆开看看。"

　　时濛便伸手去够床头的包，拿出那个蓝色的盒子，打开，摸到一块手表。

　　"你不是说画室的钟总是坏吗？有这个，就……就不用担心了。"在被子底下捉住时濛的手腕，傅宣燎皱起眉，"怎么这么瘦？"

　　唯恐被他发现，时濛忙抽回手，转过身去。

　　"要多吃饭，不准挑食。"傅宣燎威胁道，"再挑食，以后我就……不跟你玩了。"

　　从来不挑食的时濛心里有气，闷声道："不玩就不玩。"

　　"别啊。"傅宣燎理所当然地服软以求赦免，"我错了还不行吗？"

　　意识渐渐飘远，彻底昏睡过去之前，傅宣燎还在念叨："你一点都不沉，接住你的时候我太紧张了，我胡说的……你太瘦了，要胖一些才好。"

　　凌晨零点三十分，时濛身后传来均匀的呼吸声。

　　他抬手轻轻揩了把眼角，手背沾了未干的水渍，凉的，可能是刚刚融化的雪。他睡不着，变得清明的双眼盯着窗外风雪中摇曳的树影，在心里盼望天永远不要亮。

　　可是几个小时后，雪慢慢收了势，稀稀拉拉的，碎纸屑一样飘下来，原本黑黢黢的天也泛起一道白。纵然再不舍，时濛还是掀开被子，蹑手蹑脚下了床。

　　傅宣燎睡得正香，时濛把被子理好，将多余的枕头扔到地毯上。

　　拎着书包走到门口，时濛回头看了一眼，一切都很安静，仿佛什么都没发生过。

　　经过时沐的房间，他把那个漂亮的蓝色礼盒放在门口。

　　盒子里有一张卡片，写的并不是他的名字。

　　圣诞节下午，西边那间画室照常开放，时濛坐回角落的位置，时沐进来的时候他抬头，一眼就看见时沐手腕上的电子表。

　　有同学扯着嗓门问："时沐，你买新手表了啊？"

"不是，朋友送的。"时沐笑着说，"你又不是不知道，东画室墙上的钟老坏。"

"还不如买部手机，就选新出的那款土豪金。"

"小心被老师没收。"

"你不说我不说，谁会知道？"

…………

后来的声音都没入时濛的耳朵。

他偏头看向窗外，雪已经停了。

梦也该醒了。

而梦外的雪还在下，落在车前窗，发出轻得几不可闻的碰撞声。

"八年前的圣诞节。"傅宣燎急于知道答案，一字一顿重复问道，"你在哪里？"

原想跟从前一样用沉默糊弄过去，看来这次行不通了，时濛收回落在窗外的视线，看向傅宣燎，反问道："你希望我在哪里？"

傅宣燎先是一愣，随即便觉得好笑："你回答就是了，什么叫我希望？难不成你知道我想听的答案？"

当然，时濛在心里回答。

也许是发觉自己问得多余，反而暴露了真实所想，傅宣燎颇有些懊恼地拍了下方向盘。

"算了，我就随便问问，你爱说不——"

"忘了。"时濛突然开口，"我忘了。"

目光没有焦点地望向前方，时濛说着连自己都听不懂的话："八年前的事，谁还记得？"

自从上次在游乐园过生日，两人就默认了在外面玩到太晚的话，就直接去傅家，今晚亦然。不知是不是错觉，时濛觉得今晚的傅宣燎很凶。

傅宣燎带了包高乐成留在这儿的烟，进屋扔到时濛身边，被他胳膊一甩，挥到地上。

傅宣燎挑眉，略显意外："真戒了啊？"

时濛没搭理。

傅宣燎弯腰从盒子里掏出一根烟，在时濛面前晃了晃："不馋吗？"

时濛推开他的手，等他坐回床边，以为他又要拿烟逗自己，不耐烦地抬脚便踹。

这晚依旧是傅宣燎先睡着。

待到四周寂静无声，时濛悄悄翻过身来，与傅宣燎面对面。

睡着的傅宣燎像只被撸顺毛的大猫，呼吸浅浅的，和以前一样。

他想：认错人那么残忍的事，不能让他知道。

和其他同龄人一样，少年时代的时濛也曾渴望拥有某种不平凡的能力。

相比于别人想要的飞檐走壁、力大无穷，或者预知未来、长生不老，他的愿望显得有些没用和多余——他想拥有造梦的能力。

这个愿望如今已然实现，时濛通过沉默和谎言，成功地为傅宣燎重塑了一场梦境，让那段往事变成他最想看到的样子。

轻轻呼出一口气，时濛把掌心轻轻地贴在傅宣燎的额头上，施下一道魔法。而做梦的人并不在意的事实真相，造梦的人记得就好。

为了去机场接父母，次日傅宣燎起了个大早。

时濛听到动静醒来，揉着眼睛问："要我和你一起去吗？"

傅宣燎笑了一声："老板和我去接爸妈？"

原本还有些迷糊的时濛顿时清醒，冷着脸翻了个身，后脑勺对着傅宣燎。

换衣服的时候，傅宣燎反思了一下，也觉得刚才的话有点儿刺。想着还要帮高乐成约人，他对着镜子叹了口气，从衣帽间回到卧室。

由于是非工作日，傅宣燎穿了身简单的休闲装，头发也没用发胶定型，看起来少了几分成熟稳重，多出成倍的青春朝气。

恍惚中，时濛又看到当年那个身穿校服的少年，将要出口的生硬话语也软了下来："你……干什么？"

"看看你，不行吗？"傅宣燎扬眉，"顺便问问你下周有没有空。"

去机场的路上，傅宣燎在电话里告诉高乐成，事情办妥了。

高乐成吹捧道："老傅可以啊！我还以为成不了呢。"

傅宣燎冷笑："不成的话未免太丢人了。"

"可别这么妄自菲薄，我们傅总除了颜值，工作能力也拿得出手。"

越听越不对味，傅宣燎觉得自己仿佛变成了古时候魅惑君王的红颜祸水，气闷之下换话题道："你还记不记得高三那年的平安夜，我干什么去了？"

高乐成沉思片刻，说道："呃，这么久远的事……我就记得那天晚上咱俩一块儿喝了酒，喝完你说要去学校一趟，我当时劝你别去，外面下雪呢，你非要去。"

"后来呢？"

"后来我就回家了啊，咱俩没在一所学校，也不同路。再后来就是第二天，你乐得跟个傻子似的，说礼物送出去了。"

"……"傅宣燎被这段形容的话语冒犯到，反问，"谁傻？"

"哈哈哈，开玩笑呢，我的意思是第二天你特别高兴，电话里声音都乐颠颠的。"

傅宣燎无语，看见送出去的礼物被人戴在手腕上，能不高兴吗？可他还是觉得哪里不对劲，好像遗漏了什么。死活想不起来，傅宣燎只好继续求助："那前一天晚上，我没再联系你？"

"没有啊。"高乐成说，"你肯定跟人快活去了，哪还记得我这个患难兄弟？"

挂掉电话，傅宣燎长长松了一口气。

是了，事情就是这样——时沐去拿礼物时碰到酒醉的他，并把他带回了家，喂他喝汤，两人还躺在一张床上拆了礼物，说了许多话。

那样温和的动作、舒适的相处，怎么会是时濛？若真是时濛，那块手表后来怎么会出现在时沐的手腕上？

毕竟没有人不知道，占有和毁灭是根植在时濛骨血里的天性，一旦落入他手中，他就不可能容许那块旧手表物归原主。

四年前，傅宣燎曾亲眼见识、亲身体会过时濛得不到就毁掉的疯狂。

思及那夜的狂风暴雨和数十双明晃晃的眼睛，傅宣燎在遍体生寒中扯开嘴角，似在嘲笑自己竟在这种不可能的事情上浪费时间，又像在庆幸自己能在如此极端的控制下苟延残喘至今，实属不易。

融雪天路滑，好在傅宣燎紧赶慢赶，终于接到了归国的父母。

傅启明还是老样子，见面先板着脸问公司的经营情况，父子俩聊了半路，由于对某个项目的策略不同险些吵起来。蒋蓉柔声细语地插嘴："好了好了，刚回来先休息一下，等吃过饭你俩再接着聊。"

饭在家里吃，蒋蓉提前叫了做饭阿姨。

化雪路上堵，阿姨打来电话说要迟到半个小时。蒋蓉便去厨房转了转，看看有没有什么食材，先简单处理一下。

食材没找到，倒是在冰箱里发现一包糖炒栗子。看商标还是网红店铺的栗子，蒋蓉在网上看到过，据说经常要排几个小时的队才能买到。

傅宣燎平时工作忙，这显然不会是他买的。

收拾屋子的时候，蒋蓉又发现傅宣燎的房间比她想象中整洁许多。桌面虽然还是乱，但至少床上的被子铺开了，衣服也没有东一件西一件，甚至穿过的睡袍也平平整整地叠放在床头。

女人的第六感向来准，吃过饭，趁傅启明去楼下散步，蒋蓉拉着儿子在沙发上坐下，问道："宣燎，家里是不是来过人？"

"是啊。"傅宣燎回答，"高乐成来玩过两次。"

被母亲仿佛洞悉一切的眼神看着，傅宣燎主动败下阵来："除了他，还有别人。"

蒋蓉没有逼问的意思，停顿须臾，试探着问："是小濛吗？"

傅宣燎抿唇不语，脸色肉眼可见地变差。

这便是默认了，蒋蓉了然道："想来也不会有别人。"

与时家的交易在傅家也是禁忌话题，平时没有人愿意提起。

蒋蓉这次回来就是为了处理这件事，拔掉全家人心中的刺，于是几经考虑，还是先问清楚："那你现在对小濛，是什么想法？"

"我对他能有什么想法？"傅宣燎不假思索道，"躲还来不及。"

蒋蓉点点头："那我和你父亲就放心地去时家同他们谈判了。"

听到"谈判"二字，傅宣燎愣了一下。

"再等等吧。"稍加思索后，他说，"和时家的合作项目刚开始推进，万一牵扯到……"

蒋蓉已然想好了，接话道："这件事势必会影响两家的关系，不过时家人并不是不讲道理，我们在合作上给足诚意便可。"她看向儿子的眼神满是心疼，"我和你父亲半辈子都过来了，赚再多的钱又能如何？没有什么比你幸福快乐更重要。"

沉默之后，傅宣燎忽而"哼"地笑了一声："幸福？快乐？"

这两个虚无缥缈的词整整四年他没有想过。他只能被动地接受，让他做什么他就做什么，让他向哪儿走他就向哪儿走。他自己都不关心自己是否快乐，反正日子照样过，也只能这样过下去。

蒋蓉对儿子有愧，如今才有底气旧事重提："你还年轻，有的是时间，合约解除后便不必再勉强自己给他做事。"

按说这是傅宣燎四年来最梦寐以求的事，然而自母亲口中听到，他竟没有想象中解脱的轻松感。他没来由地想到了那包糖炒栗子，想到游乐场里的冰激凌，还想到时濛看着他时明亮的眼神。

这些片段来得突然，慌乱中傅宣燎甚至开始怀疑自己是不是得了斯德哥尔摩综合征，被时濛那疯子逼疯了。

抓了把头发，甩掉乱七八糟的思绪，傅宣燎站了起来。

"依我看时家人没那么好说话，这事以后再说吧。"他拿起外套穿上，"我出去散个步，再不出现老傅总又该发飙了。"

蒋蓉也站了起来，似乎还有话想说，最终只把傅宣燎送到门口，目送他上电梯，之后轻轻叹了口气。

下过雪，春天也就近了。

经过多方协调，时间改了又改，四个大忙人总算在元旦前夕凑到一起，分两辆车前往高乐成家在郊区新开的度假村。

路上时濛一直低头摆弄手机，不知在和谁聊天，开车的傅宣燎连打几个哈欠，为了提神没话找话："你以前不是不爱用手机吗？"

时濛这才抬起头，看向驾驶座："你也说了，是以前。"

傅宣燎猝不及防被噎了下，被他看智障似的眼神弄得心头火起，困是不困了，就是差点把牙根咬碎。

其实时濛不是故意不搭理他，只是刚加上孙雁风的微信号，对方正在说事——

"这就是你妈妈养的猫，是不是很可爱？"

说着发来一张照片。上面是一只黑白花的猫，眼睛周围也是一黑一白，拿旁边的垃圾桶作为参照物对比的话，相当饱满圆润。

时濛回复了一个"嗯"字，孙雁风紧接着问他愿不愿意养——

"你妈妈报了个旅行团，我也希望她能多出去走走，只要你帮着养两个月。"

时濛盯着屏幕上的字，想到之前在孙老师家见到的猫，贴着他的裤腿来回蹭，还睁大一双玻璃珠似的圆眼和自己对视。正想着，时濛被一个急刹拽回神志，身体猛然前栽的同时，手机也脱手掉在腿上。

捡起手机再次点亮屏幕，发现刚还躺在对话框里犹豫着要不要发出去的"嗯"字已经点了发送，时濛扭头瞪傅宣燎，似在质问他为什么急刹车。

"到了啊。"傅宣燎抬高下巴，理直气壮中带了点大仇已报的得意，"愣着干吗？还不下车。"

高家这处度假村的地皮价格不便宜，这儿山清水秀，松林环抱，虽然地处偏远，但平日里也不乏游客慕名前来。

度假村元旦期间更是门庭若市，和高乐成一块儿在前台登记的时候，傅宣燎摸不着头脑，问道："你在自家酒店还要登记才能入住？"

"嗯哼，我们酒店有严格的入住和安保管理制度，保证顾客的生命财产安全。"高乐成抽走傅宣燎手上的身份证，在递给前台服务员的同时问，"你和时濛一间房，可以吗？"

"给留两间房我也没意见。"傅宣燎说。

"这话说得我抠门似的。"高乐成嘿嘿地笑，"就一间了啊。"

傅宣燎懒得同他打嘴仗，转过身倚靠在大理石桌旁，看向酒店大堂外在喷泉边闲逛的人。准确地说是两个人，时濛叫上了那个名叫江雪的经纪人。

先前傅宣燎没怎么接触过这个女人，只听说她和自己一般大，今天正式打了照面，还没来得及自我介绍，这女人就白眼一翻扭过身去，一副不屑搭理他的样子，弄得傅宣燎莫名其妙。

现下再看，两人中也是时濛更吸引傅宣燎的目光。

他今天穿了上回在商场穿的那件白色羽绒服，包裹在牛仔裤里的腿修长，兜帽裹住白净的一张脸，仔细看，他似乎正弯着眼眸笑。

"看什么呢？"高乐成伸出五指，在傅宣燎眼前挥了挥。

傅宣燎闻言收回视线，轻咳一声："我看你的眼光越来越差了，那女人不适合你。"

高乐成循着他刚才看的方向，看到江雪时笑得满面春风："当初我也断言你和时濛不合拍，现在你俩不是好得很吗？"

傅宣燎惊呼："你哪只眼睛看见我和他好得很？"

高乐成悠哉地说道："两只眼睛都看见了。"

傅宣燎虽然不信他的话，却又硌硬得慌，很难不放在心上。

为了证明"好得很"纯属无稽之谈，他又往喷泉那边看。

傅宣燎远远地看去，时濛从江雪手中接过一把遮阳伞，打开，举起撑在头顶，然后缓步走喷泉的中央。

云高天阔，泉水清澈，伞面划出一道圆弧，不喜欢雨却名叫雨的人伫立其中，仰头寻找光芒的来源。隔着水做的帘幔，线条柔和的侧脸像是浸润了一层剔透白釉，成为画中景。

待摸到口袋里的手机，傅宣燎才蓦地回神，发现自己竟然下意识想把这一幕拍下来。暗骂一声，傅宣燎飞快地背过身。

高乐成接过三张房卡，不明所以，问道："怎么了？"

待望向落地窗外的风景，他便明白了，立马掏出手机拍照。还没等他按下拍摄键，手机突然被身旁的人横空夺走。

"有什么好拍的，"傅宣燎沉着脸，没好气道，"像朵淋雨的蘑菇。"

乘电梯上楼的时候，高乐成在后排冲傅宣燎挤眉弄眼，等步行在走道里，他特地落在后面，掩唇小声道："我就说吧，他会剪头发。"

提到这茬儿，傅宣燎想起之前和高乐成交换的所谓"情报"，备感无趣："剪头发有什么稀奇的？亏你好意思拿这跟我做交易。"

"不是说了嘛，是我故意让他剪的。"

傅宣燎不以为然："说不定他只是觉得头发太长碍事。"

"这么巧，我刚刚跟他说，他接着就剪了？"

"剪个头发还得挑日子？"

"算了，"高乐成累了，摇头叹息，"神也叫不醒一个装睡的人。"

傅宣燎这次前来除了作陪，还有个任务是为好友助攻。

他打心眼里觉得江雪和高乐成不合适。主要是因为两人的智商不在一个梯队，江雪看着精明得很，高乐成那傻子肯定会被她欺负得连渣都不剩。

四人放下行李一块儿吃午餐，高乐成问下午有什么安排。

江雪搅着杯子里的酸奶，没什么精神地说："好不容易放假，当然是睡觉。"

"大老远跑来睡觉多不值。"高乐成建议道，"不如我们去划船？这附近有个湖很漂亮，特别适合拍照。"

江雪递了个眼神给时濛，时濛点点头，她便应了："好吧，反正闲着也是闲着。"

吃完饭休息一阵，四人就乘坐度假村里的接驳车，往湖畔方向去。

沿途山峦叠翠，阳光中和了风的冷冽，傅宣燎深吸一口新鲜空气，扭头就看见时濛掏出随身携带的小本本和铅笔，垫在膝盖上。

"风景不是一直在变吗？"傅宣燎好奇地问，"这也能画？"

时濛没抬头，只说："能。"

纸上很快出现连绵山脉的轮廓，明暗交界处也添了几笔，然后时濛就慢慢停下了。

旁观的傅宣燎等了半天，问道："怎么不画了。"

不习惯在别人眼皮底下画画的时濛别开脸，说道："你别看着我。"

"那你也别看我。"

"我没看你。"

"你没看我怎么知道我在看你？"

"……"

时濛说不过他，侧过身往边上靠了靠。

傅宣燎逆反心上来，偏要看，抻长脖子凑过去，挤得时濛动弹不得。

怕他俩闹着闹着打起来，前排坐着的高乐成转过来当和事佬，把挂在车门旁的游客记录本摘下递给傅宣燎："你画，不给他看。"

傅宣燎置气般地接过来，用牙齿咬开笔帽叼着，在记录本背面的空白处唰唰地起笔。

不到五分钟就画完了，傅宣燎颇为得意地把记录本送到前排传阅，抬下巴指了指时濛："像不像他？"

高乐成接过本子定睛一看，一朵圆咕隆咚的蘑菇，小鼻子小脸的，嘴角微微下撇，还真有几分神似。

"先前听你说小时候学过画，我还不太相信。"高乐成率先表示认可，"现在信了。"

板了半天脸的江雪用余光瞥了一眼，一时没忍住，笑出了声。

闻声时濛又停笔，动了心思想去看，头刚抬起，视线就被挡住了。

傅宣燎一手遮他眼睛，一手抽回记录本迅速撕掉有画的那张，说道："就不给你看。"

高乐成转回去，冲身旁的江雪尴尬地笑了笑，说道："我这兄弟有点幼稚，你放心，我跟他不一样。"

到了目的地，傅宣燎才知道船是人力驱动的，真的要用桨划。

他当场傻眼，问时濛："你会吗？"

时濛摇头。

那边两人的船已经下水了，江雪冲岸边招手："濛濛，你来我这儿！"

时濛看向岸边告示牌上的"每船限坐三人"，对傅宣燎说："你去。"

"我对坐船没兴趣。"傅宣燎在一旁的长椅上坐下，"我正好清静。"

那边的江雪还在等，高乐成握着桨在原地打转，时濛只犹豫了一小会儿，便对江雪说："我怕水，你们玩。"

光天化日之下，高乐成就算有贼心也没贼胆，放他们俩单独聊聊应该不碍事。确认湖边有随时待命的救援队，时濛在长椅的另一头坐了下来，掏出本子接着画。

没动几笔，时濛听见身旁的人问："你怕水？"

时濛含混地"嗯"了一下。

时濛又听见傅宣燎意味不明地笑了一声："我看，你是怕我跑了吧。"

笔尖停顿之前，在纸上不受控地画出一条扭曲的线。

把笔搁在本子的夹缝中，时濛扭头看向傅宣燎："你想跑？"

他语气确定，尾音下沉，与其说是问句，不如说他在陈述一件两人都心知肚明的事。

傅宣燎突然想知道，如果时濛知道那可笑的合约即将解除，会露出什么样的表情。是扑到他身上，疯狗似的揍他，还是跑到时怀亦跟前拜托他再次出面，抑或是……求他不要走？

仔细想来，时濛还从未在他面前哭过。

长久以来被压抑的反抗天性转化为暴虐因子，在身体里翻腾，傅宣燎突然很想看时濛哭，于是回答："想啊，当然想，做梦都想。"

他凑近，用低沉到近乎蛊惑的嗓音问时濛："你会放我走吗？"

几乎是立刻，时濛抓住了傅宣燎撑在椅子上的胳膊，随后另一只手也伸过来，共同钳制，牢牢掌握。

明明声音都在发颤，时濛拼命咬牙保持镇定："不会。"

晚饭在湖边的饭店解决。

度假村很大，里面各色美食一应俱全，饭店的建筑风格具有当地特色。

由于中午吃了大荤，这回江雪做主点了几道清淡的家常菜，其中有一道松鼠鳜鱼，据说食材很新鲜，都是现钓现杀的。

江雪猜测道："难道就是从旁边的湖里钓的？"

"我回头去问问后厨。"高乐成殷勤地说道，"要是能钓，明天咱们也去。"

江雪兴致勃勃地应下了。

经过下午的划船之旅，这两人的关系突飞猛进，看来高乐成的划船技术不错。

傅宣燎这么想着，仍然黑着一张脸，菜也没怎么吃，放筷子的时候"唑"了一声，高乐成问怎么了，他揉着胳膊道："被毒蘑菇挠了。"

江雪看看他，又看向默不作声的时濛，心情更好了："应该多挠几下，挠个半身不遂什么的，以后就不敢不听话了。"

傅宣燎差点站起来掀桌。

夹在中间的高乐成"和稀泥"，拿着公筷给大家夹菜："来来来，趁热吃啊，鱼凉了就不好吃了。"

四人分两拨回住处，江雪和时濛先走，高乐成借故落在后面，带着傅宣燎鬼鬼祟祟地绕到酒店后一家装修雅致的玻璃屋，报上名字，从店主手中接过一个木盒。

打开，里面放着一条项链，细细的铂金链子缀着一颗剔透的红宝石。

高乐成得意地展示："送给江雪的礼物。我寻思着刚开始追人不宜太隆重，红宝石这种程度的刚刚好，你觉得怎么样？"

傅宣燎"扑哧"笑了："你大老远跑这儿就为买条破项链？"

柜台后的店主拉下脸，咳嗽两声以示不满。

高乐成介绍道："这家店的首饰都出自欧洲名家之手，我爸费了老大劲儿才说服人家来这里开店，如今这店也算是我们度假村的招牌之一了。"

傅宣燎又盯着看了会儿，不得不承认这项链确实颇具设计感，宝石也切割得细致漂亮，无论在光线充足的灯下还是在背光处，每个角度均能折射出层次不同的幽邃光芒。

傅宣燎冷不丁想起上回在东方酒店时濛身上穿的那件克莱因蓝色的外套，心念一动，用手指叩击柜台，问道："你们这里有蓝宝石首饰吗？"

一个小时后，两人坐上最后一班接驳车。高乐成看着傅宣燎手中的盒子，纳闷道："你不都快烦死他了吗，怎么还给他买礼物？"

其实傅宣燎刚买下就后悔了，奈何钱已经给了再退就显得自己小气，只当自己脑抽，为度假村的营业额做贡献了。

"白天你可不是这么说的。"傅宣燎找借口道，"你说我跟他'好得很'。"

高乐成坦言："你俩关系好，我和江雪的事也容易成啊。"

"你这次是来真的？"

"我哪次不是真的？恋爱嘛，享受过程，全情投入就好。"

"从这方面来说，你跟那女人还挺合适，我看她也是个游戏人生的。"

"啧，都说我是来真的了。"

…………

就当补偿给他的生日礼物吧，我的生日他从没落下，每年都准备礼物，有来就有往，以后就算合约解除，我也不欠他什么。

这么想着，傅宣燎又低头打开手中的盒子，并拢手指小心地托起深蓝色的吊坠时，随着手腕转动，猝不及防地泛起一阵抽疼。

那家伙下午到底使了多大劲儿？

刚平和下来的傅宣燎脸色霎时黑了回去，狠狠把盒子关上，暗啐给弄伤自己的家伙买礼物的行为实属有病。

琢磨了一路，傅宣燎在下车前做出了等时濛为"无故伤人"道歉之后再把礼物给他的决定，心情总算舒畅了些。

往酒店里走的时候，傅宣燎边把首饰盒往兜里塞，边考虑明天是否要跟高乐成他们一起去钓鱼。

不会划船是次要原因，主要原因是天冷风大，时濛那家伙身体虚得很，每逢换季必感冒，万一在这儿染了风寒怪到自己头上……

扯远的思绪被打开的电梯门和冲进来的人倏地打断。

看清电梯里站着的两个人，江雪忙问道："你们看见濛濛了吗？"

高乐成反问道："他不是跟你一起先回来了吗？"

江雪拿起手机拨号，听着绵长的忙音，急得直跺脚："他到酒店门口没上楼，说去附近走走……怎么回事啊？电话也不接。"

傅宣燎大步上前，用房卡刷开门。套房内灯光亮起，里面空无一人，手机孤零零地躺在床头的桌子上。

傅宣燎迅速将每个房间检查一遍，出来后问江雪："他离开多久了？"

"一个多小时。"

"会不会是先回去了？"高乐成插嘴。

"不可能。"傅宣燎迅速分析道，"这个点没有前往市区的班车，车钥匙还在我身上。"

高乐成也有点慌了："那他跑哪儿去了？这周围都是山，很容易迷路……"

没等他说完，傅宣燎当机立断安排任务："老高，你去调动周围的安保人员，让他们以酒店为圆心向外围搜索。江小姐，麻烦你留在这里等，说不定他走累了就回来了。"

事到如今只能接受安排，慌乱中，江雪问："那你呢？"

傅宣燎把塞了半天也没塞进口袋的碍事的盒子丢给江雪，然后头也不回地往楼梯间跑："我去找他。"

时濛其实没打算走远。

他只是想去找傅宣燎的那张画，下午去湖边的路上，那张纸被傅宣燎从记录本上撕下来，随手扔进了路边的垃圾桶。

他还没看清纸上的蘑菇长什么样。

吃晚饭的时候，时濛就在思考该如何把它找回来。坐接驳车回酒店的路上，他借着路灯的光仔细看了周边地形，觉得不算很复杂。下车后，他和江雪说了一声，便沿着来时的方向往回走。

走了一会儿，才想起傅宣燎回来也会走这条路，时濛不想碰见他，挑了主路旁的一条小径钻进去，循着大致方向继续走。

夜里能见度低，山里又起了雾，岔路极多，不知哪一处分岔口选错，走着走着就偏离了主路。一脚踩在触感软绵的草地上时，时濛才惊觉走远了。

他的反应向来比旁人迟钝，小时候杨幼兰曾因为他木讷寡言带他到医院去检查。医生说没问题，她还不信，边骂人家庸医边嚷嚷着退检查费，说："这孩子怎么可能没问题？他脑袋肯定有问题！"

望着前方隐没在黑暗中的墨色群山，时濛停下脚步，呼出一口气，心想：说不定自己脑袋确实有问题。

他尝试着沿途往回走，可惜岔路太多，天色太暗，每一次选择都是对方向感和记忆力的严苛考验。时濛走了两三百米，就再次停下了。他认为与其没头苍蝇一样乱走，走到更远的地方去，不如在原地等待，等天亮再找回去的路。

于是，时濛观察了一下四周，在一棵刚好迎着风吹来方向的树旁坐下，躲进避风的角落。

这是他念小学的时候从书上看来的野外求生知识，其中还包括利用太阳或者北极星判断方位。可惜现在是晚上，天上也看不见星星。

坐了一会儿，时濛觉得有点冷，便用肥大的羽绒服尽量盖住自己的腿。

一阵风自身侧刮过，露在外面的脖子首先遭殃。时濛抬手摸了摸只到耳根的发尾，心想：早知道会如此就不剪了，还能挡挡风、取取暖。

傅宣燎想逃跑，就在今天下午。思及此，时濛眼神暗了下去，其中除了被忤逆的恼怒，还掺杂了些罕有的委屈。

心里酸酸的感觉和八年前被认错的那晚感觉相似，时濛抬手按住胸口位置，对这久未出现的感觉很是陌生。

从小到大，所有人都告诉他什么是应该的，例如所处的位置是应该的，让着时沐是应该的，被冷漠对待是应该的……也许是从记事起就被灌输了这些观念，他很少会觉得自己遭受了不公平的待遇，也几乎不会委屈。

看来傅宣燎真的很过分——时濛想，如果他没那么过分，自己也不会三更半夜坐在这荒郊野岭吹冷风了。

只怪了他三秒，时濛便不再想了，开始琢磨别的。

傅宣燎究竟在那张纸上画了什么？雪姐都笑了，难道真的很像我？

对此时濛是不太信的，上小学那会儿，傅宣燎跟他们一起学过绘画，不过只学了一周就放弃了，中学也只去画室蹭过几堂课，怎么会画得好呢？

虽然傅宣燎不擅长绘画，但在其他方面都很厉害，数学、英语、运动……好像没有他不会的东西。

哦，除了划船。

时濛又陷入了另一段思考——傅宣燎是真不会划船，还是不想和我一起划船？

独处的时候，时濛总是会想很多事情，像在用它们填满心底的空洞，挤走无用的杂念。他甚至开始想念被留在酒店房间里的手机，虽然平时懒得带上，但是不得不承认手机在关键时刻会发挥巨大的作用，至少他可以用它报警。时濛直接忽略了会有人来找他这种可能，即便"事后诸葛亮"，他想的也都是自救的方法。

他一个人孤独了太久太久，习惯已变成了天性，所以在听到有人呼唤自己的名字时，下意识地以为是幻听。

"时濛——"

一定是听错了。

"时——濛——"

怎么会有人来找我？

"时濛，是不是你在那里？"

我……在哪里？

一束光扫过他的脸，逼近的脚步从石板路转移到草地上，变得混乱而急促。

地面凹凸不平，来人被绊了下，险些摔倒，深一脚浅一脚地走到跟前，光源直直地打在身上时，时濛不由得眯起眼。

于是，他错过了傅宣燎松了口气后近乎喜悦的笑容。

"喊你半天，"出口的话还是硬邦邦的，傅宣燎半蹲下，视线和时濛齐平，"怎么不知道吱一声？"

过了半晌，适应了光亮的时濛看着面前还在喘粗气的人，张开嘴发出了个单音节："啊。"

傅宣燎愣了下，然后伸手在他眼前挥了挥："别是吓傻了吧！"

话音未落，刚才还坐在树底下跟个木雕似的时濛突然一跃而起，扑到傅宣燎身上，直接将他推坐在地。傅宣燎只来得及用双手后撑稳住身体，还疼着的右手腕再度遭遇重压，疼得他龇牙。

他分不清和被抱得喘不上气相比哪个更糟糕，只好扯开嘴角深呼吸："嘁……你瞧着挺瘦的，力气倒不小。"

时濛把这句当作夸奖，又为自己的过激反应感到羞赧。

好在天黑没人看见。

他从傅宣燎身上爬起来，本想加快脚程赶紧回去，走起路来才发现右脚不知什么时候扭伤了，一动就疼得钻心。

见他一瘸一拐走得艰难，跟在后面打光照路的傅宣燎道："慢点吧，又不赶时间。"

放慢脚步一样要疼，长痛不如短痛。时濛坚持走得很快，额头上冒出涔涔冷汗。

傅宣燎看不下去，上前架着时濛走了一段，路窄不宜两人并行，他索性向前走两步，屈腿矮身，留给时濛一个背影，说道："上来。"

时濛起初不愿意，理由是："路很远，你背不动。"

傅宣燎扭头，凶巴巴道："知道远你还乱跑？"

时濛抿着嘴巴不说话。

"行了，上来吧。"傅宣燎又转过去。

犹豫了一小会儿，时濛走上前，慢吞吞地爬上他的背。

开着手电筒模式的手机转移到时濛手上拿着，傅宣燎抄稳身后人的腿弯猛地站直，突然腾空让时濛倒抽一口气，下意识地用胳膊圈住傅宣燎的脖子。

"你可别恩将仇报啊。"傅宣燎一边向前走着，一边警告，"勒死我你也回不去。"

这话似乎起到了威慑作用，时濛松了松胳膊，以尽量松弛的姿势让傅宣燎背着。

一条幽静小道，一束范围有限的光，两颗从物理距离上说贴得很近的心。近到时濛担心怦怦的心跳声会透过薄薄的胸膛传递到另一个人耳朵里，他不自在地往后撤了撤，听见背着他的人不满地"啧"了一声："别乱动。"

时濛虽然随心所欲惯了，这回却是听话，傅宣燎不让动，他就乖乖地趴着不动了。这倒让傅宣燎有些不习惯。

"还醒着吗？"他问，"不会睡着了吧？"

时濛踢了下左腿。

傅宣燎把人往上掂了掂："就一条好腿了，别瞎嘚瑟啊。"

被问到跑来这里干什么，时濛才舍得开口，答案就一个字："玩。"

傅宣燎了然，问道："下午没坐上船后悔了？"

"没。"

"不过坐船也不是这个方向啊。"

"嗯。"

"能别这么惜字如金吗？"

"能的。"

一个字变成两个字，对于时濛来说是接受意见后做出的改变，是质的飞跃，听在旁人耳朵里就不一定了。

像是被敷衍到，时濛听见傅宣燎笑了。由于贴得很近，他的身体跟着傅宣燎的笑而震动，心脏不断收缩，时濛被这感觉弄得不知所措。

也许是因为演了许多年的独角戏突然有了另一个人参与，布景要调整，道具要重新准备，聚光灯也该多打一束。新台本还没到手，他只能临场发挥。

时濛想了想，问："手还疼吗？"

"疼啊。"傅宣燎说，"使了多大劲儿，你自己不知道？"

时濛有点愧疚，又觉得自己没错，闷声道："谁让你想跑。"

傅宣燎反驳道："你还有理了。"

单论身体上的伤害，过去那些林林总总的加起来，两人其实半斤八两，谁也没占谁便宜。可是很久以前不是这样的，他们有过平和的相处，也在这样一个宁静的夜晚。

"你还记不记得……"在一股由来已久的冲动驱使下，时濛问，"十一年前，你也救过一个人？"

"啊？"傅宣燎被问蒙了，"十一年前，谁还记得？"

"你再想想。"

"再想也没用，八年前的事都忘得差不多了，还指望我能记得十一年前的？"

时濛怀疑他故意拿上回自己说忘了的事装傻充愣，报复的意图昭然若揭。等再度听到低低的笑声，怀疑变为肯定，恼怒的时濛扭身要往下跳，傅宣燎抄着他的膝弯就是不放。

"别跳别跳，别把另一条腿也跳瘸了。唉，记得，那事我当然记得。"傅宣燎败下阵来，把人背稳，接着道，"那会儿的天比现在的还黑，荒郊野岭的，出去那么多老师、同学，就我找到你了，简直……"

傅宣燎没说完，时濛猜测句末应该是"孽缘"之类的词。

可他觉得只有"缘"没有"孽"，十五岁的傅宣燎灰头土脸地出现在他面前，喘着粗气说"找到你了"的时候，时濛封闭的世界第一次打开一条缝，让一个人闯了进来。

另一束聚光灯打在傅宣燎身上，他们站在舞台的两端遥遥相望。

"那会儿你比现在可爱多了。"傅宣燎边回忆边说，"被我救了还知道说谢谢，现在呢……"

这头傅宣燎抱怨着，那头的时濛已然接收到指令，投入行动。

仗着天黑，仗着无人知晓，仗着胸口传递来的暖热，时濛腾出一只手扣着傅宣燎的下巴往后扳，让他看着自己的眼睛。

傅宣燎停下脚步，愣在那里。

时濛看着傅宣燎的眼睛，然后补上一句"谢谢"。

希望留在傅宣燎心里的时濛再可爱一点——哪怕就一点点，能让他在想离开的时候产生一秒的犹豫就好。

后半段路程相对安静，也许是累了，傅宣燎不再主动挑起话题，空气中除了风声和树枝摇晃的轻响，只剩两个人起伏的呼吸声。

趴在傅宣燎宽阔的背上，时濛享受着这来之不易的宁静，又开始不切实际地盼望这条路永远走不到尽头。

被高乐成带领的保安队找到的时候，两人已经走到主路上，远远能看到酒店招牌。

"你怎么不再磨蹭会儿？"傅宣燎揶揄道，"再晚五分钟，我就到门口了。"

度假村的保安团队挺专业的，知道天黑路陡容易出安全问题，推了辆轮椅来。

傅宣燎把扭了脚的时濛放到轮椅上，如释重负地揉着肩膀："你们先走，我歇会儿。"

高乐成安排保安推着伤员走在前面，瞧见坐在轮椅上的时濛好几次扭身探头望向这边，碰了碰傅宣燎："哎，他在看你。"

傅宣燎没搭理，弯腰慢条斯理地拍蹭了泥的裤腿。

"咱们也赶紧走吧。"高乐成催促道，"江雪还在等呢。"

"现在知道抓紧时间了？"傅宣燎没好气地说道，"早不来，害我背着他走了那么远的路，还被……"

"被怎么了？"

"拧了头"几个字傅宣燎说不出口，半天憋出一句："关你什么事？少打听。"

高乐成一脸莫名其妙："不是你自己要说的吗？"

傅宣燎也不清楚自己在别扭什么，时濛的行事作风向来不合常理，直接揍他也是有过的。

傅宣燎想来想去，觉得是自尊心作祟，以往自己总能化被动为主动，将时濛压制得反抗不能。刚才不知怎的，被那双澄亮的眼睛看着，听了一句干巴巴的"谢谢"，人就傻在那儿了。

好在天黑没人看见他的表情，傅宣燎姑且找了个走累了大脑缺氧的借口，把这件丢人的事暂时放下。进到酒店迎面碰上江雪，大概听保安们说了人是傅宣燎找到的，她难得没有见面就对他冷嘲热讽。

"濛濛的脚，医生看过了，是普通的扭伤，静养就好，我把他送到房间里去了。"折腾了一晚上，江雪面露疲色，"你们也早点休息吧，有什么事明天再说。"

也没什么好说的，三人一起乘电梯上楼。

各自进到房间，推开门，傅宣燎才想起那装着蓝宝石的盒子还在江雪手里。刚要转身出去找她拿，视线扫进屋里，他瞧见坐在床边的时濛手上拿了个东西，仔细一看，正是那条他精心挑选的蓝宝石项链。

计划被打乱，傅宣燎有些丧气，破罐破摔地关上门走进去："江雪给你的？"

傅宣燎问了句废话，时濛却听进去了，回了个"嗯"。

脱掉外套转过身，对上时濛直直望来的目光，傅宣燎下意识地躲闪："看着我干吗？"

"是给我的吗？"时濛问。

"当然不是。"傅宣燎想也没想就说，"你觉得这像是给你戴的吗？"

以傅宣燎对时濛的了解，越是不属于他的东西他越是要强行霸占，所以傅宣燎压根儿不担心这项链会落在旁人手上，只是习惯性地拣他不想听的说。不承想时濛这回转性了，没追问那是给谁的，也没不管不顾地把项链套脖子上，垂眼看了一会儿手中的项链，就把它放回盒子里，合上盖子，轻轻放在桌上。

这下，傅宣燎不淡定了。

他先去洗了个澡，出来看见盒子还好端端地在那儿，走过去拿起在手中把玩，余光瞥向时濛，他抱着小本本埋头画画，并无反应。

傅宣燎把那项链拿了出来，举高迎着光打量："店主说这颗原石很纯，几乎看不到裂隙，也不知道真的假的。"

无人应答。

"我看这链子当项链短了，卷两圈当手链倒是挺合适的。"

时濛还是不吱声，仿佛没听见。

项链丢回去，盒子拍在桌上，傅宣燎愤愤地想，反正也不是非要送给你。

已是深夜，时濛洗澡本来就慢，扭伤的脚更添麻烦，足足洗了一个小时才出来。

踩在地毯上的脚步声一下重一下轻，傅宣燎提心吊胆地竖起耳朵，生怕这家伙把自己摔了。窸窸窣窣声越来越近，感受到身侧床铺明显地下陷，傅宣燎才松了口气。

时濛困极了，扯过毯子随便盖了下，上下眼皮正要合拢，左手腕忽然被套上一个物件，沉甸甸的，冰冰凉凉的。

傅宣燎握着他的手腕，伸出一根手指戳了下自腕骨往下坠的蓝色宝石，折射的光芒穿过中心，闪得刺眼。

时濛慢慢睁大了眼睛。

"还挺合适的。"傅宣燎似乎很满意它在时濛身上的效果，扬唇道，"干脆送你了。"

次日天晴，由于时濛有脚伤，大家一致决定将活动场所转移到室内。

度假村有个占地数百平方米的恒温泳池，牌打腻了，几人就来到这边，换上泳衣下水玩。

傅宣燎和高乐成约了场比赛，从这头游到那头，看谁更快。

江雪当裁判，最后两人几乎一齐钻出水面，她自然没理由偏向傅宣燎，非说高乐成先到，把第一给了他。

傅宣燎身体泡在水里，双臂向后搭在岸边休息。

高乐成自江雪那头绕过来，弓腰递出一瓶饮料："等下再比一场，裁判换成濛濛。"

这称呼显然是跟江雪学的，傅宣燎微不可察地皱了皱眉，接过饮料，说道："不用，又不是输不起。"

高乐成也跳回水里，倚靠在岸边，顺着傅宣燎的视线往泳池那头看。

江雪穿了身保守的连体泳衣，却遮掩不住窈窕的好身材。她坐在岸边，和时濛分食一个果盘，巧笑嫣然，迷得高乐成晕头转向，宛如痴汉。

傅宣燎也在看，不过看的不是美女，而是同样坐在岸边，却只卷起裤腿，把脚伸进池子里踢水玩的时濛。

撑在池边的一只手腕上戴了条由项链改成的蓝宝石手链，像是怕它碰到水，时不时举起来看一看，用指腹在其表面轻轻摩挲，珍惜之意不言自明。

对方毫无所觉，傅宣燎便肆无忌惮地瞧，正入神时，高乐成"嘿嘿"一笑："那颗蓝宝石，到底还是送给他啦。"

明知是调侃，傅宣燎还是心烦气躁："说了是补送的生日礼物。"

"好好好，生日礼物。"

"……"

傅宣燎语塞，转身猛地扎进泳池，溅了高乐成满脸水。

都是工作缠身的忙人，这次旅行在第三天傍晚匆匆结束。

四个人怎么来的怎么回去，高乐成负责送江雪回家，傅宣燎开车载着时濛，从郊区开往城区，沿途喧嚣渐远，静谧不再。

驶入城区，窗外的自然风景完全被拥堵的车辆和闪烁的霓虹取代。时濛没了赏景的兴致，低头继续盘弄手腕上的蓝宝石。

趁等红灯，傅宣燎也分神看了一眼，其实时濛平时穿着打扮简单，这颗过分奢华的宝石并不适合日常佩戴。可是时濛依然把它戴在身上，自傅宣燎给他戴上的那一刻起，就再没摘下来过。

时家大宅坐落在枫城的另一头，和高乐成、江雪在城中心的岔路口告别，傅宣燎就开着车一路向东，直到热闹又变回寂静，车窗外的地面倒映着婆娑树影。

到地方下车，傅宣燎帮时濛把后备厢的行李拿下来，还有闲心打趣："就一身睡衣，至于装在这么大的行李箱里吗？"

对此，时濛并不认同："还装了别的。"

开车回自家的路上，天已经黑透。傅宣燎将车窗打开，任由凉风呼啸着灌入。

室外零下三摄氏度，足够使身体温度快速降低，可他还是躁得厉害，恨不能钻回泳池里，强行让自己清醒过来。

他恼自己迟钝，时濛印在肋下火焰形状的文身显然已经存在许久了，久到傅宣燎如今回想起来，都记不清是看见过没放在心上，还是碰到过却没有深究。

现实很复杂。如今摆在傅宣燎眼前，时濛变成了一颗满是尖刺的炸弹，处理它不知该从何下手，不处理又怕被它炸得粉身碎骨。

双手捏紧方向盘，傅宣燎面色阴沉，如笼罩在黑云之下。

因为他发现，若真有这样一颗布满刺的炸弹放在他面前，他首先考虑的不是怎么处理、何时处理，而是到底要不要处理掉它。

危险的东西总是披着人畜无害的外皮，在人毫无所觉之际悄然逼近，等到发现时已经濒临警戒线。

心底的警报拉响，回到家中，傅宣燎在昏暗的客厅坐了一阵子。

他想了许多东西，过去的承诺、未来的牵绊、淡忘的愧疚……又好像什么都没想，脑中一团乱麻，全然抓不到头绪。

蒋蓉起夜时看见沙发上的人影先是一惊，走近了看清楚才舒了口气："回来了怎么不去睡，是饿了吗？"

傅宣燎摇摇头，说道："没事，我就坐会儿。"

蒋蓉便不再多问，去厨房倒了杯水端出来，嘱咐他天冷早点休息。

杯子放在桌上，蒋蓉刚要回房，傅宣燎突然出声唤道："妈。"

蒋蓉停下脚步转过身，柔声应道："嗯，怎么了？"

"下周，"傅宣燎问，"下个星期六，您和父亲有时间吗？"

蒋蓉说："当然有。"

她看着已经长大的儿子，面对二十多年从未碰到过的难题，像只被困在笼中的兽，在黑暗中无声地挣扎彷徨。他最终还是做出了将可能面临的失控和危险提前杜绝的决定。

"那下个星期六我们一起去时家。"傅宣燎的声音很低，透着浓浓的疲惫，"谈解除合约的事。"

1月的第一周对于时濛来说过得很慢。

他完成了一幅画作，开始起草另一幅，动了画人像的心思，又担心画惯了风景画不好人物，遂找了些书来学习。

得知此事的江雪很是疑惑："你都是这个级别的画师了，还需要看书学习？"

当然是要的。就像学着与人相处一样，不久前时濛还坚持自己的方法，认为手段足够强硬，能把属于自己的绑在身边就好。而现在，他尝到了服软的甜头，发现傅宣燎的态度也在随之改变。

没有人生来就喜欢争斗，时濛觉得这样很好，再多一点时间，说不定……

时濛止住想象。

处在一个全然陌生领域的他并不敢轻易预判结果，总之在往好的方向发展，他就很满足了。

忙到星期六，时濛起了个大早，下楼的时候，时怀亦和李碧菡正在用早餐，本想避开，时怀亦招呼他道："小濛起这么早，来，吃点东西再出门。"

时濛只好过去，被安排在长桌的正中，夹在两人中间的座位。席间但闻刀叉碗碟碰撞的轻响，若非知道内情，任谁看了都会以为这是再寻常不过的一家人。

时家规矩多，只有在早餐桌上稍微宽松些。

时怀亦食毕放下餐具，问时濛最近在忙什么，时濛说画画，他又问要不要帮他联系学校读研，时濛摇头拒绝了。

时怀亦说如今的学校氛围开放，兼容并包，与许多年前大有不同，意在告诉时濛不必担心当年的闹剧重演。

时濛就是从那次之后更加畏惧与人交流，并且害怕人多的地方。好在他的工作多数时候都是自己一个人待着，需要跟人打交道的部分都交给了江雪，让他重返人员密度极高的校园，他自是抗拒。

时怀亦大概是随口一提，见他不愿意也不勉强。

倒是先前一直不出声的李碧菡听他说不想回学校，勾唇轻蔑一笑，似在嘲讽他不求上进。当年，时沐二十不到就考上了美院研究生，若不是因为病重，现在都毕业了。

时濛咬着叉子，牙齿不自觉地用力，硌得发疼了才松开。

李碧菡今天似乎不打算出门，穿了简单的家居服，如瀑黑发松松绾在脑后，面前放着一杯果汁，碟子里只有吐司夹蔬菜，还有一个吃了一半的煮鸡蛋。

时濛不知道自己为什么总是不由自主地关注她，也许是因为在这个家里受到过她的照顾，喝过她煲的汤，哪怕她做这些并非出于自愿。

快吃完的时候，时怀亦问时濛这么早去哪儿。时濛说去接猫。

"猫？"时怀亦愣了一会儿才反应过来，"哦，就是你上次跟我说的，你孙老师家的猫？"

时濛含混应道："嗯。"

养猫在时家不算小事，时濛提前几天向时怀亦报备，怕提到杨幼兰横生事端，谎称是孙雁风家的猫，很快就获得了批准。

时怀亦点点头，叮嘱道："你孙老师对我们家有恩，好好照顾他的猫。"

所谓的"恩"无非是当年劝服杨幼兰把时濛送回时家，并从年纪还小的时沐那边入手，想办法出主意让时家上下接受了时濛的存在。

不过，对于时怀亦来说这是恩情，对于李碧菡而言则是一场阴谋，或者说是灾难。幸福的四口之家突然加入一个外人，虽然早就知道他的存在，但一起生活又是另一码事了。

因此李碧菡听到孙雁风的名字便拉下脸，听说要帮他养猫，更是嫌恶："家里哪还有养猫的地方，弄得遍地猫毛，谁收拾？"

时濛说："我会管好它，不让它乱跑。"

李碧菡不置可否，交代阿姨晚餐好好准备，就起身上楼去了。

时怀亦本想留她多聊一会儿，被驳了面子有些尴尬，只好对时濛说："早去早回吧，今天你傅伯父、傅伯母会来家里吃晚饭。"

路上，时濛几经犹豫，还是没有给傅宣燎打电话。

他想问傅宣燎为什么不告诉他晚上他们一家会来吃饭，又猜测说不定傅宣燎认为这是很平常的事，才没告诉他。

抬起左腕，蓝宝石在太阳的照耀下流光璀璨，想起傅宣燎装作不在意地为他戴上手链的样子，时濛弯唇，漾开一丝浅笑。

这颗蓝宝石实在太惹眼，时濛走进杨幼兰在城东的居所时，首先被注意到的也是手腕。

"哪儿弄来这么大颗的石头？"杨幼兰咋舌道，"你爸给你买的？"

没找到拖鞋，时濛站在门口进退两难，闷闷地否认道："不是。"

好在孙雁风也跟了出来，熟门熟路地从一旁的鞋柜里拿了双拖鞋放在地上："外面冷，赶紧进来吧。"

来之前，时濛就猜到孙老师也在。

昨天微信联系的时候，孙老师让他早点出门，说一起吃午饭，当时没说在哪儿碰头，原来就是在杨幼兰家。

进到屋里，时濛坐到沙发最靠边的位置，过了两分钟，又往边上挪了挪。

这个家不是他从出生住到八岁的那个家，是四年前时怀亦过户给杨幼兰的房产，所以地段和户型都不错，一百来个平方也还算宽敞，和当年那个钻风漏雨的小平房完全不一样。

时濛先是看一眼餐厅厨房的窗，又望向对面客厅阳台的窗，想起江雪买房子的时候曾给他介绍过，这叫南北通透。

"傻看什么呢？"杨幼兰尖细的嗓门适时打断了他的观察，"过来帮忙。"

时濛屁股还没坐热便站了起来，在厨房的水池里洗了手，帮着一起包饺子。他六岁就会包饺子，如今做起来也不手生。

孙雁风见他包的饺子圆滚滚，褶子也捏得整齐漂亮，笑得眼睛眯起来："上得艺术殿堂，入得家里厨房，濛濛真不错。"

杨幼兰也瞥了一眼，哼了一声，说道："还以为你住惯了大房子就不会回这破地方来了呢，没想到还记得怎么包饺子。"

三人坐在一起，平静地吃了顿午饭。

也许是因为孙雁风在，杨幼兰有所收敛，没像从前那样牙尖嘴利地说难听的话，尽往嘴里塞饺子了。

吃过饭，时濛本想把碗洗了，孙雁风抢先占了水池，让他去休息："顺便找找木木，就是那只猫，看看它跑哪儿去了。"

时濛没养过小动物，来前用手机上网查了猫的习性，想着应该是家里来了生人，胆小躲起来了，便往犄角旮旯里找。

在餐厅没有发现，在客厅没有发现，在阳台也没有发现。好不容易在敞开着的一间卧室门口看到露在转角处的一截毛茸茸的尾巴，时濛蹑手蹑脚走了进去，打算把猫抱出来。

这猫机敏得很，听到动静便扭身嗖地往外蹿。

时濛弓着腰正要抓它，被它冲出来吓了一跳，向后倾倒的瞬间扶住旁边的斗柜，猫没抓到，倒把放在柜口的书碰掉两本。

稳住身体，时濛先舒了口气。幸好没摔倒，上周右脚的扭伤还没痊愈，再添新伤就麻烦了。

时濛倚着墙弯腰把掉在地上的书捡起来，发现其中A3大小那本文件夹其实是画册。出于画手的职业习惯，同时也好奇画册这样的东西怎么会出现在杨幼兰的卧室里，时濛随手翻了两页，觉得眼熟，视线移到右下角，看到

"沐"字署名，才确认这些画出自谁手。

没等时濛缓过神来，手中的文件夹突然被抽走。闻声赶来的杨幼兰瞪着眼睛，气急败坏地喊："谁让你进我的房间，还乱碰我的东西？"

时濛张了张嘴，答不上来。

紧随其后赶到的孙雁风忙站到两人中间，接过杨幼兰手中的文件夹，先是愣了一下，不过很快反应过来，说："我说这本画册怎么找不到呢，原来落在这儿了。"

杨幼兰还生着气，听了孙雁风的话不知怎的又有点心虚，别开脸，含混道："是啊，你回去的时候记得拿走。"

下午时濛想早点回去，孙雁风为把猫哄出来使出浑身解数，用准备好的宠物笼子装好，连同各种猫粮、猫用品打包，提着送到楼下时还在喘。

"年纪大了，不服老不行。"孙雁风擦着额角的汗，把东西递给时濛，"这猫就是有点怕生，跟它混熟了就好。"

时濛接过，原本打算放后备厢，想了想还是打开后车门，把猫安置在座椅上。

车挪到路口，孙雁风还没回楼上，时濛降下车窗玻璃同他道别，他欲言又止似的弯腰凑到车窗前："濛濛啊，你妈妈刀子嘴豆腐心，她说的话你别往心里去。"

时濛不知该如何回应。

孙雁风又说："她要是真不想你好，当初也不会把你送回时家了，对吧？"

时濛沉默片刻，点点头。

孙雁风大概是放心了，直起腰来叹气道："这些年，你受委屈了。"

时濛并不能理解孙老师口中的"委屈"，毕竟他连委屈这种情绪都鲜少感知到。

他猜孙老师说的多半是大人对时沐的偏爱，但是喜欢这件事本就无法控制。他能理解每一个喜欢时沐不喜欢他的人，至少时沐给周遭人的印象都是开朗、优秀，或者阳光、善良，没见过他真实面目的人这样认为一点都不稀奇。

想起许多年前和时沐打过的几次交道，尤其是四年前的最后一次见面，那张苍白面孔上得逞的笑，时濛打了个寒战，握着方向盘的手都渗出薄汗。

回去的路上经过花店，时濛把车停在路边，进去买了两束花。

江雪告诉他，花会使人心情愉悦。她最近也舍不得拒绝高乐成送来的花了。时濛想好了，一束花送给傅宣燎，另一束洋桔梗插在楼梯拐角的花瓶里。

　　李碧菡喜欢白色，下楼的时候看到，心情也会变好，说不定就不会计较他养猫的事了。

　　他准备好了一切，迫不及待地回到家里，看见车库里停着傅宣燎的车，不由得加快动作，着急到把猫忘在了车里，快走到门口又折回来取。

　　手上东西太多，时濛先上楼把宠物笼子和一大包猫用品放在卧室，然后抱着两束花出去，把白色的那一束插好。

　　想着刚才路过楼下书房的时候没见里面有人，客人多半在二楼的起居室，走在走廊里的时濛尽量放轻脚步，唯恐打扰到人。

　　行至门口，时濛才发现花还抱在手上。

　　这是送给傅宣燎的，带到长辈们面前显然不礼貌。时濛只犹豫了一下，便转身准备把花放回自己的卧室。

　　就在这个时候，隔着一道薄薄的木质推拉门，起居室内传出的说话声让他停在了原地。

　　"当年我就说，签合约不合适，不能这样强求的。"李碧菡的声音。

　　紧接着是一道男声，时濛不太熟悉，说话的人应该是傅宣燎的父亲："我们今天过来，就是希望能心平气和地谈一谈解除合约的事。"

　　如同一记重拳迎面砸来，还没感觉到疼，剧烈的嗡鸣声先在耳畔炸开，接着蔓延至脑中，迅速占据全部感官。时濛怔怔地站在那儿，被抽走了魂似的，一脱力，手上的花掉在地上，他却浑然不知。

　　屋内交谈声止，有人走近，木门推开，一只脚踩在散落的火红花瓣上。

　　看见门口站着的人，傅宣燎先是愣住，之后略显烦躁地皱眉："你在这里干什么？"

第四章

他不像任何人

我在这里干什么？勉强接收到这条信息的时濛也问自己。

他的意识被震出躯体，四分五裂，一时半刻找不回来，只凭着自我保护的本能抓到了关键信息——解除合约。

声音发颤，时濛机械般地重复了一遍："解除合约，是什么意思？"

沉默持续了数十秒，傅宣燎才开口："时濛……"

"小濛回来了？"屋里的李碧菡忽然出声，"那正好，进来一起谈。"

怎么进去，怎么坐下的，时濛一概记不清了，长辈们的交谈他好像也全都听不懂，或者听进了耳朵，却没传到脑袋里。

因为有客到访，李碧菡换了身正式些的裙装，时思卉也在。母女俩挨在一起，面上始终带着笑，仿佛聊的只是件不痛不痒的小事。

后半程，零碎的一些诸如"合作照常""股份转让""不伤感情"的话语，陆续灌入时濛缓慢苏醒的意识里，可他抗拒解读，只觉得很吵。

他唯一在乎的是傅宣燎刚才到底想说什么。

"瞧我们，在这儿安排了半天，还没问问孩子们的意见。"眼看意见相投，谈得愉快，李碧菡笑着抛出话题，大有结束这段谈话的意思。

在场的长辈中只有时怀亦显得有些犹豫，当着这么多人的面又不便多说，他顺势把话语权交到小辈手中，问傅宣燎："小傅啊，解除合约，是你提出来的吗？"

停顿片刻，时濛听见傅宣燎回答："是。"

"那你有没有和小濛说过这件事？"

“还没有。”

“那……”

“我不同意。”一道声音打断了两人的对话，时濛显然没有遗传到时怀亦的温和谨慎，插嘴都那么不合时宜。

关键时刻，时濛终于恢复了神志，抬眼扫视屋内的人，冷眼旁观的、幸灾乐祸的，唯独没有帮他的。最后目光直直落在傅宣燎身上，时濛说："我不同意解除合约。"看似镇定冷静，其实时濛只是强打精神，尽量让孤军奋战的自己不露怯。

围坐在餐桌旁吃饭的时候，满桌人都默不作声，时濛才得以趁机喘口气，放松紧绷的神经。可他刚才已经用尽全力，眼下拿着筷子的手都在不住地哆嗦，几次夹的菜掉在桌上，他便用手去捡，再用餐巾把手擦干净。

时濛不想让人看轻，给自己戴上了坚不可摧的面具，他告诉自己——这是在捍卫我的正当权利。于是，饭毕，傅家人打算告辞的时候，他很自然地对傅宣燎说："今天星期六。"

时思卉率先站出来，责怪道："小濛，别这么不懂事。"

接着，李碧茵说："当年就是你耍小孩子脾气，非央求着你爸帮你签下这份合同，四年过去了，你也该长大了。"

“我不是小孩子。”时濛说，"合约还没解除。"

场面一度陷入僵持，傅启明沉着脸，蒋蓉也满脸无奈。

决定权又被交回时怀亦手中，他哪头都不想得罪，思来想去找了个折中的办法，让傅宣燎暂且在时家留下，顺便和时濛好好谈谈。

“事情总会解决的。”时怀亦拍拍傅宣燎的肩，"你们两个都是大人了，不要总是让父母跟着操心。"

傅宣燎被迫留了下来。目送载着父母的车离开后，他在门廊下站了很久。

曾经不愿意上楼与时濛面对面的他，会在每个星期六借此机会拖延，能晚一点是一点，眼下倒是找回了几分当初的心情。

整整一个星期，他除了工作就是想这件事，想该怎样对时濛说。

经过四年多的相处，他能预料到时濛的反应，可是下午打开门对上时濛的眼睛时，他莫名地陷入迷茫，好像所有的准备都作废了，全然忘了该如何去应对。那双清澈的眼睛里，有愕然，有仓皇，还有他以前从未见过的失落和悲伤。

原来时濛也会伤心，傅宣燎想，这么残忍恶毒的人也会有如此脆弱无能的一面，这是一件多么可笑的事。

虽然他咧开嘴角，却没有笑出来。

上楼的时候，傅宣燎碰到从起居室里出来的阿姨，她手上拿着簸箕，里头装着一束花瓣凋零、残破不堪的花。他想起这花是时濛带回来的，是想送给谁的不言而喻。

"傅少爷。"

年逾半百的阿姨自小便这么唤他，见他看着簸箕里的花出神，便停了脚步，顺着他的视线低头看去，叹道："可惜呀，多漂亮的一束花。"

傅宣燎听出阿姨话里有话。

忘了哪一年，大概是那份合约刚签下不久，阿姨打扫屋子经过站在门廊下消极抵抗的他，曾语重心长地劝道："二少爷只是不善于表达，傅少爷不妨试着待他好一些，他定会待你更好的。"

对于当时的心情，傅宣燎记不清了，想来如果一半是无法理解，另一半必是怒不可遏。现下回想，阿姨至少说对了一半，不过另一半，他不想去验证，也没必要验证了。

三九隆冬，枫城一年来最冷的日子。

带着寒气推门进到屋里，被充足的暖气包围，傅宣燎看见时濛蹲在床边的角落里，伸出手指逗从宠物笼子里探出脑袋的猫玩。

时濛的头发很短，前不久刚修剪过。

听见开门的声音，他并没有抬头，仿佛沉浸在自己的世界里。

屋里安静得让人焦灼。

傅宣燎走上前，随口问："哪儿来的猫？"

原以为时濛不会回答，不承想他微微皱起眉，像是不满被打扰，却还是回答："我妈养的。"

纤长手指在黑白花猫的头顶轻轻地挠，过了一会儿，他又说："她要出门，让我帮忙照顾。"

与其他人不同，时濛的反常总是悄无声息，因此傅宣燎并未放松警惕，"嗯"了一声后，站在原地没有挪动位置，继续被动地等待。

并没有等太久。

时濛抱起那只胖乎乎的猫，放在膝盖上，顺势在床边坐下，介绍说："它叫木木。"

他很少连续不断地说很长一段话，停顿几秒才接着说："时沐的沐去掉偏旁，木头的木。"

他很少提到时沐的名字，所以哪怕语气平静地说起，都隐隐藏着惊心动魄。果然安静只是假象，掩藏其下的风暴掀起的那一刻，就注定了没有人能幸免于难。

可这一刻，傅宣燎忽然有了种类似解脱的抽离感，整个人都空了似的。

傅宣燎呼出一口气，本欲说好聚好散，转念想"聚"字似乎与他俩无关，出口便成了："时濛，到此为止吧。"

终于完整地听到先前没听完的话，时濛却愣住了。他抬头看着傅宣燎，似在确认这话是不是从他嘴里说出来的。然后，他很快地低下头，逃避似的，一下一下地摸猫后背的毛："那你，下个星期六，有什么安排？"

傅宣燎不说话。

听不到回应，时濛有些着急，手掌不受控制地使力，呼吸都快了起来。怀中刚跟他熟悉起来的猫察觉到了抱着它的人不对劲，腿一蹬从他身上跳了下去。

手上顿时空了，只抓到一缕没有重量的空气，时濛忙追问："那以后的星期六呢？"

时钟的秒针无声地向前踱步，傅宣燎用沉默代替回答。

抓不住的恐惧迟滞地涌上，时濛站了起来，心却在不断地下沉。

"那，不出去了，不要出去了。"一段简单的话说得磕磕巴巴，时濛竭尽全力表达，"下个星期六，以后的星期六，你还照常来时家？"

傅宣燎还是不说话。

时濛不明白怎么了，事到如今他才开始回想，开始找原因，可这事发生前毫无征兆，原因岂是他想找就能找到的？

就在几天前，傅宣燎还送了礼物给他。对了，礼物！

时濛摸到戴在左手腕的蓝宝石项链，猛地拽了下来："这个不是给我的，我不要了。"

他捉住傅宣燎的手，把项链往他手心里塞，为了挽留，也为了自保："不是给我的，你拿走，我不要这个，我只要……"

剩下的话没来得及出口，身体被大力一推，后退两步倒在床上。

令人摸不着头脑的举动让傅宣燎烦躁起来，不可否认，他被时濛看着他的眼神狠狠烫了一下，有一瞬间甚至萌生了动摇的念头。

幸而理智占了上风，曾经的承诺化作牵绊阻止了他继续偏离。

傅宣燎握紧拳头不肯接，慌忙地用手臂挡开项链："时濛，别疯了。"

而在被推开的瞬间，时濛猛然想起，在酒店拍卖会后台幽暗的房间里，傅宣燎曾经对他说过同样的话——

"别疯了。"

还有——

"不是你的，永远都不会属于你。"

原来是这样。

可如果不是属于我的，那是属于谁的呢？

时钟嘀嗒嘀嗒，被作乱的手指拨回原点。四年零五个月前，白纸黑字的合同，荒唐的契约——独角戏的终结，故事的帷幕拉开，被他赋予了那么多美好的期盼，然而对于傅宣燎来说，只是一场噩梦的开端。

原来自始至终，他都讨厌我，恨极了我。双眼布满血丝，时濛睁大眼睛紧咬牙关，哪怕忍得面目狰狞，也不允许自己落下泪来。

"如果，如果我是时沐，是不是，"时濛艰难地喘了口气，"是不是……"

话刚出口，时濛便发觉这个假设毫无意义。

这次傅宣燎回答了他："你是时濛。"

是啊，他已经是时濛了，已经疼了，已经千疮百孔了。

已经没有人喜欢了。

时濛撑着胳膊坐了起来，然后站起身。他走到床头，输入密码，打开抽屉，拿出一沓 A4 纸，是四年前他们签下的合同。

傅宣燎看着他，以为他被说服了，心中那一点说不清道不明的遗憾淹没在如释重负里，以致他忽略掉了紧随其后的空虚。

然而时濛走过来，将那份傅宣燎做梦都想销毁的合同翻到其中一页，指着上面的时间，生怕他看不清，举到他面前。

"十年。"时濛说，"傅宣燎，合同写了的。"

就算手指抖得厉害，像是连薄薄的几页纸都捏不住，时濛仍强迫自己保持清醒，甚至挤出一个自以为得体的笑。

他对傅宣燎笑，意在告诉对方"我一点都不怕"，还有"我很好"。

哪怕他看起来摇摇欲坠，随便一阵风吹来就会跌倒。

"十年，三千六百五十天。"照着合同上的时限，时濛微笑着，却冷血地宣布，"一天都不能少。"

没有人愿意给时濛承诺，连一个简单的约定他都要拼尽全力才能争取到。所以骂他疯子也好，笑他偏执也罢，他手上的必须紧紧抓牢。

夜晚，床头突兀地竖着一个画架，落地灯的光打在苍白的纸面上。

瘦削的身影立在画架前，炭笔摩擦纸张的沙沙声被外面的风声掩盖，窗户是开着的，冷风与屋内暖流冲撞，此消彼长，表面上达成了微妙的和谐。

平静之下暗流涌动，傅宣燎一站起来，时濛就扭头看向他，像看守犯人的监狱长，霸道得理所应当。

"洗个澡，不行吗？"傅宣燎冷笑着问。

时濛收回视线，重新看向画纸："你洗吧。"

傅宣燎便走进卫生间，关上门打开灯，他收了笑，抬手捏了捏眉心，疲累如潮水席卷而来。

今天下午特地早早地来到时家，就是为了避开时濛，把事情谈好。不承想时濛竟提前回来，撞了个正着。

想到时濛，压抑在心底的烦躁隐隐有卷土重来之势。傅宣燎站在淋浴花洒下，任水流自头顶冲刷，冲走烦恼，开始思考接下来该怎么办。

时家女主人李碧菌显然是偏向解除合约的，毕竟先前她还想拉拢傅家，企图将时濛手上的股权夺回，自是不愿意看到他和时濛走得近。

至于时怀亦，立场当属中立。

当年他帮时濛签这份合同的主要目的是制约傅家，如今父亲给足诚意，保证在合作上的获利傅家永远位于时家之下，并将最终决策权都交给时家。从商业角度考虑，时怀亦便没必要继续执行这份合同；如果从亲情的角度考虑……

傅宣燎不确定，因为按当时时家在枫城的地位，用不着签署这份合同，前景已是一片光明。反而是傅家，若当时没能得到时家的帮助，多半撑不过那个困难时期。

如此看来，促使时怀亦签下合同必有时濛的原因。

至于这份爱子心切究竟占几分，傅宣燎尚无法确定。

根据傅宣燎以往的观察，时濛刚到时家那段时间，时怀亦对这个外面女人养的私生子并不上心，把他接到家里也只管他吃饱穿暖，旁的连一句口头关心都吝啬。

转变出现在四年前，与签订合同的时间差不多，自那时开始，时怀亦对时濛的态度变好了许多，不仅关心他的生活，还主动帮他安排学业，光是回到学校继续深造的事，傅宣燎就听他提过好几次。

如果是因为只剩这么一个儿子，所以将爱都转移到时濛身上，还算说得过去；如果是出于愧疚，觉得先前亏待了这个小儿子，这个不存在契机的转变未免来得太过突然。

时怀亦先前十几年没想过对他好，等人长到二十岁了，突然良心发现，这显然说不通。傅宣燎不确定从时怀亦那边突破的成功率有多少，唯一能寄希望的只有长辈施压。

他也不是没想过劝服时濛。

冲完澡回到卧房，傅宣燎抬眼便看见放在画架旁的合同，还有上面压着的蓝宝石。

傅宣燎不过看了两眼，时濛就警惕地用手按住，护食似的瞪着他。没过多久，那份合同就被放回床头上了密码锁的抽屉里，旁人想碰一下都无计可施。

傅宣燎自嘲地一笑，为自己天真的想法。

他问："这样有意思吗？我答应过时沐，不会忘记他。"

该说的都说了，傅宣燎无奈地闭上眼睛，不再尝试同一个疯子讲道理。

或许因为临睡前提及，这晚傅宣燎久违地梦到了时沐。

起风的时候，他站在操场的那头，遥遥望过去，虽然有些模糊，傅宣燎却能确定他在看自己。

他用眼神质问：你怎么可以忘了我？

傅宣燎试图辩解，想说我没有，可是张开嘴却发不出一点声音。

事实上，他连时沐的样子都看不清。

他问自己：究竟是看不清还是记不清？

没等他找到答案，时沐又问：你是不是根本没有想起过我？

当然不是，傅宣燎无声地回答，只是……

只是时间过了太久，这四年来发生了太多事，只是有太多身不由己。

傅宣燎连在梦里都承受着重重压力，唯恐被指责不守诺言、背信弃义。

而时沐摇了摇头，似是无法接受他的解释，旋即抬起手，指向他身后。

傅宣燎回过头去，看见一道清瘦的身影。

心跳骤然加快，犹如受到某种指引。傅宣燎不受控制地回身，抬脚向前走去，全然忽略了背后的呼唤。

那身影邈远虚弱，好似风一吹就会飘走。

傅宣燎脑海中的其他想法瞬间被清空，唯余一个念头——走过去。

傅宣燎猛地睁开眼时，天刚蒙蒙亮。

翻过身，看到床边探出的一颗带着尖尖耳朵的毛茸茸的脑袋，傅宣燎愣了一阵，才想起是时濛昨天带回的猫。

时濛已经起了，也有可能整晚没睡。

他很瘦，脊骨在单薄的睡衣下触目惊心地凸起。倒好猫粮转过身，傅宣燎看见他灰白的脸以及毫无血色的唇，曾经明亮的眸也变得暗淡无光，像是一夜之间被抽走了生气，徒留一副冰冷的躯壳，与梦里如出一辙。

回归现实后，傅宣燎的心脏依旧跳得很快，后怕涌了上来——我怎么可以朝他走？他可怜也可恨，到如今对自己做下的恶事仍不知悔改，这样的人，怎么能让他忘了时沐？

很快，傅宣燎就对自己鬼迷心窍之下产生的一点可以称为心疼的情绪感到讽刺，因为时濛见他醒了，迅速放下手中的猫粮勺，然后大步走到床头，用身体挡住他上了密码锁的抽屉。

他扭伤的脚没好全，走路还有点跛，动作一快甚至有点可笑。

最后一缕思绪也从梦中抽离，傅宣燎如释重负般地松了口气，之后"哼"地笑了一声，说："放心，我不会偷拿。"

如果撕毁就能达到废除合同的目的，他又何必出现在这里？

闻言，时濛怔了片刻，也发现这样的守护不过是徒劳，无声地垂低眼帘，看向墙边把脸扎在饭盆里用餐的猫。

星期天不在合同规定的范围内，傅宣燎洗漱完就要走。

时濛跟到楼下，猫钻出门缝也跟了出来，他返回去把猫从台阶上抱起，步履匆匆地追上。

明知身后有人跟着，傅宣燎却没回头。

上车、关门一气呵成，把车倒出来的时候，从后视镜里看到抱着猫站在门口的时濛，他狠心地移开视线，毫不留恋地一踩油门开了出去。

傅宣燎去了鹤亭。

高乐成今天不在，在电话里让他直接上楼，说今天的领班会给他安排。

说完这些，高乐成不忘调侃："怎么回事啊，老傅，被你老板扫地出门了？"

"今天是星期天。"傅宣燎说。

"就是星期天才奇怪啊……"

"我和他快解除合约了。"傅宣燎下意识地打断原来的话题，"昨天去是为了谈解除合约的事。"

电话那头的高乐成沉默了一阵，试探着问："来真的啊？"

想起上周在度假村，他也差不多这样问过高乐成，傅宣燎故作轻松，有样学样："我哪次不是真的？"

"可是……不对啊。"高乐成想不通，"上周你还给他送了礼物。"

恍神的须臾，傅宣燎想起昨晚时濛拼命把那项链还给他，说什么"不是我的"，还有"不要了"。

是他的东西他不要，不是他的反而不管不顾地强留，傅宣燎扯开嘴角，心想：时濛这哪是疯啊，分明是傻。

耳朵里听着这声冷笑，高乐成觉得毛骨悚然，他紧张地说道："怎么回事啊到底，他又怎么你了，还是你怎么他了？你俩成天闹腾个没完，搞得我追江雪都不敢放开手脚。"

连个旁观者都觉得闹腾了，傅宣燎长舒一口气。

"没什么。"他的嗓音带着疲惫。

这边的傅宣燎摒弃了挣扎，打算快刀斩乱麻；那边又疯又傻的时濛已经开始担心下个星期六怎么办。

他已经习惯了期待星期六，日历每一页星期六上的英文缩写"SAT"都被他用红笔画圈，有的还做了特殊的标记。

距离春节还有两周，他原本安排一个星期六去听音乐剧，另一个星期六去郊外摘草莓。

很少有人知道傅宣燎嗜甜，对糕点水果更是偏爱，所以时濛特地从江雪给他的地点中把这处草莓园挑了出来，列入计划。

他已经通过电话和草莓园的主人把场地订好，连到时候要穿什么他都想好了，还是那件白色羽绒服，上次从度假村回来的第二天就送去干洗，算算日子已经可以去取了。

时濛在屋里来回踱步，一会儿翻翻这里，一会儿看看手机，想把心头的躁动抚平了。

"你看，世界上还有其他人比我更清楚他吗？"

"没有了，只有我。"

意在证明的自问自答后，时濛呼出一口气，躁动的心也稍稍平复。

接下来的五天，时濛就这样反复地自我催眠。

刚起草的画在焦灼的心境下被画得线条潦草、色彩驳杂，有如印象派的变幻模糊，艺术价值未知，江雪看了时濛发来的照片却连连叫好。

"这是你以前没有尝试过的新画法啊。"视频里的江雪难掩激动的神色，"我觉得这幅画会翻开你艺术道路上的新篇章。你等着，我去联系一个大展会，让这幅画受到万众瞩目，以大价钱风风光光地拍出去。"

听了她的畅想，时濛却提不起劲："我觉得不好。"

他将这幅充满惊惧和忧伤的画从画架上摘了下来，当着江雪的面撕成两半："不好，重新画。"

虽然不是第一次见他撕画，但江雪还是被他这毫不犹豫的架势弄得心脏停跳半拍。

"宝贝，你就这样把姐走上巅峰的梦撕碎了。"她拍着胸口叹息，接着又摆出凶相，"下一幅必须比这幅好，给姐把梦拼凑回来，听到没？"

时濛没说好也没说不好，把手机放到空荡荡的画架上，拿起一旁的书翻开。

这是一本关于人像光影处理的书，已经被翻得卷页了。

江雪见了问："还在看？想好画谁了吗？"

时濛张开嘴想说什么，名字到唇边却奇怪地没能发出声音。

他摇了摇头，不知是没想好，还是没把握，总之暂时画不成了。

江雪怕他钻牛角尖，尽量把话题往轻松里带，比如"要不姐帮你找几个人给那姓傅的套麻袋揍一顿吧"，或者"不如让你爸给那合同加一条违约赔款，赔死他"。

时濛却笑不出来，他又不需要那么多钱。

很久以前，江雪就知道时濛有多固执，不管摆事实还是讲道理都不能把他劝动，她能做的只有关心和陪伴。

"明天他要是……"

"没来"两个字江雪没说出口，她换了轻快的语气："你就给姐打电话，想去哪儿姐陪你，就算你要爬珠穆朗玛峰，姐都跟你去。"

时濛点了点头，慢吞吞地说："不爬，太冷了。"

视频通话挂断之前，江雪忍不住多两句嘴："那什么，以后就算画得不满意也别撕啊，姐的新房在装修了，正缺几幅挂的画。存在即合理嘛，你觉得不好的作品，总能在其他地方发挥作用。"

时濛应下了。当时没觉得哪里特别，不承想第二天，这句话竟成了时濛能抓住的最后一根救援绳，在他坚守多年的信念濒临崩塌的时刻，给他提供了一个扭转局势的方法。

春节前的倒数第二个星期六，时濛早早起床，将阁楼的窗帘拉开，窗户大敞，手机也放在身旁最近的地方。

他在九点整给编号为001的手机号码发了条信息，问傅宣燎今天什么时候来，对方一直没回复。

想着傅宣燎可能周末加班在忙，时濛等到下午三点，又发了一条，问他晚上想吃点什么。

今天阿姨买了鱼，时濛特地去厨房提醒她不要放辣。

"鱼不放辣也可以做得很好吃。"阿姨虽然答应了，却有些犹疑，"可是今天傅少爷会来吗？"

"会的，"时濛说，"他没说不来。"

时濛的世界构成很简单，非黑即白，凡许诺必践约。

傅宣燎没说不来，那就是会来。还有五年零七个月，这么长的时间，傅宣燎没说讨厌，那他们就总有一天会变成朋友。

编造了一条完整的逻辑链，时濛定下心来，没有继续发短信，而是站在阁楼的窗边接着等。他很熟悉等待，当年就是因为他等得住，才在学校门口的那棵树下被傅宣燎接住。也是因为他不缺耐心，可以等很久很久，才得到了白纸黑字的约定。

看，这个世界其实是公平的，仅仅付出时间就有收获。

随着时间的推移，这条完美的逻辑链仿佛被蛀出一个洞。时濛坐立不安，眼睁睁看着洞越扩越大，从中钻出一个不断蠕动着的、黑漆漆的预感。

这不祥的预感在时针慢悠悠地走过刻度五，逼近刻度六的时候逐渐成形。

时濛在它变成一个具体的轮廓之前，拿起手机，给001的主人打电话。

第一遍没接，第二遍也没有，直到第三遍，听筒里才传来嘟声以外的环境音，还有傅宣燎那个姓高的朋友的声音。

"老傅人不在。"高乐成显然不擅长撒谎，一句话说得颠三倒四，"有什么事等他回来……哦不，我帮你转达。"

时濛不需要转达，他只有一个诉求："让傅宣燎接电话。"

电话里的嘈杂停止，因为麦克风被手捂着。

再度响起声音时，时濛坐直身体，唤道："傅宣燎。"

能通过一个呼吸声确认电话对面的人是傅宣燎，这是只有时濛自己知道的小秘密。

可惜傅宣燎对他的这项天赋并不感兴趣，语气也掺杂浓浓的不耐烦："找我干什么？"

时濛没有绕弯子的习惯，直接道明来意："今天星期六。"

"星期六怎么了？"

"你应该过来。"

"过来哪里？"

"时家。"

傅宣燎笑了一声："时濛，你是不是忘了，我们已经解约了。"

一语击中痛点，空着的那只手攥住窗帘布，绞紧，时濛说："没有解约，合同还在履行期。"

对此，傅宣燎只觉烦躁。这周他给时怀亦打了好几个电话，希望能和他单独谈一谈，结果他老人家要么没空，要么就是临时有事，硬生生拖到星期六也没能找到机会碰面。

"已经在议了。"傅宣燎只能说，"早晚的事。"

如此应对本来没毛病，可他忘了时濛的脑回路与常人不同，而且固执透顶。

"不管早还是晚，现在还没有解约。"时濛理直气壮地说。

最恨被命令的傅宣燎险些把手机摔了。不过还没到需要妥协的地步，毕竟时濛就算有再大的能耐，也得遵纪守法。

于是，他又淡定下来，对着电话悠哉道："要是我不过去呢？"

我就是不过去，难不成你要用根绳子把我从鹤亭捆去时家？

傅宣燎以为时濛会抓耳挠腮，会气急败坏，没想到话筒传来"咔嗒"一声，电话挂断了。正在傅宣燎对着被挂断的通话界面发呆的短暂工夫，手机振动，时濛发来了一张照片。

抱着"我倒要看看你要什么花招"的想法点开，看清照片内容的瞬间，傅宣燎双目圆瞪，噌地站了起来，只来得及同高乐成说了句"有事先走一步"，便大步流星地冲了出去。

一路超车变道，他只用了半小时就赶到时家大宅。

太阳落山，天已经黑透。敲开门进去的时候，来开门的阿姨一脸惊讶："傅少爷，你怎么来了？老爷和夫人都不在家……"

傅宣燎无暇细听，进屋后他就头也不回地往楼梯口跑，三步并作两步，一鼓作气冲上阁楼。撞开画室的门时，他过分急促的喘息里蹿入了迎面而来的凉风，冷热夹击，突然咳嗽不止，头发也被吹乱了，颇为狼狈。

然而傅宣燎顾不得这些，因为眼前的景象太过惊悚，骤然目睹令人肝胆俱颤，像是出现了应激反应，他从手指末梢到心脏都在疯狂战栗——

在他所处位置的正前方，不到三米的地方，穿着一袭单薄睡衣的时濛抱着一幅足有半人高的画坐在窗台上，画框连同半边的身体挂在窗外，头顶是一束聊胜于无的晦暗灯光，背后是无边无际的黑夜。

风自身侧争先恐后地挤入室内，撩起时濛宽松的衣角。他仿佛随时都可能被风吹起来，然后托到高空，再重重摔下，最后粉身碎骨。

听见声音转过头，时濛望向站在门口气喘未定的人，露出这些天来的第一个笑容。

他的选择是对的。

他终于可以松一口气，对傅宣燎笑着说："你来了。"

心脏跳得极快，傅宣燎甚至分不清这几乎灭顶的恐惧，究竟是源于害怕那幅画被毁掉，还是担心时濛摔下去。

情况危急，没有时间容他厘清思绪，傅宣燎边上前边喊道："你疯了吗？快下来！"

也许是那个"疯"字提醒了时濛，坐着吹了很久冷风的他忽然想起自己为什么要坐在这里。他把那幅名为《焰》的画往窗外送了几寸，觉得好玩，自己也往外挪了半臂距离。

然后，他像发掘了什么新鲜刺激的事情，再度转头看向傅宣燎，带着满腹好奇，无知无畏地问："你是不是想把我推下去？"

傅宣燎只觉心口一沉，脚步也随之钉在原地。

看见他的反应，时濛又无声地笑了。

冷风吹人醒，此刻的他摆脱了与生俱来的迟钝，仿佛灵魂脱离到半空，借了双慧眼，摇身一变成了居高临下俯瞰众生的神明。

他仿佛能看见傅宣燎心中所有邪恶阴暗的念头，已经萌生的、被压抑着的、藏在隐蔽角落的……全都被放大无数倍，看得清楚真切。

可惜太晚了，他已经孤身踏上一条钢索，前方狭窄陡峭，身后漆黑不见五指，没有回头路，只能朝前走。

在这里，眼泪和软弱最是无用，温柔和等待换不回任何怜悯。所以变回肉体凡胎的他只能将卸下的盔甲穿了回去，再在外面装上坚硬的刺。

唇角的笑容失去温度，被沉重缓慢压平。时濛在凛冽的风中冷眼看着傅宣燎，置身事外般地告诉他："要是你把我推下去的话……这幅画也没了。"

趁风势减弱，傅宣燎大步上前，一把扯过时濛的胳膊，双手抄住他的腰，将他从窗台上拖下来，头也不回地往屋里扛。

动作自是谈不上温柔，被摔到床上的时濛蒙了几秒，回过神来忙扑到一旁的画框上，唯恐被抢走似的紧紧抱着。

傅宣燎掰着他的肩逼他松手："你不是很厉害吗？不是会把讨厌的东西毁掉吗？还留着这幅画干什么？啊？"

他喘得很急，嗓音粗而凶狠，显然是被激怒了，下手丝毫不知轻重。

肩胛骨被捏得很疼，胛骨濒临错位似的发出咯吱声响，时濛却不怕，用全身力气护着那幅画："这是……我的画。"他咬牙，断断续续地说，"我的，是我的……我的画。"

傅宣燎急红了眼："我出一千万，我给你一千万，你把它给我。"

挣扎中，时濛扭过头来，看向傅宣燎的眼神中多了一丝冷意。

"我不卖。"他在疼痛中提起唇角，笑容得意又苍白，"别说一千万，就算你给一个亿、十个亿，我也不卖。"

无人退让，结果便是两败俱伤。

为了护住画，时濛死死维持一个姿势，肩膀和脖子被捏出道道青紫。

傅宣燎更狼狈，方才把时濛从窗台上救下来的时候就被画框撞了脸，扭打争夺的过程中又被画框边划伤了手，如今额角到脸颊肿起一片，手上的伤口还在渗血，看起来十分狰狞。

虽然以前也经常这样，不过都是小打小闹。这次动了真格，两人仿佛随时又要打在一起。

到底是傅宣燎觉得没劲，先松了手。

傅宣燎见时濛还在固执地抱着那幅画不动，想起他刚才满口"我的我的"，冷笑道："也是，花了一千万呢，从法律上来说，这幅画确实是你的。"

时濛没吱声。

傅宣燎看见他抠着画框的手指动了一下，忍不住说："你这么恨时沐，怎么不干脆把这幅画毁了？"

时濛突然坐了起来，冲他瞪圆眼睛："这是我的画！"

"好好好，你的，是你的，行了吧？"

不欲与一个神志不清的人争辩，傅宣燎一脚踩进鞋里往外走。

"你去哪里？"

"包扎一下。"傅宣燎举了举还在流血的手，又抬下巴指床上，"小心你的画被人偷走。"

时濛又急忙回头，双手抱住画框，模样可怜又可笑。

走到门口，傅宣燎忽然想起什么，回头道："你是不是有一幅画，画的铃兰花？"

时濛先是愣了一下，然后偏过头，疑惑地看向他。

"那就是有了。"通过他的眼神确定，傅宣燎笑着说，"画得不错，可惜被我烧了。"

看见时濛的肩膀狠狠一颤，傅宣燎心底终于升起一股报复的快意。

他忍不住想让时濛更痛，于是说道："我都忘了那幅画长什么样了，毕竟连画带框，烧得灰都不剩。"

就像你四年前，亲手毁掉我的自由一样。

沿着木质楼梯走下去，傅宣燎收了笑，扭打过后的松弛并没有让他感到丝毫舒适。短暂的快感过去后，只剩下满心冷寂与一身颓唐。

时濛拿那幅画当筹码的动机并不难猜，因为四年前他就知道利益的纽带最为牢固，知道用一纸合同让自己低头，现在又用一幅画作为筹码逼自己过来，还挺聪明的。

所以提出毁掉那幅画的时候，傅宣燎自己也捏了把汗，一方面想着如果没那幅画就不再受制于时濛，另一方面又怕时濛疯起来真的把画毁了。

至于时濛本人，定然是不想死的，不然又何必自导自演这一出？

得出这个结论，傅宣燎甚至没意识到自己松了口气，便冷静下来接着投入思考。他还是希望那幅名为《焰》的画能好好的，只要它还在，就有机会夺回来。

下意识地用了"夺"这个字，反应过来的傅宣燎无奈地扯了下嘴角。

本来就是他的东西，现在居然要靠抢，这个世界还真是奇怪。

药箱放在离餐厅很近的储物间里，路过的时候碰上在中岛台边喝酒的时思卉，她看一眼傅宣燎的手，拉开身旁的高脚椅，示意他坐下聊聊。

横竖一时半会儿不打算上去，傅宣燎便坐下了，把药箱放在桌上打开，翻出碘酒和棉签，娴熟地给自己的伤口消毒。

曾经，傅宣燎觉得在人前暴露伤口是一件很无能甚至丢脸的事，如今能面不改色、处之泰然，原来丢人这事也会渐渐习惯。

"我说刚才怎么那么大动静。"时思卉摇晃着酒杯，似笑非笑，"你俩闹四年多了，还没够呢？"

伤口碰到药水，痛觉神经再度绷紧，傅宣燎皱眉道："这话你该问他。"

时思卉抿了口酒："也是，你都提出解约了。"

两人各怀心思，沉默一直持续到傅宣燎包扎好伤口，合上药箱。

怕来不及，时思卉先开口试探："你没忘了我弟弟吧？"

从法律上说，她有两个弟弟，不过傅宣燎知道此句的弟弟指的不可能是楼上那位。

傅宣燎抬眼看她，用眼神问她是什么意思。

时思卉了然般地笑了："要是忘了，怎么会提解约……原来我问了句废话。"

想起上回，也是在这里，连状况都差不多，一个喝酒一个拿伤药，当时互相防备着，谁也不敢透底说真话，如今解约的事被放到台面上，倒是消除了不必要的顾虑。

傅宣燎不否认便是默认，时思卉放心大胆地透露："当年我弟弟病危的时候，他也做了骨髓配型，你还记得吗？"

即便不想提及那段灰暗的日子，傅宣燎还是仔细回想了，说道："嗯，不是说没配上吗？"

"医生说，骨髓配型的最佳情况就是亲兄弟姐妹之间的全相合移植，所以我和他是第一批做配型检查的，可惜我没配上。"

"他……不是也没配上？"

"应该没有吧。"

"应该？"

"因为我们谁也没看过他的化验报告。"时思卉忽然笑了一下，嘲讽道，"事情过去这么多年，我的配型检查单现在还在我妈那儿收着，他的配型检查结果只有我爸口头的一句'不匹配'。你说这事是不是挺有意思？"

傅宣燎皱眉，说道："可是，如果配型成功，没道理不救。"

毕竟骨髓移植不是肾移植这种会对捐赠者的身体造成较大损耗的手术。

"是啊，所以我说应该没配上。"时思卉叹了口气，"但是时濛的配型检查单被藏起来这事，一直是我妈的心头刺，她总觉得我爸隐瞒了什么。"

听着这番叙述，傅宣燎陷入思索。

不多时回过神来，他举重若轻道："你们的家事，告诉我干什么？"

时思卉举起酒杯，在空中做了个干杯的动作："还不是因为很快我们就是一边的嘛，提前透个底，顺便表达一下诚意。"

关乎人命，傅宣燎并不觉得有意思。但是，这件事在他心里扎了根，更坚定了他要和时怀亦单独见上一面的想法。

然而，时怀亦这周更忙，电话都是助理接的，打过去不是在开会就是在休息，比日理万机的总统还忙。倒是李碧菡主动联系他，问要不要来家里坐坐。

思及上回被拉拢没谈出结果，傅宣燎稍加犹豫后，回道："还是换个地方吧，万一再碰上什么状况……"

这便代表有的谈，李碧菡在电话里笑着说："还是你考虑得周到。等下回你时伯父在家，我再好好同他说说解约的事。"

虽然谁都没明说，但都知道双方互需助力，即将达成合作。

回家时，父母问起来，傅宣燎把这件事大致上说了，蒋蓉叹气道："现在能在你时伯父面前说上话的，也只有你李姨了。"

傅启明却有些不赞成："他们的家事你少掺和。上回我们谈得好好的，时家人也松口了，再等上些时日，合同自会解除。"

傅宣燎问："再等，等多久？"

傅启明眉宇深锁，答不上来。

"我等不了了。"傅宣燎说，"等了四年多，够久了。"

之前告诉时思卉他忘了，其实并非全然是谎言。

昨晚他躺在床上，闭着眼睛回想，发现自己真的连时沐的样子都记不清晰了。

这种关于遗忘和食言的危机感，让傅宣燎第一次正视时间的可怕。

时间可以冲淡记忆，麻痹人的神经，甚至可以造出一场幻境，使人不自觉地沉溺。如今他惊醒过来，回想之前的四年他浑浑噩噩地过，像习惯了丢人一样习惯了每个星期六，这何尝不是一种堕落。

急于逃离的傅宣燎，在春节前的最后一个星期六，又被时濛以一幅画威胁，不得不赶到时家，心情自然是差到了极点。

"我摘的草莓，吃一点吗？"他记得时濛问他。

傅宣燎嫌恶般地别开头，冷笑中尽是轻蔑之意："时濛，你贱不贱啊？"

他试图用最恶毒的言语刺痛眼前这个人，然而时濛只愣了一下，就把手中的草莓塞到自己嘴里，闭紧唇很慢地嚼。

时濛心想：奇怪，是苦的，明明刚摘下来的时候还很甜。

当时，傅宣燎看着坐在床头画画的时濛，忽然意识到四年多来自己一直尽职尽责，每周都把自己捯饬得整整齐齐地过来。或许正是因为太投入，雇主对他的工作满意，才舍不得放人。

所以傅宣燎只能对他坏一点儿，再坏一点儿，自己便能早早抽身，免得……免得怎样？怎样都不重要了。

傅宣燎掐断了自己的思绪，没再往下想。

画画的时候应该是时濛看起来最正常的时候，他抿着唇，神情严肃认真，目光落在画纸上，随着笔尖的移动轻盈地飘忽。

他似乎在画人像，用线条按比例架构起半身，看样子对起笔并不满意，揉掉三张画纸，竟只开了个头。

傅宣燎好奇他在画什么，百无聊赖下盯着看了会儿，就一小会儿，时濛慢慢停了笔，扭头问："你看什么？"

想起上回在度假村的游览车上，时濛也是能躲就躲，不让人看他画画，傅宣燎嗤笑："是你非要我待在这儿的，你让我往哪儿看？"

"我画得，比他好。"时濛说。

意识到他口中的"他"是谁，傅宣燎有些烦躁地轻嗤一声："还挺自信的。"

事实上，时濛画得的确很好，以他学过一个星期绘画的业余眼光都能看出来。可惜这家伙不珍惜天赋，竟干出偷画这样的事。

反过来想，时濛既然画得这样好，每天都灵感爆棚、动笔不停，把画画视作吃饭一样寻常，自己画不就得了，为什么要偷别人的画参加比赛？

疑惑刚浮现在脑中，忽闻一声绵长的"喵——"

两人齐齐往声音来源处望去，看见蜷在床头窝里的猫嘴巴张得老大，正在打哈欠。

这只猫自打来了时家就没出过声，这是它第一次叫。

像是知道被两双眼睛关注着，圆墩墩的猫从窝里站起来，先抖抖毛，再四肢着地前腰下塌，表演了个极限伸懒腰。

对这只名叫木木的黑白花猫，傅宣燎总是心情复杂。

不过，小猫能有什么坏心眼呢，到底架不住撸猫的渴望，傅宣燎拍拍手，招呼道："过来。"

伸完懒腰的木木看了他一眼，直起身抖了抖毛，竖着尾巴优雅地走向画架方向，在适当的位置蹬腿一跳，稳稳坐在了时濛身上。

伸手接了个空，傅宣燎霎时忘了刚才想到哪儿，心想：这地方真的没法待了。

今年除夕是星期五。

以往傅宣燎父母常在国外，难得聚在国内过春节也没什么过节的气氛，吃个饭就各自回房休息了。傅家人平日里忙，都需要私人空间。

于是圈子里一年到头走动最勤的这几天，反而成了傅宣燎偷懒的时候，从昨天开始响个没完的电话大多被他拒接，反正不接也知道多半是让他去捧场玩闹的。

留在公司发完员工福利，站好最后一班岗，恰逢高乐成来电话约他喝酒，傅宣燎便从公司直接赶过去了。

这次没在鹤亭，而是去了一家新开的酒吧，装潢走的文艺风，里头放着轻摇滚，灯光打得迷离暧昧，适合放松和交谈。

"知道我为什么不约你去鹤亭吗？"刚碰面，高乐成就连珠炮似的吐槽，"因为那个叫徐智的老搁我跟前打听你，你说我整天被他围着转，影响多不好。"

傅宣燎听了笑道："那你下回告诉他，傅总也是个出来打工的，不值得他这么惦记。"

高乐成瞧了瞧他的脸色，拿不准他是不是在开玩笑："你和时二少的合约，不是快解除了吗？"

"谁知道呢，"傅宣燎陷在沙发里，年前连日的忙碌抽空了他的精气神，"也没谈出个结果来，总得把这年先过了。"

他说的是前天和李碧菡的会面。其实，总的来说，不算糟糕。傅宣燎表达了想尽快解约的诉求，希望对方帮一把。李碧菡也隐晦地提了需要他协助的地方。

这个上了年纪的女人保养得当，笑起来眼尾都不见皱纹："无非是些上不得台面的家事，让你看笑话了。"声音也柔缓，道出的内容却有些残忍，"时家本该属于沐沐的那份，我这个当妈的自是要帮他拿回来的。"

当时没觉得怎样，回过头来想想，傅宣燎才发现自己下意识在为时濛感到悲哀。

偌大一个家，富丽堂皇，父母健在，却不知道谁会在背后捅他一刀，让他在一夜之间一无所有。虽然没有这么夸张，毕竟时濛会画画，稍稍打听就知道他的画作颇受欢迎，就算没了时家的股份，他也能靠自己过得很好。

想通了这一点，傅宣燎又觉得自己闲得慌，自己的事都没处理好就替他担心上了，还搁置了李碧菡摆在台面上的合作提议，说要再考虑考虑。

傅宣燎告诉自己，这与时濛无关，而是因为碍于时怀亦的面子，毕竟这两年他没少受人家提携，明面上用一纸合约束缚，实际上是帮他在枫城站稳脚跟。他同意与李碧菡母女合作，虽损害不到时家的利益，但到底忤逆了时怀亦。

说到忤逆了时怀亦……傅宣燎眉心紧锁，陷入另一段思考。

想着多个人多个角度，他问高乐成："一个当爹的，突然对先前视而不见的儿子特别好，能有哪些原因？"

高乐成喝了点酒，思维很是开放："良心发现、父性大发，不然就是觉得自己时日无多，希望儿子给自己养老送终。"

傅宣燎"啧"了一声，说道："别胡扯。"

奈何这道题实在超出经验范围太远，高乐成支着脑袋想了半天，打了个哈欠，哼唧道："那只能是偶然发现儿子是亲生的，觉得对不起他咯，电视里不都这么演的吗？"

高乐成这人平时就满嘴跑火车，喝醉了更是胡言乱语，什么话都往外说。

开车载他回去的路上，傅宣燎受不了他的絮絮叨叨，丢了包纸巾到后座，没想到这家伙被砸了脑袋还不收敛，竟拈着纸巾哭起来了。

"雪，我对你那么好，你为什么不让我做你的男人？"

傅宣燎听了只觉一阵恶寒，又忍不住调侃："你还没追到呢？"

高乐成哀怨道："嗯，她嫌我情史丰富，说我不守男德。"

傅宣燎笑了一声，说道："你和她半斤八两。"

"我，我以后再也不出去鬼混了。"

"这话你自己听了信吗？"

"信啊，怎么不信？人都是会变的嘛。"

无意义的废话扯了几个来回，前面拐弯就是鹤亭。傅宣燎原本没打算停留，目光随意一扫，瞧见门口站着个人。

那人高高瘦瘦，穿着件白色羽绒服，戴了帽子看不清脸。

傅宣燎正欲定睛再看，一辆轿车自旁边右转道驶过，挡了视线，正好信号灯跳转为绿灯，他便转回头继续开车。

把高乐成送回家，返回时又经过长宁路，鹤亭门口的一个人变成了两个。新来的那个，傅宣燎不认识。刚才没看清那个，这会儿摘了帽子倒是瞧清楚了，是时漾，难怪眼熟。

两人像是在交谈，又像是不认识的那个在单方面输出，因为时漾一个劲儿往边上躲，紧缩着肩膀，眼神都不敢与那人对上。

意识到现在零点刚过，已经是星期六了，傅宣燎眼皮一跳，踩油门迅速驶离现场。拐个弯到另一条路上，车速又渐渐慢了下来。

许多疑问自脑海中闪过，最先想起的是时漾极其怕生，小时候家里来了陌生人都往桌子底下躲。

傅宣燎猛地拍了下方向盘，一面暗骂自己贱，一面往前找路口掉头。

等车停在鹤亭，开门下车，两人已经变成了三人。

率先发现傅宣燎的是鹤亭里的服务生，傅宣燎觉得有点面熟，记得这人姓徐。

徐智先是愣了下，然后小跑过来，脸说红就红："傅总，您怎么这个时候过来了？"

见傅宣燎没搭理自己，直直往前走，停在那两人跟前，徐智忙又跟上，主动说明情况："这两位客人在门口吵起来了，领班派我出来看看。"

徐智一边说着一边在傅宣燎和时濛身上来回打量，企图看出他俩究竟是不是你情我愿。

前两天从同事们茶余饭后的八卦中听说傅少爷和时家的约定快解除了，虽然徐智不清楚约定的具体内容，但想来与这位时二少脱不了干系。

然而没等徐智看出点什么，傅宣燎不认识的那个年轻男人先开口打招呼了："傅学长，你怎么在这儿？"

傅宣燎被他这声学长叫得一愣，扫了那人一眼，蹙眉，还是没想起来。

"我是张昊啊，低你一届，咱们一起学过几天画画，就在三中综合楼的画室，还记得吗？"

经此提醒，傅宣燎总算有了点印象："哦，这样。"

态度并不热络，显然没有交谈之意。

张昊讪讪地顺着傅宣燎的目光看向站在自己对面的人，这才把刚才被打断的争吵续上。

"傅学长你来评评理，这人不是时沐吗？当时一块儿学画的几个就他坚持留下了，画得特别好。"张昊指着时濛说，"大马路上走着，遇到个同学多不容易，他还偏不承认自己是时沐！"

从不熟悉的人口中听到时沐的名字，傅宣燎恍了一会儿神，之后看向时濛，眼中多了丝嘲讽之色。

"哦，让我看看。"傅宣燎前倾身体，佯作观察，"你觉得你是吗？"

这问题旁人听了会觉得莫名其妙，时濛却好像真的在思索。

良久，他抬眸与傅宣燎对视，把问题抛了回去："你希望我是吗？"

傅宣燎返回车上时，张昊还跟过来套近乎。

"原来傅学长是鹤亭的常客，那我以后也要常来，说不定能多碰到几次。"

徐智也跟上来，告诉傅宣燎，鹤亭春节期间正常营业。

张昊说道："那傅学长你忙，有空打我名片上的号码，喝酒搓麻将都行，24 小时随叫随到。"

傅宣燎若有若无地"嗯"了一声，也不知在回复谁。

启动车子的时候，他冷不丁想起什么，冲副驾位置上坐着的时濛抬了抬下巴，话却是对外面的张昊说的："还有这位，当时也留下了。"

接着，没等张昊反应过来，就关上窗将车开了出去。

等驶离长宁路，后视镜里再看不到鹤亭，傅宣燎才开始悔几分钟前鬼使神差地把时濛带上了车。

心头的烦闷让傅宣燎燥热难耐，他伸手想去调低车内的温度，不知想起了什么，停下动作，收回手时脸色十分难看，像生吞了两斤炸药，却在身体里哑火了发泄不出来。

"去哪儿？"他没好气地问。

时濛想了想，答道："你去哪儿，我就去哪儿。"

"还真是来找我的？"傅宣燎又好气又好笑，"特地卡着星期六零点？"

时濛先点头，然后摇头："今天不仅是星期六，还是年初一。"说着，他扭头看向驾驶座的人，"新年快乐。"

在很久以后，傅宣燎回想起这一年的春节，脑海里闪现的第一幅画面就是幽蓝的天幕、落在车内忽明忽暗的灯光，还有时濛看着他的样子。浓郁的蓝里滤出一团白絮，笑容也浅淡，淡到好像抬手一挥，就能轻易地将他从画中抹去。

那一瞬间，他心底忽然升起一种即将失去的恐惧，比收到那张时濛在窗边摇摇欲坠的照片时的恐惧更甚千万倍。可这感觉太过短暂，如远方散开的烟花，顷刻间消散得无影无踪。

而此时，经由图像落在眼底再通过大脑反馈出来的念头，唯有一条——他们一点都不像。

时濛不像任何人，甚至不像傅宣燎固有印象中他本来的样子。

至于他本来是什么样子，更是莫可名状，说不清了。

傅宣燎移开目光，回了句"新年快乐"，然后调高车内音响的音量，让歌声掩盖胸腔里不该出现的声响。

清雅的男声悠悠地唱——

寂寞也挥发着余香

原来情动正是这样

歌声断得突然，被开车的人切换到下一首——

我劝你早点归去

你说你不想归去

只叫我抱着你

其实，时濛听不太懂粤语歌。

他在这得来不易的片刻温暖中舒展身体，肩上还有未消的瘀青，被椅背硌着，泛起钝钝的疼。他隔着玻璃望向窗外，心想：又一年过去了。

两人去了傅家在市区的那套大平层。

乘上电梯，傅宣燎才想起来问："为什么跑去鹤亭等我？"

时濛回答："你的房间没亮灯。"

花了点时间厘清跑去鹤亭和房间没开灯之间的关系，傅宣燎又问："过年你不用待在家里吗？"

印象中规矩很多的时家年初——大早就要烧香祭祖，一家人齐齐整整的那种，而再过几个小时天就亮了。

"不用。"时濛说，"我跟爸说过了。"

傅宣燎有些诧异，时怀亦竟对他如此纵容。

"那猫呢？"傅宣燎又问。

时濛回答："已经喂过食了。"

说着，像是怕傅宣燎不信，时濛拿出不常用的手机，打开相册翻出一条视频："这是出门前，我拍的。"

傅宣燎凑过去看，视频是蹲着拍的，从侧后方。

镜头里油光水滑的皮毛和悠闲甩动的尾巴，证明这只田园猫换了新家后胃口依然很好。

看着看着，傅宣燎的视线不由得转移到视频下边拍进去的一双脚上。只露出半截脚掌，没穿鞋袜，肤色冷白，瘦到能清晰地看见青筋和骨骼。

傅宣燎没头没脑地问了句："那你呢？"

时濛的眼睛还盯在视频上："啊？"

只听"叮"的一声，电梯到达，差点问出口的那句"你吃了没"被傅宣燎吞回肚里。他率先走出电梯，将在车里脱下的西装外套搭在手臂上，脚步有些匆忙。

到底还是在三更半夜弄了点东西吃。

蒋蓉和傅启明已经睡下了，新年夜叫外卖又显得非常不人道，思虑再三，傅宣燎轻手轻脚地走进厨房，打开冰箱，拿出两包泡面和两个鸡蛋。

方便面是上回时濛来家点了那顿撑死人的外卖之后买的，用来做消夜，不过也是第一次派上用场。

虽然在饮食方面不讲究，但傅宣燎坚持方便面要煮的才好吃。

两块面饼丢进凉水，筷子按了按，没按下去，添了两碗水，盖上，又纠结调料包要不要一起下锅。

时濛也进到厨房，见此情况，从橱柜里拿出两只碗摆上，从傅宣燎手中夺过调料包，刷刷撕开全倒进锅里。

傅宣燎："……"

时濛把他筷子也抢了，把锅里的东西搅匀，看见边上放着的两个鸡蛋，偏头问："几成熟？"

傅宣燎又愣了一阵，方回答："半熟。"

从面下锅到上桌不过七八分钟，不知时濛怎么打的蛋，刚好圆圆的一个卧在面条上，筷子一捣，蛋黄流动而不稀，标准的五成熟。面条也煮得软而不烂，傅宣燎三两口吃完，发现汤底下还躺着一个荷包蛋。

傅宣燎有种被当成小朋友谦让了的羞耻感，问坐在中岛台对面的人："干吗两个蛋都给我？"

时濛还没吃完，头也没抬地说："我不喜欢吃蛋。"

"……"

饭毕，傅宣燎主动洗碗。

时濛一步三回头地出去，似在担心碗筷的安全。

因此有点不爽的傅宣燎动作毛躁，加之原本就不擅长干这些，弄得厨房里"叮哐"乱响，把半夜起床倒水喝的蒋蓉吓到，走到厨房门口看见里头的人，才舒了口气。

"饿了怎么不把我叫醒？"见傅宣燎手忙脚乱，蒋蓉无奈道，"放着吧，我来。"

傅宣燎快洗完了，正用干抹布擦碗："没事，马上就好。"

看见两只碗、两双筷子，蒋蓉意识到家里还有别人："小高来玩了？"

"不是。"傅宣燎否认了，却没说是谁。

探身到厨房外面，看见最里面的卧室亮着灯，蒋蓉便明白了。

她一边帮着把碗筷放回原位，一边说："小濛难得来我们家，就请他吃泡面？"

"是我要吃，他跟着尝一口。"傅宣燎不欲多解释，"本来也没想带他回来。"

蒋蓉沉默了会儿，再开口时声音低了些："虽说当年是他用了些不恰当的方法，但是妈妈看你对他也不是只有怨恨……"

"什么？"不想听到接下来的话，傅宣燎装傻道，"真的是路上碰到，不是约好的。"

被这一打岔，蒋蓉也说不下去了。她很轻地叹了口气，到底没坚持，只交代："大过年的，好好招待人家。"

走到卧室门口，傅宣燎隐约能听见里面传出的说话声。

推门进去，只见时濛背对着门口坐在窗边的桌前，听见动静转过身，没等傅宣燎开口说话，先把食指竖在唇边，做了个噤声的动作。

傅宣燎心想：好嘛，我在自己家都不能出声了。

他虽然在心里抱怨，却还是闭上嘴巴，脚步也尽量放轻。

时濛转回去，捧着手机继续视频通话。

"大过年的，你不在家待着，跑哪里去啦？"手机里的女声尖厉，语气也很不友善。

"在朋友家。"时濛说，

"那我的木木呢？"

"喂过了才出来的。"

"居然把木木单独留在家……"手机里的女人"哼"了一声，说道，"我怎么没听说你还有朋友？"

时濛不知该怎么回答，垂眸不语。

短短几句话，傅宣燎便听出来了，视频中的中年女人是时濛的母亲，姓杨，许多年前自己与她曾有过一面之缘。

"唉，不说了，不说了，你这孩子三棍子打不出个闷屁来。"问完猫的事，杨幼兰就没了耐心，"我先睡了，明天还要早起赶下一站。"

没等时濛　句"拜拜"出口，杨幼兰就把视频挂断了。

房间里静默几秒，傅宣燎笑了一声："你是她亲生的吗？"

时濛没转头，梗着脖子坐着，看模样像是在生气。

想着大过年的，傅宣燎心生恻隐，改口道："我的意思是，你和你母亲……不太像。"

过了两分钟，时濛从转椅上慢悠悠地转过来，看上去还是不太高兴，表情却放松了很多。

他看着傅宣燎，很认真地说："我和谁都不像。"

一包方便面哪能管饱。

凌晨三点多，两人又去了趟厨房，从冰箱里扒拉出一袋挂面、两颗番茄，还有最后一个鸡蛋。

傅宣燎先声明："这个蛋你吃，我都吃两个了。"

时濛没答应也没拒绝，娴熟地在锅边单手打蛋，蛋清并蛋黄"扑通"掉入锅中的沸水里。

傅宣燎心情好了些，饶有兴致地在边上旁观："你是经常煮面吗，手法这么熟练？"

时濛"嗯"了一声。

傅宣燎还是不明白："家里不是有阿姨吗，怎么需要你自己煮？"

专注做一件事的时濛很难分心，等在心里算好蛋黄煮熟的时间，他才将视线从锅里转到傅宣燎脸上。

他的表情很平静，只是简单地陈述："八岁之前，自己煮。"

是了，八岁之前，时濛并不在时家。

那年傅宣燎十岁，第一次看见又瘦又矮像根豆芽菜的时濛，怎么都不相信他和时沐同岁。

八岁的时沐在枫城最好的小学念书，每年参加报名费高达数十万元的海外夏令营，课余爱好是踢足球和骑马。他的父亲为他找来了国外某知名球队退役的运动员当私人教练，他的母亲在马场精心挑选了一匹枣红色的小马驹，只为他每个月得空骑上两个小时。

傅宣燎小时候也是如此，一会儿学钢琴，一会儿摆弄机器人，每样都学不长，也没人批评，反正就当培养个兴趣，他们生来就多的是试错的机会。

而八岁之前的时濛，由于他从未在人前提起，所以他过去的经历对于傅宣燎而言是一片盲区。

傅宣燎先前疏于观察，如今冷不丁回想起来，发现其实时濛许多下意识的反应，都证明了一件事——他八岁前过得不好。

至少在别的孩子不愁温饱，窝在父母怀里尽情撒娇的时候，他没有得到足够的照顾和保护，以至于他习惯于任何事都自己决断，自己动手解决，冷静独立得有些不近人情。

再次在碗底挖掘到荷包蛋的傅宣燎无奈地说道："你也不怕我胆固醇升高。"

时濛挑一筷子面条，回应道："三个，不多。"

傅宣燎既无奈又觉得可笑，心底的一点同情刚冒头就被摁了回去。可怜的是那个手无寸铁的小孩，而不是眼前这个为满足私欲不择手段的人。

他问时濛："所以，你所谓的规则，其实都是你自己定的？"

时濛抬起头。

"你想要什么，就要得到什么，想要给什么，不管好的坏的都要塞到别人手里。"傅宣燎笑了笑，"难怪所有人都怕你，都想离你远远的。"

毕竟，他不仅不近人情，而且简直不择手段。

时濛急忙站起来，问道："你想走？"

傅宣燎放下筷子，抬眼看他："你觉得我想吗？"

时濛想起几个小时前在鹤亭门口抛出的问题——你希望我是吗？

那个问题的答案不能确定，这个问题的答案几乎是板上钉钉。

所有人都想离我远远的，时濛想，是所有人。

可是，为什么？

时濛觉得迷茫，开始回溯过去，试图找出症结所在。

似是看出他在想什么，傅宣燎前倾身体靠近，两人中间隔着半张中岛餐台，然后，偏头贴在时濛耳边，冷声质问："除了偷别人的作品，你是不是忘了自己还做过什么丧心病狂的事？"

"不，我没有……"否认到一半，时濛的眼睛倏地睁圆。

这些年无人提起，他竟差点忘了四年前那个暴雨倾盆的夜晚。

四年零五个月前，初秋。

枫城的秋天短暂，中秋过后空气里才沁出些微凉意。

适合游乐的天气下起了雨，室外活动难以进行，位于城市边缘的豪华别墅区便成了上层人士社交聚会的优选场所。

正值星期六，某幢三层带泳池的现代化别墅被包下，举办一场以慈善拍卖为名的人型聚会。

主办者是枫城邻市一家知名上市公司的老板，最近将生意拓展到枫城，正与本地几家龙头企业谈合作。因此众人心知肚明，这次聚会拍卖是幌子，真正目的是促成合作，搞好关系。

到底在同一个圈层，人家初来乍到，面子总要给几分。

于是下午五点刚过，来客便络绎不绝，一把把伞在灯火通明的豪宅前撑开，隔开风雨，送贵宾们前往浮华的名利场。

雨是在傍晚六点左右变大的。

下车的时候，时濛被扑面而来的风和吹进眼中的雨水弄得寸步难行，又被同样坐在后座的时思卉推搡催促着，司机还没绕过来撑伞，他就一脚踩进了混沌的天地中。

进到室内，头顶和肩上几乎湿透。时濛随手拍了拍，便仰起脖子在人群中扫视搜寻，希望在门口就找到那个人。

这场聚会是时怀亦叫他一起来的，说要介绍几位时家世交的叔叔伯伯给他认识。时濛对此本无兴趣，听说与他同辈的年轻人多半也会参加，他斟酌后决定前来。

可惜这个点到场的来宾太多，因下雨都挤在门廊处整理仪容仪表。

时濛没见到那个人，倒是碰到乘坐前面一辆车的时怀亦和李碧菡。

时沐去世不过两月，在时怀亦百般劝说下才肯走出家门的李碧菡今日身着一袭素色长裙，黑发盘起，面上薄施粉黛，身上没有佩戴抢眼的饰品。

这些日子她瘦得厉害，细看眼圈还泛着红，想来昨晚又没能好眠。

时濛只看了她一眼，便匆忙移开目光，低头看地面。

时怀亦走到他跟前："小濛啊，先和你妈妈进去，我在这里碰到个老朋友，要单独同他去隔壁叙叙旧。"

听到"妈妈"两个字，时濛的心脏先是一缩，然后颇为紧张地悄悄抬眼看向李碧菡，好在她神思恍惚，正面向窗外看雨，并没有听进时怀亦的话。

"找个人少的地方坐下，带你妈妈吃点东西。"时怀亦不太放心似的继续交代，"别让她生气。"

时濛应下了。

可是他的存在只会让李碧菡心不平气不顺，刚上前一步，李碧菡便皱眉退开，转而牵住从洗手间回来的时思卉的手，看都没看时濛一眼，就扭身进入聚会场地。

想着时思卉定然会照顾好她，时濛便没跟上，在门廊处站了几分钟，确定她们已经进到里面，才选了个相反的方向，从另一扇门进入会场。

幼年的经历让时濛学会了看人脸色，因此他不会凑上去讨人嫌。

虽然他觉得李碧菡并没有讨厌他的必要，他对自己在时家的地位有自知之明，且并不打算争夺家产，但是雪姐说的他也不是完全不能理解。

毕竟李碧菡最心爱的儿子死了，自己这个与她无亲无故的反而活得好好的，看见他一次，李碧菡就难过一次，哪怕他什么都没做，存在即是原罪。

想到雪姐，时濛找了个安静的角落待着，摸出新买的手机，给她打电话。

响了两声就被接起来，江雪的声音慵懒，像刚睡醒："到地方了？"

"嗯。"时濛看着眼前往来的宾客，"好多人。"

"你得学着适应，以后姐把你捧红了，多的是这种场合。"

时濛没回这句，转而问："你怎么样了，还难受吗？"

"哟。"江雪哈欠打到一半笑了起来，"我们濛濛知道关心人了。"

电话里传来脚步声和杯碗碰撞声，江雪起来喝了口水，口齿清楚了些："没事，别瞎担心，不就是个男人嘛，下一个更乖。"

时濛不太相信。

前两天江雪刚和她的未婚夫解除婚约，对方在与她有婚约的几年从穷小子一跃成为当地有名的青年科学家兼创业者，虽然其中不乏他自己的努力，但他年纪轻轻就爬到这个位置，占了江家多少好处，众人都心知肚明。

那男人刚提出解除婚约的时候，江雪很是失魂落魄，有天喝得酩酊大醉坐在路边哭。时濛赶到的时候正在下雨，她脸上泪水和雨水都混合在一起。

思及当时的状况，时濛心有余悸："我早点离席去找你。"

"找我干什么？我一个人挺好的。"江雪道，"你难得出趟门，好好玩吧，不是说那个姓傅的也会去吗？"

经提醒，时濛双眼又开始在人群中扫视："嗯，他应该会来。"

在觥筹交错的场合，待得越久，时濛越不舒服。

大约七年前，他曾在学校组织的一次冬令营中被同行的学生排挤，整队回营的时候没人通知他，以致他在山里迷了路。虽然最后幸得那个人相救，但也就此落下了畏惧密集人群的毛病。

聚会主办者请了乐队，舒缓的弦乐是唯一能使时濛放松的存在。他尽量屏蔽嘈杂的笑闹声，专注地聆听节奏规律的音乐。

忽然， 声闷响在耳边炸开，时濛扭头从身后的窗户望出去，雷声乍起，黑沉沉的天像被捅了个窟窿，雨大有瓢泼之势，在玻璃窗上敲出惊心动魄的声音。

室内，言笑晏晏的人们全然没受影响。

时濛看见时怀亦在上前敬酒的许多人中周旋，李碧菡在一旁勉强笑着陪他应酬。

阵阵轰隆声灌入耳道，时濛只觉得喘不过气来，想赶紧离开这里。

他走出场地中心，踏上木质楼梯来到二楼。

穿过幽暗回廊时，在拐角撞上时思卉，她行色匆匆，看清来人的面孔边舒气边拍胸口："吓死我了，你跑这儿来干什么？"

时濛只是来图个清静，撞到人也吓得不轻，后退半步讷讷道："下面吵，我……"

时思卉像是着急去干什么，无暇听他说话，打断时濛的话，问道："你看到傅家少爷了吗？"

时濛一愣，抬头看她。

"就是傅宣燎，跟时沐玩得很好，以前经常来我们家的。"时思卉当他不记得，补充几句说明。

时濛怎么可能不记得傅宣燎？实际上，他来这里就是为了傅宣燎。

他如实回答："没看到。"

"他没在楼下？"

刚从一楼上来的时濛想了想，说："不知道。"

时思卉瞪了他一眼，似在嫌他木讷没用，丢下一句"算了，我自己找"，便提着过长的裙摆跑开了。

四周恢复安静，时濛呼出一口浊气，在原地待了会儿，直到听见又有人上来的脚步声，才沿着楼梯继续往上，去到顶层阁楼。

这幢别墅的顶层虽也做了尖顶，却并不逼仄，空间也与楼下相差无几。

宽阔的走道两边分布着房间，顶灯应声亮起，房间的门都虚掩着，方便喝多了想休息或是需要单独谈话的客人把这些房间当包厢使用。

楼下的聚会很是热闹，此刻多半没有人往此僻静处跑。

时濛推开最里侧右手边的门，进去抬手刚摸到开关，肩膀忽然被按住，接着被大力一扯，还没反应过来是怎么回事，整个身体就被摔到墙上。

傅宣燎是在听见脚步声靠近的时候开始警觉的。

这种交际场合他本不欲参加，奈何傅家的公司运转遇到困难，亟须同行旧友施以援手。如今父亲正在外筹钱，母亲受到打击一病不起，作为傅家独子，他必须站出来挑大梁，带领傅家渡过难关。

来前他做足心理准备，早早入场，在各位长辈面前伏低做小，酒一杯接着一杯喝，不走心的场面话一箩筐地往外倒，到底哄了几位答应回头细聊。

就在这个当口儿，他突然觉得身体不太对劲。

先是手心发热，额角冒汗，再是腿脚虚软，气喘不匀，全身的热量齐齐往下腹涌去时，他才意识到不妙。

去往楼上的脚步几近跟跄，药效来得迅猛，傅宣燎扶着墙一路走，一路回想刚才从哪些人手里接过酒。然而生理上的异状已不容他理智地思考，他只依稀记得都是从服务生手上接过的酒杯，想来早就有人下好套，就等他往里钻。

跌跌撞撞地走进一间房，为了不引人注目，傅宣燎没将门关紧也没开灯，背靠墙壁蹲坐下来。他大喘几口气，忽地扯开嘴角笑了下，除了自嘲，只剩荒唐。

这种事在圈内不算新鲜，毕竟总有人想通过一些不齿的手段达到某种目的。可他傅宣燎哪里值得被处心积虑这么搞？图傅家所谓的豪门头衔？

这些他事后自会调查清楚，而眼下……

此等丑事在这种场合曝光出去的后果他不敢想象，只能想办法尽快摆脱困境，并祈祷这段时间没有人发现他的行踪。

因此听到外面的脚步声时，傅宣燎屏住呼吸，凝神细听，待来人推门进来，他便发动全身力量，冲上去将人制住。

他按住对方的肩，另一只手捂他的嘴，对方自是挣扎，奈何比傅宣燎矮一截，力气也不如他，被压在墙上动弹不得，喉咙里发出"呜呜"的闷叫声。

待借着窗外灯光看清来人的面孔，傅宣燎惊讶道："怎么是你？"

时濛整个人都是蒙的，捂住口鼻的手松开时，他被面前的人身上散发出的浓重酒气熏得头晕，还没来得及回答，又被按住肩膀。

"难道是你……"傅宣燎喘着粗气，眼神满是怀疑，"是你下的药？"

楼下正热闹，酒未过三巡没有人会往这里跑，那么眼前出现的这个，大概率就是下药的人。

时濛听不懂似的，问道："什，什么？"

傅宣燎急于确认，换了个问法："你，是不是来找我的？"

其实，时濛比眼前的人更早地辨别出对方是谁，在听见对方起伏不定的呼吸声的时候，在那双温暖的手落在他唇边的时候，立刻就知道了。

想着此行的目的，时濛双眼迷蒙地看着傅宣燎，鬼迷心窍般地点头："是，是的。"

那个注定不平静的夜晚，许多事情发生了颠覆性的改变。

时间回到当下，中岛餐台上方不输当时的亮光让时濛下意识眯起眼睛。

他想说不是我做的，又想起当时已经虚脱的傅宣燎竭力推拒，甚至急红了脸吼他让他滚出去，他却坚持留下来陪傅宣燎，以致被那么多人误解……

时濛顿时觉得自己失去了辩解的立场。

况且傅宣燎如此坚信，坚信他就是这样不择手段的人。

时濛习惯了被误解，当所有的门都在眼前关闭，他会迅速进入一级戒备状态，将受到的伤害尽数归还。

之后不久，时家就借可以助傅家渡过难关的名义用一纸合同让傅宣燎低头。

从起初的抗拒，到满含报复的不服从，两人的畸形关系一路磕磕绊绊维持到现在。而争占上风已经在这四年间深深地刻在他们的骨子里，成为习性。哪怕掩耳盗铃，哪怕言不由衷。

"知道我为什么会对你服软吗？"傅宣燎单手撑在大理石桌面上，另一只手的虎口掐着时濛的下颌，逼他与自己对视。

时濛已经预感到他接下来的话会如同尖利的刀锋，扎得心口鲜血淋漓。他目光闪躲，颤抖着萌生退意。

已经来不及了。

"因为你和时沐长得像啊。"傅宣燎扬唇笑着，眼神却出奇地冰冷。

"这么明了的事，非要我说出来你才信。"

进到卫生间甩上门，直到温水自头顶冲刷而下，傅宣燎的呼吸都不曾平复。他知道自己过分冲动，口不择言地说了违心的话，可是在刚才那样的情形下，他没的选。

时濛步步紧逼，如同一名枪法精准的狙击手，直指要害而来，周遭没有遮蔽物，他能做的只有拿起杀伤力更强的武器迎战，将对方击退。

因为这场战争没有对错，只有输赢，谁先服软谁就输了，哪怕最后头破血流，两败俱伤。

尘封的不堪往事被完全放出，傅宣燎闭了闭眼睛，任由挥洒的热水在周身蒸腾出成片雾气。

他记得那年，时沐刚去世不久，自己尚未从悲伤中缓过来，傅家的公司遇上的困难又将他拽入另一个深不见底的沼泽。

因而当初被下药、算计，他恼羞成怒却又无可奈何，就像砧板上的鱼，只能躺在那里任人宰割。

虽然后来时家出面压下了丑闻，阻止了扩散，但是圈子里的人都心知肚明。后来傅宣燎与时家签下合同，外界之人的反应也多为看个意料之中的热闹。

时间像一剂慢性麻醉药，将耻辱与不甘日渐麻醉，倏忽醒过神来，才察觉到这些年被他顺势而为、刻意忽略的沉重。在时沐尸骨未寒的时候签下合同，无论动机为何，本身就不该被原谅。

想通这一点，傅宣燎驱散了莫名其妙地萦绕于心头的罪恶感。他洗完澡回到卧室，看见佝偻着背坐在床头发呆的时濛，连愤怒的情绪都调动不起来了。

其实，时濛曾经乖过。

傅宣燎至今都记得那个总是跟在自己屁股后面的安静的小孩，还有念书后时不时从高年级门口经过、视线状若无意与自己相撞的清秀的少年。

傅宣燎想不通，他身上究竟发生了什么，为何会变成这样。

如果他一直那么乖，也不至于……

没看到那颗存在感很强的蓝宝石，傅宣燎忽然意识到，自提出解除合同以来，时濛就没再戴过那条被改成手链的项链。

属于他的他不要，不属于他的他却要强行占有。

迷迷糊糊中，傅宣燎想，他不会学乖的，永远不会。

不然，他们也不至于走到这非死即伤的地步。

或许是因为连日睡眠不足，又或许是因为傅家的床很好睡，时濛这次又到日上三竿才醒。不出所料，傅宣燎不在卧室里。

时濛起床，简单洗漱，穿好衣服走到客厅，他特地留心往餐桌上看了几眼，可惜空荡荡的，并没有傅宣燎留下的便笺条。

蒋蓉闻声从厨房里出来，看见时濛，客气地笑着："我随便弄了点早餐，吃过再回去吧。"

时濛应下并道了谢，等到蒋蓉把餐盘端出来，他才想起什么，补充道："伯母，新年好。"

这祝福来得突然，语气也生硬，让蒋蓉有些意外。想着这孩子平时少言寡语，多半不习惯同长辈打交道，她又理解了几分。

"唉，新年好。"蒋蓉招呼道，"坐吧，把这儿当自己家就好，不用太拘谨。"

听说傅宣燎和他爸出去给几个投资者拜年了，时濛问："那他今天还回来吗？"

蒋蓉说："说不准，他们俩平时应酬多，大概要吃过晚饭再回。"

时濛点点头："谢谢伯母。"

蒋蓉被他的左谢右谢弄得尴尬又心慌，从果盘里叉了片火龙果放到他碗里："来，多吃点，你不是喜欢吃火龙果……"

即便急急收了声，深玫红色的果肉也已经落在了时濛面前的盘中。

想起从许多人口中听说过关于时濛的乖张事迹，加之自己是促成合同解约的主导者，蒋蓉以为他会生气，至少会表现出被冒犯的愤怒。然而，他只是盯着盘子里的火龙果看了一会儿，然后用筷子夹进嘴里，平静地又说了声"谢谢"。

吃完饭收拾碗筷，时濛主动帮忙洗碗，蒋蓉擦完桌子就没事可做，站在水池边插不上手，没话找话道："以前也没见过你在家干活，没想到这么熟练。"

时濛想了想，说："我还会做饭。"

蒋蓉起初不明白他为什么说这些，后来想起从国外回来那天看见傅宣燎的房间收拾得干净整齐，才意识到时濛兴许有在她面前好好表现的意思。

她再回头想傅宣燎说的"躲还来不及"，便很难不对面前这个连讨好都笨拙不已的孩子心生恻隐。

"宣燎他呀，看着牛高马大，其实是个愣头青，他那张嘴尤其不会说话，如果平时冒犯了你，还望你多多担待。"蒋蓉这话说得委婉。

时濛也不是傻的，他和傅宣燎之间还有一纸未解除的合约，他自是能听出其中的劝慰之意。

时濛从来没把此类温言当作理所当然，他清楚傅宣燎心有怨气，而且明白他没义务迁就自己。因此，他把所有的好都放在心里。

"没有，他对我很好。"为了佐证，时濛说，"他昨晚收留了我，还煮面给我吃。"

似是没想到时濛会这样回答，蒋蓉先是一愣，之后转过身拿了条干毛巾，站在一旁擦去碗上残留的水迹。

她边擦边说："这套房子装修的时候，没考虑到做家务是否方便，尤其

SUN & RAIN

Dec.

M	T	W	T	F	S	S
			30	1	②	3
4	5	6	7	8	⑨	10
11	12	13	14	15	⑯	17
18	19	20	21	22	㉓	24
25	26	27	28	29	㉚	31

——"傅宣燎，又一个周六了。"

是厨房。做饭阿姨向我反映过很多问题，包括灶台偏右靠墙，炒菜的时候容易撞胳膊，顶灯位置偏，切菜的时候正好挡光。"

"我先前总觉得这些不算问题，习惯了，克服了，凑合凑合就好了。"蒋蓉接着道，"然而，到现在已经住了好几年，阿姨还时不时抱怨厨房设施用起来不顺手。我再仔细一琢磨，才觉得之前的勉强挺不讲道理，无非是太固执，不愿承认设计有误。"

蒋蓉娓娓道来，却让时濛置于水流下的手顿住。

"我现在想好了，预备过完年就请设计师上门把厨房重新规划装修。"放下擦好的碗，蒋蓉指着灶台侧下方的橱柜，"我打算在这里安一台洗碗机，这样平时自己在家做几道小菜，也不用担心没人愿意洗碗了。"

见时濛怔在那里，显然已经听出弦外之音，蒋蓉不忍之余，又不得不硬下心肠，把话说完。

"你看，明知是错还固执到底，最后的结果只能是一场空，而且……"她告诉时濛，"你也看到了，这世上没有什么人、事、物，是不可被取代的。"

坐在回去的车上，时濛接到江雪的电话。

"过年好啊。"回到老家的江雪心情不错，语调轻快地问，"吃饺子了吗？"

时濛说："还没有。"

江雪十分乐于做现场吃播："那敢情好，瞧瞧我妈包的这皮薄馅大的饺子，一口下去，哇——汤汁流了满嘴，那叫一个香。"

背景音里有中年女人的笑声，应是江雪的妈妈。

时濛通过视频电话，向江雪的一家人拜了年。

江雪先是笑时濛说句"新年好"像机器人在念演讲稿，又不顾形象地往嘴里塞了一个饺子，继续引诱："超好吃，濛濛你想吃吗？"

时濛很给面子地"嗯"了一声。

江雪满意地"哼"了一声，说道："让你跟我回家过年，你偏不肯。"

江雪絮絮叨叨说了一堆，主旨和蒋蓉说的差不多，不过是站在时濛的角度，为他着想，怕他受伤。

"你得学会把爱给自己啊。"

听了这话，时濛有了点反应："给自己？"

"是啊，对自己好一点，别人不为你停留根本不是你的错，我的前车之鉴还不足以说明问题吗？你之前不也是这么劝我的吗？"

对，我是这么劝过。时濛想，可是"不是我的错"跟"把爱给自己"之间有什么关系？我有什么值得爱的？我已经被所有人讨厌了啊。

名叫时濛的人，从小到大，无论走到哪里都是被厌弃的存在，就连他自己都不喜欢这样的自己，怎么会有人愿意爱他呢？

"所有人都怕你，都想离你远远的。"傅宣燎的话如同咒语一般烙印在脑海里，让沐浴在阳光下的时濛打了个结结实实的寒战，之后沉下一口气。

既然他无论如何都不可能理解我——时濛对自己说，那便这样吧。

也只能这样了。

一周后，年初七，时怀亦做东邀请傅家三口来家里做客。

以为是解除合约的事有了进展，傅启明和蒋蓉心情尚可，还在路上交代傅宣燎事后单独请李碧蔺吃个饭。

"能这么快解决，看来你李姨出了不少力。"蒋蓉说，"早知道一开始就该请她帮忙，也省得我做那些无用功。"

傅宣燎没问是哪些无用功，他一门心思在想，如若李碧蔺真的帮忙办成了，他便骑虎难下，只得同意合作。

不知被夺走时家的股份后，时濛会有什么样的反应，是满不在乎，还是暴跳如雷，抑或……会因为他的参与而心灰意冷吗？傅宣燎怀着既好奇又忐忑的心情来到时家，在门口迎他们的是时怀亦本人。

时思卉不在家，李碧蔺直到开饭才迤迤然下楼，同众人简单打了招呼便坐下了，之后一言不发，没什么胃口的样子，半天都没动筷。

倒是时怀亦，热情地为傅家三口斟酒，笑容可掬地招呼大家吃菜，久居高位者摆出有求于人的态度，让傅宣燎心里隐约有些不安。

傅启明也有同样的担心，找了个由头挑起话题："思卉工作忙我是知道的，小濛呢，怎么没喊他下来一起吃饭？"

"他呀，忙着在房里收拾行李呢。"时怀亦一边说着，一边放下筷子，拿起纸巾擦了擦嘴，似有什么重要的事情要宣布，"说起来，这次邀诸位过来，是因为我有一个不情之请。"

傅家三口互相交换眼神，这回由蒋蓉发话："您尽管说，但凡我们能办到的……"

"自然是能办到的，以我们两家的关系，我怎么会拿办不到的事为难你们？"

时怀亦笑着说："其实就是件小事，濛濛他决定回学校继续学画，那学校离这边远，离你们家倒是近。我就想着不如让他搬到你们家去住，两个年轻人互相也有个照应……"

没等他说完，傅宣燎腾地站起来："那合同呢，什么时候解除？"

也许是没想到他这样急躁，时怀亦愣了下，之后轻描淡写地说："那合同本就形同虚设，以我们两家的关系，哪还需要那种东西……"

傅宣燎听不下去了，转身往楼梯方向大步走去。恰巧的是，时濛收拾好东西，拎着行李箱下楼，和踩着台阶往上爬的傅宣燎碰个正着。

脚步停住，两人一上一下，隔着四五级台阶对望着，明明很近，却又如同隔着一条银河般遥远。

时濛看见傅宣燎眼中燃烧着熊熊火焰，要将他生吞活剥一般。除了错愕与不解，唯余熟悉的恨意。

是计划被打乱该有的反应，时濛想，换作我只会更甚，恨不得将罪魁祸首挫骨扬灰也说不定。

可是这恨意如烈火迎风，绵延悠长，起初会被它灼伤，会感觉到刺痛，后来伤口结痂愈合，又泛起蚀骨的痒，撺掇着人去抓挠。所以明知伤口会裂开甚至感染，时濛也停不住想要向前伸的手。

昨天傍晚，楼下的书房里，时怀亦听了时濛的请求，十分不理解。

"虽说这不算什么大事，但是在我看来，濛濛，你没有非选他做朋友的理由。"

"他救过我，他留在我身边，我才有安全感。"时濛说。

旁人越是说傅宣燎可以被取代，他就越是想要证明给他们看。

从来没有人教时濛该怎么爱自己，理所当然地，他更不会好好爱别人。

他只通过自己的反应得知爱是排他，是自私，是全无体面，会嫉妒，会疯狂，还会面目狰狞，还会生出无穷的恶念。

"时濛，"傅宣燎近乎咬牙切齿地说道，"你到底想干什么？"

唇角向上弯起，时濛俯视着几级台阶下的傅宣燎，以胜利者的姿态睥睨着他。而胜利者不需要回答问题，只需要发号施令。

时濛拎着行李到楼下，扫一眼杯盘狼藉的餐桌，扭过头，用再平常不过的语气，对站在台阶上一动不动的傅宣燎说："吃完了，那我们走吧。"

第五章
交错的命运

走出时家大门，时濛听见屋里传来时怀亦和李碧菡的争吵声。

"以前怎么没见你这么溺爱孩子，要什么给什么。"

"濛濛吃了太多苦……"

"他苦，我就不苦？我的沐沐就活该被他抢走一切吗？"

"什么抢走，这些本来就有濛濛的一份。"

"我看你不如把那个女人接过来，我搬出去，给你们一家三口腾地方。"

"怎么又扯到那个女人了？我烦她还来不及，早就把她打发了，她不会再来影响我们的生活。"

"她的儿子你就不烦了？"

"濛濛也是你的儿子……"

"我的儿子只有沐沐一个！"

…………

李碧菡展露于人前的形象多是优雅温柔的，就算对时濛这个"野种"也甚是包容，至多把他当透明人无视，称得上相当有涵养了。可见她这次有多生气，竟当着外人的面不顾形象地发飙。

车子驶离时家大宅，蒋蓉在扭头往后望，似在担心时家夫妻俩的状况。

待离得远了些，车内的安静更令人心慌。

同样在后座的傅启明拉着脸不说话，蒋蓉斟酌良久，才对坐在副驾座上的时濛说："想借住跟宣燎说一声就好，不必劳驾你父亲，反正家里有空房间。"

语气勉强算客气，时濛却好像没听出其中的不欢迎。

蒋蓉看见在开车的傅宣燎握着方向盘的手紧了紧，手背青筋都凸了出来。

唯恐出什么事故，蒋蓉无奈地收了声，转头看窗外迷蒙的夜色。不过，这份担心是多余的，因为傅宣燎之后的反应，是超乎所有人想象的平静，像是崩到极限的弹簧，松开之后顿失弹性，无论怎么碰都不再有反应。

车停好之后，他主动绕到车后帮时濛拿行李，乘电梯一路拿到楼上他自己的房间，仿佛刚才要把人杀了似的怒不可遏只是一场错觉。

说不定真的是错觉呢，时濛不无乐观地想，总之目的达到了，傅宣燎也接受了。

把带来的衣物一件一件往衣帽间挂，时濛手脚麻利，很快就收拾好了。

傅宣燎洗完澡进来，把手机放到床头，扭身看见衣柜空着的那一小半被填满，不知为何笑了一下。这笑没有温度，有种嘲讽的意味。

时濛只当没听见，蹲在地上继续整理行李箱里的东西。

他耳边忽闻傅宣燎的声音："你的猫呢？"

"在家。"时濛说，"过两天送回我妈那儿去。"

"那画呢？"傅宣燎又问。

说起那幅画，时濛总是先提高警惕。

他停下手中的动作，抬头看向傅宣燎。

刚洗完澡的傅宣燎身上只穿了一件浴袍，没系带，松松垮垮的，露出结实却不夸张的前胸，以及越往下越瞧不清晰的腹肌轮廓。

"被我藏在安全的地方了。"时濛对这件事很有信心，下巴微抬，肯定地说，"你找不到的。"

傅宣燎"哼"地笑一声，不再多言。

临睡前，时濛若无其事地拿来他随身携带的小画本，再从床头抽出一支笔，递给傅宣燎。

傅宣燎慵懒地歪靠在床头，瞧一眼，问："干什么？"

趁着这懈怠后难得的平静，时濛说："画蘑菇。"

"又发什么神经？"

"上次在度假村，你画的蘑菇。"

经提醒，傅宣燎想起来了，他嗤笑道："你还真把自己当蘑菇了？"

时濛不答，只抓着他的胳膊，不依不饶地让他画。

犯困的傅宣燎无可奈何地接过本子和笔，唰唰几下，随便勾了几根线条。

本子和笔还回去之后，时濛低头看了会儿，如同久经干旱的植物汲取到养分般，声调都扬了上去："这是我吗？"

傅宣燎已经掀起被子盖过头顶，敷衍地"嗯"了一声。

年后，各大高校陆续开学，时濛要去就读的美院也于元宵节前夕发来入学通知。

报到那天，时濛被江雪领着在学校里办手续。

看着来往穿梭有说有笑的学生，时濛握紧背包肩带，有些畏缩地贴着墙根站。江雪拿了材料转过身，见他这样子心酸又无奈："是你自己选的。走吧，去见见你的导师。"

导师五十来岁，姓马，国家美协成员，江雪久闻其大名，见了面先代时濛拍了他一通马屁。

幸而导师为人和蔼，非但不计较时濛闷不吭声，还夸时濛画得好。

"我在展会上看到过你的作品，笔触别致，构图精妙，颇具个人风格，今后我也得多多向你讨教。"

江雪作为经纪人，说了一通"哪里哪里""岂敢岂敢"以示谦虚，然后按着时濛的脑袋鞠躬，催他喊了声"老师好"。

抱着从马老师处借阅的画册从学校里出来，江雪一面感叹碰上贵人了，一面迫不及待地开始给时濛规划之后的路——两年内入美协，三年内办个人画展，安排得明明白白。

时濛却兴致不高，上了车就催促江雪快点开，他要回去。

"着什么急啊，那儿又不是你自己家。"江雪早就对时濛搬到傅宣燎家的事颇有微词。

她"哼"了一声："我怎么听高乐成说，他这阵子总往鹤亭跑？"

时濛想了想，说道："可能是想喝酒了。"

回去之前，时濛绕道去超市买了几瓶酒。

他不懂酒，便选最贵的买，不同种类和度数的都拿了一瓶，拎着回去的时候，把来开门的蒋蓉吓了一跳。

"买这么多酒啊！"她有些为难地看着塞得满满当当的冰箱，"要放在哪里呢？"

时濛把酒都拎进了房间，摆满一桌子，拍了张照片，发给傅宣燎。

一直到晚上，傅宣燎都没回复。

时濛去了鹤亭，他一向不喜欢坐以待毙。

第一次来鹤亭可以进去坐，后面几次只能在楼下等，这回更过分，楼下空地都不让站。

时濛被赶到人行道边上，几个服务生一边点头哈腰喊"时少"，一边看着他不让他靠近大门。

"这是上头的命令，我们也没办法。"其中一个服务生为难地说，"时少，您行行好，大冷天的，我叫辆车送您回去吧。"

春节已过，天气早就不冷了，时濛知道这是托词，也知道傅宣燎是在报复他。

他千方百计强留，傅宣燎便竭尽所能逃跑，从一开始便是这样。

所幸的是，傅宣燎是个正常人，有太多可攻的弱点，除了那幅被藏起来的画，时濛还有其他办法。

他在初春残留着最后一缕寒气的夜里，站在淋浴器下面，将温度调节钮旋转到凉水，毫不犹豫地拧动开关。

彻骨冰凉之后是身体机能被破坏的警告，热度一波接着一波，烧得时濛精神恍惚，如临云端。

清晨，时濛从昏睡中醒来，依稀能看见床头来回踱步的身影，听到对着电话焦急的说话声。

"你快回来看看吧，他不肯去医院，也不吃药不喝水……我怕再这样下去，就要、就要……"

上了年纪的人往往怀着对生命的敬畏，总会忌讳那些不吉利的字眼。

可时濛不信鬼不信神，他嘴唇翕动，无声地把话接了下去——再这样下去，就要死了。

死不可怕，没有人在意他是死是活，才最可怕。

好在他赌对了，默数二十遍一到一百后睁开眼，傅宣燎的面孔在眼前逐渐清晰，伴随着急促的呼吸声。

还没来得及对他露出笑脸，时濛就被扯着手腕从床上拉起来。

手心传来非同寻常的热度，傅宣燎脸色差得吓人："走，去医院。"

时濛却死死抱住门框，蹲身赖着，用身体的重量与他的力气抗衡，不肯跟他走。

几乎将人拖行到房间外，蒋蓉看了害怕，上前劝道："你不能这样，他还在生病啊。"

傅宣燎忍无可忍，扭头吼道："你想死在这里吗？"

想法被证实，坐在地上的时濛笑起来。

原来他抱着《焰》在窗台上摇摇欲坠之时，傅宣燎眼神中的惊惧也有属于他的一部分。

时濛复活了，在傅宣燎气急败坏赶回来的那一刻。

他不想去医院，抓起蒋蓉放在床头的退烧药扔进嘴里，喉结上下滚动，干咽了下去。

这么一折腾，傅宣燎连骂他疯子的力气都没了。这种伤敌八百自损一千的招数，大概只有时濛这个疯子中的疯子才使得出来。

晚上，热度降低了些。时濛去厨房拿了开瓶器和两只杯子，将摆在桌上多时的酒倒给傅宣燎喝。

"家里也有酒，"他说，"以后不要去鹤亭了。"

傅宣燎问他："这酒里不会也下药了吧？"

时濛怔住，之后短促地笑了一声："下什么药？"

傅宣燎开始觉得时濛是真的疯了。

时濛给自己倒了满满一杯酒，面向傅宣燎举杯，用很轻的声音说："谢谢你救了我。"

傅宣燎不知道他指的是哪一次，嗤笑一声，说道："所以，你就是这么报恩的？"

被质疑的时濛有些着急，他举起酒杯往嘴里猛灌，速度之快，傅宣燎甚至来不及阻止。

"你疯了吗，刚吃完药！"傅宣燎怒斥道。

"我先自罚三杯。"时濛却笑起来，"谁让你是我的恩人呢？"

傅宣燎深吸一口气，觉得自己也快疯了。

再晚一些，傅宣燎起身到阳台吹风，恰好手机振动，便接了起来。

电话另一头的时思卉听到呼呼的风声，问："你在外面？"

"没，在家。"傅宣燎心浮气躁，"有事说。"

"也没什么事，就是告诉你一声，我们准备好了，到时候集团元老都会站在我们这边，帮我们以原始出资额拿下那百分之十的股份。"

"嗯。"

"你那边呢，决定了吗？"

傅宣燎转身，看向房间床上的时濛，他睡得正香，并不知道自己即将面临怎样的众叛亲离。不过这样铁石心肠、冷血恶毒的人，能亲手夺走他珍贵的东西，以其人之道还治其人之身，傅宣燎觉得自己应该高兴、快活才对。

等他一无所有，自己就不必再受他牵制了。

这么想着，傅宣燎无视了那零星一点可以归类为不舍的念头，转过身去，对电话另一头的时思卉说："决定了，我帮你们。"

忽而一阵风从半敞的窗口吹进来，轻轻撩动时濛额前的发，沉睡中的他一无所知，只将被子抱得更紧。

梦中，他不必攀高山越险峰，也无须伤人伤己，便能饮到赖以生存的泉水，也能触到近在咫尺的太阳。

与一团糟的"借住"生活相比，时濛的学习生活比他想象中轻松。

马老师带学生全看缘分，从不布置条条框框的主题限制学生发挥，上课的主要目的就是让学生放开手脚自由创作，下节课再欣赏、讨论上节课的作品，教学松弛有度，节奏有条不紊。

在时间上也不横加控制，他坚信艺术来源于瞬息的灵感，若是把画作当成作业一样设置交稿时间，会磨灭创作的热情和本心。

因此，时濛很少去学校，每每最新画作完成，拨通马老师的电话，对方多半也不在学校。他们有时候约在美术馆碰面，有时候约在茶馆，最离谱的一次约在公园，因为他老人家晨跑累了，一时半会儿不想挪地方，让时濛直接过去。

时濛背着画赶过去的时候，远远看见前面有人群聚集，走近了才发现马老师站在人群中央，双手握着根拖把似的地书笔，在地上画着什么。

由于地书的局限性，画出的山峦层次不明，阳光照射下干得也很快。

路人们不知道他画的是什么，看了一会儿觉得没意思就走开了。马老师却画得热火朝天，左一笔右一画，仿佛刚才在电话里说累得不想动的另有其人。

时濛站在边上默默地看，等到马老师画到尽兴，冲他招招手，才上前把卷在包里的画铺展开。

"又是人物嘛。"先总览全图，马老师点头道，"不错，光影部分的处理比上回更纯熟了。"

听到这句点评，就算不虚此行。就细节部分又同马老师讨论了一会儿，时濛便将画卷起塞回包里，打算走了。

"别着急走啊。"马老师叫住他，把手中的地书笔递过去，"来，随便画点什么。"

时濛接过笔，低头看向地面，愣了良久，说："没什么想画的。"

马老师坐在一旁摇扇子："怎么会没有想画的呢？你再好好想想。"

又过去五分钟，时濛垂低脑袋，放弃般地说："真的没有。"

"那我刚才看到的那幅，是什么呀？"

时濛不说话了。

马老师叹了口气，又招招手，示意时濛过来坐。

"专攻某一物某一景，想画到极致，这种心情我也有过，也完全能理解。"马老师说话从不摆师长架子，因此总能轻易化解时濛对交流的抗拒，"虽说我支持自由创作，希望后辈都能我笔画我心，但是更希望你能分清楚钻研与执念的区别。"

在马老师说到"但是"的时候，时濛就心神一凛。

他以为自己藏得很好，也从未在人前表露创作目的，没想到还是……

"钻研可能会让你在某个领域有所突破，有所建树，而执念只会把你困在原地，让你错过更多本该能收入眼中的风景。"

与时濛预想中不同的是，马老师并没有直接点明。

他甚至没有阻止时濛继续画同一个人，只是接过时濛手中的地书笔，颇为惋惜地说："我看过你的许多作品，包括那幅《焰》。他们说你抢了那幅画，我却认为，只有你能画出那种热烈的渴望，还有想触碰又怕被灼伤的挣扎。"

瞳孔狠狠一颤，时濛抬头看向对面的人。

这是这些年来，第一次有人相信他，理由不是所谓的证据，而是出于对他的了解和信任。

接收到时濛的眼神，马老师更是感慨："能画出那样情感充沛的作品的人，应当一点就通，不该被困住啊。"

临分别前，他看着已经干透、什么都没留下的地面，笑着说："如果累了，就像我这样，随便找个地方歇一歇，等想画了再拿起笔。"

"画什么都可以，希望你拿起笔就能放下执念，把画纸当作一个微缩的世界，在上面挥毫泼墨，万般自在。"

回去之后，时濛站在阳台上发了许久的呆，直到夕阳西下，云层里探出寥落的几颗星。

枫城的这个春天来得匆忙，去得也仓促，初夏的到来除了梅雨季的湿黏，更给人一种燥热的烦闷。

手伸进口袋没摸到烟，时濛愣了许久，才想起早就戒了。

短短几个月，时濛的生活重心在不断地往一个方向靠拢，无惧风言风语，使过各种上不得台面的招数。

他在做自己认为对的事，所以破釜沉舟，不留退路。可是被困住的应该是傅宣燎才对，时濛疑惑不解，为什么他们都觉得是我被困住了？

接到时濛电话的时候，傅宣燎正坐在鹤亭楼上的包厢里，在慵懒的爵士乐声中，很不应景地批阅文件。

一旁的高乐成百无聊赖地自己跟自己打牌，余光看见傅宣燎一连挂断五个电话，便知道是怎么回事了。

"先前我还当你开玩笑，没想到他真的逼得这么紧。"高乐成摇头道，"难怪你办公室都待不住，跑来这里工作。"

一想到上周加班晚归，时濛竟大老远跑来他公司，不顾阻拦硬闯办公室，傅宣燎就头疼不已。不过这么闹腾，总比拿生命开玩笑强。

上回他接到母亲的电话，以为时濛真的不行了，开车赶回去的路上闯了好几个红灯，险些把自己的命搭进去。

傅宣燎搁下笔，抬手捏了捏眉心："也就这里能安静点。"

高乐成拿起手机："我让楼下多派些人守着，给你多争取几分钟安静。"

其实倒不是害怕回家，只是近期太忙，难得片刻清静，加上最近手头在办的事与家里住着的那个人有关系，傅宣燎不想看见他，怕分心。

"我看你是怕自己心软。"高乐成一语中的，"虽说时二少不靠股份吃饭，但是这种事总有点背叛的意思，如果时二少是那种眼里容不得沙子的人——"

"那敢情好。"傅宣燎接话道，"趁早解决，省得麻烦。"

高乐成将信将疑地看了他几眼，本想说点什么，到底没开口。

关系再好的朋友最好也别掺和对方的事，人家自己都剪不断理还乱，外人搅浑水说不定更糟糕。

他便将话题扯了开去，问和时家母女合作的事："她们不是说得到了集团里元老们的支持吗，还把你拉进去干什么？"

傅宣燎闭目养神，低声道："世家大族里难保没几个存有异心的，得防备他们当场变卦改口，傅家的任务就是兜底，控制住这个变数。"

"难怪，"高乐成提醒道，"你可要小心，别给自己惹一身骚。"

傅宣燎"嗯"了一声，不再言语。

后半夜，傅宣燎的手机又响了几次，还是被挂断了。

高乐成看一眼日历，说道："明天是星期六，你的工作也处理得差不多了，不打算回去？"

经他提醒，傅宣燎也打开手机看日历，一看就是好几分钟，目光落在那个日期上，好半天，眼睛都没眨一下。

高乐成伸手在他眼前挥了挥，笑说："怎么，没想到星期六来得这么快？"

傅宣燎却笑不出来，哪怕是故作轻松。

良久，他才慢吞吞地收回视线："不回了，去趟公墓。"

"公墓？"

窗外雨声淅淅沥沥，一年一度的梅雨季总是来得悄无声息。

"明天……"傅宣燎面上没什么表情，嗓音却低了下去，"是时沐的祭日。"

7月的第二个星期六，时濛习惯性地在纸质日历的"SAT"上用红笔画了个圈。

昨天给傅宣燎打了十个电话，他都没接，时濛有些不安。

这份不安在打开窗帘，看到外面在下雨的时候短暂地消失了一会儿。

时濛不喜欢下雨天，如果不安是来自这里，他反而放心了。

白天，时濛画画，和蒋蓉一起做饭。

自从他来到这个家，做饭阿姨上门的次数少了。他单方面认为这是个好现象，至少证明他在这个家慢慢被接纳。

这个传统的观念源自杨幼兰的灌输，当年她就是这样理直气壮地告诉八岁的时濛："只要你身上流着时怀亦的血，他肯接你回家，就容不得旁人置喙。至于他们心里痛不痛快，我管得着吗？"

出于对不愉快记忆的逃避，时濛很少想到母亲，冷不丁通过一件事联想到一回，还巧合地接到了来自母亲的电话，自是惊惶。

按下接听键把手机放到耳边，一声闷雷同时响起，时濛手一抖，手机险些掉下去。

"怎么这么久才接？"电话那头的杨幼兰才不管他什么情况，责怪完就劈头盖脸下达命令，"木木又不见了，你快去找找，尤其是你家周围，它可能又跑回去了。"

时濛没告诉她自己搬出来的事，她说的"你家"指的是时家。

傅家位于市中心，离时家足有二三十公里远，外头还下着雨。

　　时濛唯恐跑空门耽误时间，想尽量把情况了解清楚："它是什么时候跑出去的？附近都找过了吗？给它做的名牌，给它戴——"

　　"我说它不见了，让你去找你就去，哪来这么多废话？"不知怎么了，杨幼兰在电话里的声音发着抖，"我的木木，我怎么能不担心？"

　　时濛愣了一下。

　　杨幼兰方才的语气，让他想起了住在时家的那个女人，在提及丧子之痛时的反应。

　　"都怪你，都怪你没好好照顾我的木木，自从回家之后它就总是到处跑，心都野了。"

　　时濛咽了一口唾沫，还是茫然。他好像察觉到了什么，却又抓不到头绪，一个不可思议的念头刚刚浮起，又被闷重的雷声捂了回去。

　　"你去给我找，我不管，你快出去给我找！"听不到电话那头的回应，抓狂的杨幼兰歇斯底里地喊，"要是敢再让我的木木死一次，我就拿你偿命！"

　　这场雨一直下到深夜，带着一身闷热湿气回到家，傅宣燎顾不上洗澡更衣，先在客厅的沙发上坐了一阵。

　　他喜欢趁没人的时候坐在这里想事情。虽然此刻他脑袋空空，什么都没想。确切地说是不敢想，牵一发而动全身对回忆也是一样，何况今天又看到了时沐的黑白照，听到李碧菡哀恸的号哭，类似的场景总是能被动加深傅宣燎的印象。

　　风吹开覆盖其上的尘土，记忆中的画面也在雨水的冲刷下变得清晰。

　　站在荒寂的墓园中，傅宣燎好像听见来自旷远之处的声音，问他记不记得当初的约定，问他怎么可以轻易忘记。

　　没忘记，我没有忘记——傅宣燎一面这样回答着，一面又迫不及待地遮掩，哪怕并没有人知道星期六在他眼里的鲜明度早已超越这个日子，他大可以告诉自己——

　　长眠于此的人，仍是我此生的挚友。

　　可是他不能，因为他知道自己变了，不知从何时起。

　　他愧疚着、挣扎着，甚至怀疑所谓的挚友究竟是真正存在，还是自己一厢情愿地粉饰太平。他厌恶极了忘记承诺的自己。

　　就在这个时候，门被人从外面打开，那个在他原本干净清晰的回忆上挥了一刀又一刀，让它变得乌烟瘴气、面目全非的人，出现在了眼前。

时濛浑身湿透，应该是淋了很久的雨。

他在门口站了一会儿，进来的时候脚步轻得如同幽灵。

"你去哪里了？"声音也很轻。

傅宣燎不想再被打扰，索性站了起来，向房间走去。

时濛却不放过他，走到哪里都如影随形。

"你去看沐沐了，对不对？"时濛悠悠地自问自答，"你们都喜欢沐沐啊。"

紧接着，一声短促的笑落入傅宣燎的耳朵："可惜，他是个偷画贼。"

房间左手边是衣帽间，门口的墙上安了一面两米高的镜子。

一道划破天际的闪电，伴随着剧烈撞击的闷响，时濛只来得及倒抽一口气，便被扼住喉咙的手掐断了嗓子要发出的声音。

"谁是偷画贼？"傅宣燎恶狠狠地看着他，"你再说一遍！"

经过近三个月不冷不热的相处，再度勾起傅宣燎愤怒的时濛得意非常，他艰难地张开唇，无声地比口型，一字一顿地说——时、沐、是、偷、画、贼。

短短六个字，便将傅宣燎许多年来固执的坚持以及刚筑起不久的防御砸得七零八落。

怒火顷刻间烧光理智，满天飞舞的灰烬中，傅宣燎手劲加大，看见时濛胸膛起伏喘不上气，只觉头皮发麻，沸腾的血液里涌动着报复的快意。

"是你偷画。"傅宣燎强调，"是你偷他的画！"

趁扭动脖子吸进一口空气，时濛有了说话的力气，断断续续地说："那你……也要，拿我，偿命吗？"

呼吸到的氧气渐渐稀薄，时濛在混沌中想——你们都喜欢他，都想他活着，不如拿我的命去换他的吧。

兴许看出他只是在挑衅，傅宣燎愣怔不过须臾，扬唇冷笑："你也配？"

时濛也笑起来，他用双手按住傅宣燎的肩，身体被翻了个面按在镜子上时，面颊传来的凉意让他猛地打了个哆嗦。

他哑声问道："你，究竟为什么相信他？"

你不是说我画得很好吗，为什么不相信我？你不是还让我别怕，说没有人会欺负我吗？可我现在为什么会觉得痛？

傅宣燎被他问得一愣，紧接着便有一种被质疑的恼恨袭上心头。

"你不知道？"他拼命抓住那些仅有的回忆，试图反衬时濛的卑劣下作，"他温和、善良、尊重我，会为我画画，会陪我聊到天亮，会心疼我受的伤。"

"我也——"时濛想说我也会，我可以变回从前的样子。他都死了，你对我好点，不行吗？

"而你……"傅宣燎却不给他说话的机会，咬牙细数道，"你只会偷窃、霸占、强制、禁锢……做尽令人不齿的事。"

背对的恐惧被另一种更深的恐惧覆盖，因为时濛清楚，他陈述的全部都是事实。

看不到自己此刻的模样有多狼狈，时濛还在挣扎着扭头："你把我当成时沐也可以。"

他急不可待地想证明自己被需要，至少这个世界上有人不想他死。

可是，傅宣燎说："你不配。"

他那样温柔、那样好，哪是你这种恶毒的人比得了的？

终于为自己过剩的愤怒找到合理的支点，傅宣燎扯着时濛的头发，把他按在镜子上，手背拍了拍他因窒息泛红的面颊，贴在他耳边说："看看你，除了这张脸，还有什么能跟他比？"

"可是……"时濛干咳两声，从镜子里与傅宣燎对视，唇角扯开一丝讥诮的笑，"可是，他已经死了啊。"

他偷窃我的心血，遭了报应，所以落得早逝的下场。那我呢？我执意抢回属于我的东西，现在是不是也到了自尝恶果的时候？

深藏心底的恐惧破土而出，争先恐后地钻出来兴风作浪，上一秒还将生死置之度外的时濛忽然开始害怕死亡。

他像每个知道自己行差踏错却已无力挽回的人，在抵达生命的终点线前张开五指，企图抓住点什么。

"如果我死了，如果我也死了，"时濛被禁锢着无法转身，只好从镜子看身后的人，"你会记得我吗？"

镜子不知何时被撞坏一块，以时濛的额角为中心散开蛛网般的裂缝。

傅宣燎的眼睛落在其中一块碎片里，冰一样冷。那漂亮的薄唇，在一开一合间被反复打碎："那得等你死了，我才知道啊。"

傅宣燎做了个梦。

时间夏末，地点操场。

升上高二的第一场运动会，他被赶鸭子上架报了五千米长跑，本着重在参与的精神以及不能丢人的自尊心，开跑前五分钟他咬牙决定跑完。

其实体力是足够的，傅宣燎热爱运动，课余常跟同学一块儿踢球。标准的十一人足球场周长和三中橡胶跑道差不多，二十圈而已，小菜一碟。可他忘了自己的呼吸道有问题。

枫城近来少雨，路面上积了厚厚的灰尘，今天风大，空旷的操场扬起尘沙无数，跑到第五圈，傅宣燎就被呛了不下五次。

喝水并不能减轻喉咙和气管的不适感，他的呼吸变得粗重，渐渐喘不上气，脚步也开始打晃。

少年人总是憋着一股不服输的倔劲儿，傅宣燎也不例外。

他心知这回怕是跑不满二十圈了，想着至少把这圈跑下来。

第七圈的终点近在眼前，他都看见裁判员脑袋上的小红帽了，突然腿脚一软，膝盖先着地，紧接着是肩膀和头。

他眼前突然黑暗，再度清醒时，自己已经被转移到三中的医务室。

这里的空气就干净多了，一张狭窄的单人床用白色半透的帘子和外面诊室隔开，另一边是窗，阳光透过树叶缝隙洒进来。傅宣燎眯起眼睛，捕捉飘浮在空气中细小的微尘。

外面没有动静，医生似乎不在。

傅宣燎打了个哈欠，牵起呼吸道被剐蹭般的疼痛，捶着胸口一顿咳嗽。他干脆躺了回去，自暴自弃地想反正都这样了，不如再睡会儿。

迷迷糊糊中，他想起摔倒前，似乎听见观众席上传来的惊呼，不知道这里面有没有那个人。应该有吧，三中的运动会初高中一起办，没道理他看不见，说不定已经在来学校医务室的路上了……

傅宣燎合上沉重的眼皮，又睡了过去。

再醒来——准确地说，傅宣燎处在一个将醒未醒，能看见能听到，却都不清明的状态中。

听到动静，他艰难地睁开眼，白色的布帘后出现了一道清瘦的身影，短发，个子不高，也有可能是光影导致看起来不高。

像是怕被人发现，来人的脚步声很轻，走到床边站了半响都没动作。

就在傅宣燎浑浑噩噩又要睡过去的时候，一只手拨开窗帘的一边，小心翼翼地探了进来，之后落在他的额头上。

手背触感谈不上温热，甚至有点冰。

傅宣燎因为不适皱了皱眉，那人便慌忙将手移开，过了一会儿，换成温度稍高的指腹，很轻地摸了下傅宣燎额角磕在地上造成的伤痕，羽毛落在身上似的，让他有点痒。

困意更浓，眼皮闭上之前，傅宣燎蒙眬间看见一只手，修长白皙，动作轻柔。

真正从梦中醒来，那只手在脑海中的印象短暂地变得很清晰，以至于傅宣燎坐在床上盯着身旁的人放在被子外的手看了半天，猛然清醒，才觉荒谬。

怎么会是时濛？

那天他在医务室醒来，掀开帘子，看见床头的矮柜上摆了一瓶饮料，下面压着一张纸。

饮料是他常喝的牌子，只有经常跟他玩在一起的人才知道。

纸上画着操场和跑道，一个穿着短袖校服的人在奔跑。

几天后傅宣燎过生日，早上到学校，在课桌桌肚里发现了一幅 A5 大小的画，正是在医务室收到的那张简笔画的上色细化版，画上的人是谁不言而喻。

其实在高一的时候，傅宣燎就收到过没有署名的画，画的是一名少年趴在教室的课桌上睡觉的情景。

由于没画脸，当时傅宣燎以为是谁放错地方了。等到来年生日弄清楚是送给他的，再到高三那年圣诞节通过戴在时沐手上的手表，变相确认平安夜那晚的聊天真实存在，最后将所有的事情串联起来，一切才顺理成章。

作为促使傅宣燎正视这份友情的关键，学校医务室那无声的担忧与关怀是他内心深处最珍贵的回忆。

这件事，怎么可能是时濛做的呢？

傅宣燎收回视线，自嘲一笑。

上回也是做梦，醒来恍惚以为记忆错乱弄错了现实中的主角，求证后被时濛亲自否认已经够荒唐，这回自己不知搭错哪根筋，凭着一只相似的手，险些再度动摇。

下床洗漱后，在衣帽间换衣服的傅宣燎接到了高乐成的电话。

"愉快的周末到了，来鹤亭不？"

"今天时家那边有大变动，我得过去看看。"

电话另一头的高乐成沉吟片刻，问道："昨天约好的？"

"嗯。"对此傅宣燎不欲多说，转而问道，"有事？"

"也没什么，就是有个姓张的，自称你同学，想约你见个面。"

"姓张？"傅宣燎一时没想起来是谁。

"对，叫张昊，说是你学弟。"

傅宣燎这才有了点印象。

"他啊，找我有什么事？"

"我问了，他说找你叙叙旧，估摸着是想跟你攀关系套近乎。"

高乐成都看出来了，傅宣燎便也不必给张昊留面子："嗯，他家里人是做建材生意的，说不定想抄个近路。"

"难怪，"高乐成说，"不过，你们公司不是正在找供货商吗？如果他们家靠谱的话，聊聊也不是不行。"

道理傅宣燎自然明白，可是想起上回在鹤亭门口，那个张昊逮着时濛喊时沐，他就心情阴沉，有种说不出的烦躁。

"我们这边有长期合作的，不缺这么个半路杀出来的供货商。"傅宣燎吩咐道，"就跟他说我没空。"

高乐成应下了，知道他忙，提醒了句"万事小心"就挂了电话。

傅宣燎穿上西装外套，往外走的时候经过门口的镜子，瞥见碰碎的那块镜面，愣了一下。

从衣帽间出来本可直接出门去，他却鬼使神差地返回卧室，隔着两三米，看向床上还在睡的人。

时濛睡觉时喜欢抱着东西，他蜷着身体侧卧，把被子揽在怀里，几乎整颗脑袋埋在底下，只能看见露在外面的肤色冷白的半张脸。

昨晚大动干戈之后，两人就没再说过话，沉默到没人去把灯打开。

刚才看到那面破碎的镜子，傅宣燎才迟钝地意识到，昨晚时濛可能受伤了。

不同于以往为占上风的小打小闹，镜子都碎了，说不定他伤得不轻。

傅宣燎抬脚，想上前探个究竟，刚走了半步，又停了下来。仿佛这样做等同于忘记，让已经蒙上灰尘的往事会被掀起的风沙埋得更深，直到被彻底覆盖。

所有人都告诉他不可以忘记。忘记是背叛的一种。

傅宣燎深吸一口气，终究没有走上前。

他连多看一眼都不敢，仓皇地转过身，大步迈了出去。

今天时濛依旧醒得晚，站在洗漱台前，和镜子里的人对视半天，才慢吞吞地抬起手，抚上额角红肿的伤口。

没破皮，按压略有疼痛感，可见昨天傅宣燎并没有使很大力气，自己挣不开只是因为太累了。

时濛麻木地给傅宣燎，也给自己找了个借口，收拾完，找了件薄些的高领衫穿上，走出卧室。

傅家房子不小，住四个人绰绰有余。

空着的房间腾了一间出来给时濛当画室，这会儿蒋蓉正打扫到那间房，听到房门打开的动静，她探出脑袋，看见时濛穿得严实，问："大热天的，怎么穿这么多啊？"

时濛不想告诉她是为了挡掐痕，昨晚动静那么大，说不定她对发生了什么心知肚明。

"我不热。"时濛边回答边往厨房去，准备喝杯水再出门。

不多时，蒋蓉也来到厨房，把温在烤箱里的三明治拿出来："吃点吧，尝尝伯母的手艺怎么样。"

时濛没有拒绝的理由。

洗过手拿起三明治的时候，蒋蓉看见他手背上的抓伤，愕然道："这是被猫抓的吗？"

翻转手臂看了一眼，时濛不以为意地说道："就一下。"

"打疫苗了吗？"蒋蓉提醒道，"如果是昨天晚上被抓的，还没到二十四小时，现在打还来得及。"

于是，时濛刚吃完就被蒋蓉催着出门去了，手上握着手机，手机开着导航，目的地是枫城疾病预防控制中心。

"我不会开车，不然就送你去了。"蒋蓉把他送到门口，看一眼他的手，又扭头看向作为画室的那个房间，一副颇为担忧的样子。

"画得多好啊。"她说，"这么灵巧的手可千万不能有事。"

路上，时濛接到孙雁风的电话。

他开门见山地说道："我听你妈妈说，昨晚你帮着出去找猫了。"

时濛"嗯"了一声。

电话那头传来无奈的叹息："唉，我跟你妈妈说过，有事找我，没想到还是打扰你了。"

"没事。"时濛说。

"那木木……我说那只猫，最后是在哪里找到的？"

"小区附近的草丛里。"

想起昨晚的黑灯瞎火和恶劣天气，时濛此刻仍有一种被雨淋得湿漉漉的不适感。手也是在那时候被抓伤的，猫躲在草丛里，被逼近的脚步声吓到，时濛弯腰去捉它时，它慌不择路地逃，狠狠地给了他一爪。

"找到就好。"孙雁风说，"下回碰到这种事，打老师的电话。说好要照顾你们母子俩的。"

时濛没回忆起来孙雁风什么时候说过这话，心想：可能是对杨幼兰说的吧。

从头到尾他都只是一个局外人，加入不进去，什么都不懂，在牙牙学语的时候，就不得不被动地接受劈头盖脸砸过来的命运。

可是，他不至于迟钝到时至今日都察觉不出其中的不合常理之处。

"所以，其实我是您的儿子吗？"时濛不喜拐弯抹角，有了猜测便直接求证，"还是说，时沐才是你们的孩子？"

新的思路被打开，过往许多被忽略的细节接二连三冒出来，不分轻重缓急，全都成了疑点。

姑且不论远到难以考究的部分，单说昨晚杨幼兰的态度，就足以令人费解。毕竟连与他无亲无故的蒋蓉尚且能给他几分关心，亲自抚养他长大的母亲何至于这样轻贱他，仿佛他的生命如草芥，还不如一只猫来得重要。

而且他想起来了，昨天是时沐的祭日，傅宣燎的易怒也得到了解释。那么杨幼兰呢，她为什么在这个日子里如此反常？

她还藏着时沐的画册。

时沐……沐沐……木木……

反复思忖着这两个相近的名字，脑海中如同出现了一个巨大的旋涡，将时濛卷入过往的洪流，逼他将扎在身上的刺一根一根拔出来，细究到底哪里出了错。

自时濛记事起，杨幼兰似乎就对时沐有着不同寻常的感情。

当年时沐病重，她催着时濛去做骨髓配型，甚至说出了"救救他吧，妈妈求你了"这样的话。

当时，时濛只当她因为破坏别人的家庭而愧疚，良心发现想补偿，却没想过她是出于本能——母亲对孩子本能的爱。

事实上，时濛并不在意这些虚无缥缈的疼爱与关怀。

他孤独惯了，自出生起就一个人行走在这冰冷的世界里，以致他对旁人的漠视与恶意习以为常，得过且过，也就无心追究被如此对待的原因。

反正不会有人告诉他。

而且太累了，光是活着，追逐那点微末的光芒，他就已经精疲力竭。

当意识到某些事情可能从根源上就出现了错位，时濛最先的反应是惶恐，紧接着便是逃避。

他怕被打扰，怕固有的认知被颠覆，怕出现难以承受的后果，对该有的预判和处理更是茫然无头绪。可他也较真，脾气倔，还性急，既然发现了端倪，他就断不可能装作什么都不知道。

刚才电话里孙雁风没有正面回答他，只让他不要胡思乱想，显然是不愿意将真相告知他。

时濛想，那便只能从时怀亦那边入手了。

打过一针疫苗，想起蒋蓉的叮嘱，时濛把写明下次注射时间的单据收好，开车前往集团本部大楼。

他很少去那个地方，上次还是五年前时怀亦带他去参观，问他以后想不想在这里工作。

时濛的回答自是不想，他只想画画，并且不想让李碧菡认为他是敌人。

对于自己在这个家里的地位，时濛一向拎得清。

只是如今细想，能说出"你必须摆正自己的位置"的人，为何突然改变态度，希望他进入家族企业？

心跳夸张地震动耳膜，接着是眼眶、太阳穴，然后是脑袋，最后扩散到整个身体里。

前路未知，每向目的地靠近一米，就离真相更近一步。

今天是休息日，集团大楼一层人很少，走进去都能听见脚步的回声。

时濛没有工作证，前台小姐对他也不熟悉，听他说来找时怀亦，先问有没有预约，得到否定的回答后狐疑地上下打量他一番，然后一边拿起电话一边对时濛说："稍等。"

前台的线路一般无法直接打到总裁办公室，中间转了几道。

时濛无心细听他们说话的内容，只敏感地察觉到前台小姐又看了他几眼，似在确认什么。

约莫五分钟后，有人从电梯间走了过来，是一名男性，相貌普通，上班族打扮，时濛对他没印象。

"时少爷，"他认出了时濛，堆着笑恭敬道，"时总在开会，派我下来接您。"

时濛便跟着他往电梯间方向走，后面跟着几名保安模样的人。

和大多数写字楼一样，时家本部集团大楼的一层高而空旷，设有通往各个方向的不同的门。

穿过电梯间，从一扇原本关闭着的门里来到一条幽长的走道里，时濛隐约觉得不对劲。

"不上楼吗？"他问来接他的那个男人。

"时总在开会，"那男人说，"让您先在下面等一等。"

时濛仍然觉得奇怪，既然要等为什么不在休息室之类的地方，偏把他领到大楼最外围的走道里？并且这条走道通向室外，那头似乎连接着停车场。

就在这时，耳尖的时濛听见熟悉的汽车引擎声，和他许多个星期六在时家大宅楼上听到的一模一样。

紧随其后的是开关车门的声响，看到那个高大身影出现在通道尽头的瞬间，时濛顾不得思考他为什么会出现在这里，径直向前跑去。

有傅宣燎在的地方，时濛习惯性地无视其他人，因此忽略了背后急促的脚步声——危险逼近的声音。

被坚硬的棍状物击中后脑勺时，时濛刚要出声喊傅宣燎的名字。

他喜欢直呼他的名字，因为他在被赋予许多身份之前，在学长、傅总、时沐的朋友、傅家独子之前，首先是傅宣燎。

可惜喉咙里发出的微弱声音被巨大的轰鸣声掩盖，时濛没来得及回头看袭击者的脸，向前踉跄两步，不受控制地趴倒在地。

意识脱离身体的前一秒，时间被拉得很慢很长。

眩晕让痛感并不明显，时濛拼命睁大眼睛，看着道路尽头的那个身影。

那人背对着他，似乎察觉到什么，停下脚步，朝两边望了望。

也许是赶时间，他并没有停留太久，便抬脚继续大步向前走，直到变成一个小小的黑点，淹没在刺眼的白光中，直到彻底离开时濛的世界。

上午九点半，会议室。

傅宣燎看着围坐在长桌旁神色凝重的与会者们，心中波澜不起，只盼着这场股东大会别开太久，有这闲工夫他还不如去鹤亭寻个清静。

然而主角迟迟不入场，会便开不起来。有几个坐不住的起身去外面。

通过开着的半扇门看出去，吸烟室里两个人互相点烟，不知在聊些什么，状态稍微放松，猛吸几口之后将烟夹在手里，缭绕的烟雾让视线变得模糊。

冷不丁地，傅宣燎想起时濛曾经也抽烟，姿势比他们优雅多了。

不知跟谁学的，时濛点烟的动作慢条斯理，视线微微下移，等着火星攒聚，烟草被烧出袅袅青烟。他往往不会马上吸，而是将手臂撑在窗口，手腕耷拉着，夹在指间的烟也将落未落似的。然后，他才会把烧短一截的烟送到唇畔，唇微张抿住滤嘴，吐出的烟很淡，像伫立在一座遥远的荒岛，一块薄纱将他与周遭隔绝。

　　或许他生来便是如此，孤冷寂寥，与尘世格格不入。说白了就是冷漠，对周遭的人、事、物都不屑一顾，漠不关心。

　　想起昨晚时濛将"死"字轻飘飘地挂在嘴边，傅宣燎不由得攥紧了拳，很难不为他蔑视生命的行为感到恼怒。

　　他非但蔑视自己的生命，还轻视别人的，死亡在他口中仿佛是件有趣的事，心硬到连眸中含水地望过来，也不是在为他犯下的过错忏悔。

　　这样的时濛，无人消受得了。

　　傅宣燎出现在这里，就是为了给他一个教训。

　　除此以外，待李碧菡和时思卉母女俩夺回那百分之十的股份，话语权大增，便可借机请她们帮忙解除那份合同。帮她们便等于帮自己，傅宣燎如此劝服自己在这里坐定。

　　会议开始前五分钟，时怀亦和时家母女才姗姗而来。

　　时怀亦看起来面色不虞，尚未落座先发话问时濛在哪里。

　　"他来了也听不懂，回头我们告知他结果就好了。"时思卉一边说着，一边扶母亲李碧菡坐下。

　　昨天是时沐祭日，李碧菡淋着雨在墓前哭到昏厥，只得一晚休息又赶来参加这场硝烟弥漫的会议。从周遭的窃窃私语中，傅宣燎听出在座的多数人原本就站在李碧菡那边，如今见她憔悴不堪还坚持出席，更添几分同情。

　　目光对上的时候，李碧菡向傅宣燎点了点头，遥遥打个招呼。

　　临开场，时思卉接了一个电话，挂断后绕到傅宣燎这边，压低声音道："有点事需要处理，我离开一会儿，拜托你帮忙照顾一下我母亲。"

　　虽然疑惑在这紧要关头还能有什么更重要的事，但到底不是傅宣燎该管的，他便答应了。

　　"谢谢。"时思卉笑了笑，颇为轻松地说，"等这事结束了，我送你一份大礼。"

　　十点整，会议准时开始。

　　同一时间的另一边，时濛慢慢睁开眼睛，收回对身体自主控制权的那一刻，他便通过眼前的黑暗和紧勒的束缚感，判断出自己的眼睛被蒙了布条，手脚也被绳子捆住了。

他侧身躺着，铆足劲挣动几下无果，只得放弃，转而竖起耳朵，企图通过声音判断自己目前的形势。

身下的地面冰凉，手指够着蹭了蹭，触感像是水泥地。

时濛还通过蒙眼布的遮光程度确认这间仓库似的房子门窗紧闭，并且面积不大，因为屏住呼吸可以听到门外的脚步声和交谈声。

时濛判断门外至少有三个人，其中一个在打电话。可惜离得太远听不清，依稀只捕捉到"还没醒""怎么处理""快点来"几个关键词，时濛呼出一口气，心想：看来对方是临时起意绑架的他。

胆敢联合前台和保安在集团本部大楼动手，这伙人的头目必定大有来头。再多的就推断不出来了，时家是枫城本地根深叶茂的世家大族，亲戚多、仇家也多，亲人中难保没有眼红主家日进斗金的，背后搞小动作再常见不过。

不过，时濛认为自己只是时家可有可无的一个人，他不参与公司决策，主动放弃继承权，哪值得他们大费周章地绑架？

不对，自己还是有点价值的。

时濛想起了自己拥有的百分之十的股份，当年时怀亦将股份转让给他的时候，理由便是"给你傍身"。虽然时濛从未关心过这些股份的收益，但是按照时家的发展势头，想来是块肥肉，至少对于集团内部的股东们有足够的吸引力。

那么绑架他的人极有可能是为了这部分股权，看见他来到集团大楼，以为他要做什么损害他们利益的事，匆忙中先将他绑了再说。能在偌大的时家本部大楼遍布眼线，并操控基层人员为己所用，此人的身份必不一般。

就在这个猜测在脑中迅速成形、呼之欲出的时候，时濛听见"哐"的一声，仓库的铁门被人从外面打开了。

作为时家的大小姐，时思卉从未来过如此偏僻肮脏的地方，进门就被扑面而来的霉味弄得皱眉，下属搬来椅子她也不想坐，怕弄脏了衣服。

看到被捆住手脚像垃圾一样扔在地上的人，时思卉的表情放松了下来，露出得意的笑容。

她等这一天的到来已经很久了，先前母亲狠不下心处理这个"野种"，她在时家的话语权又不够，只好装好女儿、好姐姐，暗中等待时机。

如今时机成熟，好比忍辱负重的人终于等到翻盘的机会，时思卉心中畅快。这件事本可以交给下属全权处理，她偏要赶来欣赏，亲眼看着憎恨了许多年的人一朝落难。

本来她没打算出声，省得留把柄，更不想脏了自己的手，孰料地上被蒙住眼睛的人默默地听了一会儿，忽然启唇道："时思卉。"

被点名的时思卉愕然，下意识地倒抽气。

这让时濛更加肯定了自己的判断，他轻轻一笑："果然是你。"

片刻的慌乱过后，时思卉很快平静下来。

既然已经被他知道了，也就没有隐藏的必要，她拖过被下属擦干净的椅子，在时濛面前不到两米处坐下，跷起腿，居高临下地俯视趴在地上蝼蚁一样的人："说吧，是谁通知你今天开股东大会的？"

时思卉的发问无疑验证了时濛的猜测。

想着几乎被他遗忘的股份却被所谓的家人如此惦记，时濛又笑了一声。

时思卉当他在挑衅，示意一旁的保安动手。

重重一脚踹在时濛胸口的位置，他猛地往后滚了半米，倒在地上仰面朝天。

"再笑啊！"时思卉怒道，"看你还能笑到几时！"

向来不知何为循规蹈矩的时濛便放声大笑起来，哪怕嗓音沙哑，牵起胸口的痛让他咳嗽不止。

也许是因为平日里独来独往对所有人都视若无睹，时濛这一笑把时思卉弄得愣住了。她站起来，观察这个人是不是真的疯了，脚尖踢了踢他的胳膊，被时濛突然的弹跳吓得连连后退。

"疯子，你这个疯子！"时思卉气坏了，再度示意保安给他点教训。

时濛被扯着前襟从地上拉起来，雨点般的拳头肆无忌惮地落在他身上，与闷重的击打声同时到来的是皮肉上的痛。可时濛最擅长忍痛，连闷哼都压抑在喉咙里。

时思卉怕打出个好歹，急问道："你说不说？"

时濛被打得又翻了个身，面朝下吐出一口带血的唾沫。

他还是觉得可笑，觉得这件事荒诞得没道理。

他再度挑衅时思卉："你猜。"

时思卉急于得到答案，便真的猜了："是时怀亦？"说完她便推翻了这个假设，"老头子就知道以和为贵、息事宁人，应该不是他。"

时濛大口大口地喘着气，不承认也不否认。

"那是傅宣燎？"

听到这个名字，时濛动了一下。

看出傅宣燎在他心目中的特别地位，志在必得的时思卉蹲下来，靠近时濛，捏着他的软肋道："可惜不可能是他啊，他现在正在集团顶楼的会议室里，帮着我妈妈夺回你手中的股份。"

身体又一颤，时濛缓慢地抬起头，由于眼睛被蒙住，只能茫然地看向声音来源，无意识地张了张嘴。

"你不信啊？"时思卉掏出手机，点开通讯录，"你要是不信，我让他说给你听。"

傅宣燎接到电话的时候，正在中场休息。

"会开得怎么样了？"时思卉在电话里问。

"挺顺利的，和你们设想的差不多。"傅宣燎说。

"那就好。"时思卉心情不错，语调都带了几分轻快，"这回麻烦你了。"

傅宣燎"嗯"了一声，似乎没什么想说的。

时思卉转换话题："那这件事，时濛知不知道？"

沉默片刻，傅宣燎说："不知道。"

"我还以为你会告诉他呢。"

"我为什么要告诉他？"傅宣燎语气略显急躁地反驳道，"这个结果是他咎由自取。"

"是啊，"时思卉笑道，"他毁了多少人的幸福，活该落得如此下场。"

电话挂断之后，傅宣燎很长一段时间都处在烦闷中。明明说服了自己不再纠结，然而想到时濛得知股份被夺走后可能的反应，傅宣燎实在很难痛快起来。即便如此，他也绝不会承认自己在担心时濛。

两个人在一起待久了，难免会产生一些看不见的牵绊。习惯是个可怕的东西，它会蚕食人的理智，让人下意识地做出令自己鄙夷的行为。就像杂技团里的动物，会为了讨一口吃食，不断重复某个它自己并不理解的动作。

只要离开就好了，通过一段时间的戒断，再根深蒂固的习惯也可以被拔除。这样想着，傅宣燎松了口气，强迫自己不再去想那个人。

不想他身上的伤，不想他独自一人抽烟的样子，也不再想他会不会哭、会不会难过。

因此，一个小时后接到时濛的电话，出于抗拒，傅宣燎下意识的反应便是挂断。

不久，时濛又打了进来。

虽然手机调成了振动模式，但嗡嗡的振动声还是让其他与会者频频侧目。幸而会议已进行到尾声，为防错过重要电话，傅宣燎在接听和关机两项选择中选了前者，退到会议室外面，按下接听键。

刚接通，电话那头嘈杂的环境声便一股脑儿涌来，傅宣燎皱眉道："你在哪里？"

过了约莫半分钟，电话那头才出现人声。

"下雨了。"时濛的声音很轻，微弱到几乎听不见。

"傅宣燎。"他喊着傅宣燎的名，又重复一遍，"下雨了。"

抬首望向窗外，傅宣燎这才注意到不知何时阴沉下来的天色，以及从云层里银河倒泻般坠落的雨。

傅宣燎看了一会儿，忽然明白了什么："又想骗我？"言罢，他听见电话里传来几声不寻常的呼吸声，沉重而竭力，仿佛下一秒就要断掉。

傅宣燎心头一紧，刚要问他怎么了，电话那头的时濛慢吞吞地开口道："是啊，"这回声音里带着嘲笑，"我也就这点儿本事了。"

提起的心落了回去，傅宣燎又被这个疯子气到，恨自己总是不受控地为他心软。

"别妄想了。"不想再被他牵动情绪，傅宣燎收起了所有可以称为温和的东西，冷声道。

夏日的枫城多雨，闷热中掺杂着几缕肃杀寒气。

时濛躺在破旧仓库外坑洼不平的水泥地上，任由雨水冲刷着脸和身体，呼吸间铁锈味弥漫，和着咸涩的雨水，呛得他忍不住咳嗽。

他不想咳嗽，肋骨应该是断了，稍稍一动，胸腔里就被扎得生疼。

时思卉临走前还狠狠踩了他的右手，说他毁了时家，毁了所有人的幸福，要他付出代价。

时濛也是在这个时候，才确定当年给傅宣燎下药的人正是时思卉。她用怨恨的眼神看着他，质问道："老天不公平，有个时沐还不够，你凭什么也跟我抢？"

时思卉积攒多年的愤恨总算寻到爆发的出口，也顺带解开了时濛心中谜团的一角。可惜剩下的，他没办法再亲自觅得真相。

在一个无人知晓的地方，他的生机正以极快的速度流失，如同手中握不住的沙，快到他心悸恐慌，却又无能为力。

趁束缚解开，用没受伤的那只手艰难地摸出口袋里的手机，唯恐来不及，时濛没有报警，没有叫救护车，抓紧生命最后的时间打给通讯录里编号001的主人。

他想告诉傅宣燎，外面下雨了，可是蘑菇没有带伞。

听着电话里绵长的"嘟"声，时濛幻想，说不定能从傅宣燎口中讨几句温情话语，为他抵挡一下寒冷的侵袭。可是傅宣燎并不知道他的处境，说出口的话句句戳心。

"那……"时濛努力平复呼吸，让自己不显得狼狈，"那，我要是快死了，你可以……"

他还是忍不住将这个假设抛了出来，在假设即将成为现实之前。

也许是被他用生命威胁得烦了，这次傅宣燎并未当真，以为又是骗他回去的手段。

"时濛，你还没闹够吗？"傅宣燎打断了他的话，声音没有一丁点温度，"你的生死，本来就与我没有关系。"

那就是不可以了。就算死了，他也不会记得。得出结论的时濛，竟感觉到一丝解脱的快意。

他一面骂自己活该，咎由自取，一面摊开双臂，将手机丢到旁边，瞪大眼睛看着破开个黑洞似的天空。

就这样过了很久，疼痛感才迟滞地涌了上来。身体像被砸出许多个窟窿，每个都在汩汩地往外冒血水。那么多被他忽略的伤口，被恼人的雨水浸泡，受到感染，血肉被蛆虫啃食一般，连成一片溃烂不堪的空洞。

时濛疼得蜷起身体，将自己缩成一团。

他是一只可怜虫，自欺欺人，把自卑当自负，不懂服软，永不认输，却在这个偏僻芜杂的角落里任由疼痛侵占了他的全部感官，懦弱地做出被伤害后的所有反应。

察觉到面颊上流淌过的温热液体是泪，时濛大喘几口气，张开嘴巴，在空旷无人的地方失声痛哭。

从很小的时候起，他就不掉泪，无论发生了什么事。周围的人议论纷纷，只当他冷情冷性。

可是，怎么会有人不哭呢？只是不够绝望罢了。

在那最后一个电话里，时濛想问——我现在什么都没有了，铠甲尽除，拔光了刺，你可以看我一眼吗？

回应他的是傅宣燎不耐烦的撇清，还有越发刺骨的冷雨。

时濛渐渐失去力气。他没有治愈自己的能力，哭过之后身体里更空，得不到填补，他轻得飘了起来。

不知道自己即将飘向哪里，时濛想，哪里都可以。

区区一具空壳，待在哪里不是待着呢？

他慢慢松开环抱自己的双臂，放松身体，等待暴雨后的一阵风，将他吹到一个没有人认识他的遥远的地方去。

会议一直开到下午四点。

后半程傅宣燎心不在焉，握着手机频频走神，终于在会议结束后，心中愈来愈烈的不祥预感，促使他拨了时濛的号码。

第一遍没通，隔五分钟打第二遍，依然无人接听。

傅宣燎以为时濛在耍什么欲擒故纵的把戏，直接将电话打回家去。蒋蓉接了，说时濛上午出去了，还没回来。

"他出去干什么？"傅宣燎问。

"打疫苗，他被猫抓伤了手。"蒋蓉说。

傅宣燎皱眉，问道："猫？"

昨晚他跑出去，淋一身雨回来，就是为了让猫抓一把？是那只叫木木的猫吗？傅宣燎想那是时濛亲生母亲的猫，托时濛照顾过一段时间。

而他的亲生母亲……

印象中唯一一次与那个姓杨的女人见面，还是在念小学的时候。

有次学校组织去郊外春游，中高年级的学生围坐在一起。傅宣燎看见时濛从队伍里跑出去，喊那个女人"妈妈"。那个女人却不理会他，反而让他把同班的时沐叫过来，往时沐手里塞了一大包零食，笑得很温柔。

木木、姓杨的女人、错位的爱意——每一件单看都没什么稀奇，串联起来便有些古怪。

不过，现在不是考虑这些的时候，傅宣燎交代蒋蓉道："时濛要是回家了，给我打电话。"

"那你呢，什么时候回来？"蒋蓉问。

抬头看一眼挂在墙上的钟，傅宣燎对即将到来的应酬颇为抗拒。

"吃过晚餐回。"他说，"我尽快。"

事实上，等在包厢里坐下，何时能走就由不得他了。

李碧菡做东在市区某高档酒店订了一桌，盛情邀请今日帮助她的朋友们赏光。之后傅宣燎还要仰仗她帮忙，这个面子无论如何都要给。

时思卉在开席前赶来，豪爽地自罚三杯，说了一番感谢的话，然后特地斟满一杯酒到傅宣燎跟前，感谢他今日前来助阵。

"幸好有你在。"时思卉不胜酒力，喝了两杯就脸颊浮现酡红，看得出来很高兴，"这么多年，压在我心口的大山，今天终于被夷平了。"

聚会中，傅宣燎接到时怀亦打来的电话，电话两头的人先是沉默了一阵，时怀亦并未对傅宣燎今日倒戈的举动苛责。

"反正股份就算落在思卉手上，也是我时家的。"时怀亦叹了口气，说，"你们何苦来这一出对付濛濛呢，他已经什么都没有了。"

"他什么都没有了。"直到夜里散席，傅宣燎满脑子都是这句话。

起初他觉得，时濛那样强势，有什么是他得不到的？

后来细想，才发现时濛拥有的其实少得可怜。

他没有美满的家庭，没有疼爱他的父母，在外面也只是旁人口中的"野种"，连个体面的身份都得不到。遑论他万般强求的友情，犹如水中捞月，到头来一场空不说，如今被"背叛"了还蒙在鼓里。

一切尘埃落定，傅宣燎才萌生出些类似不忍的念头。

回去的路上，蒋蓉发来消息说时濛还没回去。傅宣燎又给他打了几次电话，均未接听。

内心的不安逐渐扩散，等红灯的间隙，傅宣燎又翻了一遍手机通讯录，长长一串人名，一个与时濛相关的都没有。

从前都是时濛打给他，电话一个接一个不厌其烦地打来，他心情好才接一下。眼下情况反转，除了不适应，傅宣燎惊讶于经过近五年的相处，他对时濛的了解竟然这么少，少到连时濛可能去哪里都不知道。

茫然了一阵，猛然想起时濛有个叫江雪的经纪人兼好友，傅宣燎赶忙拨通了高乐成的电话。

周末的这个时间点，高乐成一般在鬼混，电话也是随打随接，听筒里传来的背景音往往是靡靡的爵士乐。

这次不知怎的，打了两遍才打通，背景音也安静得诡异，以至高乐成的说话声格外刺耳。

"老傅，我刚要给你打电话。"他喘气微急，脚步声清晰，似在平滑的路面上疾走，"来市三院一趟吧，我和江雪刚到，时二少的情况不太好。"

时濛不知道自己睡着了还是醒着，抑或已经死了。

眼前是一条蜿蜒悠长的路，零星灯火亮在远处，指引着前进的方向。

倦意在摇晃中渐渐浓郁，时濛听见有人喊他："醒醒，别睡，马上就到了。"

他甩甩脑袋打起精神，环顾四周，发现自己身处一片荒山之中，夜风吹拂，耳畔唯有树枝与叶片摇摆摩擦的哗哗声响。

而背着他的人，看身量，应是一名少年。背负着另一名少年走崎岖山路何其不易，累得呵气成白，倒是中和了些低气温的寒冷。

用手电筒光照了照自己的手，时濛通过掌心的寸余划伤确认自己这是回到了十三岁的冬天。刚升上初一的他参加学校举办的一场冬令营，自由活动时不慎跑远，在深山里迷了路。

背着他的人显然也好奇他为什么跑到这里，在粗喘的同时不忘打听："你是怎么跑到这里来的？老师不是叫人通知大家集合了吗？"

时濛听见十三岁的自己回答："没有人通知我。"

背着他的少年沉默了一会儿，见怪不怪似的，说："那帮人幼稚又无聊，就会恃强凌弱，专门欺负新来的。"

他绕开了时濛被排挤的主要原因，刻意忽略了"私生子""野种"之类不堪入耳的流言蜚语，只教时濛该如何自保："平时离他们远一点，他们说的那些话，也别往心里去。"

说的是自由活动之前，时濛在餐厅被一伙高年级的学生挤对，慌不择路地躲，不小心把饭盆打翻在身上的事。

对此，时濛既觉得丢脸，又很难过，可他不善于表达，不知道该怎么告诉他，自己已经让那些话往心里去了。

"晚餐时间我不在，后来才听说这事。"背着他的男孩自顾自说着，"等有机会，我帮你把饭盆扣他们脑袋上。"

时濛先是愣住，之后弯起唇角，在寒风中露出一丝浅笑。

他问："你为什么对我这么好？"

"只是我刚好找到你。"背着他的人反问道，"要是换作别人，你也会觉得他好吗？"

时濛摇摇头，心想：你可不只这些好。

在无人知道的地方，你是太阳，将前路照亮的同时，为孤寒的生命燃起一束暖光。难怪啊，叫人挖空心思也要留，费尽力气也要抢。

可惜再漫长的路总有尽头，海市蜃楼再美也不过是假象。

前方人声鼎沸，灯火通明，属于两个人的世界走到边缘。

时濛从他背上跳下来，深吸一口气："你走吧。"

背了他一路的少年转过身来，略显单薄的肩膀之上，是一张深刻印在时濛脑海里的面孔。这张脸五官立体，有时候没有表情，有时候眉宇间隐现怒气，更多的时候是笑，或傲慢，或轻佻，后来只剩自嘲讥讽与冷笑。

他们原本有不输旁人的美好开始，最后弄成那样，谁错得更离谱已然不再重要。

"你走吧。"时濛说。

回到你该去的地方。

面前的少年似是不解，站在原地不动："那你呢？"

时濛回头一望，来时的路黑暗阒静，没有一点亮光。他却不再畏惧，眨了下眼睛，将黑暗看得更分明。

孤舟应当回到海里去。

"我也回到我该去的地方。"

偏离走向的记忆片段中，偶尔插进一些混乱的动静。

先是身体不断被搬弄折腾，一群人围在四周，用冰冷的器械在他身上左捣右戳，紧接着是成串的脚步声，来来回回，不止不休。

时濛听见有人在说"对不起"，说"都怪我最近忽略了你"，哭声悲伤，令人心碎。

他想说话，想对江雪说别哭了，我把自己弄成这样怎么能怪你。刚要开口，没受伤的手被另一只掌心宽大的手握住，轻柔摩挲掌间，熟悉的温度传来，却令时濛心生退意，暂且放弃回到现实。

陆续有人前来，除了前来调查的公安民警，还有幸灾乐祸的、走个过场的，该出现的不该出现的都来了，真心替他惋惜的也不少。

"这孩子，还是把自己困住了。"时濛听见马老师的叹息，"希望你在梦里，能找到逃生的出口。"

时濛便心安理得地在现实与幻境的夹层中游荡了很久很久。

睁开眼睛，所有感官与现实世界恢复连通的那一刻，他还懵懵懂懂，分不清自己究竟是死了还是活着。

墙壁苍白的单人病房，点滴注入身体的药水，床头显示星期四的电子日历。

在梦境中历尽千帆，放到现实世界不过几天而已。

确认自己活着，出现在时濛脑中的第一个念头，还是逃离。

幸而醒来的时候病房里没人，时濛撑着身体下床，先用被包得严严实实、难以活动的右手拔掉左手背上的针头，然后扶着墙摸到放在沙发上的一件西装外套。光凭款式和大小就能判断出这衣服属于谁，时濛不想拿它，可是没的选。

他把外套披在身上盖住病服，趴在门板上通过耳朵判断外面的情况后，拧动把手开门，小心地穿过廊道走向楼梯间。避免碰到人，时濛选择走楼梯。也许是因为紧张，他一时半刻并未察觉不适。

从四楼步行至楼下，穿着平常外套的时濛装作路人走出医院大门，穿过两条街，在某商业广场前的长椅上坐下，时濛才迟滞地被伤口传来的疼痛弄白了脸色。

做了几个深呼吸，在心理作用下疼痛得到缓解，时濛将注意力从疼痛中挪出一部分，放到其他感受上去。

好不容易挣脱身心的枷锁，不该辜负这难得的自由。

傍晚时分，夏日的暖风吹得人昏昏欲睡。

时濛仰靠在座椅上，眯起眼睛，看见广场前有个拿着气球的小孩左顾右盼，似乎在寻找什么。

这场景让时濛想起自己小时候，也曾有过一次，在人多热闹的地方和杨幼兰走散，找不到妈妈了。当时的心情时濛记不太清，想来多半被恐慌占据。

小孩子都把母亲视作天，如果母亲也将他丢弃，就真的没人要他了。

后来的许多年，他都在不懈地寻找，找一个愿意收留他的地方。

他去到时家，在日复一日的无视与冷遇中，从起初的满怀期望到热血渐凉；他渴望朋友，又总被先入为主的偏见和恶意伤得体无完肤。

他不断地找，不断地被丢弃，直到遇见傅宣燎，他像炽热的太阳。

太阳啊，时濛抬起头，他曾将没有太阳的长夜视作一场煎熬，如今却觉得不过如此，不过就是没有光。

很快，瘪着嘴快要哭出来的小孩等到了他的妈妈，被叫着"宝贝"抱在怀中。

时濛猜想，母亲的怀抱大抵是温暖的，哪怕他从未拥有过。

这让他想起以为自己快死的时候，渴望的那个拥抱。

不过是沉睡了几天的工夫，他就丧失了拥有的欲望。

目送那对母子渐行渐远，那飘得高高的气球也看不见了。

时濛长长呼出一口气，让风呼啸着拂过他的胸膛。他突然什么都不怕了，前所未有地感到轻松，因为死过一次的人，再没什么可失去的了。

痛觉让模糊的视野再度变得清晰，他看见林立的高楼上盘踞的乌云，听见藏匿于其中风雨欲来的声音。

看，连老天都催着他赶紧告别了。

时濛离开不过五分钟，医院顶层的单人病房区就乱了套。

傅宣燎怎么也没想到，不过出去买个东西的短短几分钟，躺在床上丝毫没有苏醒迹象的人就不见了。他把病房翻个底朝天，连床垫都掀起来细搜了一遍，除了一张被雨水浸透过皱巴巴的狂犬疫苗注射指南，什么都没找到。

傅宣燎努力保持镇定，一面打电话要求医院调监控，一面将那张注射指南摊开。

他注意到上面的第二次注射日期是昨天，已经过了时效。傅宣燎一时愣住，飘飘忽忽，由着这些天来的无力感将他密不透风地包围。

那天他打完高乐成的电话赶到这里，面对着"手术中"三个冷色调的字，傅宣燎不愿回想，却根本无法忘记时濛被推出来的样子。

昨天还和他拌嘴的人静静地躺在那里，脸上、身上遍布深浅不一的伤痕，脆弱得仿佛一碰就会碎。那双眼睛闭得很紧，像睁不开，又好像不愿睁开，不想回到这个残酷的世界。

江雪说，打不通他电话的时候就觉得不对劲，后来那个破旧厂区附近的居民发现仓库门口躺着个人，同时发现这人手里攥着手机，她的电话刚好打进去。

救护车把时濛拉到医院时，他已经奄奄一息。

他身上有多处挫伤，左边肋骨骨折导致胸腔内出血，幸运的是没伤及动脉，从阎王手里捡回一条命。

"我不知道他出去了，还以为他在家画画。"江雪接过高乐成递来的纸巾，不断擦拭眼角溢出的泪，"他那么讨厌下雨，我竟然让他在雨里躺了那么久。"

是啊，傅宣燎想，时濛不喜欢下雨天，却在雨里等了那么久。时濛是抱着什么样的心情给他打的电话？这个电话是不是在求救？是不是在听到那样冷漠的言语之后，才放弃求生的挣扎，连报警电话都没打？

即便如今回想，傅宣燎可以肯定当时说出"与我没有关系"这样的话，除了一时气急，更有意在告诫时濛不要总拿生死做筹码，自己的生命应该自己把握珍惜。

然而在那样惨烈的情况下，这句话无疑成了对时濛雪上加霜的打击。

他虽恨时濛强加给他的束缚，可从未想过让时濛死，要是早知道……

早知道就不挂电话，就继续问他在哪里，就赶紧出去找他。

可是世上没有早知道，所有的假设都是徒劳。

将肆意蔓延的焦灼不安强行压下，傅宣燎拨通了报警电话。

之前警察过来的时候，已就时濛遭遇袭击殴打的恶性事件展开调查。如今时濛不见了，傅宣燎自然首先怀疑是之前那帮人下的手。

下午刚沟通过，目前警察那边也没有太大进展。

一来目前的证据只有集团大楼那边的一段监控，上面显示星期天上午九点五十五分时濛来到大楼一层，与前台对话几句之后，被该集团员工周某送到门外停车场入口。那个入口刚好没有监控，时濛开来的车也在原地，至于时濛究竟如何悄无声息地从集团大楼被移动到数十公里以外的郊区，警方还在审讯嫌疑人和搜集证据中。

二来，郊区废弃工厂那边更是毫无头绪，犯罪分子殴打时濛之后消除了仓库里留下的全部痕迹，还将人拖到厂区外淋雨，活体取证的可能性因为雨水的冲刷降得很低，下手的那伙人可谓相当狡猾。

傅宣燎这几天都在医院，只从警察口中听说那个周姓员工嘴很严，显然在包庇什么人。

眼下案子暂无头绪，受害者又不见了，警方也高度重视，接到电话后立刻赶来医院。

几天没合眼，刚回去打算休息一下的江雪也折返回来，狠狠瞪着傅宣燎，问他怎么搞的，把人都弄丢了。

所有人焦头烂额之际，四楼电梯门开了，两个人一边吵架一边往外走。

"让我来看他？我凭什么看他？"李碧菡红着眼，"他又不是我儿子。"

时怀亦听不得这话："他怎么不是你儿子？"

李碧菡冷笑一声，说道："他是谁生的你自己清楚，外头的人给你面子不提那些破事，你就真蒙着眼睛当什么都没发生过？"

时怀亦被说得脸上挂不住，大庭广众之下又不便解释，只得拉着李碧菡往病房走："家里的事我们回家关起门来说，先去看濛濛……"

听到这个名字，李碧菡登时跳脚："濛濛濛濛，整天就知道濛濛，时怀亦，你是不是早把我们的沐沐忘干净了？"

"你又提他做什么……"

"他是我的儿子，怎么不能提？"李碧菡说着鼻翼翕动，几欲落泪，"我的沐沐多可怜，得了病没人管没人问，他才二十岁啊。"

"谁没管谁没问？家里能做骨髓配型的不是都去了吗？"

"我就不信一个都没配上！"李碧菡把胳膊从时怀亦手中抽出来，坚决不再往前走一步，"你的好儿子时濛根本没去配型吧？因为不想救我的沐沐，所以谎称没配上。"

"说了多少次了，真的没配上。"李碧菡每隔一段时间就旧事重提，让时怀亦备感疲累，"沐沐也是我的儿子，我怎么可能不救他？"

"口说无凭，那你把配型检查报告拿给我看看。"李碧菡不依不饶，"如果真没配上，你又何必藏着，这么多年都不敢让我看？"

离病房越近，吵嚷声的分贝就越高。

傅宣燎正在和警察一起观看监控录像，正看到时濛拐进楼梯间，几分钟后出现在楼下，往医院外面走。他脚步虚浮，用尚且能动的那只手借着墙面、护栏支撑身体，头也不回地走出监控范围，伶仃的背影远去，毫不留恋。

监控录像没有声音，摄像范围以外的地方传来的声音便成了此刻唯一的动静。

外面的时怀亦和李碧菡两人不知道里面发生了什么，就围绕着时濛展开争吵，仿佛他与他们无亲无故，连基本的尊重都不配得到。

江雪听得难受，想出去提醒他们小点声，刚转向门口，傅宣燎一阵风似的擦过她身侧，一巴掌拍在门板上，冲着走廊吼道："要吵去医院外面吵！"

时怀亦和李碧菡吓了一跳，见是傅宣燎，才双双松了口气，转而愤然瞪视对方。

"来都来了。"时怀亦无奈地先退一步，"孩子受了很重的伤，作为长辈，看一看不过分。"

可方才提到已故的儿子，心酸委屈泛了上来，李碧菡歪倚着墙，用手揩去眼角的泪："他自己的妈妈怎么不来？"

"你就是他的妈妈……"

"时怀亦，你是不是一定要逼我认了这个儿子？"怒火再度被挑起，李碧菡含泪瞪着时怀亦，"那我就告诉你，我唯一的儿子叫时沐，房间里那个叫时濛的和我没有任何关系，就算他今天死在这里，我也——"

听到不吉利的"死"字，时怀亦也不淡定了："你怎么能咒他死？他可是你儿子！"

"呵，老天不长眼，当年死的怎么不是他？我恨不得拿他的命去换我沐沐的——"

"闭嘴！"时怀亦气得脸红脖子粗，抬起手又不忍落下，到底听不下去李碧菡对时濛的连篇诅咒，脱口而出，"他才是你儿子，你的亲生儿子！"

李碧菡愣了一下，急问："你说什么？"

话说到这份儿上，时怀亦已经没有回头路。

他借着顶上来的一口气，指着病房，在众人投过来的愕然的目光中，高声宣布："时沐不是你的儿子，躺在里面的时濛才是！"

外面又下起了雨。

顶层单人病房还有其他患者，护士上前提醒不要大声喧哗，警察便做主让大家转移到本层单独设立的家属等候室，关上门，与外界隔开后，气氛更加安静。

听说时濛不见了，时怀亦急道："自己跑的？他受了那么重的伤，刚从ICU转到普通病房，怎么可能自己跑了？你们警察是怎么办事的，好几天了都抓不到害我儿子的人……"

"确实是他自己跑的，监控拍到了。"傅宣燎不想听他废话，"麻烦陈警官继续按流程行事，当务之急是尽快把人找到。"

被称为陈警官的警察点头道："刚才已经电话部署了，即刻展开搜寻。"说着翻开记录本，"二位是受害者的父母？这里正好有几个问题——"

"等一下。"李碧菡忽然出声打断，面向时怀亦，"先把话说清楚，什么叫……时沐不是我的儿子？"

她坐在等候室最里侧的沙发上，腰背挺得很直，却仿佛摇摇欲坠，瞪大一双眼看着时怀亦，渴望从他口中听到否认的回答。

时怀亦方才被逼急了，这会儿已经开始后悔。

他悉心维护了五年的和平毁于一旦，若是回到十分钟前，他断然不会乱了心神，听到一个"死"字就让冲动取代了理智。

他已经失去一个儿子，再失去一个，外面的人会怎么看待时家？

然而，话已经说出去了，现如今再反口，恐怕也没人接受。

时怀亦破罐破摔，沉下一口气道："时沐不是你的儿子，时濛才是你亲生的，他们俩……在出生的那年被调换了。"

此言一出，满屋哗然。

傅宣燎和江雪惊讶得愣在那里，两名警察都被这电视剧般离奇的桥段弄得面面相觑。

"调换，调换……"李碧菡垂首，将这个词咀嚼了两遍，复又抬眸，"怎么可能，你骗我，你在骗我，对不对？"

时怀亦叹了口气："事到如今，还有什么必要骗你呢？"

李碧菡抬手按住胸口，平复呼吸："不可能，不可能，我不信。"

"要不是因为这个，这些年我又何必让濛濛喊你妈妈，还尽力制造机会让你俩培养感情……"

"有证据吗？"李碧菡根本听不进去，只顾验证真实性，"口说无凭，我不信。"

"证据就是那份化验报告。"时怀亦无奈道，"当年我就起了疑心，濛濛做骨髓配型的时候顺便做了血检，两个结果一起出。我问过医生，从血型遗传规律上说，濛濛更有可能是我们的孩子。检验结果装订在一起，那阵子你很虚弱，我怕你受不了打击，就把它藏起来了。"

李碧菡茫然地坐在那儿，攥着裙摆布料的双手时不时颤抖一下，不知道听进去多少。

傅宣燎倒是听明白了，可又觉得这种事太过荒诞："血型并不能作为检验亲子关系的决定性标准。"

"这我当然知道。"时怀亦满面愁容，"后来我怕不稳妥，又去做了亲子鉴定……"

鉴定结果不言而喻。

沉默在不大的空间里弥散开来，一时静得落针可闻。

第一个有反应的是李碧菡，她撑着胳膊从沙发上站起身，晃荡着向前走了两步。

时怀亦心有愧，目光闪躲，不敢与她对视。

离李碧菡最近的江雪怕她摔倒，上前扶了一把，被李碧菡挣开甩脱。

她很慢地往门口走，似要往时濛的病房去，走到门口又停住，仿佛向前的每一步都在通向将过往毁灭的深渊。

她再度按住胸口，喘息粗而急，嘴巴开合间重复了几遍"我不信"，终是一口气没接上来，身体瘫软，倒了下去。

女主人李碧菡也住进了医院，时家上下乱成一锅粥。

帮着安顿好住院事宜，傅宣燎回到病房。

李碧菡刚从短暂的昏厥中醒来，抓着时怀亦问他时濛去哪儿了。她头发披散，神色凶悍，全然没有从前那个优雅的时夫人的影子。

"我也不知道啊，警察不是去找了吗？"时怀亦被揪着领子不敢动，唯恐又把人气晕过去，"你冷静点，他身上带着伤，跑不远，等他回来了，我立马让他过来见你。"

不知哪个字眼又戳到了李碧菡，她忽地松开手，别开头道："我不见，我不见他。"

见他便等同于认他是自己的儿子，那她的沐沐又该怎么办？她的沐沐已经死了，难道要让他在地下都不得安生吗？李碧菡用被子盖住头脸，逃避似的把自己同外界隔离。

查房的护士担心她把自己闷到，上前半哄半强制地把被子掀开。

视线再度落在时怀亦身上，李碧菡忽然想到什么，从床上坐起来："是谁调换的，是谁？让他出来，让他来见我！"

她受到刺激，一时无法接受这件事，千方百计寻找其中的破绽，企图推翻这个可怕的结论。

时怀亦哪能让她如愿，说道："就是……医院弄错了，现在追究也没什么意义……"

这回他的谎言被李碧菡看穿了："不可能，出生的时候他们身上都戴着名牌，怎么会轻易弄错？"

她抬头向门口张望，双脚落地便要下床："警察呢？警察在哪里？我要报案，我要报案！"

医生不得已用上镇静剂，好不容易将几近疯狂的李碧菡安顿在床上。她睁大双眼，瞳孔明显失焦，不自觉溢出眼角的泪顺着脸颊滑落。

李碧菡内心矛盾，时而坚定地念叨"我不信"，时而质问时怀亦"为什么不早点告诉我"。

见此情景，傅宣燎还未从震惊中缓过来的心，也如同浸了水的海绵一般沉重。

目睹了这一切，"为何不早点说出来"自然也是傅宣燎最为疑惑的事。

退到病房外面，面对疑问，时怀亦酝酿许久，才道："不是我不想说，是我知道的时候，已经晚了。"

原因无非那些——脸面尊严、家庭和睦，还有多一事不如少一事。

"五年前拿到亲子鉴定结果，确认濛濛才是我和你李姨的儿子的时候，沐沐正在生死线上挣扎，在那种情况下，我怎么能开口告诉她弄错了？那无疑是把沐沐更快地推向死亡啊。"

傅宣燎还是觉得离谱，沉吟半晌，问道："所以时沐……才是您和那位杨女士的孩子？"

时怀亦点头："我也是五年前才知道的，这个疯女人特地选在同一家医院生，还将你李姨气得早产，当时我就该察觉到不对劲。只是没想到她胆大包天，居然干出这样丧心病狂的事。"

傅宣燎和那位杨女士仅有一面之缘，心想：难怪当年她跑来看时沐，却对时濛不闻不问。而时濛住院她也没来看过，想必是时怀亦打点过，不让她来打扰时家的生活。

这个想法在接下来的对话中得到了验证。

"那为什么不在五年前把这件事说出来？"傅宣燎问。

对此时怀亦虽不占理，却仍觉得自己的做法没错："起初沐沐还在，我说不出口。后来你也看到了，你李姨情绪不稳定，她那样疼爱沐沐，我怕说出来她承受不住。而且濛濛已经回到时家了，他和你李姨有血缘关系，我想着感情可以慢慢培养，总有一天她能把对沐沐的爱转移到濛濛身上……"

时怀亦在商场上成就颇丰，手段算得上雷厉风行，然而一碰到家事就变得懦弱犹豫，满脑子糊弄瞒哄。

可是，显而易见，这条路选错了。

时怀亦这样做，更多还是为自己考虑，因为一旦说出来，李碧菡要追究杨女士的责任，恐怕就不是家宅不宁这么简单了。轻则对簿公堂，重则生命财产受到威胁，出于避祸求稳心理，时怀亦的做法其实无可厚非。

傅宣燎脑中乱作一团，当下只抓住一个关键词："这对时濛不公平……"

对，不公平。时濛做错了什么，被时家人如此对待，被外人那样指指点点？他本该拥有母爱，拥有朋友，拥有想要的一切。

对此，时怀亦理直气壮道："都已经弄错二十年了，把身份换回来有那么重要吗？我对他好不就行了？"

傅宣燎恍然大悟。难怪五年前，时怀亦毫无预兆地开始对时濛关心有加，还将股份转给了他，还有杨女士对时濛令人百思不得其解的态度，全都有了解释。

至于从小被调换人生、命运发生天翻地覆改变的时濛，在时怀亦这样的商人眼里，甚至没有时家的地位和脸面这些虚无缥缈的东西来得重要。

相比时怀亦的泰然处之，傅宣燎却很难不后怕。

毕竟，要不是这回被李碧菡言语激怒，踩了痛脚，这件事极有可能被时怀亦和杨女士隐瞒一辈子，然后带到坟墓里去，再也不会有人知道。

能理解是一回事，接受又是另外一回事。

复盘了长达二十五年的事件经过，心里压着的海绵在反复的挤压中脱干水分，张开密密麻麻的孔洞，轻飘飘的空气填进来，让傅宣燎更觉迷惘。

江雪把警察送走，回到楼上，问傅宣燎："濛濛他……知道这件事吗？"

这也是傅宣燎想问的，反问道："他没有跟我提过，对你说过什么吗？"

江雪眼眶还是红的，没从方才的震惊中缓过来，整个人都有点恍惚，思考了一会儿才说:"没有,没说过。他本来就喜欢把所有事都憋在心里,就算知道了,也不会说给别人听。"

高乐成来了医院一趟,说已经调动所有人手出去找时濛,能动用的媒体也都用上了。现在各大社交网站都发布了时濛的寻人启事,提供可靠线索会获得高额奖金的那种。

"别太担心,一定很快能找到。"高乐成拍拍傅宜燎的肩膀,"看你熬的,几天几夜没合眼了?回家睡一会儿吧,我在这儿替你守着,要是时二少回来了,第一个通知你。"

连续的熬夜几乎榨干了傅宜燎的精力,所有事情安排妥当后,疲惫如潮水般侵袭。

傅宜燎的脚步仿佛踩在棉花上,去洗手间用冷水洗了把脸,然后慢吞吞地抬起脑袋,盯着镜子里面色灰败的人发呆。

刹那间,周遭太过安静,一种荒诞与茫然杂糅在一起的微妙感受,循着傅宜燎内心尚未填满的孔洞见缝插针地招呼过来。

时濛知道弄错了吗,知道时沐拥有的一切,本来都该属于他吗?

时濛才是该被众星捧月的那个,他原本可以过得潇洒快活,却为了片刻的独占、零星的拥有发疯发狂,丢弃自尊,低入尘埃里。

等他知道了真相,会觉得不值吗?

傅宜燎放弃了休息,打算自己开车到处去找。

他并非对警察和高乐成办事不放心,只是好好的一个人就这么不见了,他实在睡不着也坐不住。

乘电梯来到楼下,傅宜燎低着头挤出人群,突然肩膀被拍了一下,他不耐烦地皱起眉,回头刚要看是谁不长眼,一道有点熟悉的声音先钻入耳朵:"真巧啊学长,你也在这儿!"

傅宜燎不擅长记事,对无足轻重的人更是懒得浪费脑细胞。因此,面对自称学弟的张昊毫无界限感的接近讨好,他只有抗拒和烦躁。

偏偏张昊此人脸皮奇厚,看不出傅宜燎不想跟他废话似的,提出去鹤亭小聚被拒后又说请吃饭,再被拒就改成在附近坐坐,再再被拒他还有后招,指着旁边台阶下的吸烟区:"那我们去那儿聊会儿?五分钟就行,不会耽误学长太多时间。"

眼看躲了这次也躲不过下次,傅宜燎心想:不如趁这回把话跟这小子说明白,省得以后麻烦。

走到吸烟区,傅宜燎没接张昊递过来的烟,张昊才一拍脑门,说道:

"怪我，都不事先打听好，原来学长不是烟民。"

傅宣燎懒得解释，直接挑起话头："你来这里干什么？"

张昊此人除了脸皮厚，还有一个特点就是能说会道，打开话匣子就没完没了。短短三分钟时间，傅宣燎就把他家庭结构、从事职业、兴趣爱好，包括今天来医院是为了给在楼梯上踩空摔骨折的母亲送吃的，全都弄清楚了。

"我妈挑嘴，只吃这家的小龙虾。"张昊举了举手中的保温盒，"住院期间医生不让吃重口的，她叫我晚点偷偷带来。这不，我连一次性手套都准备好了，亲自剥虾喂她，我一只她一只，少吃点应该没事。"

这番"孝心"倒是让傅宣燎对他刮目相看，耐着性子听他讲了他们家的情况，然后意外地发现他并没有想象中那么不靠谱，至少人家是正经做生意的，诚意也摆得足够。

交谈完毕，两人交换了联系方式，张昊说："我们家在开发区的厂子很大，产出的建材都是达到国家标准的，欢迎学长莅临参观指导。"

傅宣燎想了想，说："近两个月不行，有空再约吧。"

张昊表示理解："我听高哥说了，时二少住院了。"说着他有些尴尬，"上回是我有眼无珠，险些把他当成了……"

后面的字隐去了，想来不是什么体面的形容。

不过，张昊家这种徘徊在枫城顶级社交圈边缘的，不了解情况很正常。

想到时濛还没找到，傅宣燎没心情同他多说，道了别就要走。

结交目的达成，张昊乐颠颠地把傅宣燎送到停车场，路上还不忘拍马屁："二位友谊真是好，从校园走到如今，真让人羡慕。"

脚步顿住，傅宣燎眉宇微蹙，问道："什么校园？"

"你和时二少啊，难道不是吗？当年我还在教学楼撞见过他去学长你的教室，往你的桌肚里塞东西呢。"

张昊边说着边用胳膊肘撞了下傅宣燎，揶揄道："话说他塞的应该是画吧？我看就一张薄薄的纸。"

听到往桌板里塞东西，傅宣燎不禁发蒙："你确定……是他？"

"是啊，时二少叫时沐对吧？他那张脸我绝对不可能认错，就上回在鹤亭门口看到的，几年前他就长这样，也冷冰冰的不爱说话。"张昊扬眉道。

深夜，傅宣燎开着车在街上漫无目的地转悠。

他在很短的时间内接收了不少信息，桩桩件件都颠覆他的固有认知，就算再清醒，也难以立刻按照轻重缓急将其排序，再条理清晰地整理。

傅宣燎脑袋里很乱，时濛的事错综复杂，他的身世、他的命运、他的偏执、他受过的伤，还有……当年与他的交集。

如今仔细回想，傅宣燎才发现当年收到的那几张简笔画都没有落款。而按照时沐的作画习惯，哪怕仅仅是随手的一张速写，他也会在纸张右下角留下一个"沐"字。

张昊对时家知之甚少，大约只知道时家有两个少爷，并按自己的猜测将脸与名字对上号，因此一再将两人搞混。可图像记忆远比道听途说可信度高，既然面容做不得假，他口中的去到自己所在的教室，往桌肚里塞东西的人，便只能是时濛了。

弄明白这一点，傅宣燎不由得陷入更深的疑惑。

当年的时濛，明明与我几乎没有交集，为什么要送画给我？

画上在操场跑步的我，还有趴在桌上睡觉的我……都是时濛亲眼所见吗？

那么九年前的圣诞节，送喝醉的我回家的人也是时濛吗？为什么当我产生怀疑，向他确认的时候，他却矢口否认？

是不是还有别的事，我一直以来……都弄错了？

在频繁刺激造成的虚假清醒之后，伴随着头疼袭来的便是极度的困倦。

连续几晚没睡，车里暖和，傅宣燎趴在方向盘上，不自觉地闭了会儿眼睛。

他不确定自己是否真的睡着了，只看见眼前不断变换的画面，还听见耳畔细碎嘈杂的声音。

他先是看见八岁的时濛躲在桌子下面，将瘦弱的身体抱成一团，待他走近，桌下的人仰起头，他才发现那人有着一双圆眼，笑起来一副人畜无害的模样，这张脸分明是时沐的；他又看见自己走在学校的操场上，身边的人边踢着足球向前走边与他闲聊，本该是关于时沐的画面，可扭头对上视线，竟发现那是属于时濛的一双微微上挑的眼眸。

时濛告诉他自己的梦想是成为一名画家，问他要不要当他的御用摄影师；时濛还总是悄悄跟着他，将他绑在圣诞树顶端的礼物摘下，看见里面的手表，在初雪的夜里笑得唇角微弯。

错乱的时空中，连高中那会儿陪他去游乐园的都变成了时濛。

时濛没有放他鸽子，他们一起吃冰激凌，一起坐过山车，在轨道最高点大声喊对方的名字；他还抓住了偷偷跑到他的教室看他午睡的时濛，细细的手腕被他攥在手里，总是冷着脸的时濛被问到为什么在这里，别开双眼讷讷不语。

…………

凌晨两点半，傅宣燎被电话铃声惊醒。

看见电话是蒋蓉打来的，以为有时濛的消息，刚接通傅宣燎就问："是时濛回去了吗？"

蒋蓉在电话那头愣了一下，叹气道："没有，他没回来。"

傅宣燎还没从天翻地覆的震撼和方才的梦境中抽离，他默默克制着，将车停在一个商业广场旁，耷拉着肩膀，抬手狠狠搓了几下脸。

抬起头时，看见眼前的景象，傅宣燎的心霎时软了下去。

就在几个月前，傅宣燎在这里接过时濛排队为他买的糖炒栗子，两人合撑一把伞。

他们去游乐场，一起吃冰激凌，坐过山车……

直到现在，傅宣燎才真正明白，时濛之所以做这些，并不是出于冰冷的占有欲，而是因为想和他成为朋友，想创造属于他们的回忆。

他们还在雪后初晴的天气去郊外度假，时濛撑着伞站在喷泉中央，仰头看天，笑容干净得像一朵不知人间疾苦的蘑菇。

"得有多伤心，才从医院跑出去了啊？"电话里蒋蓉说，"去找他吧，把他带回家。"

思及几天前，傅宣燎打电话回家，交代"时濛要是回家了，给我打电话"，蒋蓉心里难受，又怕打击到他，只提醒他路上注意安全，没再说多余的话。

傅宣燎低低"嗯"了一声，应下了。

可是蘑菇去哪儿了呢？

他受着伤，又没带伞，外面下着雨，还能跑到哪里去？

第六章
海上告别

　　再次发动车子，傅宣燎决定暂且收拾心情，先回家一趟。

　　这几天忙，还没来得及给时濛准备换洗衣物。

　　漫无目的地找与大海捞针无异，不如交给专业的人去做，说不定天还没亮，就找回来了。

　　大家各司其职，他现在要做的就是做好准备，照顾好受伤的小蘑菇。

　　傅宣燎想，等时濛回来了，先不着急问他过去的那些事。他不愿意说，定然有他的原因，只要他好好地回来就足够了，还有很多时间慢慢解开误会，找回正常的相处方式。

　　反过来想，若是他在爱中长大，必不会养成极端执拗的性子。

　　往事不可追，从现在开始把以前缺失的补偿给他，还来得及。毕竟他要的从来就不多，一个短暂的星期六、一条不甚合适的手链、一句随口的蘑菇，就能让他满脸都是开心。

　　如此劝服自己定下心神，傅宣燎下到地下停车场，车子缓慢地往后倒，停在固定车位上。

　　临下车前，后视镜自动收起，傅宣燎用余光一瞥，看到人影晃过。再看又不见了，他甩甩脑袋，以为长时间不睡觉出现了幻觉。

　　开门下车，旁边的立柱遮挡了视线，因此被从侧面钻出来的人用尖锐物抵住后腰时，傅宣燎脑海里冒出的第一个念头就是——大意了。

　　他没想到会在这种遍布监控摄像头的地方被偷袭，更没想到连日的疲劳还是影响了他的反应速度，放在平时，偷袭者压根儿没有机会亮出刀子。

实际上，现在傅宣燎仍有翻盘的可能，因为他察觉到身后的人并没有什么力气，抵着他的刀子也没往里捅。身后的人连呼吸都身体发颤，像是久病未愈，或者受了很重的伤。

意识到袭击他的人是谁，傅宣燎一动不动地站着，心中却掀起惊涛骇浪。然后，他松一口气，心想：找到就好。

一句"你怎么样"即将出口的时候，身后的人抢先出声——

"傅宣燎。"

这三个字刚飘入耳朵，傅宣燎就猛的一个激灵，心急到差点直接转过身去。

身后的人没给他机会，紧接着道："我已经习惯了。"

似在陈述一件别人的事情，轻飘的嗓音几乎没有起伏，傅宣燎却听出其中无能为力的颓然。

"傅宣燎，"时濛最后一次唤他的名字，"给我一点时间，好不好？"

也许是因为时濛的声音太微弱，傅宣燎的心脏没来由地揪紧。

五年来，傅宣燎第一次不对时濛的强迫做出反抗，任由他在黑暗中用刀抵着腰带到车后座，再用麻绳把双手在身前捆了个结实。

开车的司机话不多，他们在沉默中风驰电掣几十公里，在天蒙蒙亮的那一刻，赶到离枫城最近的海岸边。

车费是用傅宣燎西装口袋里的三张百元纸钞付的，如今这衣服披在时濛身上。

傅宣燎记得里面还有两张，想来被时濛拿去买了刀和麻绳。

雨停了，清晨的海面风平浪静，气温较低，几艘渔船扬起风帆，朝着泛红的地平线方向驶去。

傅宣燎被安置在码头边等着，他看见时濛对岸边的一个老头说了些什么，指了指停靠在岸边的一艘小渔船，并递给老头一套看上去价值不菲的纪念币。

老头过来帮忙松开系在船柱上的缆绳后，时濛反身对傅宣燎说："上去吧。"

傅宣燎没听时濛提过会开船，但还是上去了。

他想对时濛说"不用绑，我不会跑"，可看见时濛频繁看过来，又作罢了。针锋相对许多年，傅宣燎从未顺着时濛，这次不如就听他的话。

时濛伤势较重，在登船的木板上走不稳，傅宣燎抬起被捆的两条胳膊给他当扶手，他也没推拒。只是上了船，他便不再理会傅宣燎，走到发动机前，按下启动电钮。

仪表盘上的油、水压力读数发生变化，船在轰隆声中动了起来。

透过前视窗，时濛看向无垠的海面，被闪烁的波光刺得眯起双眸。

他手上包着厚厚的纱布，嘴唇全无血色，迎着晨曦，皮肤苍白到近乎透明。他应该躺在医院的病床上，而不是坐在这条破旧的渔船里，可他不打算回头。

他们正晃晃悠悠地离开码头，前往大海深处。

去做最后的告别。

时濛并未选择其他渔船走的航线，也许这条船本来就没有固定方向。

他们漂到一片无人的海域时，太阳已经高高升起，将驾驶室里照得通明。

傅宣燎这才瞧清楚船舱内的陈设，桌板、椅子、雷达、对讲机……都是常见的设施，不过这艘船上没有太多生活痕迹，喝水的口杯都不见一个。

再环视一圈，他赫然发现这船上甚至没有饮用水。

傅宣燎推测这船有段时间没出海了，极有可能被人出租金包下，所以一直停靠在码头边。

而租船的人正盘腿坐在地上，单手持握着方向盘，身体除了随着船身摇晃几乎岿然不动，仿佛睡着了。

傅宣燎挪了下位置发出声响，他又"醒"了，偏头看过来，眼神没有温度，对待战利品一般。

"身体怎么样？"比起问时濛为什么离开医院，傅宣燎更担心他的伤，"还疼吗？"

听到"疼"字，时濛短暂地怔住，然后左手松开方向盘抚上胸口，不说话。

傅宣燎被绑了手，行动却是自由的。

他试探着往前挪了两步，在时濛面前弯下腰："让我看看伤口。"

他唯恐时濛在消失的半天里出什么状况，他伤在肋骨，本就该卧床静养。

傅宣燎伸着手腕被缚的两只手去碰时濛紧扣的衣襟，想查看伤口是否裂开，却被时濛扭身躲开了。

时濛不让碰也不让看，半晌才背对着他道："没了。"

什么没了？傅宣燎本想追问，看见时濛仍固执地按着胸口，忽然想到，那个火焰形状的文身便是在此处。

现在那个文身已经没有了，时濛断掉的肋骨就在这个位置，它连同皮肤一起被踢烂了，再被手术刀划开，就算愈合也只会留下一道难看的疤。

原来是火焰没了。

来不及为听懂时濛的话高兴，傅宣燎看着他瘦削的身体，有一种难以言喻的仓皇感在心中升起，比看到他浑身是血、毫无生气的样子还要仓皇。

傅宣燎好像明白了时濛把他弄来这里的目的。

"我们回去吧。"傅宣燎说，"现在离岸边不远，返航很容易。"

时濛目视前方，不予理会。

"饿吗，要不要吃点东西？"

还是不答。

"你的狂犬疫苗还没打完。"傅宣燎找其他理由，试图说动他，"如果不打完的话……"

时濛冷不丁接话："会死，对吗？"

傅宣燎愣在那里，看着时濛雕像般的侧脸，淡色的唇翕张，说着他最害怕听到的话。

"死就死了。"时濛再度扭头看他，"你不是希望我死吗？"

这回，时濛并没有将生死当作筹码，他是真的不在意了。

时濛说这话并非想伤害谁，他只是陈述事实。

傅宣燎被他心死神灭般的语气吓到也是偶然的收获。

"我没有……"傅宣燎只起了个头，就放弃了辩解。如今的局面下，他已没有立场为自己开脱。

他以为时濛因为电话里的那句话伤了心，怕时濛钻牛角尖，绞尽脑汁想其他理由唤醒时濛对生的欲望。

"警方已经在调查了，你不想早点抓到伤害你的人吗？"

时濛转回头去，对此毫无兴趣。

"那你知道……被调换的事吗？"傅宣燎有些犹豫，却不得不说，"其实你才是李姨的儿子，李姨是你的亲生母亲，你不是没有人——"

他想说，你不是没有人爱，那个姓杨的女人不喜欢你也不是因为你不好，还有……以后会有很多人对你好，包括我。

然而，傅宣燎的话被打断了，时濛的声音很轻，却力道十足："我知道。"

那天躺在雨里，时濛抓住最后一缕模糊的意识静静地思考，将所有奇怪的细节都串联起来，它们都指向同一个结果，便是傅宣燎告诉他的结果。

可是，知道了又能怎么样，时间能退回二十五年前吗？就算能，谁能保证这回不出错？就算万幸没出错，人生就一定能按照预设的轨迹前行吗？那么多障碍和变数，统统都可以无视吗？

时濛不知道爱应该是什么模样。

他都没有感受过爱，怎么知道爱到底好不好？

所以，就算得不到也没关系，他不想要了。

船在海上漂漂荡荡，傅宣燎的心也随之浮浮沉沉。

时濛像一根烛芯浸了水的蜡烛，怎么也点不着。

如果说在上船之前，傅宣燎还抱了点希望，觉得时濛从医院里跑出去后又回来找他，是因为念及旧情。他甚至天真地以为，把时濛找回来之后，他们可以重新认识，重新开始。可他忘了他们错位的关系经年累积、根深蒂固，他们的开始就与"美好"二字背道而驰，不可能因为身份和观念的转变，或者误会的解开，就能将已经溃烂的伤口治愈得毫无痕迹。

如今他来不及思考时濛放弃的原因，只着眼于当下，希望时濛先打起精神活下去。

时至今日，傅宣燎终于肯承认，当时看到时濛坐在窗台上摇摇欲坠，他更担心的是时濛的安危，而非那幅画。

然而，他想不出其他能吸引时濛的东西。

从前他什么都不需要做，光是待在那里就可以了，他从来没想过时濛究竟喜欢什么。

傅宣燎看见时濛从桌板下的抽屉里拿出一沓纸，还有一支削得很短的铅笔。

时濛想用右手拿笔，举起来才想起受了伤不能动。他沉着脸，看起来有些生气，到底还是想画，改用左手执笔，在纸上不甚熟练地勾勒线条。

对了，他喜欢画画！

傅宣燎忙道："我还知道，那些画是你送我的，简笔画，塞到我的课桌里。"说着他上前一步，"你的手受了伤，现在回去治疗，还有机会恢复到从前的状态。"

笔尖一顿，时濛的眼中流露出一丝疑惑，似在思考他是怎么知道的，旋即又恢复平静。

"可是你不知道的，还有很多。"时濛说着，扭头看向船舱外，"比如我的《焰》，就在这艘船上。"

傅宣燎的眼皮跳了一下。同时震颤的，还有他的心脏。那种仓皇感终究扩散开了，他握不住，也收不回来。

时濛连他从何得知当年的事都不再好奇，还将《焰》的所在如此轻而易举地告诉他，明明不久前时濛还将这幅画作为筹码，视为威胁他的利器。

当时时濛说画被藏在了安全的地方，还说"你找不到的"，原来藏在了这里。

思及之前对《焰》的真实作者产生的怀疑，一种不合时宜的念头伴随着怦怦的心跳，于此刻浮现在傅宣燎的脑海中。更不合时宜的是，傅宣燎想起时濛行事虽霸道，却只要本该属于他的东西。比如那条蓝宝石项链，自己随口说不是给他的，他便不要了，连一眼都不多看。

被一种莫大的遗弃感笼罩着，傅宣燎很长一段时间呆立原地。可天色渐暗，海面风浪渐起，涨潮在即。

傅宣燎只得草草收拾心情，另谋出路，趁时濛不注意从桌上摸走了弹簧刀，背过身去，试图用并在一起的两手将它掰开。

寄希望于时濛帮他解开是行不通的，如今来到海上，他已无处可跑，时濛绑着他，只是不让他操纵渔船。

傅宣燎怕时濛做傻事，所以必须掌握主动权。虽然时濛暂时还没有做傻事的迹象，他在很认真地画画。

傅宣燎陷入沉默，时濛反而来了说话的兴致，也许是因为傅宣燎没有凑过来偷看他画画，让他心情大好。

他用闲聊般的语气问："你怎么不问我为什么要跑？"

知道答案残酷，傅宣燎闭口不言。

时濛又问："那你知道，我为什么把《焰》藏在这里吗？"

傅宣燎更是无法作答。

时濛也没指望能听到他的回答，自顾自地接了话。

"不过，那不重要。"时濛在纸上画出一条弧线，唇角跟着微微翘起，"反正，它很快就不在这里了。"

兴许怕真的伤到傅宣燎，时濛买来的刀还没开刃，并不锋利。

光是将麻绳的其中一股磨开，傅宣燎就费了好大工夫，前胸后背都出了汗。

傅宣燎刚要通过手臂的力量挣开麻绳，忽然，一张纸被举到眼前不到十厘米的地方。

傅宣燎忙将刀握回手心，忍着疼看过去——是一幅黑白简笔画。

由于是不常用的左手画的，线条不够平滑，仍能看出背景是操场，有个穿短袖的少年在跑道上奔跑。

心跳频率骤然飙高，傅宣燎睁大眼睛，确认上面的每一根线条，都与他高二在医务室收到的那幅画上的近乎重合，连视角都一模一样。

他永远记得那只手抚摸他额头时的触感，记得那种被心疼珍视的温柔。

他一直以为那是时沐做的。

脑袋里炸开了锅，恍惚听到时濛问"好看吗"。

傅宣燎将视线转移到时濛身上，深吸几口气，才开口问道："是你吗？"

以问句的形式，傅宣燎却在心中结合先前的怀疑，缓慢地、逐一地肯定——

来学校医务室探望我的是你；午休时间来教室找我的是你；每年我过生日的那天把画塞在我桌肚里的是你；那个圣诞夜扶我回去的人，也是你。

时濛没回答，面无表情地收了画，然后仰头看了一眼天幕，起身往驾驶室外走去。

傅宣燎跟了出去。

手上的绳索松开，被他三下五除二解了扔在甲板上。

时濛回头看见的时候，非但不觉得惊讶，还笑了一下，似乎在他意料之中。

渔船的甲板四周未设护栏，时濛走到最边缘，身体随着船身晃荡，傅宣燎怕他落水欲上前拉他。

他背朝大海，命令道："不准过来！"

傅宣燎进退两难，只好先站在原地，安抚住时濛。

傅宣燎又气又急，忍不住在两三米开外问："为什么不告诉我？"

在我对记忆产生怀疑、向你确认的时候，你为什么不说？

自五年前起，傅宣燎便先入为主地认为时濛对他是偏执的占有，时沐有什么他就要抢什么。就算后来意识到，时濛对他的所作所为并非全然出于独占欲，也只认为时濛习惯成自然。

傅宣燎怕被时濛扰乱思绪，影响判断，于是狠下心抽身撤离。现在却毫无预兆地告诉他——你猜错了，实际并非如此。

各种复杂情绪交织在一起，傅宣燎陷入深深的自我怀疑，而现实并不给他思考的时间。

时濛站在船头，与苍白的皮肤形成对比，瞳色墨黑，仿佛洞悉一切。

他说："我告诉你，你就会信吗？"

命运给他指了条最糟糕的路，每个岔路口，他都走向了最坏的选择。

他背负了太多"莫须有"的罪名，腹背受敌的状况下，取得任何人的信任都是奢望。

傅宣燎忙说："我会的，我会相信。"

时濛一怔，转而又一笑："相信我，那你不相信时沐了吗？"

这回轮到傅宣燎愣住了。

是了，当时他质疑的时候，并非希望时濛给出肯定的回答，而是希望时濛否认，好让他告诉自己那确实是时沐，告诉自己没有记错，以维护他岌岌可危的承诺和信念。

他答应过不会忘记时沐，先是把这个承诺当成了丈量道德的一把尺，又把它变成了困住自己的一座牢。他不敢走出去一步，怕被人指责不守承诺，怕即使半个脚掌的偏离，也成了背叛的证据。所以他竖起防御，用口不择言的话语抵挡每一个真相的靠近，看似英勇无比，实则懦弱不堪。

初次直面自己的内心，放下全部戒备，撕开保护脆弱内里的表皮。傅宣燎受到冲击，思绪飘忽，嘴唇张合了几下，还没来得及说什么，又听时濛说："给你一次机会。"

时濛指向海的那一头："你可以跟这条船走。"

顺着手指的方向，傅宣燎看见一艘缓缓驶过的大船，发出信号就可以将它招过来。

"那你呢？"傅宣燎问。

"我不走。"时濛答。

傅宣燎丝毫没有犹豫，摇头道："那我也不走。"

时濛扯了下唇角："你不怕我把你扔到海里喂鱼？"

"你不会的。"傅宣燎肯定地说。

笑容在唇边凝固，时濛转过身去，面向那艘比脚下小船庞大无数倍的船，茫然得仿佛不知该如何处理这突如其来的信任。

在此之前，明明从来没有相信过他啊。

"没关系。"时濛安慰自己，"没关系，我只要一点时间而已。"

在只剩下两个人的世界里，傅宣燎和时濛相对而坐，吹着海风，听浪花拍打船舱壁的声音。

四目交接，时濛不知坐在离他不远处的傅宣燎在想什么。他不想傅宣燎从他的眼神中提取到任何信息，便很快地移开目光，再次投向广阔的大海。

其实，傅宣燎什么都没想，或者说什么都没想明白。

他整个人仿佛被放空，随着坚信的东西被打破，所有或恼怒或厌烦的情绪失去支点，他像被抛到高高的空中，再轻轻落下，变成海上一艘无处可去的小船。而那些伤害过时濛的话语成了有实体的障碍，阻止他前行找到症结的所在。

在昨天之前，他还对时濛遭受的一切全无所知，惨痛的后果也不是他一手造就的。可是，这真的能成为他开脱的理由吗？如果他没有逃避，而是早早地选择面对，事情就不会发展到这个地步。

这个地步……是哪个地步？

猛然回过神来，天色已暗，太阳自头顶西斜，已经被海水吞没一半，傅宣燎看见时濛站起来向船尾行去，忙跟了上去。

船尾有通往下层仓库的梯子，边上悬着一根吊绳。

时濛拽动吊绳，把一张约莫半人高、裹着厚厚一层纸的画板拉了上来。

傅宣燎生怕他牵动胸肋的伤口，几次欲上前帮忙，都被时濛警惕地闪身避开。直到时濛将画板抱在怀里，傅宣燎才意识到他带自己来这里的真正目的。

时濛抱着画后退，站到船尾最边缘，警告他："别过来，不然我带着它一起……"

"我不过来！"傅宣燎立刻举手投降，"我不过来，你别再往后退了，别退。"

时濛便在原地站定，然后弯下腰，唰唰两下，将包着画的纸壳拆开。

目光触及那幅名为《焰》的、他魂牵梦萦许多年求而不得的画，傅宣燎瞳孔微缩，屏气凝神地扫视它的每一寸。

它那么美丽，它在迷离的雨和雾中散发着热量与生命力，视线被如此澎湃的光和色彩吸引着，就再也移不开。

可是，它就要熄灭了。

傍晚，海上的波涛开始汹涌翻滚，将甲板打湿，风也大了起来。时濛单薄的身体置于其中，随时会被吹走。

傅宣燎伸出手却不敢抓住时濛，他怕暴力压制会更添危险，想安抚却又力不从心。

因为时濛很安静，近乎决绝般安静，这说明一切都在按照他的计划进行。

"这幅画画得这么好。"傅宣燎试图勾起他的不舍，"毁掉多可惜。"

时濛却听不懂似的："谁说要把它毁掉？"

他用指腹缓缓滑过画面上绚丽的油墨，说："我只是让它消失。"

从这个世界上消失。

"消失"这两个字相比毁灭，更令傅宣燎心脏收紧，犹如凭空冒出一把刀，正中要害，刺得他措手不及。

恐惧来自未知，而这个未知很可能是他无法承受的。傅宣燎还没意识到会失去什么，就已经提前被恐惧支配。

他千方百计地劝："我知道你生气，你难过……现在还来得及，我陪你一起，把原先该属于你的都拿回来，好不好？"

他也用了请求的语气，希望时濛能听进去，能改变主意。

他只是怕时濛被风吹走。

其实，时濛也曾恐惧，同样因为恐惧来源于未知。

偏头望向逐渐沉入黑暗的海面，时濛想，为什么现在一点都不怕了呢？曾经他放不开，拼命地想要的东西攥在手心里。现在他放下了，不再害怕失去，恐惧便成了最无用的情绪。

"还有五年零两个月。"一再被时濛的冷言拒绝，傅宣燎的心态已接近病急乱投医，"我们的合同还有五年零两个月，时濛，你先别……"

时濛听了只觉讽刺，心想：这合同真是个好东西，之前被我拿来束缚住你，现在竟反被你用来牵绊我。

时濛俯身，从画框背后的卡扣里拿出一沓纸，在傅宣燎惊惧的眼神中，抬手扔向天空。

纸太轻，海风一吹就四散飞舞，飘得太快，快到傅宣燎只来得及抓住一张。

是合同最后一页，上面写着甲方和乙方的名字，也许是受潮的原因，时濛的名字已经模糊得快看不清了。

插在心口的那把刀被拔了出来，里面流沙般的东西止不住地往外溢。

傅宣燎知道已经无法挽回，手上松了劲，垂死挣扎般地看着时濛："那就不要合同……我带你回家，好不好？"

听到"家"这个字，时濛微乎其微地有了点反应。

不过只有短暂的一秒，他背过身去，望着没有了太阳、万籁俱寂的海面，面对无边的黑暗，从西装口袋里摸出一个打火机，像是要去点燃一支烟。

他嘴上发出警告："别过来。"

心里却想，家是多么温暖的地方。

"你要是过来——"

为什么不早一点，在我还能等的时候？

"我就带着它一起跳下去。"

与其让我看见太阳又让它沉没，我宁愿从未拥有过。

火苗蹿起的瞬间，时濛的眼睛被烫了一下，久违的痛感让他眼圈泛红，面容苍白寥落。

终究未能阻止这一切的傅宣燎，头重脚轻，险些跪在地上，张开嘴却发不出声音，看着暖热的火焰将冰冷的火焰吞噬的场面。

扭动的火光在瞳孔中张牙舞爪，他终于明白了时濛的目的——让他得知错失的真相，再眼睁睁看着它消失。

好比为他创造一个虚幻美好的梦境，再亲手将它毁掉。

他在收获真心的下一秒，就让这份藏在不计后果的真心里的温柔与希冀，惊心动魄地葬于大海，从此不复存在。

风雨飘摇的夜，漫天野火搅碎沉寂。

天色暗了下去，变成灰蒙蒙的，迷糊中，傅宣燎听到有人在他耳畔轻轻地说："你走吧。"

他抗拒听懂这句话的意思，下意识地握紧拳头想抓住什么。

等被摇醒，他懵懂地睁开眼，头顶是碧蓝的苍穹，脚下是踏实的土地，确信自己终于离开了那片海。

又是一个清晨，与幽静的海相比，码头热闹得犹如菜市。

傅宣燎身边围了一圈人，蒋蓉和傅启明担忧地看着他，两名医护人员边给他检查边说："应该是长时间睡眠不足引起的暂时性昏厥，建议送去医院进一步……"

"时濛呢？"待神志稍稍清醒，傅宣燎顾不上旁的，噌地坐起来，"时濛去哪儿了？"

刚过来的警察翻开记录本："绑架案嫌疑人吗？放心，他跑不掉，正在那边接受审问。"

原是昨天早上蒋蓉下楼时发现傅宣燎的车停在楼下，人却不见踪影，找物业调了监控录像，看见儿子被人用刀顶着带走，慌得立马报了警。

不久，某出租车司机也报案并提供线索，说凌晨送两名男性乘客从枫城前往九州湾海边，其中一名男性乘客用绳子捆了另一人的手，似乎还用刀威胁。

上车时间、地点与形貌全部吻合，两案并作一案处理。由于天色昏暗，监控设备拍下的录像里看不清，目击者也无法确定绑架者的相貌。

众人先来到海边，从租船老头处得知两人已乘船出海，其中一人确实被缚住手腕，才将案件定性为绑架。

警方立刻通过码头的船家确定出海渔船的位置，并发出信号调配附近船只前去救援。

海上作业响应慢，收到发现那艘船的反馈已是夜晚，再等大船拖着小船回到海岸，天已经亮了。

"绑架案嫌疑人？"傅宣燎没弄明白，"谁是绑架案嫌疑人？"

警察指向另一边："就那儿，他已经全招了。"

跟随其他船只重返岸边，时间倏然流逝，时濛有种瞬间穿越黑夜的应接不暇之感。

他被两名警察看着，其中一名正在询问他事件的经过。

他很累，累得好像什么都记不清了，警察说一句他就应一句，低头看着被握得发红的左手腕，坐以待毙般地承认了整个经过。

"是不是你胁迫傅先生从枫城来到这里？"

"是。"

"船是从王姓船家手里租的？"

"是。"

"听说几个月前你就租了这船，目的为何？"

"存放东西。"

"什么东西？"

"已经没了。"

警察只查与案情有关的，对方不想回答，他便跳过这条继续问："那你的作案动机是什么，为什么要将傅先生带出海？"

听到这个问题，时濛迷茫了一瞬。

正在此刻，一串急促的脚步声由远及近。傅宣燎不知何时醒的，跟跄地冲了过来，一把拉住时濛的手腕，说："他不是绑架案的嫌疑人。"

别说警察，连时濛都愣了。

手腕被握了一整晚，一触碰这个位置就勾起对昨晚的记忆，他挣扎几下都没能把手抽出来。

警察理了理思绪，问道："傅先生你的意思是，实施绑架者另有其人？

可是出租车司机和船家都已指认……"

"不。"傅宣燎说，"我没有被绑架，我是自愿跟他来到这里，自愿上船的，他没有伤害我，怎么能称为绑架？"

随后跟过来的蒋蓉尴尬尬道："抱歉啊，警察先生，这位时先生是我们认识的人，先前在监控录像里没看清，才误以为他是绑架案嫌疑人。"

警察莫名其妙，说道："可是，他已经承认了。"

傅宣燎忙说："他整晚没睡，精神状态不好，说的话不能作为……"

"我很清醒。"时濛却打断道，"我现在非常清醒。"

他趁傅宣燎没反应过来，甩脱桎梏："是我将傅先生绑架到这里并带到海上的。"说着，他连同包了纱布的那只手一起举向前，"抓我吧。"

两边的说法大相径庭，警察彻底晕了，对该不该上手铐犯了难。

"看样子，你既没有伤害傅先生的人身安全，也不是谋他钱财，那你这么做图的是什么？"问的还是作案动机。

时濛回首，望向停泊岸边的那艘小船。船尾甲板上有一片被灼烧后的炭黑色，那是真心被销毁留下的印记。

他又抬头看天，昨天的太阳落下去，再升起的就与他全无关系。

云层逐渐散开，时间快到了。

时濛眯起眼睛，用很轻的声音回答："帮他们实现愿望。"

傅宣燎希望我是恶人，希望那幅画是我偷的；时怀亦希望所有人都不知道我其实不是"小三"的儿子；时思卉希望我退出股份然后去死；我的亲生母亲和养母都希望我消失。

他们各有各的偏爱，各有各的打算。而时濛始终学不会温柔，更不懂什么叫服软，能做的只有遂了他们的愿。

由于双方各执一词，案件前因后果尚不明晰，加上嫌犯的家人提交了医疗记录，证明他的身体受到重大创伤，不宜被关押，警方松口让其先返回医院接受治疗，并派人看着不让他乱跑。

跑的时候只有时濛一个，回来浩浩荡荡一大帮人，守在医院的高乐成惊得咋舌，问道："这是什么情况？"

他刚刚听闻傅宣燎被绑架的事，没想到绑他的竟是时二少。

跑到病房门口抻长脖子看了半天，连时濛的一根头发都没见到，高乐成只好返回去问被抬着回来的傅宣燎："你俩干吗去了？"

傅宣燎几天几夜没合眼，疲累得近乎虚脱，摇摇头不愿多说。

高乐成实在按捺不住八卦的心，问道："我听江雪说，时濛才是时家真正的大少爷。"

傅宣燎闭着眼睛点了下头。

"神了！"高乐成还记得除夕那会儿自己的扯淡，激动得一拍大腿，"胡说八道也能让我说中真相？！"

在同一楼层陪床的张昊也来凑热闹。

"什么？时二少叫时濛，不叫时沐？啊？时沐才是时家嫡少爷？哦，他现在不是了……等一下，那，那幅画的署名为什么是时沐？"

听到这里，傅宣燎和高乐成异口同声问："什么画？"

突然受到关注，张昊不自在地挠了挠头："就去年在东方酒店一个什么慈善晚宴上，被高价拍走的那一幅啊，那不就是时二少自己画的吗？"

高乐成倒抽一口气："那是时二少画的？"

"是啊，我朋友拍照给我看了，一团火嘛，那不就是他画的？"

躺在病床上的傅宣燎挣扎着坐起来，摸到手机，从相册里翻出一张照片给张昊看："是这幅吗？"

"对，就是这幅，我想起来了，叫《焰》！"张昊一拍腿，"听说你俩争抢这幅画，我还想不明白呢。"

高乐成还是没弄明白，问道："你怎么能确定是他画的？"

张昊说："高中的时候我就见过啊，他一个人躲在画室里画的就是这幅，只不过那会儿只有线条没有上色。咱好歹也是学过几天画的人，同一幅画还能看不出来吗？"

之后的对话，傅宣燎几乎没听进去。他的脸色更苍白了几分，是一种猜测被验证的难以承受，也是一种不可挽回的无能为力。

那边高乐成还巨细靡遗地与张昊确认，从时沐和时濛的长相到性格差别，一个可能出错的地方都没放过。

这无异于一次又一次地提醒傅宣燎，他错得有多离谱。

面容无法更改，他说当时看到在画《焰》的人，就是在鹤亭门口看到的那个，并因为《焰》之后的署名为时沐，才认定他是时沐。

时沐和时濛只在相貌上稍有相似，气质却截然不同，很难弄错，张昊连"不爱说话"这种明显属于时濛的特征都说出来了。

不过，也不排除其他可能，比如时沐将未完成的画丢在学校画室，张昊进去的时候刚好时濛在看那幅画……可是五年前时沐明明说那幅画是他刚画完准备用来参赛的，那么出现在高中时期、被张昊目睹的画又是什么？

假设张昊说谎，动机是什么呢？他完全没必要撒这个对他毫无益处的谎，并且当时在鹤亭门口偶遇，他将时濛错认为时沐的反应做不了假。

那么只剩下唯一的可能——张昊说的都是事实，那幅画的确是时濛所作。

反复验证结论的过程好比头顶砸下一道惊雷，在他得知时濛的身世后不久，又接连落下一道，将他以为的故事情节劈得粉碎，逼着他直面背后的真相。

他双手握拳发力，险些连针头都掉下来，想起时濛曾无数次强调《焰》是"我的"。

"我的。"

"这是我的画。"

而傅宣燎当时是什么反应？他轻蔑地笑，凶狠地掐着时濛的脖子，告诉他"这不是你的，这是你偷来的"。

傅宣燎仿佛也被一只看不见的手扼住了喉咙，艰难地喘息。

原来时濛并非那样歹毒的人，所有因深恶痛绝产生的怒火统统没了去处，连同那些肆无忌惮的发泄都变得滑稽起来。

就在几个小时前，他还在茫茫大海上，理所当然地向时濛承认，我也是你的朋友。

多么无力，多么可笑，难怪时濛一个字也不信。

难怪时濛要将那幅画付之一炬。

傅宣燎便笑了起来，先是低低的、断断续续的，然后垂低脑袋，胛骨耸起，肩膀随着胸腔震动不住地颤抖。

高乐成吓坏了，以为他接受不了弄错人的事实，避重就轻地安慰道："别这样，不就一幅画吗，以后给他平反，帮他洗刷冤屈，不就完了吗？"

听说画被烧掉的张昊也手足无措地劝："对啊，时二少画得那么好，再画一幅更好的呗，反正以后有的是机会。"

傅宣燎埋在黑暗里，近乎天真地想，若事情都如旁观者以为的那样简单，该多好。

依稀听见说话声，高乐成弯腰凑近了听："什么？"

笑累了，傅宣燎视线模糊，喘着气说："原来……"

"原来什么？"

"原来……可以不用这样。"

原来可以不用弄成这样的，他们之间哪有什么难以消磨的仇恨？

他不过是气时濛窃取他人画作，气时濛手段霸道残忍。如今真相大白，原来时濛才是受害者，他的偏执行为就算有错，又何至于承受那样泼天的恨意？

眼前似有火焰张牙舞爪地蹿起，昨夜在海上的场景重现，如临梦境。

可是傅宣燎现在太过清醒，清醒地知道那幅画只是一副没有生命力的躯壳，而时濛烧掉的是内里，是那颗火热的跳动的心。

残火余灰已被海风吹尽，到底还是留了些可弥补的空缺。

确认时濛并无大碍，身体和精神均受到重创的傅宣燎躺下休息了一会儿，等负责之前案子的陈警官打来电话，他重新打起精神，强撑着坐了起来。

他握着电话，眉宇渐渐深锁："您的意思是，那个姓周的只是按令行事，时思卉才是幕后操控者？"

"从目前的调查结果来看，的确是这样。"陈警官说，"在案发前和案发后，他们两人均通过电话有密切联系，并且查到当时楼下前台也与他们事先通过气，但凡有人来找时怀亦，都必须先经过他们。"

谜团一下子解开，傅宣燎恨自己迟钝，又恨当时太过匆忙。实际上静下心来就可以想到，能在时家集团大楼里只手遮天，神不知鬼不觉地把一个大活人敲晕带走，除了时怀亦便只剩时思卉了。

既然警察通知他这个消息，就代表调查方向是明确的，傅宣燎便问："那人呢，抓了吗？"

电话那头的陈警官沉默片刻，说："时家那边为时思卉请了律师，我们只能简单审问，证据不够确凿，她拒不承认，我们就抓不了。"

挂断电话，傅宣燎拔掉还在输液的针头，披了件衣服就出去了。

他拍开李碧菡病房的门，径直冲进去，二话不说抓着时思卉的胳膊往外拖。时思卉惊声尖叫："你干吗？快放开我！"

时怀亦也被这突发状况弄蒙了，忙站起来："小傅，你这是干什么？"

傅宣燎不为所动，拉着人继续往外走："去公安局，把你的所作所为，包括怎么伤害时濛的，都交代清楚。"

"你说什么？我听不懂。"时思卉抵赖道，"跟我有什么关系？是不是那个'野种'告诉你的？"

时怀亦呵斥道："那是你亲弟弟！"

时思卉显然已经知道这事，可她并不在乎："都是挡我路的人，没区别。"

傅宣燎更加确定此事是时思卉一手主导，他已经下定决心将这件事查清楚，为时濛讨回公道，便不留情面地将她往外拖。

见他怒不可遏，时怀亦不断说着诸如"她也只是为了她妈妈""我已经批评过她了"之类的话。

时思卉笑了起来。

横竖话也说开了，她仗着父母的庇护得意扬眉地说："怎么样，我送你的大礼，满不满意？"

傅宣燎本就不是好脾气的人，手劲儿一点没松，说道："不走是吧？那行，给你两条路，要么乖乖去公安局接受调查，要么在这儿让我揍一顿，照着时濛受伤的程度来，他遭的罪你一样都少不了！"

也许是被傅宣燎凶得像要杀人的表情吓到，时思卉原本还想说什么，与时怀亦交换了个眼神，到底没再反抗。

半个小时后，陈警官赶来把时思卉带走。

看见女儿被戴上手铐，歪靠在病床上的李碧菡撑着一口气为她说话："你们别这样，她也是没办法……"

傅宣燎沉着脸："她差点儿把时濛弄死。"

不知哪个字触动了李碧菡，她的身体颤了一下，别过脸默默流泪。

解决一桩大事，傅宣燎从高乐成手中接过洗漱包，去洗手间快速刮胡子洗脸，让几天没收拾的面孔至少看上去整洁，然后往时濛的病房走去。

结果连面都没见着，他就被拦在门外。

"他不想见人。"江雪说。

傅宣燎急道："我就看一眼，他在海上漂了一天，没吃饭也没喝水……"

"现在吃过也喝过了，正在睡觉。"江雪边说着边将搭在臂弯的一件衣服递过去，"他让我把这件外套还给你。"

傅宣燎低头一看，正是时濛离开医院时带走的那件西装外套。

几个小时前，它还在时濛身上，为他抵挡海上的风浪。

傅宣燎伸出手慢吞吞地将西装外套接了过来，在江雪关门之前，忍不住问："他还说什么了吗？"

江雪看着傅宣燎失魂落魄的样子，没来由地轻笑一声，语气却带着几分落寞："应该没有了吧。他搞出这么大阵仗，想说的怎么也该说完了。"

同样见不到时濛的还有时怀亦。

傅宣燎回到李碧菡的病房向他们详细了解时濛的病情，毕竟他们是家长。说是询问，却拿出了逼问的气势。

时怀亦正为自家儿子把人家儿子绑到海上差点出事心虚，虽有被冒犯之感，倒也不敢不说。

"自然是没什么事，后脑勺的瘀血差不多散了，肋骨也好好的，其他都是小伤。"

李碧菡插了句嘴："那……他的手呢？"

"手还要等下次换药拍片才能知道情况如何，就算以后不能画画也没什么大不了，我们家又不是养不起他。"时怀亦说着，转向傅宣燎，"这一点濛濛就不如你了，你还知道看在两家情分上息事宁人，不同他计较。思卉怎么说也是他姐姐，刚才我去找他，想让他在警察面前帮思卉说说话，他竟然连门都不给进，实在不懂事。"

听到"不懂事"三个字，傅宣燎先是觉得困惑，之后便有一种荒谬感袭上心头。

时濛安安静静不争不抢的时候，从未有人夸过他一句好，等他受到了伤害，不过举起武器维护自己的正当权益，就被称为不懂事了。

时怀亦还在絮絮叨叨数落时濛不够宽宏大量，说挡在门口那个姓江的姑娘一看就是图谋时家的财力和权势，不然也不会这么尽心尽力，又说不如把刚签的股份转让协议废了，也好让他有个理由劝时濛放过时思卉……

他把傅宣燎当成自己人，说的都是掏心窝子的话，傅宣燎却听得遍体生寒。

在说到让李碧菡去看时濛，亲生母亲亲自上门他总没有拒绝的道理时，傅宣燎终于听不下去了，冷声道："他凭什么不能拒绝？"

时怀亦与李碧菡两人俱是一愣。

傅宣燎看向时怀亦："就凭你给他提供了所谓的优越生活条件，还有时家少爷这个'光荣'的身份，却不管他被人怎么看待、怎么议论，让他活在随时会被捅一刀的水深火热中？"

他又看向病床上的李碧菡："还是凭你给了他生命却对他漠然置之，在得知当年的真相，知道他受了许多委屈之后，还缩在壳子里，不肯接受事实？

"你们算什么，凭什么让他受那么多苦？"

时怀亦和李碧菡被问得哑口无言。

分明是在发怒，傅宣燎的眼神却冷冽如冰，足令在场的人噤若寒蝉。

最后，他强调："我不是看在两家的情面上息事宁人，而是为他本人，是我自己愿意的。"

言罢，他一刻也待不下去，腾地站起来，大步走了出去。

可是，仅仅走出去几步，就没了力气。冲动过后的傅宣燎像只被戳破的气球，背贴着墙壁，任由发软的身体滑了下去。他蹲在医院顶层空寂的走廊上，双臂搭在膝盖上，手掌耷拉着，脑袋也一动不动，只有肩膀在随着呼吸时起时落。

傅宣燎接着刚才没说完的话继续想：凭什么所有人都可以伤害时漾，然后若无其事地忘记？

为了找到罪魁祸首，傅宣燎开始不受控制地追根溯源——

怪时怀亦管不住下半身，和外面的女人发生不正当关系还有了孩子；怪那杨女士心肠歹毒，干出调换孩子这等可怕的事；怪时沐偷人画作、污人名声还倒打一耙，以致误会越积越深；更怪时怀亦企图瞒天过海，导致时漾平白受了这么多年苦，导致他们的关系扭曲到如此地步。

然而，时漾所受的冤屈和苦难，当真只是由这对不负责任的男女造成的吗？

慌乱止息，傅宣燎吸进一口气，接着缓缓呼出，紧随其后的是铺天盖地的悔意。他后悔不听解释就给时漾判了"死刑"，后悔不相信时漾口中的每一句话，后悔没在那天离家之前到床边看时漾一眼……后悔过去这么多年，如今回首才发现，自己从未好好对待过他。

你们算什么，我又算什么？

凭什么接受了一场价值交换，却不愿承担相应的责任，甚至恶言相向，反戈一击？

凭什么让他发疯似的强求，又心灰意冷地放手，一点退路都不留？

原来时漾是会心灰意冷的，傅宣燎扯了扯僵硬的嘴角，心想：不愧是搞艺术的，宁为玉碎不为瓦全，哪怕亲手毁掉，也不给他留一丝念想。

双目闭上几秒再睁开，傅宣燎偏头看向走廊尽头的玻璃窗，里面有个比之前镜子里更显潦倒狼狈的人。

他静静地看着，心想：该责怪、该为时漾不得已的偏执负责的，还有这个人啊。

傍晚，时怀亦推开病房门，对上傅宣燎的脸时，下意识地后退半步。

他对白天这个年轻人发的两次飙心有余悸，虽然傅宣燎不过是个小辈，但他还是有点心里没底。

跟随傅宣燎来到走道尽头的窗户前，时怀亦连出声询问都和蔼谨慎："折腾一天伯父也累了，有什么事不如明天再……"

傅宣燎当机立断，说道："不行。我就两个问题，答完您就可以回去。"

　　时怀亦无可奈何地说："那你问吧。"

　　得到同意的答复，傅宣燎却迟迟不开口。

　　他望着窗外，落日余晖洒在眼底，却填补不了他心底由错失一切带来的空虚。不过既已决定，他便不会再逃避。

　　傅宣燎转过身，面向时怀亦，问道："我想知道，时沐生前是否知道被调换的事？还有五年前，时沐抢走时濛的画，谎称是自己的，您是否知情？"

　　本着不把事情闹大的原则，时怀亦能瞒则瞒，回答得含含糊糊。

　　"沐沐是在五年前得了病之后知道的。因为杨幼兰，也就是他的生母，跑来医院要做骨髓配型，我让她别闹，她非说自己能救沐沐……后来再问，她才承认自己是沐沐的妈妈。

　　"也是在那个时候，我才知道两个孩子被调换了。后面的事你也听说了，两个都是我的孩子，我也不想让沐沐在九泉之下不得安生，就选择了息事宁人。"

　　傅宣燎想了想，问道："选择隐瞒是您一个人决定的，还是时沐也要求你这么做？"

　　时怀亦显得有些为难："我固然是这么想的，原因也同你说过。不过，沐沐也不希望这件事大白于天下，那会儿他快不行了，我实在不忍心拒绝，就答应他尽量不让人知道。"

　　傅宣燎抿唇。这个结果在他的推测之中，但还是让他感到心凉。

　　"至于抢画……"时怀亦犹豫地问，"是那幅叫《焰》的吗？那不是沐沐的画吗？"

　　"不是。"傅宣燎说，"那幅画是时濛的，早在中学时期就画了。"

　　时怀亦平时极少管孩子们画画方面的事，看样子的确不知情，也不认为这很重要。

　　他只愣了一下，然后叹气道："那多半是因为听说我要把股份转让给濛濛……我也很难办啊，手心手背都是肉，无论如何也该给濛濛点家产傍身，沐沐大概是觉得我偏心，又想着自己时日无多，所以一气之下……唉，都是一家人，这孩子怎么能这么对待自己的哥哥？"

　　离开医院前，傅宣燎又往时濛的病房去了一趟。

　　仍旧见不到人，他退而求其次，对江雪问道："能帮我带句话吗？"

江雪抱着双臂挡在门口，犹豫片刻，问："什么话？"

"那幅画……就是那幅《焰》，我已经知道是时濛画的了。"

江雪先是一愣，之后嗤笑："你才知道啊？不过听说那画已经没了，怎么，还想问濛濛讨一幅？"

"不，不是。"傅宣燎说，"我想向他说，对不起。"

到底是骄傲惯了的人，被拉到鬼门关前走一遭，非但不追究，还几度上门，低声下气地道歉，连江雪的态度都有些松动。毕竟关于偷画的事，他之前也被蒙在鼓里。

然而，江雪回头往病房里看了一眼，回过头来又恢复冷漠："这话你该当面对他说。而且，现在说这些还有什么用呢？"

傅宣燎不知道她说的"没用"指的是这句道歉来得太晚，还是别的意思。

想起江雪之前说时濛"总是把所有事情憋在心里"，傅宣燎张开嘴巴半天，只问了句："他……不委屈吗？"

被误会这么多年，被他百般践踏羞辱，连解释的机会都得不到，为什么不趁机报复回来，打他骂他，或者干脆把他丢到海里去？

时濛越是不搭理不回应，灭顶般的负罪感就越是让傅宣燎喘不过气。

"委屈？"江雪笑了，"他哪懂什么委屈！"

"被冤枉偷画……怎么会不委屈？"

"可是所谓冤枉，首先得有人相信他无辜，相信他是被诬陷的。"江雪说，"你信他了吗？"

"我……"傅宣燎说不出话了。

这么多年，他确实没有相信过时濛哪怕一次。

实际上，时濛当年的反应全部都在情理之中——画被时沐信口雌黄说成是被偷去的，时濛的第一反应便是愤怒，着急把画抢回来。

于是他便抢了，也试图告诉别人这幅画是他的，不是时沐的。

可是所有人都相信时沐，认为偷画这种事，只有时濛这个嫉妒时沐才华的卑鄙小人才做得出来。

江雪又扭头看一眼，确认时濛没醒，才说："刚才他醒着的时候，我问他难不难过，他说他早就不难过了。"

陷在灰暗泥泞的回忆中，傅宣燎的身体蓦地一震。

"不难过是因为没人心疼他，同样地，不委屈，是因为没有人站在他那一边啊。"

晚上八时许，时濛从一场短暂的睡眠中醒来，睁开眼就看见江雪坐在床头敲笔记本电脑。

二人对视两秒，江雪笑着说："是不是被我敲键盘的动静吵醒了？"

时濛否认道："不是，是我自己醒的。"

江雪走过来，按电钮把床调高，垫了个枕头让时濛舒服地靠在床头，问他要不要吃东西。

"不饿。"时濛还是没什么精神，"雪姐，你回去吧，我能照顾好自己。"

"啧。"江雪翻了个白眼，"好不容易等你说一句十个字以上的话，竟然是赶我走。"

她接着说："我在这儿待得好着呢，这陪护床比我家的床都好睡，你就别瞎操心了，安心养病。"

见她坚持，时濛便不再多说。

这会儿都没睡意，两人闲聊几句。

"你送我的纪念币，"时濛说，"被我用来换了条船。"

他认为，擅自动用别人送的礼物应当给个交代。

江雪毫不在意地回应道："那就换呗，送你的时候就说了金子保值，可以拿去换钱，那条船应该挺大的吧？"

时濛想了想，回答说："大约十米长。"

"不错。"江雪笑眯眯地说，"至少物尽其用了。"

停了几分钟，坐在床边削苹果的江雪状似不经意地问："那画，真的烧了？"

时濛"嗯"了一声。

江雪叹了口气，惋惜道："怎么说也是一千万元拍来的呢。"

静默须臾，时濛说："以前，它是无价之宝。"

"那现在呢？"

"一文不值。"

"所以你就把它烧了？"

"嗯。"时濛用左手接过江雪递来的苹果，"我和他做了告别。"

江雪不确定时濛口中的是"他"还是"它"，抑或两者兼有，见时濛这回真的放下了，倒是松了口气。

大约是对傅宣燎这些天的举动有感而发，江雪说到一半才觉自己哪壶不开提哪壶，说道："算了，现在还提这些干吗？等你出院了，姐给你搞个盛大的派对，庆祝重获自由！"

时濛认真思考了下，说道："不用了。"

本来是他在强求，所以如今的报应和恶果他照单全收。

这话听得江雪心酸，联想到自己身上，不禁眼圈发热。

两人默契地对时濛的身世避而不谈，倒是江雪心疼那些股份，问时濛还有没有办法拿回来。

"那可是时家集团的股份。"见时濛一副不上心的样子，江雪忍不住操老妈子心，"有了这百分之十的股份，今后就算天天躺在家里睡大觉，钱也哗啦啦往你脑袋上砸。"

时濛很慢地眨了下眼睛，想象不出那个画面。

不过他大致能明白，江雪是在担心他今后生活的经济来源。

"我会画画，可以养自己。"说着，他举起拿着苹果的左手，"右手不行的话，可以用左手。"

见他没有因为手伤产生厌世的念头，江雪又松了一口气。

她告诉时濛，马老师在他昏迷的那几天来过，他俩早在那时候就探讨过这个问题，还特地找主治医师谈了谈。

江雪报喜不报忧，说道："医生说只要好好复健，还是有很大机会恢复到原先的状态的。"

时濛点头，看起来对此深信不疑，回应道："我会复健的。"

"是好好复健。"

"我会好好复健的。"

"真乖。"

再晚一点，把心放到肚子里的江雪打算回家一趟。

"你是不知道这里的商店卖的东西质量有多差，昨天买了条毛巾用来擦脸，今天居然冒了一脸疙瘩。"江雪边往外走边交代时濛，"我给你把勿扰牌挂上，护士台那边也打过招呼了，这个点应该没人不识相地来找你。如果有的话直接按呼叫器，让护士姐姐帮你把人轰出去。"

时濛应下了。

江雪走后，他靠在床头闭上眼睛，做了一个很短的梦。

梦里有个小孩，背对着他，好像受了很重的伤，抱着双臂呜呜哭泣。

他想告诉那个小孩，既然活下来了，就向前走，穿过那扇门，不要再回头。他伸出手，刚要拍小孩的肩，忽闻很轻的几下叩门声。

这回真是被吵醒的。

时濛恍惚以为自己睡了很久，久到雪姐都回来了。他撑着身体打算下床，想起门没有反锁，便冲门口喊道："进来。"

生怕雪姐又教训他照顾不好自己，时濛挪回床上，将凌乱的薄毯盖好，再扭头确认苹果有没有啃干净。

这个过程中，他听见门被人从外面推开，发出很轻的嘎吱声。

收拾完毕转头，面朝门的方向，时濛被落在视线里与预想中不同的面孔弄得怔住了。

进来的是个中年女人，时濛印象中的她不只高挑美丽，还温婉优雅，像天上的仙女。哪怕她现在穿着病号服，步履蹒跚，原本乌黑的发丝中似乎藏了几根白发，时濛还是记得她会做很好喝的汤。

很好喝的汤，哪怕只是随手分他一碗，冰凉的汤底下铺满沉淀的残渣，他也舍不得浪费，每次都喝得一点儿不剩。

可是，他现在不想喝了。

李碧菡站在离床还有些距离的地方，一动不动地看着他。眼里有颤动的水光，也有时濛曾经无比向往的柔情。也许是里头还有太多叫人看不懂的东西，时濛的手沿着床单向后摸，开始犹豫要不要按下呼叫器。

到底没有按下去，因为李碧菡抢先一步说话了。

"我……就是来看看你。"她的声音在发抖，"一会儿就走。"

时濛并不知道先前自己离开医院之后发生了什么，但是从傅宣燎在船上同他说的话，以及江雪的刻意回避，不难猜出关于他身世的真相已经大白于天下。

时濛不知该说点什么，也做不来敷衍寒暄那套，稍一踌躇，就错过了按呼叫器的最佳时机。

李碧菡见他不说话，便当他默认。她慢慢走近，撑着扶手在床边的椅子上坐下，视线继续落在时濛身上。从八岁到二十五岁，光阴倏忽而过，如今她才第一次好好地看这个孩子。

时濛的脸很小，五官也漂亮，记得当年刚把他生下来的时候，护士就夸这孩子长得好，等褪了红一定白嫩又可爱。可李碧菡当时沉浸在杨幼兰找上门和孩子早产的凄惶中，都没来得及多看一眼，不然也不会……

思及时濛刚到时家那阵子，总有不知情的客人凭相貌以为他才是她的儿子。李碧菡不禁苦笑，心说多看一眼又有什么用，自己捂住眼蒙了心，任旁人再怎么说，她也是听不进去的。

二十五岁的时濛虽然长到了近一米八，但是身量单薄，病号服穿在身上松松垮垮的，肩胛处的布料更是被凸出的骨头顶起。

他的脖颈长而纤细，白得可以看见青色的血管。手腕也很细，腕骨突兀地横在手与臂的交界处，袖口露出一片尚未消散的瘀青，昭示着衣服下面还藏了许多伤。

未经思考，李碧菡便问出了声："还疼吗？"

她本能地伸手想去触碰，用最轻的力度抚摸，像每个母亲面对受伤的孩子该做的那样。就在即将触到的时候，时濛抽手避开了。

时濛一时转变不过来，显然无法感性到迅速进入理所当然接受的状态。

他把左手也藏在背后，和包着纱布的右手握在一起，手指绞紧，目光落在盖着腿的毯子上。

"不疼。"他下意识地说，"我不疼。"

知道时濛这话违心，李碧菡的呼吸一滞，眼底的潮水又漫了上来。

他从小便是如此，为了在时家获得生存的空间，总是那么"懂事"，回答得最多的永远是"不要""不疼""不难过"。

"怎，怎么会不疼呢？"李碧菡急道，"我认识一个骨科专家，明天你就转去那边治疗，手一定可以——"

"不用了。"时濛说，"谢谢您。"

听到时濛对自己生分地道谢，李碧菡的心又是狠狠一揪。

她记得时濛曾经叫过她"妈妈"，在时怀亦的要求下，还不止一次。

小时候时濛怯怯地喊她，她恍若未闻，从不答应，长大之后时濛偶尔应时怀亦的要求喊一声，她也只当做戏，不往心里去。

如今却是想听也听不到了。

李碧菡开始明白自己这两天为什么抗拒与时濛见面，她怕世界彻底颠覆，更怕多年冷漠无视的后果她承受不了。

直到傍晚，她在走廊里偷听到傅宣燎和时怀亦的谈话，才知道自己错得有多离谱，曾经多疼爱时沐，现在就多心疼时濛。

人人都说时濛性格阴郁不讨喜，却没人想过，不够开朗的沉闷性格是没有被好好对待导致的。还来得及，李碧菡想，现在还来得及，老天待她还算不薄，至少没有让她一错到底。

"妈妈……不，我知道你受了欺负，时沐欺负你，时思卉也……我会帮你教训她的。"她破釜沉舟来到这里，把能想到的所有补救方法都摆了出来，"股份也还给你，我手头还有百分之八，也转到你名下，我的都是你的。"

她想说，妈妈的都是你的，你想要什么妈妈都会为你办到。

可是，时濛理解成了别的意思，毕竟他的世界里没有无缘无故的爱，多的是充分权衡后的等价交换。

于是，他问："是要我帮时思卉开脱罪名，还是帮时沐隐瞒偷画的事？"

李碧菡被问得愣住："不，我不是这个意思，我只是……"

她只是知道错了，恨不得回到从前给自己一巴掌，又恨不得将这些年没给时濛的，一朝一夕间全部补偿给他，包括母爱。

其实，时濛也想起了过去的事。

想起初到时家便对李碧菡产生好感，没理由地想亲近，小学的某个母亲节，他曾亲手画了张贺卡送给她。

因为李碧菡虽然看起来不是很喜欢他，但对他不坏，时沐有新书包他也有，时沐学足球他也可以学画画，每次添置玩具也有他的一份。

时濛觉得仙女阿姨很善良，毕竟连杨幼兰都说，李碧菡应该对他很坏，每天不给他饭吃，还动不动就揍他一顿才对。

那张母亲节贺卡，李碧菡收下了。或许是因为当着时怀亦的面不好意思不收，总之当天晚上，时濛就在垃圾桶里看到了那张贺卡。他在垃圾桶旁站了很久，还是没把那张他花了好几个小时做的贺卡捡回来。

从小时濛就被周围的人说笨，不懂人情世故的笨拙，还有讨人嫌而不自知的迟钝。但他知道，如果贺卡是现在给的，李碧菡一定不会将它丢掉。

可是，他也没力气再做一张新的了。

他不觉得她有错，他只是不想再被丢弃了。

"这两件事，我不能帮您。"时濛说。

"不是要你帮我，"李碧菡解释道，"是我帮你。"

时濛没什么表情地说："不必了。"

"那你想要什么，我——"

"你能让时光倒流吗？"时濛不想再纠缠下去，冷声问，"能让欺负过我的人，都受到惩罚吗？"

李碧菡一愣。

时濛已经死过一次了，这个世界对他来说与天堂或地狱都没有分别，他只是存在于这里，别人怎样都与他不再有关系。

更何况，"欺负"那个死去的时濛的，又何止他们两个？

不等李碧菡再说什么，时濛宣布："我要睡觉了。"

面对他如此生硬地赶人，李碧菡心中苦涩，约莫五分钟后，还是站了起来。

时濛背对她侧身躺卧，光凭呼吸起伏，看不出是睡着了还是醒着。

最后，透过半掩的门缝看了一眼，李碧菡将门轻轻带上。她转过身在走廊上深吸一口气，将眼泪抹去的同时，心里已经有了计较。

这晚，傅宣燎回到家中，依然没能睡个好觉。

脑袋里的信息太多，闹腾了这些天，总算得到片刻的安宁，傅宣燎闭上眼睛，忍不住开始整理眼下已知的情报。

时怀亦虽然说得含糊，但并不能阻止真相浮出水面。

他说时沐五年前才知道自己的身世，这一点是合理的，因为前二十年时沐一直以时家嫡少爷的身份活着，也的确从未表现出对自己出身的怀疑。而那位名叫杨幼兰的女士由于收到时怀亦的警告鲜少出现。所有人包括产生过怀疑的傅宣燎本人，都没往那方面想。

这也间接证明了，时沐抢时濛的画是真的。

时沐从小不缺父母和亲友疼爱，对外展露的多是活泼开朗的一面，唯独好胜心强得过分，无论在哪方面被别人超过或阻拦都会让他心生愤懑，他会视超过他的人为仇敌，然后想方设法抢回第一的宝座。

记得有一次，时沐参加本市的一场青少年足球联赛。

半决赛的时候，他带球过人被对方的一名主力抢了球，后来他就盯上了这个人，满场围追堵截，直到那名主力被激得做出了拉扯的犯规动作，又在不理智的情况下被时沐的假动作引导着背后铲球，最后被罚下场。

当时傅宣燎只当他太想赢，如今想来，这样一个顺风顺水地长大又十分骄傲的人，在病重的时候得知自己原来不是时家众星捧月的少爷，而是别人口中的"野种"，自己最看不起的、从来没有承认过的时家二少爷才是真正的少爷，他会发生什么样的心理转变？

连时怀亦都能猜到时沐心态失衡，觉得自己都没几天可活了，而时濛却可以拿着高额股份，稳坐时家少爷的位子风风光光地活下去，抢走他本来拥有的一切。

所以，他也要抢走时濛最宝贵的东西，哪怕违背良心道德。

反正他即将离世，大家只会心疼，没有人会追究苛责。

反观时濛，从未有人给过他谅解与宽容，一切都要靠自己争取，连解释都无人愿意聆听。

想到五年前，时沐联合不知情的李碧菡，表面上痛心疾首地指责时濛窃取他的心血之作，实则上下嘴皮一碰，就将偷画的罪名安到时濛的头上……

原本最痛心的回忆，现在成了最令人不寒而栗的一幕，傅宣燎深吸一口气，也难将身体里刮起的飓风压下。

五年前的夏天，收到时沐病危的消息后从国外匆匆赶回的傅宣燎，无论如何也想不到自己会以这样的方式被利用。

原来时沐早就计划好，先用偷画这件事让他对时濛产生恨意，再用"别忘了我"将他困在原地；原来时沐才是看似纯净实则掰开全是心眼的黑心莲。

曾经的挚友的面目一夕颠覆，这种情况下没人能心大到酣睡好眠。

第二天一早，傅宣燎还是顶着一双黑眼圈，经过客厅时，把在厨房准备早餐的蒋蓉吓了一跳。

刚洗漱完，蒋蓉又迎了上来。

她握着手机，好像刚接过电话，神情有些焦虑："你李姨从医院里跑出去，找那个姓杨的了，这可怎么办？"

待弄明白"姓杨的"指的是时怀亦在外面的女人杨幼兰，傅宣燎问到底是怎么回事。

"我也不太清楚，是你时伯父说的，让我有空给你李姨打个电话劝劝她，让她别冲动。"蒋蓉说，"可是我打不通她的电话，万一出什么事……"

傅宣燎当机立断，说道："时伯父应该有杨女士家的地址，让他发过来。"

载着蒋蓉往时家去的路上，傅宣燎听说时怀亦以工作忙为借口说自己先不过去了，冷笑一声："他倒是会躲。"

所有事情究其源头，都来自时怀亦在外头拈花惹草欠下风流债，如今这家伙竟拍拍屁股什么都不管，让其他人承担后果收拾烂摊子，简直无耻至极。

蒋蓉还在忧心忡忡，问道："你李姨年轻的时候脾气就不好，她们不会打起来吧？"

"不一定。"傅宣燎说，"我猜她跑这一趟，是为了寻找真相。"

事实正如傅宣燎所料，他们赶到那处位于城东的住宅，门牌号对应的家门半敞，出了电梯便能听见屋里的吵闹声。

李碧菡今天显然打扮过，粉底腮红盖住苍白的脸色，盘起头发显得精神利落，脚下踩着的高跟鞋更令她气场十足，与刚起床蓬头垢面的杨幼兰比起来，尽显正室风范。

不过李碧菡这次并不是为了压谁一头，毕竟当年最愤怒的时候，她也没想过跟这个女人斗。一来若要追究，时怀亦的责任更大；二来她出身书香门第，和这种上不得台面的女人纠缠，传出去恐落人笑柄。

可她今天不得不走这一趟，为她受了这么多年苦的孩子讨个公道，也给自己一个明白。

站在门口的李碧菡看见蒋蓉母子俩，让他们先不要进来。

"没事，我有分寸。"李碧菡笑容很淡，"等下场面如果控制不住，你们再报警。"

屋里的杨幼兰就没她这么冷静了，瞧见李碧菡还带了"帮手"，当即扯着嗓子骂道："我就知道你没安好心！我也叫了人，你给我等着！"

不过五分钟，另一位就到场了。

中年男人出电梯走过来的时候，傅宣燎盯着他打量了一会儿，不甚确定地喊："孙老师？"

孙雁风着急忙慌地赶过来，冲傅宣燎点了点头就挤进门去，拉着杨幼兰坐下，低声安抚道："你千万别冲动……"

方才两位母亲已经吵了几个来回，不过没吵出什么有价值的信息。

李碧菡问她在这儿住得怎么样，杨幼兰就连讽刺带挖苦地说"没你家里大但是住得舒坦"，问她想不想孩子，她就无所谓地说"他好好活着我干吗想他"。

"知道我为什么能找到这儿吗？"李碧菡犹自镇定，"因为这处房产有我一半，过户的时候才签了协议让他一手代办。也就是说，是我同意他用这房子把你打发了，这么多年，我一直知道你住在这里。"

杨幼兰瞪圆了眼睛："那又怎么样？现在这房子是我的，你找到这儿来我也不会还给你！"

"我不是来找你要回房子的，这么个破房子我还没放在眼里。"李碧菡拉下脸，严肃道，"我是来问你，二十五年前，为什么要把两个孩子交换？"

说到重点，杨幼兰的气焰顿时弱了下去。

"什么换孩子？"她装傻道，"你在说什么胡话？"

李碧菡此刻正强压怒火，从她垂在身侧握成拳的手便可窥知，但表面依然沉着冷静："时怀亦都跟我说了，孩子刚出生就被你调换……"

"他是这么跟你说的？"杨幼兰又怒了，"这个狗屁男人，当初明明说好会瞒着……"

杨幼兰话没说完，被身旁的孙雁风扯了下胳膊，戛然而止。

杨幼兰眼神飘忽得厉害，深吸几口气，理智恢复了几分："没有的事，我哪有这本事？你俩怕不是电视剧看多了，编故事呢？"

李碧蔼自是猜到她会不认账："那濛濛病了这么些天，你为什么不来看一眼？"

"时怀亦不让我看啊。"杨幼兰理直气壮地说，"当年把他送回时家，我就答应了不再和孩子见面。"

李碧蔼笑了一下，说道："可是你也没做到啊。"

说着她转过身，从背后的斗柜上拿起一本摊放的相册，举着质问杨幼兰："不然，你说说看，这是什么？"

这是一本普通的相册，只不过上面的照片从角度看都是偷拍的，而且主人公全部都是时沐。

杨幼兰这辈子过得稀里糊涂，对孩子倒是上心，照片从时沐幼儿园时期开始按顺序排列，还在每张下面标注了拍摄时间。

也许是昨晚还拿出来翻看，看完忘了放回去，李碧蔼今日一进门就看见了这相册，并在两米开外一眼确定照片上的人是谁。

怎么说也是她养了二十年的孩子，她不可能认不出。

也正因时沐被她宠了二十年，疼了二十年，她才更接受不了二十年的付出全部给错了人的事实。

李碧蔼忍不住问杨幼兰："濛濛的呢，濛濛的照片在哪里？"

那二十年，她也给时沐拍了许多照片，比杨幼兰这本多得多。可是，她的濛濛呢？她的濛濛因为不讨她喜欢，平时在家里连面都不敢露，她更是从未动过给"小三生的孩子"拍照的念头。

这本相册和房间里的那本画册一样，是杨幼兰的宝贝。宝贝被人拿走，她条件反射地伸出手去抢，李碧蔼比她高，又穿了高跟鞋，轻松一举就让她跳起来也够不着。杨幼兰急红了眼，任凭身后的孙雁风怎么拉怎么劝，都无法再保持理智。

"还给我，把相册还给我！"她气急败坏地拉扯李碧蔼，"我的沐沐，我的沐沐合该有好多照片，合该被人捧着长大，你生的又算什么？

"当年我早就跟时怀亦好上了，我还为他流过一个孩子。那个狗东西为了前途娶你，把我养在外面，我就偏不让你把儿子生在前头！

"虽然还是让你早了两个小时，不过早产的滋味不好受吧？看着自己儿子被抱走很难过吧？"原本只是信口发泄，杨幼兰却越说越解气，整个人都兴奋起来，"哈哈哈，报应！都是报应啊！帮我养了二十年孩子，却对自己的亲生孩子冷眼相待，我这些年就指望着看这场笑话呢，哈哈哈哈！"

她笑得疯癫猖狂，全然不顾还有其他人在场。

傅宣燎和蒋蓉闻声进屋，就见李碧菡手臂一松，把相册丢在地上。

不过她看起来还算正常，至少没有被激得情绪崩溃，只是心脏抖得厉害，由内向外，整个身体都在颤动。

"你这是承认换孩子了？"李碧菡嘴唇在颤抖中一翕一张，捂着心口急速喘气，自言自语般地说，"承认就好，承认了，就好……"

场面一度无法收拾，蒋蓉打了报警电话。

警车停到楼下的时候，李碧菡和杨幼兰脸上都挂了彩，要不是傅宣燎和孙雁风一边一个地拉着，说不定真的会闹出人命。

就算承认了，杨幼兰仍然认为自己是赢家，耀武扬威地说道："你这个蠢女人，活该自己的孩子都认不出来！"

李碧菡好不容易缓过来，因为修养说不出尖酸刻薄的话，便抓紧时间逼问："濛濛的照片呢，总该有几张吧？放在哪里，快拿出来！"

杨幼兰又笑起来："没有啊，我养他八年，天天都能看到他，有什么好拍的？"

"你好狠的心。"李碧菡哽咽道，"他做错了什么，他是无辜的啊！你养了他这么些年，难道对他没有一点感情？"

"感情？"杨幼兰笑出了眼泪，"每次我看着他睡着的样子，都恨不得掐死他！我让他活着，把他送回时家，就是为了等这一天！"

"所以你指使时沐偷他的画？你那样对他，一定会遭报应的！"

"什么偷画？不是他偷我沐沐的画吗？"杨幼兰扬声道，"全世界都知道，是你儿子时濛偷了我儿子时沐的画，就像你偷了我时家夫人的位子一样。报应！这才叫报应啊！"

傅宣燎先是惊讶于李碧菡知道了这件事，之后又被杨幼兰的一番话激得怒上心头。

他说："那幅画出自时濛之手，就是属于他的，有的是办法为他正名。"

杨幼兰愣了下，这才将视线移到傅宣燎身上。

"是你啊。"她揩了把眼角的泪，"你不是恨死时濛了吗？"

傅宣燎坦然道："我只恨真正偷画的人。"

也许是不想时沐的身后之名受污，杨幼兰忙将责任往自己身上揽："画是我让他偷的，是我让他去偷的！我的沐沐那么可怜，他多要点东西怎么了？你们不是都说喜欢他、疼他，怎么这点小事都要追究？"

"这不是小事。"傅宣燎说，"在他动了这种歪念头的时候，就不再是我认识的那个时沐，就不配得到宽恕。"

杨幼兰大半辈子都在为自己争一口气，"不配"二字自是踩了她的痛脚。

"你说不配就不配？我的沐沐天生好命，合该是时家的嫡少爷！"她冲李碧菡抬起下巴，眉飞色舞地说道，"要怪只能怪你儿子命不好，从你肚子里出来。我的沐沐合该沐浴着阳光长大，你生的就该待在阴沟里！"

可想而知，那八年时濛没人疼没人爱，过得有多苦。想到小时候总看见时濛畏畏缩缩往桌子底下钻，傅宣燎心疼之余，更气得咬紧牙关。

他拉住要上前的李碧菡，怒视面前心思歹毒的女人："他命好得很，碰到你是他这辈子唯一的不顺利。可是，这个坎儿他已经迈过去了，之后的人生便全是坦途。属于他的东西，你们一样都抢不走。"

警察的到来让喧嚣暂时停息。

警察主要做的是纠纷调停，关于二十几年前的事件，警察只简单记录，准备移交相关部门跟进处理。

直觉告诉傅宣燎，孙老师与这件事脱不了干系，不过混乱的场面不容他多问，想着之后立案起诉时再彻查追究也不迟。

出门的时候，杨幼兰仍疯了似的在身后念叨"为什么死的不是他"，倒是一直默不出声的孙雁风跟了上来，往李碧菡手里塞了个小小的白色纸袋。

李碧菡是从医院打车来的，回去便直接坐上傅宣燎的车。

蒋蓉与她本就是闺中密友，又都是当母亲的，见她弄成这样也为她难过，从后座拿出消毒湿巾和面纸，小心地替她擦拭脸上的伤口，安慰她一切都会过去的。

不知道李碧菡听进去多少。她自上车后就没说过话，眼泪却一刻都未曾止住，尤其当她从那白色小纸袋里拿出几张一时大小的照片，上面的主角是一个看起来不过五六岁的男孩。

标准证件照，显然是因为需要才拍的，这些年也没得到妥善的保存，照片边缘都发软泛黄了。

等红灯的间隙，蒋蓉递了一张到前排。傅宣燎小心地捏着这张照片，迎着光看了又看。

照片上的小男孩有一双大而漂亮的眼睛，鼻子小巧，嘴唇紧紧抿着，面无表情地看着镜头。不知情的路人见了多半会夸他长得好，或者多嘴地说一句"这孩子怎么都不笑"。

没有值得开心的事，让他怎么笑？他不过想要一点阳光，想从别人手里获取零星温暖。那时年纪尚幼的他，不明白为什么周围的人都不喜欢他，都对他不好。

后座的李碧菡摩挲着照片，哭得凄楚："都是妈妈的错，害你过得那么苦，害你被欺负、被冤枉。"

傅宣燎也想问自己怎么会不相信他，怎么会对他不好？

苦涩从心底蔓延到喉咙里，像吞下一颗剥去糖衣的胶囊，扩散开的每一丝苦味都狠狠碾压着脆弱的感觉神经。

每知道多一点，对时濛的心疼就多一些，痛苦则是翻倍，再翻倍。

傅宣燎长吸一口气，压下呼之欲出的泪意。

他转过头去，举起手中的照片："李姨，这张可以给我吗？我保证好好保存，不会把它弄丢。"

傅宣燎从不胡乱立誓，但凡立下必定遵守到底。

可是，照片上的人并不给他补偿的机会。

车载着一行人直接前往医院，江雪仍守在病房门口，说时濛谁也不想见。

"麻烦江小姐帮我捎句话，"李碧菡被刚才的折腾弄得元气大伤，如今被蒋蓉扶着，站都站不稳，还是坚持把话带到，"告诉濛濛，我会替他讨回公道，不管是哪一边的。"

这话里便包含了不会包庇时思卉的意思。

一行人改道前往公安局，当着警察的面，李碧菡果然任何要求都没提，只拜托他们秉公执法，揭开事实真相。

傅宣燎还是不放心，将长辈们送走后，去找负责处理案件的陈警官。

到楼上刚好碰见人，从对方的表情中，傅宣燎猜到案件进展不太顺利。

果不其然，陈警官指了指其中一间审讯室，说："他们大概串通好了，打算让那个姓周的顶罪。她一个字都不肯说，全由律师应对。"

傅宣燎看一眼紧闭的门，问："可以让我跟她谈谈吗？"

陈警官向上级打了报告，约莫一刻钟后，傅宣燎走进审讯室，捕捉到时思卉眼中的错愕。不过也只有短短一秒，等到傅宣燎在她对面的座位坐下，她又垂低双眼，一脸冷漠地负隅顽抗。

傅宣燎不急于开口，把玩了一会儿桌子上的玻璃杯，手指在杯壁上敲出嗒嗒的声音，在安静的环境中显得突兀而刺耳。

时思卉在这里待了一整晚，被审讯得身心疲惫，没多久就面露不耐烦之色，受不了地主动发问："你来干什么？"

傅宣燎这才放下杯子："来看看你后悔了没有。"

时思卉先是一怔，继而勾唇："我又没做错什么，下属私自行事，与我又……"

"我想问的是，"傅宣燎没给她往下说的机会，"伤害了你的亲弟弟，还有信任你的母亲，你有没有后悔？"

这是来问责了。

时思卉下意识辩解："我先前又不知道他是我亲弟弟，再说就算是又怎样，在集团尽心尽力的是我，他凭什么……"

说到一半自觉漏嘴，意识到这算变相承认，时思卉收了声，咬着唇愤愤地看着坐在对面的人。

确认了动机的傅宣燎却高兴不起来，搞了半天，还真的是因为那百分之十的股份，倒应了他早前的那句"怀璧其罪"。

就算时濛什么都不做，也多的是人眼红嫉妒，躲在暗处伺机捅他刀子。

"就算你和他没有感情，也不至于做到这个地步。"傅宣燎迎着时思卉的目光，继续说，"他要是出事，你们都不会有好下场。"

他直接将时思卉划定为犯人，用可能产生的后果吓唬她，这种情况下她要么不回答，但凡开口就很难不露破绽。

果然，时思卉不淡定了："不是没出事吗？就被打了几下能出什么事？"

她的理智被情绪打乱，破罐破摔道："是不是时濛那个贱人告诉你的？他让你别放过我？哼，从前畏畏缩缩，屁都不敢放一个，现在摇身一变成了时家的大少爷，就开始排除异己了。"

傅宣燎注意到她对时濛的称呼从"野种"变成了"贱人"，代表她接受了时濛与他同父同母血脉相连的事实。可还是能说出如此凉薄的话，说明她是个彻头彻尾的利己主义者，从前的时沐、现在的时濛，在她眼里都没有区别。

傅宣燎并不想在有限的时间里与她进行人性的探讨，他没有正面回答问题，而是将整个事件复盘。

"这不需要猜。那天股东大会，你不知道时濛会来到集团大楼，你以为他是来捣乱的，所以慌了。本来想把他赶走，结果你的属下弄巧成拙把人弄伤，你便顺势借机发泄你多年来的不满。

"表面上看起来你什么都有，实际上你在时家不受重视，有能力却没有实权，早就看那些明明什么都没付出却拥有一切的弟弟不爽了。

"事情的经过和起因，就是这样。"

没有一个问号，肯定得犹如亲眼所见，并且字字句句都戳在时思卉的痛点上。

她本想接着辩驳，本想抵赖说我没有，就算刚才说漏嘴也没关系，反正有的是人帮她兜底。可看着面前沉着冷静的男人，她不由得有些恍惚。

　　等回过神来，争辩的念头早就散尽了。

　　像是想起了年少时的初次心动，也是因为这人正直磊落，襟怀坦荡，在这喧嚣浮华的名利场中，与自幼便混迹其中的其他人都不同。

　　他猜得都对，只是起因里漏了一条。

　　再度垂眸，遮掩其中翻涌的不甘，时思卉无奈地笑："我是后悔了。"

　　后悔放你进来，后悔心生妒忌，更后悔一再将你区别对待。

　　确认完毕，傅宣燎便起身打算走了。

　　陈警官监听了全程，接下来该如何审问他应该已经心中有数。

　　到门口，傅宣燎听见时思卉在身后悠悠地说："原来你早就把时沐忘了……不过他本来也不是什么好东西。"

　　傅宣燎转过身去，问道："你知道画是他偷的？"

　　"不知道啊，不过猜也能猜出来。"颓丧仿佛只存在了短短几秒，恢复常态的时思卉耸肩道，"跟他那个亲妈一个德行，阴损手段一套接着一套，有其母必有其子。"

　　通过这几天收集的信息和对过去事件的还原，傅宣燎大致知道了时沐并不像他曾经以为的那样纯良，至少在偷画这件事上，时沐处心积虑，不全然是无辜的。

　　时思卉并不知道更多细节，她只管随着性子尽情发泄："时濛也是个贱货，竟然走别人铺好的路捡漏。"

　　被问到捡漏的来由，时思卉话锋一转，调侃道："听说他把你绑到了海上，差点回不来？"

　　见套不出更多有效的信息，傅宣燎没答话，单手按下门把。

　　时思卉当他默认，"哼"地笑一声，说道："都这样了，你还护着他……"

　　傅宣燎踏出去的一只脚定在原地，讥讽的话语随着并不清凉的晚风清晰地飘入耳朵。

　　"搞了半天，你对时濛也不全是恨。可惜啊，夺股份的事你也参与了，那天他在电话里听得清清楚楚，不如我们来赌一把，就赌他会不会原谅你，如何？"

第七章
当太阳靠近

在公安局磨蹭一下午，回到家中时天快黑了。

停好车松开方向盘，傅宣燎抬手看掌心，上面有在船上割绳子时被刀锋划破的一道血痕。

时濛受的伤定然比这严重许多，之前医生说可以恢复到不影响正常生活，画画的话还要看以后的复健情况。

他拥有的那么少，如果画画的自由也被剥夺……傅宣燎不敢想象。

而给他带来这些后果的始作俑者，又岂止时思卉一个。

之前在医院口头教训了两位长辈，回过头来想，傅宣燎又何尝不该追究自己的责任？

所以，他愧疚也好，出于补偿心理也罢，他必须以一个外人的尴尬身份参与到这复杂的事件里。

时濛受的那么多苦都是他亲手施与的，可比起自怨自艾，傅宣燎认为自己更该做的，是竭尽所能为时濛洗刷冤屈，争取到应得的东西。

包括关心与信任，还有他本该唾手可得的快乐。

摆平了一桩麻烦事，连轴转了几天的傅宣燎原以为今晚可以睡个饱，深夜醒来，看到钟才知道不过睡了两个小时。

把时濛留下的日历翻过一页，看见"SAT"上醒目的红圈，傅宣燎的眼睛感受到了轻微的刺痛。

时间过得真快，又是星期六了。

他去厨房倒水喝，经过客厅，看到蒋蓉坐在沙发上看电视。

"醒了？"看见傅宣燎，蒋蓉立刻拿遥控器把电视关了，问道，"饿不饿，要不要吃点东西？"

傅宣燎不想吃东西，却没拒绝蒋蓉为他盛一碗甜汤。

"是从网上学的。"蒋蓉边用勺子舀汤边说，"这些天你忙得没影，我又帮不上忙，你难得回来，我就想着给你做点好吃的。"

傅宣燎没答话，低头看着那碗汤发呆。

像是知道他在想什么，蒋蓉抽了把瓷勺放在碗里："小濛那边你不用担心，吃的喝的我都安排人送过去……其实说到做汤，你李姨更擅长，小濛吃了那么多苦，等她想明白了，定然会对他很好的。"

傅宣燎不置可否地接过碗，就这么站着往嘴里塞了一口。

很甜，就是不知道时濛喝不喝得惯；就是不知道，现在的时濛还愿不愿意接受迟来的好了。

趁傅宣燎喝汤，蒋蓉把烘干机里的衣服拿出来，坐在沙发上叠。

时濛搬来住之后，傅家就很少喊阿姨上门，蒋蓉也习惯了做家务，忙起来总比闲着好。

叠到一件毛衣，蒋蓉拎着抻开举起："宣燎，看看这衣服，是不是你的？"

傅宣燎放下汤碗抬头，通过大小和款式辨认："是的。不过好像很久没穿了。"

"是呀，这是好几年前我给你买的，最近才见到。"蒋蓉问，"是不是以前丢在小濛那边，忘了带回来？"

这句话提醒了傅宣燎，他回想了下，大概两个月前，时濛说要回时家拿东西。那天星期六，傅宣燎便开车接送。他记得时濛当时只带了个背包，回来从包里拿出一件毛衣，他没看仔细，只笑问时濛天气越来越热了，带毛衣干什么。

现在想来，这毛衣早就在时濛那里了，这么长时间都没有还给他，说不定早被时濛当成自己的东西，陪伴他度过了许多个孤单的夜晚。

至于后来搬到傅家了，为什么还要把这毛衣带过来……

傅宣燎也想问自己，当时为什么宁愿在外面游荡也不回家？

就因为解除合同不成，非要赌那口气吗？

冰箱里放着上次时濛买来还没喝完的几瓶酒。

"这孩子死脑筋，我劝他的一点不听。"蒋蓉关上冰箱门，转过身，"你也没好哪儿去，一门心思躲他，认定了没办法和他共处。"

傅宣燎洗碗的手停了一会儿："那您为什么不劝我？"

"你是我的儿子，我能不了解你？越是让你往东，你就越要往西。"蒋蓉有些无奈地说，"从国外回来后，我跟你提到解约，你起初很抗拒，一直找理由推托，当时我就察觉你其实并不想解，可后来……"

后来他开始害怕了。他恨的不是无力解除合同，而是被困在过往的承诺与现实的束缚中，内心明明做出了选择却还要极力抵抗的自己。

听说时濛为傅宣燎所作的画被烧掉了，蒋蓉同样觉得可惜。

她带傅宣燎来到被作为时濛画室的房间："小濛来我们家这几个月，你都没进去过。如果还不想睡，就进去看看吧，说不定能在里面找到答案。"

顶灯打开，屋内亮如白昼。

傅宣燎进去后，将门轻轻关上，仿佛怕惊扰里面正在酣睡的生灵。

里面的陈设比想象中简单，一张桌子、一把椅子、一个画架。

颜料整整齐齐地码放在盒子里，画笔插在笔筒里，已经完成的画作被卷来堆放在桌子上，还没画完的盖着块防尘布。傅宣燎掀起一角来看，画的是人物，只有背影。

在时家，傅宣燎就见时濛总是画这个背影，当时以为那是时濛的创作偏好，现在才知道，他不是不想画正面，而是自己留给他的，永远只有离去的背影。

事实上，傅宣燎知道时濛画得好，能够得到市场的认可，便足以说明他的实力。何况这里的每一幅都画得栩栩如生，哪怕画的仅仅是摆在桌子上的一盘草莓。

小蘑菇画得那样好，却总是用手臂挡着不让他瞧；小蘑菇还那样漂亮，没有人比他更漂亮。

如今回想起来，傅宣燎甚至觉得时濛发疯的样子也是可爱的，明亮上挑的一双眼睛看过来，里头含着两汪水，欲语还休的样子，倒像委屈多过愤怒了。

他其实是会委屈的，只是他不知道那叫委屈。

而让他委屈的人不敢面对，一味逃避退缩，让他这样一个有许多骄傲资本的人，面对无论如何也得不到的友情，也变得卑微如尘。

搬到这里才几个月，时濛的画作就积累了不少。

傅宣燎早前就承认时濛画得好，也因此怀疑过偷画事件的真实性，因为时濛根本没有偷的必要。所以是从什么时候开始，他用最大的恶意去揣度时濛的？

记忆倒回到最初，严苛得近乎拷问。

细想应该是五年前，以那幅《焰》作为起点，紧接着是下药，然后是那份曾被他视作耻辱的合同。

五年来，傅宣燎不断给自己洗脑，用这些事实证明时濛是个铁石心肠、冷血恶毒的人。他拼命给自己找借口——时濛偷画，时濛自私，时濛不值得被怜悯和心疼。

如今这些借口一一被击碎，回过头再看，其中从事实中产生的结论少得可怜，多的是傅宣燎自以为是地给时濛贴上的标签。

与此同时，他还在另一件事上不断给自己洗脑——

忘记等同于背叛，唯有守诺才不会受到谴责，才能获得内心的平静。

如今所谓的承诺剥开外皮，内里只有赤裸裸的利用，而他用攻击代替抵御，让原本美好的东西被下了恶毒的定义。时濛被误解，被怨恨，被瞧不起。直到一层层剥开对时濛所谓"恶毒"的想象，才发现他内里是干净剔透的一颗心。

一切都晚了，可这又该怪谁？

按照傅宣燎有仇必报的性格，得知真相后就该杀上门去，可这件事里人人都是受害者，就算受的伤并不严重，也摆出了受害者的姿态祈求原谅。

傅宣燎不是圣人，却也不会逃避责任，他希望时濛醒过神来可以恨自己，哪怕把错都归咎到他一个人头上。毕竟，恨也可以维系一段关系。

回到卧房，侧身擦过床尾，放在那里的被时濛还回来的西装不慎落地，发出咚的一声。

傅宣燎顺着下坠的那一面摸到西装内侧的口袋，掏出一颗沉甸甸的蓝宝石。完好无损的宝石晶莹剔透，链子也系在上面，傅宣燎把它握在手中，盯着看了许久，看到眼睛被折射的光刺痛，心口的酸涩如海浪一波一波翻涌。

长长地吸进一口气，自责悔恨之后，迟来的疼痛伴着久蹲的眩晕使傅宣燎眼前阵阵发黑。

这心疼虽然陌生，但他很清楚不是为了自己。

傅宣燎想起时濛收到这颗蓝宝石时眼睛发亮的样子，明明只是一件并不日常、过分华丽的饰品，明明以他的能力买十颗这样的宝石都轻而易举，他却到哪里都要戴着，时不时用手轻轻摩挲，当真把它当作独一无二的宝贝在珍惜。

小蘑菇翻山越岭，披荆斩棘，没晒过几天太阳，却淋了那么多的雨，到头来什么都没得到，现在连一颗别人随手赠予的破宝石都不敢要了。

傅宣燎又想起那天的清晨在海边，警察问时濛这样做图的是什么。

图什么呢？他不过是在捍卫自己的正当权益而已。

夜深人静，傅宣燎点燃一支烟，站在窗前，看着手里明灭的星火，和袅袅飘起的白色烟雾。

这包烟还是高乐成很久以前丢在这里的，傅宣燎拿给时濛，时濛没要，丢在床头柜里放到了现在。

手指夹着烟送到嘴边，傅宣燎学着时濛的样子，抿着烟嘴吸气，然后被呛得头晕眼花，窗外的灯火都看不清。

可他还是吸了一口，又一口，让浓烟充斥双肺，近乎疯狂地折磨自己。

闭上眼睛，梦里的情景还历历在目——黑暗中，他看见一颗火星燃起，掉入野草丛生的荒地，见风就起了燎原之势，像极了在海上烧毁那幅画的场景。

当时，失去的恐惧和茫然侵占了他全部的心神，迟钝的痛直到这样一个孤寂的深夜，才沿着脊背爬了上来，疼得钻心。

他想，这是报应，是他把人弄得遍体鳞伤的报应。

这世上当真一报还一报，先前嘴硬烧了时濛的画，时濛就用另一幅来让他感受失去的痛苦，在他身上的锁链终于被斩断，再不用自欺欺人的时候。

傅宣燎夹着烟的手指开始不住地颤抖。回忆如涨潮的海浪汹涌而来，全然不管傅宣燎是否招架得住，又如平地乍起的惊雷，每一声都有如山崩地裂。

他们可以拥有的好时光，全都消磨在那些背叛、恶言和针锋相对里。

在一切被画上句号的情况下，他才发现真相，这何其残忍。

他又吸了一口烟，像吸进了夏末晚风里所有的凉气。然后任由烟头在手里越烧越短，直到灼伤皮肤，熏出浓墨般的黑色，企图让这份痛感盖过其他的，让自己保持清醒。

心脏随着痛不住地收缩，掌心还残留着在海上握着时濛手腕的触感。

那是时濛最后一次发疯，从时濛把手抽走的那一刻，或者在更早的时候，他就握不住了。

傅宣燎惊惶失措却又足够清醒地想：怎么办？小疯子不疯了。

后半夜，傅宣燎强迫自己又睡了一阵，总算养回来一点精气神。就是咳得厉害，证明烟草的威力不容小觑，至少时濛这烟是戒对了。

清早，傅宣燎一边咳嗽一边给时濛收拾换洗衣物，打算等下送去医院。

这些天消极怠工，公司那边压着一堆事等着他处理，今天无论如何也要去一趟公司。

他先通过电话把能交给下属的都安排好，想着到时候露个面把重要的事处理完就撤，其他还需要商讨的可以安排视频会议。

想起昨天在公安局，时思卉同他打的赌，傅宣燎的心不由得沉下去。

"原谅"二字谈何容易？

从前，他总觉得时濛含着泪的样子像在忏悔，现在才知道该忏悔的其实是他自己。

光是将犯过的错弥补，就得拼尽全力，还得看当事人愿不愿意。

傅宣燎苦中作乐地自嘲——好好的一朵小蘑菇，你把他气走了，现在又后悔，想和人家交好，老天不折腾你折腾谁去？

他收拾好东西，刚要走出房间，视线一扫，瞧见书架上的几支画笔。

想起去年时濛在生日那天来到这里，看到这几支笔生了一场小气，傅宣燎紧绷的表情稍稍松弛，旋即莞尔。

他走过去，伸手将所有笔一把握住，拿了出来。

扔进垃圾桶的动作毫不犹豫，咚的一声，若说昨晚这声响引导他直面内心，如今这声响就在提醒他挥别过去。

垃圾桶盖关上，他将年少时与时沐的错位友谊彻底封存。

说来凉薄，傅宣燎自认曾把时沐当成最好的朋友，不过从很久以前开始，他的心就在悄悄释放关于时沐的一切。尤其在得知时沐做过那样过分的事、撒过那样恶劣的谎之后，仅有的一点"背叛"的愧疚也被尽数排空。

傅宣燎从未打算用看错人为自己开脱，他想，就当是我变心了吧，就当我为傅家、为旁人活了那么久，总该轮到我自私一回。

时濛住院期间，江雪寸步不离，别说傅宣燎，连李碧菡都没能再见他一面。

也不是没想过用手段强行闯进去，可到底不想打扰他养病休息，于是所有人都等着，一等就是一个多星期。

这天，傅宣燎给陈警官打电话，询问案件进度。

陈警官说，由于时思卉的家属并未继续阻拦调查，目前检方已经正式介入，正约谈被害人详细了解事情经过，不日便会起诉。

当得知约谈时间正是今天下午，傅宣燎把方向盘大转向，刚从医院出来又直奔医院而去。到住院部却扑了个空，护士说这房的病人刚办完出院手续。

傅宣燎知道时濛成心躲避，却也没想到他能做到这个地步。

开车前往检察院的路上，他害怕又生气，怕时濛就这么跑了，气自己盯得还不够紧，这都能盯丢。

好在他脚程快，到了检察院停好车便直奔里头去。

傅宣燎正和工作人员解释自己的朋友在里面，余光忽地瞥见楼梯方向出现了两个人。

从楼上下来的正是时濛和江雪。

时濛刚出院，脚步还有点打飘，却坚持左手撑着扶手，自己走楼梯。

他走得很小心，低头专心看台阶，直到看见前方出现一双穿着皮鞋的脚，才意识到碰见了谁。

四目相对，傅宣燎不动声色地站在那儿，只是看着他。

时濛好像又瘦了，长袖几乎盖住手背，右边露出纱布包着的手，不知身体恢复得如何。头发也长了不少，细碎的一层刘海儿遮住眉毛，显得他眼睛更大，眼神却是放空的，没有曾经的期待和渴望。这让傅宣燎已经落到底的心又下沉几分。

江雪拉着时濛打算绕开："我们走，别理他。"

时濛却没跟她走，说："等一下。"

江雪只好先退到一旁，等他俩把话说完。

静默持续了几秒，傅宣燎开口都怕唐突了他："案子……我是说时思卉主谋的那个案子，还顺利吗？"

时濛思忖了一阵，才点头："嗯。"

过了一会儿，他又补充道："谢谢。"

即便没说，傅宣燎也知道他谢的是那场海上绑架案，傅家主动撤案，警方不再追究。

可是，傅宣燎心知肚明这不是绑架，所以他说不出"不客气"，也"嗯"了一声，说这是应该的。

两人以前所未有的正常状态说着无关痛痒的话，平静到傅宣燎以为事情就这样结束了。

他们吵过闹过，也弄伤过对方，虽然傅宣燎没打算逃避责任，可那么多阴错阳差、命运捉弄，总不能让他一个人承担后果。

他像每个怀着侥幸心理的赌徒，寄希望于这把逆风翻盘，一切以此为起点，重新开局。

"出院怎么不告诉我？"傅宣燎问。

时濛不回答。

傅宣燎权当他默认，稳住呼吸，接着说："那……回家吧。"

这回时濛给了反应，他没有回应傅宣燎的话，而是说："放在你家的东西，我不要了，扔掉吧。"语速很慢，每个字都清晰有力，更显得时濛曾经的冷静全是强作镇定，而现在的则是毫无情绪波动的冷静。

这是傅宣燎无法打破的一种冷静。一时间，他找不到应对的方法，愣在那里，直到时濛从身侧走出去两三米，突然停住脚步。

目睹时濛折返回来，傅宣燎眼中流露出类似失而复得的惊喜，他迎了上去："我……"

他想说的有很多，最想让时濛知道的还是——

我错了，你别生气。哪怕暂时不想原谅我，也不要生气，不要惩罚自己。你那么好，谁都不该让你生气。

可是，时濛没给他机会。

时濛从口袋里掏出一沓百元纸钞，递了过去。

傅宣燎正看着这不知是何用途的钱愣神，听见时濛说："你西装口袋里的，之前被我挪用了。"用来买了刀、绳子、打火机，还付了去海边的车费。每样都是在为那场声势浩大的告别做准备。

所以，时濛认为没必要多费唇舌，只将钱塞回傅宣燎手中，用很轻的声音说："我们两清了。"

从检察院出来，时濛便坐上江雪的车，往她家去。

"我给你煲了猪脚汤。"江雪边开车边说，"吃哪儿补哪儿，到家先喝一碗。"

短时间内两次听到"家"这个字，时濛有点反应不过来，下意识道："不用这么麻烦，我住两天就走。"

江雪一愣，问道："走？走去哪里？"

"枫城外面。"时濛说，"去其他地方看看。"

"可是你的手还没好。"

"复健在哪里做都可以。"

"那你不念研究生了？"

"和马老师说过了，以后邮件联系。"

"钱呢？股份你不肯要，一时半会儿又没法画画……"

"我把车卖了，还有一些作品，拜托雪姐帮我处理掉。"

时濛显然都打算好了，江雪再没什么可问的，沉默半晌后，嘟囔道："敢情你压根儿没打算征求我意见，就通知我一声啊。"

这是不高兴了。

时濛呼出一口气："雪姐，我不能再帮你赚钱了。"

江雪瞪他一眼："你以为我对你好是为了让你帮我赚钱？"

"我知道不是。"时濛垂眼，"可是其实我已经……"

已经没有期待了，对任何人任何事。

"好了好了，你知道就行。"江雪对他要说什么心知肚明，生怕他真的说出口，匆忙换话题，"不在枫城也好，这里环境污染太严重了，有没有想到去哪儿？"

时濛摇头："还没。"

"那不如去浔城，我老家。"江雪推荐道，"风景优美，空气清新，最适合养病。"

时濛眨眨眼睛，扭头看向江雪。

"这么看着我干吗？"江雪理直气壮地说，"我也是为了自己，我刚好在那儿买了房，本来打算养老用，现在以市场价租给你住，你要还是不要？"

时濛原本没打算再麻烦江雪。他住院这段时间，江雪忙前忙后地帮他打点，除了回家拿衣服几乎没离开过医院，还帮着他跟进警方那边的调查，不可谓不辛苦。

虽说时濛不太通晓人情世故，但到底不喜打扰别人的生活，按理说现在出院了，无论如何也不该再麻烦她。

可是，江雪性子要强，又热情过头，到了家就翻出照片和视频给时濛看，问他满不满意。

"独门独院，南北通透，采光无遮挡，周围设施一应俱全，又没有市区里那么吵闹……装修可花了大价钱，这些小摆件都是我亲自选的，还有你的画……出门走两步就是河滩，真正的亲近大自然，无论散步还是写生都很方便。"江雪犹如拼业绩的房产中介，将这房子360度无死角夸了个遍，让时濛有心拒绝也挑不出什么毛病。

他想找的确实就是这样一处住所，安静，无人打扰，不需要所谓的意义，就可以漫无目的地活下去。

看出时濛对这房子感兴趣，江雪放出撒手锏："而且你也知道我有多忙，除非到退休养老，平时根本不可能去住。"

这一点时濛是清楚的。况且除了工作，江雪最近还和高乐成确定了恋爱关系，除了逢年过节，根本没时间往浔城跑。

"你就放一万个心。"江雪敏锐地察觉到时濛的担心，举起双手自证清白，"男人可以换，朋友不可背叛，就算我跟他结婚了，也不可能给他机会向别人通风报信！"

最后的疑虑打消，时濛的去处就这样定了下来。

之后几天，用来收拾行装。

其实没什么好收拾的，时濛不打算回时家，也不打算去傅家拿行李。江雪干脆给他置办了几身秋装，又抽时间逛网上家电城，给浔城的养老之家添置了垃圾处理器、洗碗机、扫地机器人等新潮家电。

对此，时濛表示没必要："我的手可以干活。"

江雪竖起食指摇一摇："这跟你能不能干没关系，我只想做个好房东，让房客真正拎包入住。"

于是，当第一片树叶从枝头掉落，枫城人一夜间迎来秋天的时候，时濛准备出发了。

走之前，江雪把手机递给他："你的，早修好了，看你不想跟那些人联系，就暂时没拿给你。"

是时濛原先在用的那部手机，上一次用它是在郊区某废弃仓库外的大雨里。

踌躇片刻，时濛到底接了过来。他答应道："有事会打你电话的。"

江雪撇嘴："有事才给我打电话？没事也给我打，听到没？"

时濛应下了，长按电源键，开机后刚要揣回兜里，手机就响了起来。

以为是某个不识相的人打来的，江雪凑过去看，见来电显示界面上的"孙老师"三个字，皱眉道："他找你干吗？"

时濛摇头，表示不知。

铃声响了很久，停下之后又打来，时濛到底还是接了。

通话时长不过几秒，挂断后，时濛的神情有些茫然。

"怎么了？"江雪问。

愣怔好半天，时濛才回答："杨幼兰，自杀了。"

事情还要从李碧蔺上门闹事说起。

在旁人看来，她只是作为正室去丈夫养在外面的"小三"面前立个威，知情者也只当她是去讨个说法，顺便发泄积压多年的怨气。不承想，李碧菡当天是有备而去的，口袋里藏着录音笔，包口塞了小型摄像机，把和杨幼兰争吵的全过程都录了下来，转头就找了个律师，将她告上法庭。

对此，时怀亦表示不赞同："都过去这么多年了，何必旧事重提？"

李碧菡冷笑："都是你儿子，你当然觉得没必要。可是，濛濛是我生的，我必须替他做主。"

"你问过他了吗？他需要你做这个主吗？"时怀亦劝道，"二十多年了，这事根本追究不出结果，我看不如撤诉吧，思卉那边也找几个厉害的律师帮她辩护。这事已经闹得很难看了，你想全枫城的人都来看我们时家的笑话吗？"

看着这个满脑子"家宅和睦"的男人，李碧菡前所未有地感到心寒。

"这事不需要问谁，是我这个当妈的应该为他做的。"她掷地有声道，"思卉犯了错，就该承担责任。至于能不能还我儿公道，那是我的事，与你无关。"

李碧菡继续调查当年的事，一面起诉，一面收集证据。

这件事这么久没有爆出来先是因为无人怀疑，后来是因为被有心人隐瞒。幸运的是，如今按图索骥，竟发现不少有利的线索。

比如，当年就算在同一家医院，凭杨幼兰一己之力的确没办法做到神不知鬼不觉地将两个新生儿调换，而作为她的"护花使者"，孙雁风的名字闯入视野的那一刻，众人竟毫不意外。

连江雪都在调查过程中提供了信息，说孙雁风曾在偷画事件爆发时，指认时濛的画风与时沐相似，有意引导舆论，让大家认为时濛妒忌时沐的才华，才做出这样的事。

李碧菡势单力薄，傅家主动帮忙参与调查。

等他们找到孙雁风的时候，他正守在杨幼兰家中，像是知道他们的来意，让他们在外面等一会儿，说把粥熬好就去自首。

孙雁风将全部责任揽到自己身上，说换孩子是他一个人的主意。

"幼兰她没读过什么书，跟了时怀亦之后一心想当他的正室夫人，可惜时怀亦对她从来就没有认真过。后来她流了产，又怀上了沐沐，我看她整天以泪洗面，担心孩子过得不好，就动了调换的心思。"

傅宣燎虽听得恼火，但到底没失了理智："我知道你想将罪名一力担下来，可是到法庭上讲究的是证据，当心护人没护住，反而落个包庇的罪名。"

被问到《焰》的事，孙雁风仍旧是淡淡的语气："两个都是我的学生，问到我头上，我只能如实回答，说他俩的画风的确相近。"

显然是仗着时沐不在世，死无对证，怎么说都可以。

傅宣燎问："画上的署名是后加的吧？那墨迹和画作本身不同。"

孙雁风目光闪躲，待意识到是在诈他，很快就恢复镇定："既然画已经没了，再追究也不会有结果。我也心疼濛濛，不然何必将他的照片给你们？这些年我待他如何，你们问问他便该知道。"

"待他如何？"李碧菡反问，"你助纣为虐改写他的人生，如此深重的罪孽，以为事后补偿便能一笔勾销？"

孙雁风沉默不语。

面对害了自己二十多年的人，李碧菡情绪自是没办法稳定。她怒视着孙雁风，上前问他怎么担得起时濛叫他一声"老师"，问他午夜梦回怎么不怕恶鬼缠身。

"难怪啊，你对沐沐那么上心、那么好，连时怀亦都不知道这事有你一份，还当你对时家有恩。"李碧菡怒极反笑，"有恩？分明是恩将仇报吧，你和杨幼兰当真一个比一个心狠。"

孙雁风又开口替杨幼兰解释，说她其实很疼时濛，就是刀子嘴豆腐心。

李碧菡听得咬牙切齿："濛濛来时家那会儿有多瘦，我没眼睛看吗？她自己都说恨不得濛濛死！"

杨幼兰就是在这个时候自杀的。

"当啷"一声，刀子落地。

孙雁风闻声进到房间里，看见杨幼兰一条胳膊垂在床边，地面上一摊血，吓得他不复往日的镇定，忙把人抱起来送往最近的医院。

在场的所有人都跟了去，并非担心杨幼兰的死活，而是怕她还没接受到应有的惩罚，就这么死了。

因而时濛赶到医院时，所有人都很惊讶，包括刚抢救过来躺在病床上的杨幼兰。

其实他并不是来见谁的，只是听说了这件事，觉得自己有必要来看看。他没理会迎上来的李碧菡，注意力也没分给旁边站着的傅宣燎，也没问孙雁风为什么给他打电话，而是不紧不慢地走到床边，低头看了一眼杨幼兰扎着针的手背。

枯瘦羸弱的她，让他没来由地想起当年时沐生病，她曾求他救救时沐，又在时沐死去后，哭着诅咒他"为什么死的不是你"。

她还在将他送到时家之后，不断提醒他喊时沐"哥哥"，却又在时沐的祭日因为不能去扫墓，随心所欲地拿他撒气。

同时被记起的，还有年前那顿一起包的饺子，去年生日前夜她立在萧瑟秋风中目送他的眼神，以及小时候住在城郊漏雨的房子里，她也曾在寒冷的冬夜为他盖上厚被，焐热他冰冷的掌心。

温情是偶尔的，绝大部分时候是冷漠凶横。

如今她落得这般下场，时濛以为自己会快活，会仰天大笑，会说她活该，可真正看到她狼狈的模样，时濛心里如同死水般平静，一丝波澜都不起。

他也无心过问她自杀的原因，横竖与他没什么关系。

"你……也是来看我笑话的？"杨幼兰倒是一点没变，还是那副刻薄嘴脸，"你走，不要你看，跟你有钱的亲爹亲妈快活去吧！"

时濛扭头便走，权当没看到她红了的眼圈。

反正该确认的也确认完了，他对这个好像所有人都亏欠他，都殷切地注视着他、渴望得到补偿机会的世界，早就没有留恋。

到楼下，李碧菡追了过来，从包里拎出一只小小的保温桶。

"妈妈……不，我给你煲的汤，有利于断骨恢复，今天才有空闲，本来打算亲自送过去的。"她小心翼翼，看向时濛的眼神热切得令人无法忽视。

她说："无论你信不信，五年前那幅画的事，我确实不知情。"

当年，李碧菡虽怨过自己的儿子去得早，而别人的儿子好好地活着，但从未因此生过歹心，她的教养与道德底线不允许她那样做。

"其他的，那位姓江的小姐应该都帮我传达了。"像是知道时濛要走，李碧菡长话短说，"最近在处理一些事情，等结束了，就去陪你。"然后，不由分说将保温桶塞到时濛怀里。

开门上车，江雪看见时濛手上的东西，猜到是谁给的，反而松了口气。

"也是猪蹄汤吗？"她边发动车子边问，"待会儿分我一口呗，肯定比我做的好吃。"

时濛不置可否，把保温桶放在膝盖上，指腹摸到一片凸起，垂眼看去，是保温桶壁上画着的一只小兔子。

他认识这只兔子，小时候刚到时家那会儿，每天写完作业，他都会窝在房间，看这部以这只兔子为主角的动画片。

保温桶显然是新买的，盖子上刻着一个瘦金体的"濛"字，说明是专门给他用的。

时濛低头看了许久，假装没察觉后头跟着一辆看起来很眼熟的车。

江雪也发现了，看了好几次后视镜，问道："他不会是想把你劫走吧？"

好在虚惊一场，傅宣燎的车只跟他们到小区门口，就停在路边不动了。

上楼的时候，口袋里的手机振动，时濛左手拎保温桶腾不出空，到江雪家里就忘了，晚上睡前看时间才注意到有条未读短信。

发件人被手机机主备注为"001"，内容只有三个字——"对不起"。

看了短短几秒，他便退出界面，将手机放到一边。

约莫三分钟后，他又摸黑拿起手机，打开通讯录，将排在第一的"001"三个数字去掉，直接显示手机号码，并摸索半天，做了拉黑处理。

9月最后一个星期，时濛终于搬进了位于浔城的新居所。因为走之前去了医院复查，右手还缠着固定绷带。他没让江雪跟来，所幸带的东西不多，一个下午就整理完了。

晚上站在二楼卧室的阳台上，任由河边略带湿气的风吹在脸上，时濛深吸一口气，从内到外都焕然一新。

起初几天，其实不太习惯，尤其是早上起床身边没有人，也摸不到那件跟了他许多年的毛衣，难免有些不适应。后来买的画架到了，睡前时濛尝试用左手做速写练习，让身体变得劳累，睡眠质量便会好一些。

忽然拥有了大把时间，时濛开始学做饭。

虽然他本来就会做，但略懂皮毛和游刃有余到底有区别，这回他不再急于求成，开始追求填饱肚子以外的东西，比如色香味，比如精致度。

有时候做出一盘卖相不错的菜，时濛第一反应不是拿筷子开吃，而是捧到画板前，先来一幅速写，再慢慢品尝。

总之，人要让自己忙碌起来。

李碧菡的包裹，就是在他差不多适应了这样的生活的时候寄过来的。

时濛知道自己的行踪迟早会被发现，只是没想到这么快，所以看到寄件人姓名之后，故意放着没有拆。

过了两三天，又来一个包裹。

时濛把它们放在玄关处的架子上，每次经过都能看到。

某天晚上下楼倒水的时候又看到，时濛终于忍不住，把它们夹在臂弯里带到了楼上。

其实里面没什么特别的东西，除了一包长得像虫子的花籽、一袋他小时候喜欢吃的牛肉干，就只有两封信。

李碧菡在成为全职太太之前是语文老师，字娟秀漂亮，读起来也颇有美感。

她会在每封信的开头写"见字如晤",然后向时濛讲述最近的生活琐事。语气熟稔得像认识多年的老朋友,却又保持着适当的距离,不催问时濛什么时候回枫城,只闲话家常般地告诉他"家中院子里的菊花开了",还有"我已提交离婚申请,不日将与你一样,恢复自由身"。

时濛从信中得知长相奇怪的花籽来年可长出金盏花,他不喜欢浪费,外面的院子里正好有大片空地,就找来小铲子,将它们埋进泥土里。

第三封信来的时候,时濛刚收到江雪打来的电话。

"那个叫时什么卉的,今天开庭审判,少说要判个五年。还有那个杨什么兰和孙雁风那个臭东西,一块儿被抓。你那便宜爹才知道姓孙的也参与了当年的事,找人把他揍了一顿,他挂着彩进去的,真是大快人心!"

似在听着别人的故事,时濛嘴上"哦"了一声,脑袋里想的却是别的事。

这晚他睡得不太安宁,一觉醒来时,外面的天还黑着。

他下了床,打开灯,拆开今天收到的信。

鹅黄色的信纸,有种初秋的清爽感。

李碧菡和往常一样,讲了些身边发生的事。关于离婚只用两句话匆匆带过,由于涉及复杂的财产分割,看得出来不太顺利。

不过她似乎并不担心,她在信的最后说:"我不相信轮回宿命,但我信本该属于我的,总有一天会回到我身边。"

属于我的……似有感应,时濛在心中默念。

就在此时,楼下响起敲门声。

时间刚过十一点,时濛蹑手蹑脚地下楼,走到门边时,透过猫眼往外看,太黑了,什么也看不清。

倒是外面的人,知道他在门口似的,出声道:"还没睡吗?我看见楼上亮灯了。"

时濛被突如其来的声音吓得后退,不慎碰到堆在门口的纸箱,发出一阵嘈杂声。

猜想得到验证,门外的人笑了,声音低而沉,是时濛曾经熟悉的频率。

他没让时濛开门,也没说怎么找到这里的,而是先道明来意。

"我后来想了想,道歉还是当面比较有诚意。"他说,"而且再过一个小时就是星期六,不连夜赶来,又要错过一个星期。"

来到浔城之前,傅宣燎去时家走了一趟。

白天,时思卉主谋的案子开庭审理,被害人自是没到现场。

幸而检方负责，被害人家属也就是李碧菡，还请了律师协助，庭审过程很顺利，当庭宣判的结果也与预期差不多。

时思卉没再提起上诉，她戴着手铐背对观众席，离场的时候也没有转头往这边看一眼。

傅宣燎知道李碧菡哭了，为了给儿子公道把女儿送进监狱，这种事不是一般的母亲能承受的。

散场后，他主动送李碧菡回家，车上同她说起打算去浔城找时濛的事，虽未得到赞同，却也没遭到反对。

"濛濛离开枫城，应该是想一个人静一静。"既然他已经查到时濛的去向，李碧菡自知阻止不了他，只说，"我这个当母亲的太失败，可我终归是个母亲，只希望孩子过得好。你若真把他当朋友，就顺着他点儿，别再让他难过。"

傅宣燎郑重地应下了。

到了时家，经允许，傅宣燎和阿姨上楼去时濛的房间，看看有什么可以给他带过去的。

傅宣燎刚进时濛的房间，就听到楼下传来吵嚷声。

原来是时怀亦回来了，近期他被离婚官司弄得焦头烂额，听说时思卉被判了刑，更是火冒三丈，回到家就同李碧菡吵了起来。

"思卉坐牢了，这下你满意啦？要不是你非要把濛濛的股份拿走，哪来这么多事？"

"我承认我有做错的事，可是时怀亦，你摸着良心想一想，要不是当年你……"

"当年你也是接受了的，现在翻旧账？"

"事情弄到如今这地步，你真的一点责任都没有吗？"

"我还不是为了这个家！哼，濛濛也是不懂事，自己的亲姐姐都不放过，但凡他不配合检方，或者说点好话……"

"他凭什么替伤害他的人说好话？"傅宣燎从楼上下来，"一切按法律程序办事，还请您不要妨碍司法公正。"

似是没想到家中有外人在，时怀亦先是一愣，继而笑道："你们现在一个个道貌岸然的，联合起来对付我，是不是忘了把濛濛推向绝境，也有你们的功劳？"

一句话就将傅宣燎堵得哑口无言。

临走前，傅宣燎上到顶层阁楼，在时濛常坐的窗台边站了一会儿。

家里阿姨走进来，拜托他带些吃的给时濛："这是我和夫人一起准备的，都是二少爷爱吃的。"

傅宣燎接过纸袋，低低应了一声。

阿姨没着急走，顺着他的目光看向阁楼的窗台。

"以前每个星期六，二少爷都会坐在这里。"她微笑着说，"双眼一直往外瞧，期待得不得了。"

根据阿姨的描述，傅宣燎眼前浮现时濛坐在窗台边，脑袋抵着玻璃窗的画面。看似漫不经心，实则竖起耳朵留心外面的一切动静，尤其当听到汽车驶近的声音，他便立刻抻长脖子朝道路路尽头看，如果出现的是那辆他熟悉的车，漂亮的眼睛便会倏然亮起。

在一切尘埃落定的当下，这份错失更令人心生酸楚。

似是看出傅宣燎的痛苦，阿姨温声道："二少爷算是我看着长大的，如果你还有遗憾，与其后悔懊恼，不如付诸行动。毕竟时间过得那么快，转眼又是秋天了。"

傅宣燎便打起精神，动身前往浔城。

路上接到电话，听说他已经出发了，高乐成咋舌道："不是白天还在法院吗，怎么这么赶？"

"嗯，"傅宣燎说，"时间宝贵。"

对此，高乐成不发表意见，只提出一个要求："时二少要是问起来，你别把锅甩我头上。他的行踪，江雪可一个字都没告诉我。"

傅宣燎觉得他是多此一举，说道："我自己大费周章查到的，凭什么把功劳算你俩头上？"

"嘿，觉悟可以啊。"高乐成笑道，"那我就祝咱们傅总此行顺利！"

他想着，能见上一面都算走运。

眼看距离星期六还有不到五十分钟，傅宣燎有些心急地又敲了下门，声音却全无底气："还继续睡吗？如果不睡的话……"

来的路上傅宣燎风风火火，等到了目的地，知道时濛就在门的那一边，心里反而萌生怯意。

"如果不睡的话，出来看星星。"

秋日的夜空明净，寥落的几颗星眨着眼睛，似在远方遥望地球上这个小小角落里的两个人。

可惜，回应傅宣燎的是远去的脚步声，以及楼上熄灭的灯。

仰头盯了半晌，确定时濛睡下了，傅宣燎轻叹一口气。

虽然在意料之中，但难免有些失落。

看着黑漆漆的窗口，他用很低的声音说："好好睡吧，不要做噩梦了。"

后半夜，时濛睡得还算安稳，一睁眼天已大亮，刷牙时他看着镜子里头发乱翘的自己，开始回想昨晚是不是做了个梦。

他梦到那个人来了，说来陪他过星期六。

这太过离奇，那个人明明恨极了星期六，从来没有主动过。

时濛下楼烤了两片面包，就着牛肉干和牛奶对付完早餐，披上外套推开门。

没人，时濛松了口气。

站在门口，仿佛受到某种指引，他仰头看天，被光芒刺得眯起眼睛。

什么都看不到。因为太阳出来了，星星只能躲起来。

上午，时濛照例出门采购。

附近就有生活超市，菜品不算齐全，却胜在新鲜，这是搬来之前江雪就打听好了的，让他买菜可以就近去超市。

十分钟脚程，进超市的时候，时濛看到一群上了年纪的叔叔阿姨正在排队购买打折的猪肉。

时濛只是经过，和队伍中的邻居阿姨打了个招呼，就被拽着胳膊拉进队伍里。

"便宜好几块呢，不买血亏。"姓潘的阿姨说，"不会烧菜就剁肉馅做包子，总比你成天吃面包强。"

前后几位面熟的大爷大妈纷纷点头附和。

时濛低头看看购物篮里的切片面包，抿抿唇，在队伍里站定。

潘阿姨是住在隔壁的邻居，为人热情爽快，时濛刚搬来的时候，她就端着自家新出锅的大肉包敲门，对他表示了欢迎。

江雪这处房子果真是用来养老的，周边住的多是中老年人。

拿着退休金养老的日子轻松又简单，无非白天吃饭、洗衣，晚上跳广场舞、下棋。

慢节奏的悠闲生活让时濛也跟着慢了下来，这直接体现在他愿意花时间买打折商品，放在从前，这种事他无论如何都不会做。

队伍中的人移动缓慢。

时濛便掏出口袋里的本子和笔，用左手做速写练习。

潘阿姨凑过来看，他不甚习惯地扭身避开，就听到一阵清脆的笑声："画得蛮好嘛，干吗躲躲藏藏不给看呀？"

时濛不好解释自己的古怪习性，含混地回答："左手不习惯。"

"说起来，你的右手怎么啦？"潘阿姨便顺势问起自己好奇的事，"怎么受的伤呀？"

冷不丁提到右手的伤，时濛不由得打了个寒战。

他讨厌下雨天，极度不愿回忆那天发生的种种，因此并没有正面回应，只说是跌跟头摔的。

"骨折了？"潘阿姨瞧着他手上的绷带，眉头都皱了起来，"画画的手金贵着呢，以后千万要小心啊。"

这句提醒让时濛想起住在傅家的几个月，那个名叫蒋蓉的温柔女人也怜惜他画画的手，不让他拿锐器、干重活，见他被猫抓伤，就立刻让他去打疫苗。

事实上，时濛并不在意这些，他画画是因为喜欢，至于画得好不好，能产生多少所谓的价值，从来不是外人说了算。

即便如此，他还是希望右手能够恢复到从前的状态。

既然活着，总要找点事情将过剩的时间填满。

回到住处，江雪打来电话问他中午吃什么。

看着排队四十分钟抢来的一块猪五花，时濛说："饺子。"

"你的手还能包饺子？"江雪大惊小怪，"还是先放冰箱吧，等我给你买台绞肉机寄过去。"

"我在网上买了。"时濛说，"一会儿该到了。"

对此，江雪甚感欣慰："学得挺快嘛，之前我还以为，你这个原始人接受不了线上购物呢。"

把猪肉放在案板上，调整成一个优美的弧度，时濛有了把它画下来的欲望。

"很方便，能接受。"他告诉江雪，"我还买了个新画架，实木的，很大。"

"多大？当心进不了门。"

时濛想了想，说："应该没我大。我能进门。"

江雪在电话里笑岔了气，说，没听说过拿自己当参照物跟画架比大小的。

末了，江雪提醒他："下午要去医院复查，别忘了。"

"嗯。"

"如果，我说如果，有奇怪的人跟踪你，不要害怕，直接报警。"

时濛没问"奇怪的人"具体指的是谁，不过今天去超市和回来的路上，他的确有被人跟着的感觉，连身后的脚步声都能听见。碍于潘阿姨和他一起，不想吓着老人家，他没有回头查看，也没有拨打报警电话。

　　下午，他自己一个人出门，便没了顾虑。

　　从屋里出来，顺着人行道走到街边，拐个弯就是公交站台。

　　四周无人的时候，时濛突然停下脚步，猛然转过身去。

　　与那人四目交接的瞬间，时濛并没有感到太多意外。

　　倒是对方，直接愣在那里，表情很是精彩，半晌才快步上前，问道："吓到你了？"

　　被吓到的分明是他。

　　时濛不想说话，确认完毕便转身继续往前走。

　　到公交站台站定，那人似乎缓了过来，并把时濛的态度当成了默认，非但行事不再遮掩，还尽量轻松地同时濛搭话。

　　"午餐吃了什么？看到你买肉了，准备包饺子吗？

　　"我今天在附近的一家餐馆点了份便当，味道还不错。

　　"今天星期六，有想去的地方吗？"

　　听到"星期六"这个关键词，时濛才有了点反应。

　　他缓慢地眨了下眼睛，心想：原来昨晚所见不是梦。

　　而这类似回应的反应，如同一剂强心针，让傅宣燎备受鼓舞。

　　至少时濛没有对他的出现表现出抗拒。

　　约莫十分钟后，21路公交车停靠站台。傅宣燎跟着时濛上了车，好在手机还有电，可以扫码支付车费。

　　从小到大坐公交车的次数屈指可数，傅宣燎待在全是人的车上很不习惯，先是被突然起步的车弄得身体前栽，差点摔倒，接着又被车里的味道熏得脸色都黑了几分。

　　不过，傅宣燎到底没发作。

　　时濛找到了座位，傅宣燎便站在他身旁的走道上。

　　傅宣燎问他去哪里，时濛还是没应。他歪着脑袋看向窗外，腮帮子微鼓，不像故意不应，而像是因为坐得不舒服而没心情理人，倒是显露几分从前的脾性。

　　熟悉的模样令傅宣燎心中柔软，他想，小蘑菇分明是简单明了、不屑掩饰，这算哪门子横行霸道、阴晴不定？还好，他还有很多时间去慢慢了解，慢慢用晴天的回忆代替连绵的阴雨。他何其幸运。

一只手拉头顶的吊环，另一只手撑椅背，傅宣燎微微弯下腰，做出一个将时濛包围起来的姿势。

"回去我们可以打车，会舒服些。"傅宣燎低头和时濛商量，说悄悄话似的温声道，"或者以后坐我的车出门，你开也行。"

今天是星期六，一切听你安排。以后就算不是星期六，想去哪里，我都陪你去。

依照时濛的脾气，就算听出了潜台词，也懒得理。

这趟公交车属于城际交接班车，中途还要换乘一趟，方可抵达目的地。

下车后，看到医院的招牌，傅宣燎才明白时濛出门是为了什么。

医院普通科室周末只留一两名值班医师，挂号后时濛等了二十分钟才进到诊室里，不到十分钟就出来了。

傅宣燎迎上去，问道："医生怎么说？不用拍个片看看吗？"

时濛不说话，只低头盯着右手看，时而活动掌指关节，似在尝试某种康复锻炼。

傅宣燎问："是在复健吗？"他急于补偿，急于让时濛好起来，却又不得其法，"等我联系看看这边有没有更专业的医师，到时候再开始也不迟。"

时濛移开视线，不置可否。

回去还是坐公交车。这回两人都有座位，并排连座。傅宣燎坐在靠走道的位置，看着时濛艰难地活动右手，弯曲，伸展，再重复，简单的动作让他出了满头的汗，痛得嘴唇煞白。

傅宣燎见了心疼又着急，怕他一直练会伤了自己。他从口袋里掏出昨天路上买的润喉糖，问他要不要吃点休息一下。

原以为时濛还是不会理他，不承想时濛竟抬手，从他手心里拿走一颗。

还没来得及高兴，傅宣燎发现时濛拿走了，却没有拆开包装。他低头看了看自己尚不能做大动作的右手，把糖捏在左手心里，轻轻握成拳。

意识到时濛的手不方便，傅宣燎立刻帮他拆了一颗。

时濛却没再接，别过头看向窗外，握拳的手小幅抖动，不知是因为体力不支，还是因为公交车驶过不平整的路面，让身体也跟着微颤。

秋天昼短夜长，出门时太阳高悬，回到出发的站台时，夕阳余光已铺了满天。

很快，快到不过从站台走到河滩的工夫，夕阳就收敛了大半光芒，四周暗了下来。

时濛走在前面，脚步声很轻，伴随着流水的细微响动。

他依旧双手插兜，身形修长，影子更长，透着一种莫名的倔强。

傅宣燎惊觉，自己虽有心理准备，但还是把事情想得太过简单。

哪怕一切都比他想象中顺利，时濛没有生气，没有抵抗，甚至没有赶他走，可这并不等于接受。

他们之间的关系从一开始就是畸形的，后来错位的事一件连着一件，多米诺骨牌似的一塌就是整片，哪是一句"对不起"，或是一厢情愿的付出、自作聪明的接近，就能轻易扶回正轨的？

就在这个时候，在前面走着的时濛忽然停住脚步，转过身来。

隔着五米有余的距离，他终于开口，对傅宣燎说了今天的第一句话。

"你确认完了吗？"

"什么？"

"你不是来确认我能不能画画的吗？"时濛将缠了绷带的手从口袋里拿出来，展示给傅宣燎看，连带着手心里已经化开的糖，黏得让人恶心。

"是的，不能画了。"声音很冷静，犹如宣读给自己的判决书，"非但不能画画，还不能开车，连拆塑料包装都不行。"

傅宣燎喉咙发紧，说道："我不是……"

他想说，我不是那个意思，我不是来确认这些的。

时濛并不给他反驳的机会。

"满意了吧？"似要一口气把今天没说的话都补上，时濛喘息微急，自问自答道，"应该满意了吧。"

一句音调低下去的话语，就让刚才还软着的心连带着仅存的一丝侥幸被冰雪封锁了。

傅宣燎感觉到它在急速下坠，之后轰然发出碎裂般的嗡鸣。

因为，他们一直是敌对的关系。

敌人之间，没有信任，只论输赢。

时濛受了伤，已经举起白旗，将自尊碾成粉撒进海里。

他自然将傅宣燎追到面前的举动，视作一场胜利者的狂欢。

他以为傅宣燎是来看他的笑话的，根本不相信傅宣燎对他抱有善意和怜惜。现在不信，以后也不信。

所以，无论傅宣燎做什么都是徒劳的，时濛只会说"不需要"，还有"你赢了，放过我吧"。

听到这样的话，此刻，傅宣燎觉得自己才是失败者。

失败到哪怕举手投降，哪怕捧上一颗真心，虔诚地表明心迹，时濛也只会恍若未闻，全不当真。

他才是输了的人。输得一败涂地，输得惨烈又彻底。

这晚，时濛真的做了个梦。

他梦到自己躺在冰冷的地上，眼睛被蒙住，什么都看不见。

视觉以外的其他感官在黑暗中变得敏锐，他听见脚步走近的声音，旋即感受到右手传来的钻心刺痛。

他想逃跑，可是手脚被缚，动弹不得；他想呼救，可是张开嘴却发不出声音。

他痛到清醒过来，举起右手，发现使不上力，连笔都拿不稳。

躲闪不及的恐惧蔓延开来，时濛睁大眼睛看着，呼哧呼哧地喘气，宛如走到绝境又经人提醒前面是死路，他偏要垂死挣扎向前走。

用来画画的手受了伤，怎么可能无动于衷？

伪装出来的云淡风轻不只是为了给别人看，更是为了蒙蔽自己。

时濛把脸埋进裹着绷带的掌心里，一面唾弃自己落得如此下场还能苟且偷生，一面劝自己既然活了下来，为何不得过且过地活下去。

反正都是欺骗，都没区别。

早上起床，时濛来到楼下，和昨天一样烤了两片面包，用左手慢吞吞地煎了个鸡蛋，夹一片生菜在里面，咬下去的时候便尝不出煳味了。

吃完，脸色好了些，身体也不再发抖，像是低血糖的症状得到缓解，他又有了活着的理由。

昨天的肉包完饺子之后还剩下一些，绞肉机弄成肉丝刚好够炒一顿，时濛打算去买些配菜。

打开院门前，时濛隔着铁栅栏左右张望，清晨的街上行人稀少，几位早起的老人在路边的空地上打太极，一切宁静如常。

浔城比枫城纬度高，秋天都要冷上几分。

经过街边热气腾腾的早餐店，时濛看着袅袅白烟升起，不由得裹紧了身上的大衣，被热情的老板娘招呼，犹豫片刻后还是走了进去，要了杯豆浆。

店面不大，三五个客人在里头就餐，桌上多摆着包子、面条。

老板娘刚给一桌客人把馄饨端过去，边往收银台走边在围裙上擦手，问时濛："不来点主食？"

时濛摇头，说道："吃过了。"

老板娘了然，将煨在炉上的水壶提起，熟练地抄过一个纸杯。

壶身倾斜，冒着热气的豆浆自壶嘴灌入杯中，直到米黄色的液体接近杯沿，盖上盖，装袋，再塞一根吸管。

递过袋子的时候，老板娘脸上仍带着亲切的笑："我听潘婶说，你会画画呀。"

时濛素来不擅长与人交流，手心握到暖乎乎的东西先是一愣，反应慢了一拍就被对方当成了默认。

看着不过四十来岁的老板娘长了张圆脸，笑起来有两个酒窝，让人说不出拒绝的话。

她抬手指了指面积不大的店铺里空着的那面白墙："这店面打算翻修，正愁这面墙太空。我们全家都不懂审美，不如你给我们设计设计，画幅画挂这儿？"

从超市回去的路上接到江雪的电话，时濛把这事同她说了。

"人家拜托你，你就答应了？"

"嗯。"

"谈酬劳了吗？"

时濛报了个数。

电话那头的江雪边翻白眼边说："他们肯定不知道，你的画在拍卖会上都是七位数起拍的。"

"没关系。"时濛说，"我现在画得没有从前好了。"

废了手的画者，如同断腿的田径选手，即使有再多的抱负也没了用武之地。

电话那头的江雪沉默片刻，然后说："只要还想画就行，接点没什么压力的活儿也好，就当复健了。"

时濛知道江雪常给他打电话是为了确认他安全无虞，虽然他并不知道自己何时表现过轻生倾向。

他只能说："雪姐，我在这里一切都好，你不用担心。"

江雪装作没听懂他的话，说道："我现在不是担心你，而是担心那个谁去找你，惹你心烦。"

思及昨天发生的种种，尤其是傍晚的短暂对话，一张失魂落魄的面孔倏然出现在时濛的脑海中。

时濛垂眼看地面，说："他走了。"

"真的？"

"嗯。"

"你跟他打过照面了？"

"嗯。"

"话说在前面，你的行踪不是我和高乐成透露的，是他自己查的。"

"嗯，我知道。"

像是觉得不可思议，江雪又问："你真的报警了？"

"没有。"时濛回答。

知道他不愿提起，江雪也不多问，将话题转向了别的："不过，我听说他去之前和你生母见面了，还去了趟时家。这家伙大老远跑一趟竟然什么都没给你捎带？"

怀揣着疑问，时濛回到住处后在院子里转了两圈，窗台前、栅栏边、石桌石凳下，连临时用砖头砌的花圃旁都仔细查看过，什么都没有。

想着昨天那人也两手空空，时濛没多想，只当他心血来潮随便跑一趟。毕竟今天已经是星期天了。

中午做了个青椒炒肉，左手不便，放多了盐，不过很下饭，时濛多吃了半碗。

下午过了午睡的时间点，隔壁潘阿姨来敲门，递来一个圆滚滚的柚子。

"我们家伟带回来的，个大新鲜，皮薄汁多，你拿去尝尝。"

家伟是她的儿子，二十出头的年纪，浔大在读研究生，副业玩摇滚。每逢节假日，时濛都能听到他撕心裂肺的歌声。

双手接过沉甸甸的柚子，时濛道了谢，潘阿姨笑道："客气什么呀！话说，我也没想到早餐店的老板娘当真开口跟你要画，还以为她说着玩呢。"

原来是为了这事。

这种只有镇那么大的城中村，最显著的特点就是邻里关系紧密，上午刚发生的事，下午整条街的人就都知道了。

时濛说："她给我酬劳了。"

"是不是给你发了一沓早餐券抵现？"潘阿姨一看时濛的表情就知道，"老小气了，亏我跟她夸了半天你画得有多好。"

时濛大概能猜到她是觉得不好意思，觉得给他添了麻烦，自己只好尽力地告诉她并不麻烦。

"这么大的画纸。"时濛用手臂画了个圈，比画道，"我已经起草一半了。"

潘阿姨对画画这事没概念，听完他描述，咋舌道："这么大张纸，得画到什么时候啊？"

两个思维习惯截然不同的人你一言我一语，通过耐心沟通，到底把问题解决了。

"你的意思是，这画纸用现在的画架铺展不开？"

时濛点头："是的，不过我买了新的，就快到了。"

潘阿姨这才放了心："这么大张纸，画架也不小吧？要是不方便，我让家伟来帮你搬！"

时濛说不用，他觉得自己可以搬进屋。

然而等到快递员把足有一人高的纸箱送到门口，时濛尝试用一只手搬起失败时，才明白了商品评论里其他买家说的"很沉"具体是什么概念。

已是傍晚，快递员赶时间派件，把东西丢门口就走了。

又试了几种方法均未能将箱子提起，时濛转身回屋，打算把小推车取出来一用。

推车也是江雪为他准备的，说他手受了伤不方便，买个菜逛个街什么的总能用得着。之前时濛不好意思拉着这东西出门，如今实在没法，心想：借个力应该可行。

在屋里拾掇了下，把推车上的布袋拆了，给箱子腾地方，拖着走到门口，刚把虚掩的门推开，就见那只他抱不起来的箱子被一个身材高大的男人扛在肩上，两人脸对脸撞了个正着。

傅宣燎其实是慌的。

他在院外的墙角守着，看见快递员来，时濛开门出来，又看着时濛围着箱子转了好几圈，半天都没能拿起来，早就摩拳擦掌欲上前帮忙，却一直等到时濛回屋去，才敢从墙角走出来。

原想趁门没关，把东西扛进屋放下就跑，不承想时濛这么快就返回了。

悬在屋外的一只脚慢腾腾地踩在地上，傅宣燎脑袋一抽，没头没脑地说了句："我来了。"

与傅宣燎的惊慌相比，时濛显得极其镇定。他看一眼面前的人，又看向被轻松扛在肩上的箱子，垂眼片刻似在权衡利弊，不过几秒工夫，到底侧身让路，将进屋的通道空了出来。直到将箱子放在屋子正中，站直身体，傅宣燎才意识到自己说了什么蠢话。

"昨天我在车里凑合过了一晚。"弄清状况，他连忙找补，"还有东西忘了拿给你。"

时濛没理会，从旁边的斗柜上摸出一把美工刀，蹲下拆包装。

起初傅宣燎担心他割到手，想帮他又苦于找不到工具，在边上看了会儿，确定时濛拆包装的手法还算熟练，告诉他自己去车上拿点东西，就出去了。

傅宣燎的车停在另一条路上的收费停车场里，一来一回就算跑也花了十多分钟。好在回来的时候门还开着，时濛还蹲在原来的位置，举着一页类似组装说明的东西看得出神。

总的来说，技术难度不高，但需要两只有力气的手。

傅宣燎放下东西，凑过去看了会儿，问："是画架？"

时濛仍是不答，傅宣燎便不再问，快速扫一遍安装指南，卷起袖子蹲下，拿起地上的螺丝刀。

画架构造简单，只是部分部件重量较大，把装好的框安到架子上时，由于拧螺丝使劲，两边受力不均，傅宣燎腾不出手去按。时濛走过来，一脚踩住翘起的架脚，方便了他的动作。

不到十分钟就安装好了，扶着框架把整个画架竖起来放平，又调整了几处螺丝的松紧使它站得更稳，拧紧最后一根螺丝后，傅宣燎抬起头，看见时濛恢复了蹲姿，正低头看放在地上的保温袋。

明明说了是给他带的，他却只是看着；明明好奇里面是什么，却连拉链都没有碰一下。

傅宣燎觉得自己的心脏被狠狠一揪。

很久以前，很多时候，时濛都是这样默不作声地旁观着，想要也不敢说。明明这些本来就属于他。

傅宣燎站起来，走过去，把保温袋提到桌面上，三下五除二打开，把里头的食物依次拿出来摆在桌上。

"是李姨和方姨给你准备的熟食。"他说明道，"车里没开暖气，里头的冰袋也没化，放微波炉加热一下就能吃。"

说着，他把另一个鼓鼓囊囊的包拿起来："这些是你的秋冬衣物，家里能穿的都拿来了。"

时濛瞥了一眼，又将目光放回食物上，仿佛没听出傅宣燎口中的"家"指的是傅家。

遭到冷遇，傅宣燎也不气馁，问："画架打算放在哪里？"

根据时濛的眼神指示，傅宣燎将画架抬到了客厅靠近阳台的位置。

阳台朝南，想必日间采光不错。

将画架放到了一个既光线充足又不致被迎面暴晒的位置，傅宣燎满意地直起腰，无意中瞥见摆在窗台上的一只印着卡通兔子的保温桶，还有里面放着的牛肉干。想起李碧菡曾说过时濛小时候喜欢这些，傅宣燎不禁勾唇，心想：他果然没有变。

对一件事的记忆经验在于对两个意象的比较，过去的时濛用每天看同样的动画片、吃同样的东西表达喜欢，现在的时濛用眼神、用行动表达在乎，不同的时空仿佛发生了某种相互作用，让两个看似截然不同的人重叠在一起。

为了拖延，傅宣燎待在卫生间，足足把手洗了三遍。

他出来的时候，闻到食物的香味，抬腕看表，现在已是晚餐时间。

这里的厨房是开放式的，高挑清瘦的时濛在灶台前来回忙碌，傅宣燎不由得驻足。

待到时濛托着盘子转过身来，他才匆匆收回视线，欠身拿起刚才组装画架的过程中随手丢在椅子上的外套，搭在臂弯。

"那我就先——"

"吃吗？"

并非出自真心的一句话被两个字打断，傅宣燎近乎惊喜地抬头看着时濛，时濛同样看着他，只是依旧没什么表情。

时濛举了举手中的盘子，又问了一遍："吃吗？"

虽然被昨天的百口莫辩弄得心有余悸，可面对时濛的邀请，傅宣燎自然没有拒绝的道理。

晚餐是昨天剩下的饺子，还有刚从保温袋里拿出来的一块卤牛肉，剩下的放在玻璃碗里，封盖放入冰箱保存。

待发现自己盘子里的饺子比时濛盘子里的多，傅宣燎后知后觉地意识到被留下吃饭是因为自己帮忙捎带物资。这只是时濛表达感谢的方式。

这场景意外地和去年除夕在傅家的场景重合，想到时濛把两颗鸡蛋都打在他的碗里，傅宣燎失落之余，更有一种酸酸胀胀的怀念潮水般地漫上来。

他拿了干净的筷子，把饺子夹回时濛的碗里，说道："我不饿，吃不了这么多。"

他又发自内心地称赞："很好吃，卖相也好。你连面条都煮得比我好。"

多半是嫌麻烦，时濛没有推拒。

吃完饺子，傅宣燎主动站起来收拾盘子。

厨房安了洗碗机，用手机上网查了使用方法，傅宣燎把锅碗瓢盆一应丢进去，按了启动键。等松一口气，转过身来，看见时濛就站在离料理台不远处的中岛台旁，摆弄上面的咖啡机。

垂首的姿势让他藏在毛衣领口里的脖颈露出来一截，白皙、纤细，傅宣燎曾暴力掐捏过。

他看见时濛扭头，举着咖啡杯，仍是那道清冷的声音："喝吗？"

傅宣燎不假思索地说："喝。"

得到肯定的回答，时濛先是怔了下，之后扯动唇角，露出一个很浅的笑。其实他很少笑，或者说很少因为开心而笑。就像现在，他清楚地知道傅宣燎有备而来，怀揣着目的和计划，说不定连他动摇的时机都计算得刚刚好。

可他已经输过一次。一次就够了。

他不打算再给任何人任何可乘之机。

时濛扬了扬手中的杯子，看向傅宣燎，笑容冷漠而讥诮："你就不怕我又在里面下药？"

几乎没有犹豫，傅宣燎说："你不会的。"

"我会。"时濛说，"五年前的事，你忘了？"

"那不是你下的药。"

时濛被他斩钉截铁的语气弄得措手不及，半晌才再度开口："不是我，还能有谁？"得到这样的回答，他更觉讽刺，"当年，你可不是这么说的。"

傅宣燎解释道："当年，原本就没有证据能证明是你做的，只是机缘巧合碰到你，才先入为主以为是你。"

时濛"哦"了一声，仍是漫不经心的态度："那现在有证据了？"

"没有。"傅宣燎如实回答，"但我知道，你不会伤害我。"

如果是你，没必要选在那种时候，更不会用那样龌龊的手段逼我就范——这是来到浔城前的那晚，傅宣燎想通的事。

似是有所触动，时濛眸光微颤，随即逃避般地敛了视线，看向中岛台的桌面："难道你忘了是谁用一纸合同把你束缚住？"

傅宣燎缓慢地摇了摇头，说："我只记得是谁帮助傅家渡过难关。"

和预想中完全不同的走向让时濛愣了一瞬，随即似笑非笑地"哼"出一个气音："帮助？原来傅总是这么对待提供帮助的人的。"

合同期内抗拒执行义务，甚至恩将仇报咬一口。

被用生疏的口吻喊作"傅总"，傅宣燎压低声音："是我的错……"

"而且，这不是帮助。"没等他说完，时濛接着道，"是投机取巧占便宜。"

实际施以援手的是时怀亦，他只是蹭了个合同为自己谋利，严格来说，算是趁火打劫。然而，在时濛用正常人的思维终于想通的当下，傅宣燎却说："那也是我占你便宜。"

"你把我当朋友，我非但不知珍惜，还肆意伤害你，这也是我来到这里，要向你道歉的第一件事。"他沉下一口气，"我误会了你，还对你做了那么多过分的事……对不起。"

时濛开始后悔提下药的事了。

他一直在避免回忆过去，然而通往过去的门如同潘多拉的盒子，一旦开启就牵出无穷祸患。

他早该不在乎这些，更不该为旁人态度扭转和所谓的"真相大白"动容，可在当下，他不得不承认，原本平静的心绪起了一丝波澜。

语言比文字有力量得多，其中的无条件退让更是明显。

可笑的是，他提起这件事原本的目的是激怒傅宣燎，借此逼他离开这里，最好别再出现。而对于傅宣燎来说，则是一件幸事，时濛的主动提及为他找到了切入点，将酝酿许久的歉意道出。哪怕他知道获得原谅没那么容易，至少从时濛的反应来看，全然没有松动的迹象。

自昨日起，时濛的态度就冷淡不已，表面上全盘妥协接受，听之任之，实则内里竖起了所有的刺，连呼吸都在竭力传达抗拒。

时濛没理会傅宣燎的道歉，拿起被冷落多时的咖啡杯，放在咖啡机底座上。

两杯冒着热气的咖啡被摆在桌面，时濛站在中岛台的一端，拿起一杯慢慢地啜饮。

傅宣燎走上前去，拿起另一杯。也许是因为距离近，时濛发现了傅宣燎右手食指和中指上两块深色的伤疤，并多看了两眼。

"被烟烫的。"傅宣燎察觉后立刻不问自答，"有点疼。"

傅宣燎心里说：但我知道这比起你的疼，还差得远。

时濛似乎没听懂他的话，或者根本不想懂。视线再度放低，时濛放下杯子，抿着唇，双手置于桌面交握。

这让傅宣燎想起十几年前第一次见到时濛，那时候自己十岁、他八岁，面对自己友好地亲近，时濛也是这样，安静而不失礼貌地坐着，紧绞的手指透露出他的胆怯。

当时应该拉他的手，让他不要害怕。

现在已然失去立场，傅宣燎的手在即将触碰到缠着绷带的手背时，便克制地停住，弯起手指，悄悄地收了回来。

傅宣燎举起杯子喝了口咖啡，坦言道："虽然我当年因为这件事对你有了偏见，它是一切恶的开端，可是我仍然庆幸，那天是你闯了进来。"

说着，他呼出一口气，努力让出口的话语不那么沉重。

"要是不愿意想过去的事，那就不想了。"傅宣燎偏头看着时濛，"就算里面放了毒药，我也会喝下去。"

这番无从考证的话，待傅宣燎一走，就被时濛强行抛到了脑后。

他关紧大门，上楼把起草到一半的画挪到位于楼下阳台的新画架上，抓起窗台的一块牛肉干塞进嘴里，咀嚼间中和了咖啡留在口腔的苦味。

这幅画时濛整整画了五天，其间出门买食材都脚步匆忙，在超市偶遇潘阿姨，聊不上几句就要走，理由是赶着交画。

星期五晚上，门被敲响。时濛莫名地不想去开，通过外头的呼唤声辨认出是谁，才匆匆放下笔，站起来行至门边。

开门后，先闯入眼帘的是一兜黄澄澄的橘子，来人从袋子后面探出脑袋时嘴咧得老大，扮着鬼脸，惊得时濛后退半步。

"有这么吓人吗？"潘家伟边嘀咕边跺着地垫蹭了蹭脚，走进来，把橘子放在桌上，"我妈让我给你带的，让你多吃点，吃完家里还有。"

他的妈妈便是隔壁潘阿姨了。

时濛道了谢。潘家伟摆摆手说不客气，然后不客气地拖了把餐椅反坐，双臂挂在椅背上，晃悠着问："听说你一周没出门了，憋在屋里干吗呢？"

家里很少来客人，时濛按自己的想法行待客之道，倒了杯热水摆到桌上，就回到画架前坐下了。回答也言简意赅："画画。"

"还是给早餐店挂墙上那幅啊？"见他用左手画得艰难，潘家伟劝道，"那老板娘哪懂这些，说不定以为你画幅画跟小学美术课交的作业差不多，也看不出个好赖，你这么上心干吗？"

时濛用刚洗过的笔调了个饱和度低的米黄色，涂在画中的包子皮上："认真和敷衍，通过肉眼可以分辨。"

潘家伟撇撇嘴，从桌上拿了个橘子，悠哉地剥。

"没想到你真是个画画的，先前还以为……"

时濛搬来这里一月有余，早前潘家伟周末回家，就跟着潘阿姨来走动过几回，如今说出这话，自是引起时濛的好奇。

他停了笔，转头看向餐厅方向："以为什么？"

潘家伟也在看他，突然视线相对，被那仿佛能洞悉一切的清澈双眸看得没来由地一阵心虚，匆忙别开了眼，声音也微弱下来，含混道："还以为你是……明星呢。"

过了好半天，时濛才反应过来，潘家伟是在说他好看。

由于常年憋在室内画画，接触的人少，除了江雪偶尔在公开场合拿他的皮相作为宣传卖点，其他时间时濛几乎没听人当面夸过他。

因此被说像明星，他感到意外，转念又一想，之前总被人说像狐狸精，虽然是贬义，但这里头大约也有认可他长相的意思。

之所以采用的词语大相径庭，则是因为背景不同。

在枫城，他是时家的私生子，是"小三"生的儿子，便理所当然地被人认为是大狐狸精生的小狐狸精；在浔城，无人知道他的背景来历，大家便凭着外貌以为他是隐居于此的"明星"。

参透这层道理，时濛对这个世界的荒谬度又有了新的认识。不过，他知道潘家伟只是心直口快，这么想的便这么说了，没存什么揶揄之心。

"我不是明星。"时濛只能说。

"那你躲在这儿干什么？"

"我没躲。"

"我才不信。"潘家伟掰了瓣橘子塞嘴里，酸得直闭眼，"住在这儿的，除了老头老太，就是出门躲债的。"

时濛敷衍地"嗯"了一声。

好不容易把橘子咽下去，潘家伟深呼吸缓了缓，追问道："那是钱债还是情债啊？"

他随口一问，时濛却认真思考了下。

结论是没有债，无论哪种都早已还清。

潘家伟也习惯了时濛的寡言，没等到回答只当他没听进去，吃完橘子拍拍手，站了起来，说道："你忙，我先走了。"

时濛再度站起来，把人送到门口。

潘家伟走在前面，转过身来时，神思恍惚、不知在想什么的时濛险些撞到他身上。

他这才发现时濛只比他矮一点点，额头与他眼睛齐平，头发很黑，身上有一种天然的皂角清香。潘家伟别脸轻咳一声，说："下个周末，我带吉他回来，把新写的歌唱给你听听。"

时濛愣了下，不知道为什么要唱给他听，不过到底没拒绝，轻轻"嗯"了一声。

走到院门口，潘家伟又回头，交代独自在家的小朋友似的："我妈说最近总看到外地车来这儿，车上的人鬼鬼祟祟的，不知道来干什么。你一个人在家小心点，不要给陌生人开门。"

这话时濛听进去了，次日一早，就去街上找锁匠。

江雪这处房子装修得仓促，院门还没来得及上锁，为了安全起见，时濛打算给她装一个。

几乎是刚出门，他就察觉到身后传来的脚步声。

转眼又是星期六了。

连夜来到浔城的傅宣燎双目通红，一副没睡醒的样子。几个小时前，他还在公司和员工开会，办完事连饭都没来得及吃就开车出发了。

幸好赶上了，傅宣燎赶几步上前，在连续追问"今天打算干什么""我们这是去哪里"均未得到回答后，他跟着时濛定住脚步，抬头盯着电线杆上的小广告看。

还没看出什么名堂，只见时濛掏出手机，拨通了其中一则广告上的电话，迅速跟师傅口头约定了时间，扭头往回走。

"锁匠？"傅宣燎一面跟着他走，一面追问，"门锁坏了吗？要不我先试着帮你修？"

时濛自是不理，等到修锁师傅上门来，从工具包里掏出一把方方正正、看着分量就不轻的锁，傅宣燎才恍然明白过来。

师傅"哐哐哐"地给院门安锁。傅宣燎问旁观的时濛："这是为了，防我？"

一切尽在不言中。

时濛连午休都将院门紧锁，中午日头高悬，风很大，守在门口的傅宣燎被吹得头昏脑涨，盯着可以轻松攀越的铁栅栏看了半天，到底不想吓着里头的人，忍耐着没爬上去。

他向来急躁，小时候学弹钢琴学打篮球学画画，统统都没撑过一个星期，可他现在必须拿出十二分耐心。

秋天的浔城，老天翻脸比翻书还快，下午时濛出门去医院的时候，天色已经阴了下来。

他们乘坐的这趟 21 路公交车空调坏了，风从车窗往里头钻。

傅宣燎从大衣口袋里掏出备好的暖贴，递给时濛。

"贴上吧，哪儿冷贴哪儿。"傅宣燎还是站着，做出弯腰护住时濛的姿势，说道，"我给你挡着，没人会看见的。"

从诊室里出来，时濛看见傅宣燎手里又多了个暖手宝似的东西，见他出来就往他手里塞，说这个可以缓解寒冷引起的肌肉僵硬，对促进手指关节的血液流通有奇效。

回去的路上，时濛握着它试了试，热流贴着皮肤往里传递，暖和的手确实比冻僵的手好活动许多，上次学的几个复健动作，这回做起来都不怎么疼了。

傅宣燎看见时濛的脸色就知道这东西买对了，高兴地说要买好吃的庆祝。

"还记得你给我买的糖炒栗子吗？"他说，"浔城也有这家的分店，等我给你买回来。"

时濛恍若未闻，沉默地低头玩手。

这次去医院除了接受复健指导，还一并把手上固定的绷带拆掉。伤口已经愈合，医生说今后不用再裹着了。只是横贯掌心的一条粗疤非常明显，看得人心惊。

时濛却是一副无所谓的样子，甚至在座位上把玩起了这道疤，用指腹磨，用指甲抠。一旁的傅宣燎提心吊胆，几欲出言阻止。

好在时濛玩了一会儿便觉得没劲，手搭在膝盖上，歪靠着车窗玻璃，在公交车的摇晃中沉睡过去。

后来，时濛回想起自己这天在公交车上沉睡，仍觉得难以解释。

大概是性格使然，他从小到大几乎没有在公共场合睡着的经历。他能在走走停停、嘈杂吵闹的公交车里睡着，实在是件稀罕事。

他自然不愿意将原因归为身边坐着那个人，只当最近太累了，加上车里开了暖气，昏昏欲睡实属正常。

只是没想到不过十来分钟的"松懈"，就让人钻了空子。

从短暂的睡眠中睁开眼睛，先入目的是傅宣燎的侧颜。

很久以前，时濛就知道他模样生得好。视线缓缓对上焦，那线条流利的侧颜，就算早已深刻在心里，如今单纯从美学角度再看，也是迷人的。

也许是潜意识里觉得这人不该在这里，所以，时濛怎么看都觉得他身上带着一种风尘仆仆的沧桑。

如今傅宣燎这双深邃的眸凝视着时濛掌心的伤，让他感受到热度和分量。

车窗外，华灯初上，朦胧的光在傅宣燎周身笼罩了一层。

时濛一时愣在那里，分不清现实还是虚幻似的，眼睁睁看着傅宣燎轻轻托起他的腕，眉宇微蹙，似在为他手上的伤而心酸惋惜。

接着，傅宣燎凑近，对着伤口很轻很慢地吹了一口气。

今天在医院里耽搁了些时间，下车后天已经黑了。

时濛走在前面，步子迈得极快，快到拂过耳畔的风都发出呼呼的声响。

身后的人也加快脚步跟上，自打承认输了之后，他就变得没脸没皮，做再丢脸的事也豁得出去。

临近家门口，时濛一面走一面从口袋里摸出钥匙，或许因为天色太暗，对了半天都插不进锁眼。

身后的人上前道："我来吧。"

时濛扭身避开他，偏要自己来。

折腾一阵总算打开了，时濛侧身进去，反手刚要关上门，只见身后的人撑着门框，不依不饶地说："我错了，你别生气。"

方才在车上被抓包，他也是这样回答，理直气壮，坦坦荡荡。

时濛不想与他纠缠，说道："我没生气。"

"你生气了。"傅宣燎肯定地说，"我看得出来。"

两个很熟悉的人讨论如此幼稚的话题，气氛一时间变得微妙，时濛的右手不自觉地握拳。

傅宣燎想了想，补充道："小时候摔跤或者受伤，长辈都会这样吹一吹。

"吹一吹，痛痛飞。"念出这哄小孩般的六个字，傅宣燎迟钝地感觉到窘迫。

原来当初时濛是怀着这样的心情，大张旗鼓地接近他，又在他看不到的地方担惊受怕，唯恐被他嫌恶。

这世间的因果报应当真被锁在一个圆环里，无论怎么变，总会在不经意间转回原点。

眼下话已出口，覆水难收，傅宣燎忐忑地看向时濛，问道："你有没有觉得……好一点？"

这不是时濛第一次听到这六个字。

刚到时家的那阵子，有次在楼梯上踩空磕伤了腿。来做客的傅宣燎看到，一时找不到创可贴，他也是这样凑近了轻吹伤口，温声说："吹一吹，痛痛飞。"

如今再度提及，无论他是否故意，无疑都是在提醒时濛，眼前的人出生在一个幸福的家庭，并在用他的方式让周围的人变得幸福。

　　他拥有一套完备的对是非善恶的认知体系，始终在做自己认为正确的事。而当年一无所有的时濛，正是被这一点吸引，放纵自己变成求而不得的偏执狂，一个彻头彻尾的疯子。

　　仿佛一只脚再度踏入泥泞，重心稍稍偏移便会重蹈覆辙，时濛后退一步，撤离风暴中心。

　　"我没生气。"他坚持说，"你也没错，不需要道歉。"

　　傅宣燎观察他的脸色，问道："真的？"

　　时濛硬着头皮说："嗯。"

　　"也就是说，下次……"傅宣燎的窘迫来得快去得更快，"我还可以帮你？"

　　时濛一愣，被这人奇特的脑回路惊到睁大眼睛。

　　然后，他想起傅宣燎原本就是这样的人，想什么就说什么，从不遮掩的坦率，曾让时濛无比向往，现在却只想回避。

　　"不可以。"时濛断然拒绝。

　　"哦，"傅宣燎有些失落地说，"那我再努努力。"

　　说着，他松开了手。

　　铁门砰的一声关上，时濛转身，听到傅宣燎在身后说："晚安。"

　　从前千方百计索要的一句"晚安"，如今轻松可得，时濛却只觉得茫然。

　　进到屋里，洗完澡上床，时濛习惯性地侧卧着，双手交叉抱住身躯。

　　他突然有了与人交流的欲望，或者说是希望得到建议。他摸到压在枕头底下的几封信，拆开其中一封，迎着床头灯光逐行逐字地读。

　　他看到李碧菡对于家庭和爱情的解释，说缘分来临的时候，无人能预料接下来是晴天还是暴风雨。

　　虽然没有找到答案，时濛却无端地感到放心。

　　他合上眼睛，告诉自己，人人都会遇到这样的问题。

　　只不过他面对的是一场太阳雨，先是耀眼的阳光不容他躲避，再是瓢泼的大雨冷得刺骨，待冷气流离去，阳光又炽烈地洒在头顶。

　　有人在劝他放下伞吧，不要害怕。梦里的时濛不相信，也不愿意抬头看，还是握紧伞柄，遮住自己。

第八章
燃烧的火焰

　　故事在那天的海上已经结束，可总有人驾着小船搅乱海面的平静，试图扭转结局。

　　星期天，傅宣燎还没走，许是又在车里凑合过了一夜。早上他面容憔悴，疲态尽显，却还是在对上时濛的目光时笑得灿烂，轻快地道着"早安"。

　　时濛以为，傅宣燎应该是还没欣赏够他的落魄，毕竟当年这人曾想拧断他的手，如今得偿所愿，何不多看几眼取乐？

　　那便让他看好了。反正，已经没什么可失去的了。这么想着，时濛竟觉得有些痛快，他做着自己的事，任由傅宣燎跟在后面。

　　去早餐店送完成的画，准备离开时，时濛看见傅宣燎踩在凳子上帮着老板娘将画挂在墙上，听他和老板娘异口同声地夸画得好，连包子都画得憨态可掬，跟真的一样。

　　去理发店剪头发，趁忙不过来的老板去另一边帮顾客染发，傅宣燎从等候位站起来，凑到时濛耳边说："你不用剪短发也很好看。"

　　回到家里，听到敲门声，时濛故意装作没听见。

　　晚上出来扔垃圾，他看见院外的平台上摆着一个纸袋，上面有硕大的一个"栗"字，下面压着一张字条，迎着路灯光看，有不长不短的两句话。

　　一句是——栗子记得趁热吃。

　　另一句是——隔壁那小子总趴在窗口看你房间，晚上睡觉拉好窗帘。

　　后来听说栗子被丢进了垃圾桶，傅宣燎先是黯然，旋即又露出笑颜："扔就扔了吧，反正都冷了。"

他又在时濛扭头走开之后没皮没脸地追上来，说："今天是我生日，待会儿门口如果有蛋糕，能不能不扔？"

他也曾歪靠着车门，由于连日的劳累和奔波睁不开眼，揉着额角缓解，又在时濛出现的瞬间，换上一副朝气蓬勃的面貌，问时濛有没有坐够公交，想不想试试越野。

时濛说不需要，他便会因为得到回答而松一口气，笑着说："以后总会需要的。"

事实上，时濛并不认可傅宣燎那些迁就讨好的话语。他认为其背后一定有目的，却不想确认，更不想被傅宣燎步步为营地攻陷。

可他只能躲闪回避，消极抵抗，一面盼望着阳光晒到阴暗的角落里，一面又自甘待在原地淋着雨。只有偶尔收到枫城的来信，他才可以暂时安心地躲在伞底，多数时候关于前路的抉择，都要他自己拿定主意。

譬如，这天接到来自枫城的电话，对方自称是宠物店的工作人员，说："您有一只猫寄养在这里，请问什么时候来接？"

时濛先是不解，待听说那只猫叫"木木"，名牌上写的主人电话就是这个，他才恍然明白过来，大约是杨幼兰和孙雁风被警方扣押，猫暂且被送到了宠物店，如今超过寄养期限无人管问，电话自然打到了他这边。

听说这事，江雪第一个反对："还要不要脸了？这两个狗东西！先是养了个时沐把你好好的人生搞得乱七八糟，现在又留下一只叫'木木'的猫来烦你，是故意的吧？"

时濛垂眼看向掌心的疤："不知道。"

"那猫还抓你，亏你命大，没打完疫苗都没事。"

"杨幼兰应该给猫打过疫苗。"时濛说，"所以我才没事。"

对面的人沉吟片刻，说道："你想养这只猫？"

时濛没说话，只是突然想起那个下着暴雨的夜晚，他走了许多地方，好不容易找到那只猫时，心底除了麻木、荒凉，还有隐隐涌出的一点庆幸。又想到某天画画时，被一只突然跳到腿上的猫吓到惊惶。

"我先去看看。"时濛说，"猫是猫，人是人。"

毕竟有些人还不如猫，不该混为一谈。

时濛本想打一辆出租车，来回五六个小时车程，多贴点油费总有司机愿意跑。可他忘了今天是星期天，道路交通繁忙，又逢雨天，在路口等了十来分钟，再走过两条街去十字路口等，也没等来一辆空车。

平时不爱出门的坏处此刻显现了出来，时濛这才想起江雪说过网上也可以打车。他一手撑伞一手按手机，雨点被风吹到屏幕上，手指打滑，怎么都点不开程序。

这时，一辆黑色的路虎从路口拐弯转过来，缓缓停在时濛面前。

傅宣燎从驾驶座下来，没打伞，走到时濛跟前，问道："要去市区？"

时濛摇头，继续摆弄手机。

"那你是回枫城吗？"傅宣燎立刻说，"上车吧，我正好也要回枫城。"

时濛抬起头，将信将疑看了他一眼。

傅宣燎一被他这么看着就没了主意，退让道："你看现在也不好打车，不如就当征用我的车，按里程计费，如何？"

短时间内是等不到车了，这种时候越是推拒越显得矫情。时濛自认只是想搭个便车早去早回，没有其他想法，权衡之下便点头同意。

上车后，傅宣燎先抽了几张纸递给时濛，说道："擦擦脸。"

外面风大雨大，就算有伞身上也淋湿了小半。时濛接过来对着脸胡乱一顿抹，扭头刚要找垃圾桶，手上揉作一团的纸巾就被拿走了，换成一条薄毯。

"盖着，身上都湿了。"

傅宣燎不慌不忙地安排着，发动车子的同时将空调温度又调高了些，出风口也往时濛那边拨了拨。

或许一切发生得太快，直到车子平稳地行驶在路上，时濛才意识到傅宣燎这套行云流水的动作其实也是出于习惯。就算在他们闹得最凶的那段时间，傅宣燎被他逼得再生气，也会调高车里的温度。

风雨被隔绝在外，薄薄的毛毯将温暖锁住。

时濛望向被水迹模糊的车窗，很轻、很慢地呼出一口气，心也随着寒气排空没了依托，缓缓坠落下去。

出发时是中午，走得匆忙，上了高速傅宣燎才想起来问时濛吃了没有。

时濛怕麻烦，说吃了。

傅宣燎点头："那就好。我还没吃，待会儿到服务区买点东西对付一下。"

到了服务区，不知是有心还是无意，傅宣燎买了远超一人食量的食物，鸡蛋、烤肠、关东煮、玉米、粽子、烤鱿鱼，手上拎着的塑料袋里还装了各色饼干、饮料以及小零食，种类丰富，仿佛把整个服务区可以吃的东西全都搬来了。

傅宣燎虽说平时不在意饮食，但到底为了健康鲜少这样不忌口，他抽出一根烤鱿鱼在时濛面前晃了晃，说道："你闻闻，像不像高中那会儿学校门口烤串的味？"

时濛被迫闻了一鼻子油辣香，抿了抿唇，"嗯"了一声。

"尝尝看，说不定味道也差不多。"

都送到嘴边了，时濛便接过竹签，咬了一口。

"是很像吧？"

"嗯。"

有一就有二，接下来十分钟内，时濛在不知不觉中吃下了傅宣燎以各种理由递来的食物，包括鸡蛋一个、烤肠一根、玉米半根，以及咸味零食若干。等觉得饱腹，时濛才反应过来自己刚才分明说了吃过午饭，眼下大半食物都进了他的肚子，不可谓不打脸。

时濛顿时如坐针毡，把手中的垃圾袋团了团，就要下车去扔。

傅宣燎抢先一步，从他手里夺走垃圾，三下五除二放到一个袋子里，开门下车前只交代了句："坐着别乱跑。"

时濛自然是不会乱跑的，这处服务区在浔城下辖的一个县里，人生地不熟的，周围除了高速公路就是一望无际的田地，他能跑到哪里去？

可傅宣燎似乎真的认为他会跑，扔个垃圾都在赶时间，伞也不撑，被淋成了落汤鸡，回到车里甩甩脑袋，水珠都甩到时濛脸上。

"抱歉。"

他也知道自己莽撞，拿了抽纸递给时濛，时濛没接，他眼里也带着笑意，说道："要不你去后座吧，还能躺会儿。"

喂饱了就哄睡，仿佛把人当猪养。

时濛蹙眉，想着远离总比就近好，到底没拒绝这个提议。

早已不冷了的时濛把毯子叠整齐，扭身放回后座，在转回身的刹那，撞上傅宣燎直直看过来的视线。

雨天昏暗，车内没开灯，氛围从上车起就已经奠定，与温暖和湿润脱不开干系。

此刻，时濛不合时宜地想，如果当时他留在那片汪洋大海里，是不是就不会再被勾起回忆？就像死气沉沉的东西，总妄想沾染点鲜活的生机；就像关于那只猫的零星记忆，本不该存在于他死过一次的脑海中，他早该脱离，不该再为这些事烦心。

可他上了车，在还没做好充足预设的情况下，除了面对，他别无选择。

于是下一刻，时濛从傅宣燎黯淡下来的眼睛里看到了一个冷酷的人，冷酷到肉眼看不出任何动摇的人。

那人问："你想干什么？"

我想干什么？傅宣燎也在心里问自己。

他想做的事有很多，比如告诉时濛你赢了，比如我拼尽全力想保护你，外面风雨再大，也无法沾湿你的一片衣角。

可时濛不信。他对傅宣燎的每一次接近都抱有怀疑。

"你不是想拧断我的手吗？"时濛问，"现在却这样，何必呢？"

瓢泼大雨裹挟着惨痛的回忆而来，扯痛每一根浸泡在过往里的神经。

而傅宣燎能说的，只有"对不起"，他承诺道："我不会再伤害你、利用你。"

可时濛不能信。

他说："我们之间，不是应该只有恨吗？"

应该只有你死我活的厮打、层出不穷的猜测，还有连绵不尽的怨恨。

对此，傅宣燎回答："你可以恨我，恨多久都可以。"

这回时濛听懂了，觉得他狡猾至极。时濛觉得痛苦，下意识地只想远离，总不能任他一直这样游刃有余地操纵全局。

咔嗒一声，安全带解开，时濛伸手去摸车门拉手，被傅宣燎按下门锁按钮阻止了："你去哪里？"

他好像怕极了时濛消失，时濛却自顾不暇，只说："我要下去。"

门扣怎么也打不开，时濛便扭头望向中控台，慌乱地寻找能打开车门的按钮，好像再多待一秒都难以忍受。还没找到，手腕忽然被捉住。

"如果不想看见我，"傅宣燎的声音很低，"我下去。"

说着，刚被握住的手腕一松，待时濛回过神来偏头，只捕捉到傅宣燎开门下车的背影。

秋日里下了一场罕见的大雨。

秋雨带来了温度的下降，车里分明开着暖气，身体里却浸染凉意，自手心一点一点变冷。

漫长的时间被时濛用来数数，他从一数到一百，又倒着数回头，听着异常的心跳恢复平静，默念数字的速度却越来越快。

雨刮器不再运作，雨滴汇成丝，顺着玻璃向下滑落。

透过这扇湿漉漉的车窗，依稀能看到立在车外的一道人影。

由于看不清表情，时濛只能胡乱猜测，他应该在生气。

印象中的他总是对自己发脾气，以至于接触多了温和的他，自己反而会害怕，会迫不及待地逃离。

又数了一遍一到一百，时濛开门下车，脚底刚触到积水的地面，就见如雕像般岿然不动许久的人大步走过来，说道："先别动，等我一下。"

傅宣燎跑到驾驶座拿了伞，绕行到副驾驶座这边撑开，等时濛下来，将伞严严实实罩在他的头顶。

隔着湿润的水汽望过去，傅宣燎的唇冻得发紫，呵出白气，却全然不见与愤怒或者不满挨边的情绪。这让时濛心里发空，好像一场戏没演到高潮就落幕，败兴之余，更叫人忍不住思考来到这里的意义。

哪怕早已没了力气，可如果不恨，会演变成什么呢？

时濛身不由己地被推到了舞台上，旁边的字幕显示——报复的快意。

神魂仿佛被抽空，不想重蹈覆辙的念头仍旧占据主导，时濛近乎麻木地看着面前浑身湿透、不住发抖的人，之后听见自己问："傅宣燎，你贱不贱啊？"

声音盖过淅沥的雨声，比雨滴还要冰冷。

面前举着伞的人，身形猛地一颤，濒临倒塌般。

或许是错觉，因为他并没有真的倒下，连退缩的意图都不曾显露。只是脸色灰败了几分，若说先前是憔悴，如今便有枯槁之势了。

傅宣燎把伞往时濛这边又倾斜了些，僵硬的唇艰难地开合："要去洗手间吗？"

时濛没去。

车内外两种温度，在车外站了一阵，冷热交融，倒平衡不少。

他想找辆车去枫城，在原地等了多久，傅宣燎就给他撑了多久的伞。

好几辆大巴在这处服务站停留，可没有一辆是前往枫城的，途经的都没有。等得有些烦躁，时濛跑去站台里问人。他不喜欢与陌生人交流，可是没办法，他更不想和傅宣燎待在同一个密闭的空间里。

服务站门口一位卖关东煮的阿姨回答了他，说去枫城的大巴不会在这里停留。

"浔城和枫城本来就不远，就算中途要停，也会停在枫城县里的服务站嘛。"

听完，时濛愣了一会儿，像在消化白等了这么久的事实，然后转身就往外走。

还没下台阶，黑色的伞又遮在头顶，时濛听见傅宣燎以很低的声音说："我开车送你去吧，说好了把我当司机的。"

"如果不想看见我，"紧接着，他又一次抛出这个前提，"你就坐在后座。"

虽然这个设想并没有改变共处的事实，但是给了时濛一些安全感。

他没有意识到这安全感来自全然的信任，只想着不用对视，不用接触，就可以了。

时濛同意了，回到车上，坐后座，将宠物店的地址告诉傅宣燎。

后半程路，车里很安静。

傅宣燎打开音响，从时濛听不懂的粤语歌调到了他喜欢的节奏规律的轻音乐。

时濛一个人占据整排后座，却只缩在驾驶座正后方的一角，不想被人看到似的。

他表达抗拒的方法向来直接，闭紧嘴巴，合上眼睛，用物理的方法把自己从头到脚封闭起来。这样看似完美，却也有一个明显的缺点，就是容易假戏真做地睡着。

好在时濛易睡也易醒，不知过去多久，感觉到车在减速，然后缓缓停下。时濛睁开眼睛，透过前窗看向暮色昏沉的外面。一条只够一辆车通行的窄巷，闪烁着各色霓虹灯，时濛觉得周围的景物很是眼熟。

"到了。"傅宣燎说到做到，没回头，一只手还搭在方向盘上，"就在前面。"

浔城的雨来到枫城，只剩下细细的几滴。时濛下车的时候，地面都没有湿透。

裹着一身从浔城带来的水汽，傅宣燎也下车，把伞递了过去："天气预报说，枫城可能也会有大雨。"

也许是担心他又跟上来，时濛接过了伞。

傅宣燎果然没再跟，只在时濛刚走出去几步的时候说："有事打我的电话。"顿了顿，又补充道，"或者喊我名字。"

直到横穿巷道，走进路边的宠物店，时濛才想起自己把傅宣燎的电话号码拉黑了，难怪他要补一句。

不过，这对时濛来说并无区别，也不在他的考虑范围内。

他找到了寄养在笼子里的木木，对老板说："我是来领猫的。"

"本来你们家的猫是和别的猫养在一起的，就是那个有猫爬架的房间。"

顺着老板指的方向，时濛看见房间里有一个用玻璃隔开的空间，里面有一人高的猫爬架，还有两只懒洋洋趴在高处的品种未知的猫。

老板继续说："可是，你们家的猫太凶了，跟哪只猫都处不好，总是打架，我只好把它单独养在笼子里了。"

对此，时濛不知该如何回应。他统共养了这只猫不到三个月，也许是还没参透它的真实脾性，至少在他眼皮底下，这只猫乖得很，从不让他操心。

猫送来的时候被放在一个宠物笼子里，如今被塞回老家，倒是非常乐意，刚把它抱到跟前，它就脑袋一低自己钻进去蹲好。

"这是迫不及待想回家了。"老板笑着说。

实际上，时濛是要带它回浔城江雪的家。他先前就发现这只猫和他有许多相似之处，譬如都被人当作替代品，譬如都没有真正的家。

接到猫，时濛没有着急出去，而是留在宠物店里，在一排排货架之间转悠，选了猫粮、猫罐头，还有摸上去很软的猫窝。

他有心拖延，所以选得很慢，慢到江雪开车来到这里，推开门就大呼小叫："我刚才看到那个谁的车了，你不会是跟他一起回来的吧？"

结完账，两人出了宠物店门，在附近找了家餐馆坐下。

由于是饭点，餐馆的客人多，可江雪不嫌吵，高高兴兴点了一桌子菜，说好久没见面，今晚不醉不归。

"我不能喝，"时濛说，"晚上还要回去。"

江雪已经给他开了罐啤酒，推到他跟前，说："你又不开车。"

过了会儿，她试探着问："他不送你回去吗？"

时濛摇摇头，不是不送的意思，而是，就算他想送，我也要自己回。

不知江雪懂没懂，反正没追问。她趁好不容易见面，问起了时濛最近的生活。

在听说时濛和街坊邻居相处得不错时，她松一口气，接着又为其他事担忧："早知道当初应该把房子买在市里，真怕你在那儿待太久，不仅忘了怎么画画，反而学会一身跳广场舞的好本领。"

这话戳到了时濛笑点，他笑弯了眼睛，说："不会的。"

他笑起来眸底水光粼粼，比没表情的时候生动多了。

江雪忍不住看了好几眼，然后凑过去瞧他拆了绷带的手，秀眉微蹙，如同惋惜碎了一角的白璧，问道："这疤应该能去掉吧？"

时濛也看了一眼，说道："去不掉也没关系。"

"怎么没关系！"江雪拍桌道，"要是留了疤，我倾家荡产也要让那个时什么卉在牢里不好过！"

她是随便说说的，毕竟是遵纪守法的好公民。

既然提到这茬儿，江雪顺便提一嘴："其实能这么快解决，还真亏了'那个谁'。"

她说没想到"那个谁"挺有两下子，办事有效率，也不碍于所谓的情面，先前还以为他是个标准的商人，只会耍滑头为自家企业谋利呢。这让时濛想到那天傅宣燎进到屋里帮他装画架，两人在中岛台前的对话。

"不算耍滑头。"时濛说，"那些是他应得的。"

江雪并没有帮傅宣燎说话的意思，她只陈述事实，将选择权交给时濛。

"抛开误会，'那个谁'当朋友还是挺不错的，只是……"

她没说完，时濛却大约能猜到她想说什么。

只是错过便错过了，不可能从头来过。

由于电话通得勤快，江雪的前未婚夫，也就是那个靠吃江家软饭念完博士开始创业的"青年才俊"又开始追江雪的事，时濛也有所耳闻。

"我们俩这小半辈子也算精彩，这种蹊跷事都碰上了。"江雪给自己灌一口啤酒，就着剩下的跟时濛面前的易拉罐碰杯，"敬我异父异母却同病相怜的好弟弟！"

时濛不想扫她的兴，小抿了口酒，问："那高乐成怎么办？"

江雪笑他傻："什么怎么办？我又没说要吃回头草。"她竖起食指摇了摇，"在一段爱情里，一切都可以谅解，唯独背叛和算计不可以。"

江雪喝了点酒就开始口无遮拦，听说时濛邻居家有个研究生在读的年轻人，刚还说傅宣燎人不错，转头又开始撺掇时濛和邻居好好处。

时濛一向主意大，旁人的建议如风过耳，听完就算。

一顿饭快吃完的时候，江雪撑着脑袋望向窗外："你知道我当年是怎么喜欢上他的吗？"

她鲜少谈及过去，时濛自是不知。

"有一年，我跟我表姐去 A 大校园里玩，偶然闯进一片树丛里，那里临近河畔，有一张长椅。他就坐在那条长椅上，捧着本厚厚的书，听见动静，抬头看了我一眼。

"只一眼，我就栽了。

"可是，最近我才发现，他再怎么看我，我都找不回当初的感觉。这大约是因为我对被背叛有心理阴影了吧，我忘不了他说从未爱过我时的样子，那是我这辈子第一次觉得自尊被踩在脚底下，觉得自己不像个人。

"还是不够爱罢了，或者我爱的，只是当年河畔的那道影子而已。"

吃完走到外面，凉风吹散酒气，氤氲两颊的红晕也消散些许。

时濛给江雪打了辆车，分别前，江雪非常市侩地说："你就坐他的车回去吧，就当省路费了。"

时濛没应，待出租车驶远，瞥见黑色路虎还停在路旁。他毫不犹豫地走上前，打开后座车门，把手中的伞丢了进去，转头又打了辆车，坐上去，目的地浔城。

这个时间早就没有大巴通行，两三个小时车程，就算有空载费，时濛也付得起。

高速公路夜行车辆少，因此很容易从后视镜里发现不紧不慢地跟在后面的车。时濛假装没看见，开车的师傅却很警觉。

"后面那辆路虎跟一路了，不掉队也不超车，应该是有意的。"他分析完形势，问时濛，"小伙子，你认识这车牌吗？"

时濛说不认识，师傅一脸的不信。

中途到服务站休息，师傅加油，时濛去商店买水，结账的时候旁边站着个人，一身潮湿的寒气还未褪去，打着喷嚏从口袋里摸出钱夹。时濛付钱时瞥了一眼，瞧见里面镂空的位置夹了张照片。

后半程时濛时不时催促师傅开快一点，倒像坐实了后面有人在追。

师傅很上道，下了高速也没松懈，猛踩油门几个甩尾，稳稳停在江雪的养老别墅门口。

师傅本以为自己这开车速度很难有人能超越，没想后头那辆路虎引擎轰鸣，不到半分钟，就车头对着自己的车屁股，停在了路边。

师傅棋逢对手般地发出一阵感叹，收了钱，掉转车头扬长而去。

傅宣燎把车停在出租车原来的位置，打开车门走下来。

一盏光线昏黄的路灯下，站在雨后积水的地面上，两人遥遥对望，仿佛去外面转了一圈，又稀里糊涂回到原点。

时濛一只手拎猫一只手插兜，忽然想起江雪说的河畔，还有那一眼。

可是不一样，他不是虚幻的影子，自己也早就被踩烂了所有的尊严。

在海上被毁灭的是影子，肉体才是容器，毁灭与生存天然相悖，只要活着，人就永远都是记忆的载体。只有不断将它推远，或者打碎，不给它任何重塑的机会，才会彻底消失。

"你不是回枫城吗？"时濛听见自己问。

傅宣燎在距离他不到一米的位置站定，说："不回了。"

时濛很轻地笑，说道："还真是……"

"贱吗？"傅宣燎声音低沉，带着挥之不去的寒气，"是啊，我贱，我要是不贱，干吗跟过来？"

他说得有些急，语气却并非破罐破摔，而是心里诚然这样想，不如干脆说出来。他的脸色很糟糕，灰里透着苍白，并非源于愤怒，而是因为淋了雨，又没来得及换衣服，是生病前摇摇欲坠的那种糟糕。

时濛收回视线，落在虚空的一点："我没有让你做这些。"

"对，你没有，是我自己要做的。"傅宣燎咬牙，尽量让自己的声音清晰，"所以说，贱的是我。是我，偏要自取其辱，一切都是我自愿的，所有的后果，都由我自己承担。"

"谁要你——"

"我知道我犯了错。"像是怕被打断就没机会再说，傅宣燎提着心，吊着半口气，"可是你不能……连弥补的机会都不给我。"

几个小时前，在刺骨寒冷的雨里，傅宣燎想了很多，又好像什么都没想。受冻太狠，车门打开的瞬间大脑仿佛被清零，然而当他问自己为什么会在这里，答案依然很清晰。他是来补偿的，既然是单方面付出，就不该对得到回应这件事抱有期待。

所以他迎难而上，被当成透明人也假装镇定。所以不需要连篇累牍地解释，只能直截了当地证明。哪怕他曾无数次近乎疯狂地想把面前的人用来保护自己的壳砸开，看看藏在里面的那颗心，是否一如往昔般向着自己。

"我说过心甘情愿，你可以继续这样对我，尽情地报复，尽情地让我疼。"傅宣燎颤抖着吸进一口气，虽是强弩之末，却十足坚定，"只要你高兴，怎么都可以。"

回到屋里，发现自己刚才的离开称得上落荒而逃，时濛心情很不美妙。

他想，都怪下雨天不好。

猫窝被安排在楼上卧房的床旁边，不过这只猫行踪不定，今天乖乖睡窝里，明天可能就趴在衣柜顶上。

打开一个猫罐头，拌猫粮，猫吃得很香。

时濛蹲在床边看它吃，用手背撑着下巴，心想：人要是和猫一样，得到好吃的就能开心，该多好啊。

打开电脑，收到马老师新发来的邮件，问他参不参加年底在枫城举办的一场人像绘画比赛，说初赛是网络评审的，可以用艺名参加，随便凅几个字就行。

连他顾虑的点都为他想好，时濛自是没有理由拒绝。并且，他其实是想参加的，拿不拿奖不重要，他需要一些动力推着他跑。

晚上，时濛靠在床头阅读刚收到的信。

这次同信一起寄来的还有一副手套，平平无奇的款式，甚至没分五指，手塞进去就变成一个圆乎乎、毛茸茸的巴掌，加一根绳子把两只穿起来，就是冬天小朋友们经常挂在脖子上的防丢款。不过胜在织线细密，触感绵软，连线头都藏得隐秘，一看便知并非工厂批量生产的。

在时濛印象中，过去的十来年，没在家看到过李碧菡做这些。

她出身于书香门第，书读过不少，寻常人家的柴米油盐到她那儿不过闲时雅兴，这种费时费力的活计自是从未干过。连时沐都没有得到过她亲手织的手套。

信里说：我动手能力欠佳，练了半月有余，只得这一副能入眼，你若喜欢就出门时戴，若不喜欢就扔在一旁，待我手艺精进，再给你织一副新的。

时濛把手套戴上试了试，大小刚好，并不像信里所说的那样糟糕。

他把手套摘下，却没有扔掉，而是叠放在枕边，侧身躺下便能闻到淡淡的橙香，是李碧菡屋里常有的佛手柑香薰的味道。

闭上眼睛，时濛又逃离般地翻了个身，背对着那副手套，以免自己沉溺。他待在密闭的、真空的世界里太久，不习惯得到，不习惯别人对他好。

次日清晨，门口黑色的车已经挪走。

时濛抱着水壶出门浇花苗，碰上隔壁早起出门买菜的潘阿姨。

"昨天下午去哪儿啦？"潘阿姨上前问道，"我们家伟跑来三趟都没敲开门。"

"去枫城了。"时濛说。

"回老家去啦？这样好，跟家里人闹得再僵，也该走动走动。"

"嗯。"

刚搬过来的时候，潘阿姨曾打听过时濛的来处，并通过他的年纪以及三缄其口的态度推测他是离家出走躲到这儿的，还苦口婆心地劝他逢年过节回家看看，说毕竟那是家，有生你养你的爹娘。

时濛正好懒得解释，既然潘阿姨把前因后果给圆上了，他便将计就计捡了个现成的"身世"。

老一辈人家庭观念重，又劝了几句，潘阿姨眼尖地看见时濛戴着的手套，立马明白是怎么回事了。

"哟，手织的啊。"她凑近瞅了瞅，问道，"是你妈妈给你做的？"

听到"妈妈"两个字，时濛下意识地缩了下肩膀，反应不及似的"啊"了一声，被潘阿姨当成默认。

她替时濛高兴："你妈妈手艺真好，瞧这手套织得多漂亮。"

不只潘阿姨，她儿子也夸这副手套好看。

星期一上午，潘家伟没课，背着吉他敲响时濛家的门，进屋先就昨天时濛不在家的事表示不爽。

"你知不知道我跑了五趟，足足五趟！"潘家伟抬手比了个五，"想着你大门不出二门不迈的，还以为你在家睡昏头了，怕你饿死，差点就爬窗了。"

时濛不明白饿死和爬窗之间的关系，想了想，说："潘阿姨说你只来了三趟。"

潘家伟没好气地说："她记错了，是五趟。"

时濛"哦"了一声。

潘家伟等了半天，瞪大眼睛问："就'哦'？"

时濛在整理颜料，扭头看他，似在用眼神问：不然呢？

只被看一眼，潘家伟就泄了气，挠着头背别开脸："没什么，下次、下次别……唉，算了，还是留个微信号吧，省得我总跑空门。"

虽然不懂加微信和跑空门之间的关系，时濛还是加了潘家伟微信。

加上之后，潘家伟立刻点开他的朋友圈，确认没有被设置权限，对着空空如也的页面愕然道："这不会是你的小号吧？"

时濛眨眨眼睛："什么小号？"

与时濛朋友圈的冷清不同，潘家伟的朋友圈五彩缤纷，大到参加音乐节，小到吃了碗粉，事无巨细，几乎每天都有图文并茂的新动态。评论区也很是热闹，不是学姐学弟就是朋友亲戚，开口就是"恭喜恭喜"。

潘家伟下滑朋友圈页面，展示给时濛看："喏，这才是正常人的朋友圈。"

时濛学到般地又"哦"了一声，拿起自己的手机，调出相机模式，把手套摆在膝盖上拍了一张。

"你妈做的啊？"潘家伟也看出这是手工制品，"怪好看的。"

时濛专心研究怎么发朋友圈动态，没空理他。

潘家伟又问："话说，你为什么跑来浔城？真的是离家出走吗？"

时濛还是没理。

潘家伟这次上门，是来唱新歌给时濛听的。

时濛听音乐只听个节奏，因而每首都说好。恰逢猫从楼上下来，慵懒地"喵"了一声，潘家伟指着它问："如果这猫会唱歌，你是不是也觉得好听？"

时濛想了想，说："不是。"

猫不会有节奏地叫。

潘家伟却把这当成承认他的才华，得意扬扬地向猫抬起下巴："手下败将，还不报上名来！"

猫冲他龇牙："喵——"

于是，时濛给他另取了个名字，叫"喵喵"。

"你给猫起名是这么草率的吗？"潘家伟建议道，"不如叫濛……"

时濛没听清，问道："什么？"

潘家伟咳了一声，手指扫弦发出悦耳声响，说："没什么，我说'喵喵'就挺好。"

潘家伟下午有课，走之前按照惯例磨磨蹭蹭，一会儿说刚才没发挥好弹错几个音，等下把音乐节现场的视频发到他微信，一会儿又提醒他晚上少出门，说近来这一带不安宁。

"还记得我上回跟你说的外地车辆吗？这回我看清楚了，是辆路虎揽胜。"说着潘家伟指向停车场方向，"今天早上我看见了，那人还在车里呢，都星期一了还游手好闲，肯定是来蹲点的。"

对于这番有理有据的分析，时濛不知该如何回应，只好沉默。

把客人送到院外，看到有个人背靠铁栏杆站着，身量很高，背影却显得脆弱单薄，像遭了一场大难。只有时濛知道，是因为生病了。

潘家伟也看到他了。

这么大个人往门口一戳，很难叫人注意不到，何况傅宣燎无论从长相还是气质来看，都不像会出现在这个地方的人，这和时濛一样。

待看清傅宣燎的脸，潘家伟爆了句粗口，说："就是这家伙！"

他挡在时濛身前，瞪着眼睛就要上前质问，却被叫住了。

"我认识他。"时濛说。

傅宣燎没想到，他们两人的关系，有一天会被时濛形容为"认识"。就像互换过名片的合作伙伴，或者隔壁班有过几面之缘的同学，仅仅是认识，叫得出名字，再无其他交集。实际上，他们何止认识，他们见识过对方不为人知的阴暗面、坏脾气，也看过对方狼狈的样子。

看着可以正大光明进到时濛住处的年轻男孩的背影，傅宣燎本就血丝弥漫的双眼顿时变得猩红。

时濛关上铁门，即将转身的时候，听见一道声音："还有三分钟。"

傅宣燎的嗓音本就低沉，如今添了几分沙哑，震得人心口微颤。

"刚才那小子进去的时候，我就想，半个小时，要是半个小时他还不出来，我就翻墙撞门进去把他揪出来。现在距离半小时，还有三分钟。"

时濛习惯于自己的事自己处理，最讨厌牵扯无辜的人，闻言皱眉："你凭什么？"

得到回应，傅宣燎心里松快了些，灰败的面孔上也扯出一个笑："就凭我和你不只认识，昨晚我梦到你了。"

时濛一怔。

能梦到什么呢？时濛想，无非是些不堪回首的过往。

可傅宣燎说："我梦到你，又站在那艘船上。"

这是独属于他们两人的经历，只有他俩能听懂的暗语，此刻就算潘家伟在场，也插不进来哪怕一个字。

"你看着我，对我笑，按下打火机也只是为了点燃烟火，而不是像现在这样。"

时濛觉得他烧糊涂了，问道："现在，不就是你想要的吗？"

你还想要我怎么样？心底升起一种无力的愤怒，想起昨日种种，知道自己不可能说得过他，时濛转身欲走，然而一步还没踏出去，他的衣角就被拉住，身体忽然被人用力向后拖拽。

有风掠过，傅宣燎如释重负般呼出一口气，带着不寻常的热度。

两人之间好久没有这么接近了，如同在干旱的沙漠中行走的旅人，终于获得一瓢清水，他贪婪地饮，又珍惜至极，做梦都要抱在怀里才安心。

"会生气就好。"

会生气，就代表还有希望，还留有余地。无论如何，都比冷言冷语来得强。虽然小蘑菇变成了小刺猬，带来的痛感都那么熟悉。

傅宣燎问："还记得去年你生日那天，最后的三分钟吗？"

被迫待在原地的时濛，整个人僵住。他不知道自己为什么不跑，大概是因为身后的人气息虚弱，站都站不稳，仿佛一碰就要栽倒。可是，这与他又有什么关系？又不是他让他淋雨，又不是他让他生病。

至于那三分钟，那曾经让他感受到冰激凌甜味的三分钟……

时濛罕见地未经思考便回答："不记得。"

不承想，听了他的回答，傅宣燎更加确定："那就是记得，我知道你没忘，我也一样。"

好的、坏的，开心的、痛苦的，统统都记在了心上。

隔着一扇形同虚设的门，傅宣燎的手臂并未施加过多的力量，靠身体前倾竭力贴近时濛，迷糊并清醒着。

皮肤散发着温热，发尾扫过脸庞时引起一阵酥酥的麻痒。

傅宣燎想起从前发长及肩的时濛，时濛前几天又剪了头发，兴许是喜欢上了短发的清爽利索。

他刚想凑得更近些，就被突如其来的一记肘击击中腹部。

冲击力让傅宣燎后退两步，他用手捂了捂，很快直起腰，一副没被伤害到的轻松模样，甚至笑着称赞时濛："警觉性很强。"

时濛看到他瞬间煞白的面孔，怀疑自己下手太重了，见他还笑得出来，内心又有一种被愚弄的烦闷。

"既然傅总有时间，不如去趟医院。"时濛冷声道。

傅宣燎还在笑，抬手指自己的脸："脸色很难看吗？"

时濛没回答。这种事，自己照镜子就知道。

他只管表明自己的态度："你的三分钟，我一秒都不想要。"

转身的时候，时濛听见傅宣燎在身后说："那我明天再来问问。"

与"那我再努努力"有异曲同工之妙。

门被摔得"砰砰"作响，回到楼上关紧房门，时濛趴在床上，拿起枕头蒙住脑袋，本意是隔绝外界的声音，却不知不觉睡了个回笼觉。

后来，时濛是被猫叫醒的。

饿了找不着饭，猫的叫声哀怨绵长。

时濛迷迷糊糊地爬起来，开了猫罐头拌进猫粮。吃饱喝足的"喵喵"不再喵喵叫，很乖地趴在时濛脚边陪他画画，一直到天黑。

时濛简单地煮了碗面作为晚餐，吃的时候收到潘家伟发来的照片，点开来看，他拍的是鸳鸯火锅，各色涮菜酱碟摆了满满一桌。

原本没什么感觉，看完这照片再看自己的面，就觉得有些寡淡了。

潘家伟问时濛想不想吃，时濛说还好。

"那就是想吃了。"潘家伟发来语音信息，"你这人我算是看明白了，有十分只说一分，还好就是很想吃的意思。"

他那头很吵，像是在和同学聚餐。时濛想了想还是打字：没有的事。

语音信息中，潘家伟"嘿嘿"地笑："反驳无效。"

他问时濛星期六有没有空。时濛问他有什么事，他含含糊糊地说："没什么啊，就请你吃火锅呗，这家餐馆的锅底不错，菜也新鲜。"

时濛问他为什么请客。

潘家伟说："就……就谢谢你听我唱歌啊，我妈都不乐意听我唱。"

这理由勉强站得住脚。

时濛本不想答应，不过想起之前的几个星期六从早起被跟踪到晚睡，几经犹豫，回复道：我请你。

潘家伟回得很快，语调上扬："谁请谁还不一样？那说好了啊，星期六晚上，如果你有空的话，下午可以去浔城街上逛逛，我给你做向导！"

可距离星期六还有四天时间，时濛每每出门都要做足心理准备，犹如上战场。

浔城这场秋雨时而下时而停，稀稀拉拉一直下到星期五深夜。

星期六太阳出来的时候，温度非但没有上升，反而下降不少。时濛推开窗，吸进一口外面的新鲜空气，只觉得肺腑都沁着寒凉。

李碧菡在信里用"一场秋雨一场寒"提醒他添衣。

时濛想：既然下了这么多场雨，应该很快就要到冬天了吧。

推开门，看见院外蹲着的人身上的单薄着装，时濛不禁又打了个寒战。

还穿着那身衣服的傅宣燎却不以为然，抬头向时濛道早安，一面用手中的铲子麻利地铲着湿润泥土，一面继续打电话。

时濛出来看自己种下的金盏花，唯恐它们适应不了浔城湿冷的天气，想给它们搭个棚。

时濛无意间听了几句通话内容，有人在催傅宣燎回去，他不愿意，先说："公司的事，我不是在远程处理吗？开会也没缺席。"

又说："就准你说走就走，不准我请个假办点重要的事？"

再强调："重要，当然重要。"

也许是电话另一头的人问到他的病情，傅宣燎语气软了些："不就发个烧吗？死不了。"

这些日子傅宣燎伏低做小，险些让人忘了他原本就是这样说一不二的暴躁脾气。

时濛也有脾气，见他又自作主张，懒得问他想干什么，径自走到铁栅栏边，把铲子伸到外面一通乱搅。

傅宣燎急忙挂了电话，伸手去护："这是蔷薇，会绕着栏杆向上长出藤蔓，开出来的花很漂亮。"

时濛好像没听到他在说什么，三下五除二把刚栽下的几株花铲了出来。

他理直气壮，也敢作敢当，既然破坏了东西，自然当下就做好了被责难、被发泄怨气的心理准备。他迫不及待等着看傅宣燎勃然大怒，甩手离开，迫不及待让生活重归平静。

傅宣燎只在起初拦了几下，后来便垂手放弃了抵抗，愣愣地看着歪倒在一旁的几株花。他的脸色不太好，表露出伤病初愈的虚弱模样，那么高的个子蹲在那里，低着脑袋，竟有一种难以言明的孤寂。

他不像时濛认识的那个傅宣燎了。

时濛忍不住想：是谁让他变成了这样？

"你喜欢花。"傅宣燎低声说，"我知道。"

不然，也不会画花、种花。

他伸出手，修长的手指触碰蔫答答的叶片，只有遗憾可惜，全然没有愤怒或不满。

他以轻松的口吻说道："秋天本来也不适合种花。"

在短暂的午休时间，时濛闭上眼睛，时间的齿轮倒转，脑海回放了许多似曾相识的片段。他看到那幅被火焰吞噬的《铃兰》，又看到一捧火红的玫瑰掉落在地，花瓣凋零，被来往的人一脚一脚地踩。

醒来后，排遣不尽的情绪在心里左突右冲，时濛试图否认这些记忆，却又在挣扎的过程中被一次次拉了回来。

时濛觉得傅宣燎疯了，他应该对自己毫无耐心，自己咬他一口，他立刻就要还回来，让自己更疼才对。

花了些时间思考，时濛心想：不如试试江雪的建议，报警吧。

时濛不是个喜欢麻烦别人的人，几个月前被揍了一顿，在滂沱的大雨中吊着一口气，他都没想过报警。

他已经被逼到角落，身侧背后都是坚硬的墙，别无他法了。

正当时濛按下110，拇指悬在拨通键上，楼下的院门冷不丁被敲响。

来者是一位长相周正的中年男子，着装正式，站在那里就散发着一种久居高位的沉稳气场。

由于旁边不到三米远的地方有人虎视眈眈，时濛没开门，而是隔着门问："您找哪位？"

中年男子递过一张名片:"鄙人姓卫,非常喜欢时先生的画作,此番贸然打扰,还望时先生见谅。"

直到把人请进屋,时濛才想起来在哪里见过这张面孔。

江雪为购买过他画作的人做过信息采集,还做了清单,有一次发给时濛看,说清单里的人非富即贵。

递过来的名片更是证明了此人的身份,这位卫先生本名卫良骥,是枫城某上市公司的 CEO,曾在拍卖会上以高价拍走过时濛的画。

至于拍走过几幅,按照时濛对周遭漠不关心的态度,能记得此人姓名,想来必不会少。

将客人请到客厅的沙发上坐,时濛去厨房翻出李碧菡寄来的花茶,撒了一把在杯底,倒入热水泡开,送到客人面前。

从前时濛画画的时候,这些对付外人的事都由江雪一手操办,如今亲自上阵,尴尬忐忑自不必多说。

那位卫先生倒是落落大方,且不兜圈子,接过茶小抿一口,便开门见山道:"时先生,如今不画了吗?"

一句问话令时濛掌心的伤处一抽。

他说:"在画。"停顿须臾,又说,"受伤了,画不好。"

卫良骥的视线也跟着下移,点到即止。

"时先生右手受伤的事,我从江小姐那儿也有所耳闻,实在遗憾。不过,看到时先生还在坚持创作,我这一趟便不虚此行了。"

他声音平稳,语气平和,使时濛躁乱的心也沉静下来。

"至于画得好或不好,"卫良骥看向阳台的画架,上头挂着一幅速写,画的正是桌上零散放着的几个橘子,"向来由心而定,每个人的心都不一样,用任何标准衡量判断,都有失公允。时先生只管画就是,只要你还在画,我便永远是你忠实的粉丝。"

时濛很少聆听外界对于他的作品的评价,面对如此真诚的粉丝,才知道被信任、被支持是什么感觉。

他有些享受这难得的舒适的聊天,虽然他多数时候在听,并不发言。

卫良骥也因为确认时濛还在画画而没了顾虑。

两人从时濛早期略显青涩的作品,说到后来充满颓丧的画风。

卫良骥笑着说:"都说艺术创作与心境情绪挂钩,时先生的风格逐渐变得晦涩暗沉,我还当是由家庭琐事、柴米油盐引发的。今日一见,才知时先生竟如此年轻,难怪能画得那样纯粹。"

这话说得并不隐晦，就差将时濛尚未受到生活的毒打，只为区区小事就将自己弄得差点神形俱灭的事实挑明。

虽然对方言语中只有赞赏，并无看轻之意，但时濛还是顺着话题，想到别的方向去了。

于是，在接下来的对话中，他频频走神。卫良骥也察觉到他心不在焉。

到底是有风度的人，卫良骥主动道："如果时先生还有别的事要忙，我就先行告辞了。"

时濛回过神来，忙道："我不是……只是，半个小时快到了。"

思及前几日，傅宣燎在门口发表的一番疯言疯语，时濛很难不有所防备。

卫良骥听闻守在门口的年轻人可能会发难，先是一愣，继而笑了。

他没就此事发表意见，只建议道："既然已经逃离是非之地，时先生大可摒弃过往，尝试开始一段稳定、健康的朋友关系。"

好在没等到半小时，就有其他人登门拜访。

来人是潘家伟，他为了赴约提前从外面回来，自己也没完全弄清楚情况，只告诉时濛："我刚路过早餐店，那儿遭贼了，连你给他们画的那幅画都不见了，警察想请你帮忙参与调查。"

事发突然，时濛赶紧过去。

卫良骥还要赶回枫城，时濛顺便送了他一段路。

从两人围绕着画展开的对话中得到重要信息，潘家伟回到早餐店，与老板娘一合计，一致认为这小偷是冲着画来的。

"我这损失几天的营业额是小，画家给的画没了，才是大啊！"长着圆脸、一团和气的老板娘此时愁眉苦脸，"早知道就不把画挂在外面了，应该藏在家里的。"

即便当事人这么说，警察还是询问了其他细节，诸如近来周遭有没有发现可疑人物，或者与他人闹矛盾、结仇之类。

老板娘仔细想了想，说道："没有啊，来我们这儿的都是邻里熟客，生面孔很少见。"

围观的邻居也证明，早餐店老板夫妻俩做生意十来年，为人甚是和善，加上整条街的邻里街坊都亲如家人，怎么会结怨？

就在调查陷入僵局的时候，潘家伟突然插了一嘴："要说可疑人物，这儿不就有一个吗？"

顺着他手指的方向，众人看见了站在时濛身后不远处像守护神一样的傅宣燎。

老板娘摆手："不是吧，这小伙子人挺好的，先前挂画的时候，我个儿矮够不着，还是他帮我挂上去的。"

周围也有觉得傅宣燎眼熟的，不过对突然闯入的外地人，难免有所怀疑。

警察便采纳了围观群众的意见，上前问了傅宣燎几个问题，包括姓名、从哪里来、来干什么的，还有住在哪里。

"从枫城来。"

"找人。"

"住自己车上。"

傅宣燎的回答简单明了，只在被问到找谁时，看了时濛一眼，又飞快地收回目光，像是怕给他添麻烦，说："找一个朋友。"

围观者开始窃窃私语。对这样一个语焉不详又来路不明的外地人，换谁都很难给予信任。

可是，从他的衣着谈吐来看，又不像是会偷东西的。

本着宁可错不可漏的原则，警察接着盘问："两个小时前，也就是中午十二点半，你在哪里？"

中午十二点，是早餐店老板娘听到窗户被砸破的时间。她忙了一上午刚躺下没几分钟，就匆忙披上衣服赶到前院的店里，可还是晚了一步，小偷的影子都没见着。

偏偏早餐店位于道路拐弯处，是监控死角，警察刚刚去社区监控室调录像，画面上只有一整条空荡荡的街，早餐店这块儿，什么都没拍到。

未等傅宣燎回答，时濛先想起两个半小时前，也就是正午十二点，他在厨房烧水，透过窗户看到傅宣燎在啃面包，就着一瓶矿泉水。

然而这件事，除了时濛，没人可以为他证明。

果然，傅宣燎说："我在街道上。"

警察问在哪条街道，傅宣燎说了时濛家出来的那条街的名字，离早餐店很近。

"你在那里干什么？"警察接着问。

"等人。"

"等谁？"

几乎与傅宣燎说"这个无可奉告"同时，时濛开口道："可能是等我。"

话音落下，时濛便捕捉到傅宣燎脸上近乎喜悦的神情。

只是可惜，很快，这份喜悦就会被摔得粉碎。

因为时濛脑中已经萌生出一个大胆的想法，与报警可以起到的效果相同，甚至更好的一举多得的想法。

警察以为他想为傅宣燎做不在场证明，便转向他，提问："中午十二点半，你和他在一起？"

"不是。"时濛说，"我和他约在十二点，可我有事耽搁，去晚了，十二点半他已经不在那里了。"

他说的多半是事实，从窗户里看到傅宣燎是在十二点，十二点半的时候，他已经坐在餐桌前，并不清楚傅宣燎是否还在原地。

所以，这不算说谎，时濛告诉自己，他只是把当年加在自己身上的污蔑还回去而已。

傅宣燎如他所料地受到了冲击，整个人先是怔住，接着眼底暗色浮动，刚显露的一点笑意也消失了，脸色变成惨白。他看着时濛，视线平直，似在询问。至于问什么，是只有他们两人知道的密语。

急促的心跳中，时濛听见有一个声音在耳边说：对，就是这样，还给他，把那些痛都还给他。

被诬陷，背负偷画者的罪名，再被百般轻贱侮辱……若都用命运弄人来解释，未免太轻易。他遭受的这些，究竟算什么？

至此，时濛才真正被激发出一点所谓的报复的快意。

他近乎酣畅地想：我这样对你，报复你，你还会觉得我好吗？还心甘情愿吗？不是说只要是我给你的，什么都可以吗？让你经历我当年遭遇的事，你接不接受？

"请问傅先生，是这样吗？"

警察的提问让傅宣燎回过神来，一同恢复的，还有他的呼吸。

他憋了一口很长的气，在通过眼神确认之后，才缓慢地释放出来。

他至此才明白，自己口中轻飘飘说出的"误会"，曾带给时濛多大的伤害。况且那是一场从身到心、旷日持久的伤害，所谓的感同身受、痛他之所痛，又岂能用短短几个朝暮百分百原样还回来？

密集而尖锐的痛中，还掺杂了难以忽视的酸楚。原来他做的这些，时濛从未放在眼里，更从未相信。

时濛只记得和他在一起很痛很痛，所以要离他很远很远。

非死即伤，才是他们的命运。

心脏微微发颤，傅宣燎把这种反应归咎为没经历过这种事，对未知产生的天然恐惧。

他强撑着抬眼，与时濛对视，也是最后一次确认——你希望我是吗？

他看到时濛眸光一闪，很短暂的一下，或许是动摇，或许是恻隐之心动了……这些在当下并不重要，总之时濛没有摇头，没有表示反对。

傅宣燎将视线收了回来，然后面向警察，回答："是的，就是这样。"

你希望我是，那我就是好了。

众人皆惊讶，一时声讨四起——

"没想到啊，长得人模人样的，竟然是个小偷。"

"我就说吧，外地人……"

"我看到他开了辆豪车呢。"

"偷的吧，为了掩人耳目，说不定车牌也是假的。"

"入室盗窃会判几年啊？"

…………

嫌疑人暂时锁定，碍于此处人多嘴杂，警察要求傅宣燎一起回公安局接受进一步审讯。

临走前，傅宣燎请求警察给一点时间，他有话要说。

他走向时濛，众人都以为他要发怒跳脚，或者质问辱骂，毕竟他刚被证人指认，心情必是极差，又沉着脸，看起来凶神恶煞的。

潘家伟也吓了一跳，如临大敌似的抬起手臂挡在时濛面前："你别乱来啊。"

潘家伟还没反应过来，就被走到跟前的傅宣燎粗暴地推开，让他站到了时濛面前。

接下来的发展，所有人都猜错了。

傅宣燎站在距离时濛一尺左右的地方，在警察和过路民众的监视下，不慌不忙地脱下自己的外套，抖了抖，展开，手臂绕一圈，落在时濛肩上。

傅宣燎个子高，他的大衣穿在时濛身上显得很宽松，衣襟围拢，厚实的衣领包住露出的脖颈。

时濛的皮肤被傅宣燎的指尖不慎触到，有一种被刺扎到的灼烫。

与之相比，傅宣燎面容过分冷峻，甚至带了些苍白，被抽空全身的血液一般。

说的也不是"天冷多穿点"之类的温暖话语，他怕来不及，拣了最重要的说："麻烦你，帮我照顾好小蘑菇。"然后又说，"对不起，我总是失约。"

以后不会了……如果还有以后的话。

闹剧散场，潘家伟摸不着头脑地嘀咕："小蘑菇……这家伙衣服口袋里藏了蘑菇吗？"

时濛的手隔着衣服布料碰了碰口袋，放的是一只钱夹，在里面塞了张照片，他上次在高速服务站看过，自然知道。

"我们还去吃火锅吗？"时濛听到潘家伟问。

他愣了好一会儿，才想起有这么回事。

"去啊。"看着警车驶远，消失在路的尽头，时濛回答，"说好了我请你。"

搬到浔城这么久，时濛第一次来到市中心。

由于还没到饭点，他先去了趟医院。

去的是市中心的医院，上周他的主治医师就劝他换到这家医院，说自己那位对手部复健颇有经验的恩师就在这里坐诊。

时濛挂号问诊，医师拿了根橡皮筋，让时濛用伤手持续抻开。换作平常人再简单不过的动作，时濛却做得艰难，几个来回手就抖得厉害。

潘家伟看得都出了一身冷汗，进到旁边的火锅店先点个养生锅底配羊羔肉，说给时濛补补身体。

偏偏时濛口味重，太过清淡的食物下不去口，到底还是配了重辣的酱碟。

他吃东西慢，小口小口，潘家伟在对面看着，进食的速度也不由得放慢。

时濛把不爱说话的习惯也完整地带到了餐桌上，弄得潘家伟无聊到旁观别桌小朋友过生日，把蛋糕上有几朵花都数清楚了。

潘家伟闲得打算再数一遍，忽闻一道声音："你不玩手机吗？"

"啊？"潘家伟回头，确定对面的人是在问自己，才答，"不玩，餐桌上玩手机多没礼貌。"

"你玩吧。"时濛说，"我知道，和我一起吃饭很无趣。"

潘家伟当他自责，忙道："并不无趣，之前和同学一起来，都吵得要命，这回安安静静的，才好细细品尝嘛。"

时濛没搭话，低头拨弄碗里的肉片，让另一面也蘸满酱汁。

趁着话匣打开，潘家伟轻咳一声，边用漏勺拨了几个丸子下锅，边状似不经意地问："今天在你家那个老……那个卫先生，是你朋友？"

"不是。"时濛还垂着眼睑，"他买过我的画。"

"哦，这样。"潘家伟点头，像是松了口气，"也对，你是大画家来着。"

沉默了一阵，潘家伟夹起一个蟹粉包，说道："我先前都不知道你的画那么值钱，还以为你是美院在读的学生。"

这样认为也没错，时濛的确曾在美院油画系念过四年，现在也在跟马老师学画。

不过，时濛没说这些无关紧要的，而是说："我比你大两岁。"

也许是没料到他会提到年龄，潘家伟先是一愣，之后突然不好意思起来："大两岁也没什么啊，你看着显小，说是大一新生都有人信。"

时濛今天穿了一件连帽卫衣，不属于他的那件大衣被他脱下来，搭在手臂上。

方才进火锅店的时候，潘家伟碰到同学。同学冲他挤眉弄眼半天，回头就发来一条微信，问带来的学弟是谁，以前怎么没见过。

潘家伟回了那同学一个"滚"字。

潘家伟坐直身体，脑袋里也百转千回，想了一堆有的没的。

他学的是生物专业，周围都是每天哭丧着脸进出实验室的同学，乐队里认识的也都是和他情况差不多的同龄人，因为生活枯燥乏味，才聚在一起狂躁叛逆。

时濛和他们所有人都不一样。

第一次见到他，潘家伟就觉得他很不一样，哪怕他只是穿着一身看上去很软的棉质家居服，蹲在院子里种花。

不可否认，长得好看是吸引人的先决要素，可是好看的人潘家伟也没少见。他们乐队贝斯手的女朋友是个拥有百万粉丝的网红，走在路上都有人回头看，他承认她漂亮，却也仅仅是漂亮而已。

时濛不一样，他是未知的、神秘的，就像不把试剂倒下去，就永远不知道会出现什么样的化学反应。

这已经足够潘家伟产生浓厚的兴趣，周遭的人都夸时濛画得好，只有他觉得，时濛比所有画作都要好，他是鲜活的、灵动的、干净的。

时濛再度开口："潘阿姨今天不在家？"

缓了好半天，潘家伟愣愣地点头道："是啊，她和她闺密逛街去了。"

时濛放下筷子，看向对面的人："那，她知道你约我出来吃饭吗？"

潘家伟又是一愣，犹豫道："应该不知道，不过我回去会告诉她……"

"怎么告诉她？"时濛接话，"告诉她你约我是因为我愿意听你唱歌？"

时濛要么不说话，要么语出惊人，直接把潘家伟问住了。

"你还想问那个姓傅的是我的什么人吧？"时濛从下午就憋着的一股

气，总算找到出口，"他被我用手段困住的时候，和你现在差不多年纪。"

犹如平静的水面翻起连片巨浪，时濛停不下来，继续说："你知道我曾经做过什么事吗？"

"我偷过别人的画，我是私生子，把我养大的是个'小三'。

"我刚才还污蔑他，把他送进了公安局，你不害怕吗？

"所有人都怕我，都躲得远远的，你们……你们为什么还要贴上来？"

最后一个问句，让席间的气氛冷至冰点。

时濛低下头，胸口伴着呼吸剧烈起伏，短暂的冲动过去，紧随而来的是一阵莫大的空虚。他像走在茫茫沙漠中，被风沙沉甸甸地压着，喘不上气，却又走不出去。

他以为说了这些，对面的人总该怕了，总该退避三舍。就算能包容他的冷漠寡言、阴晴不定，也无法接受他的过往。

时濛没想到的是，他再度抬起头，对面的人仍坐在原来的位置。

潘家伟的表情里有惊讶，有担忧，却没有时濛熟悉的嫌恶和畏惧。

他给时濛倒了水，又担心水凉了对他的身体不好，问路过的服务员要了壶新的。

飘着热气的杯子递到跟前时，潘家伟看着时濛，小心翼翼地问："突然说这么多话，有没有觉得哪里不舒服？"

直到走在夜晚灯火璀璨的街道边，凉风扑面，时濛才从恍惚中抽离，为方才的咄咄逼人向潘家伟道歉："抱歉，我……"

"哎哎哎，打住。"潘家伟没让他说下去，"我俩现在算是互相揭过老底的关系了，干吗这么客气？"

时濛的老底显然已经交代彻底，至于潘家伟的……

知道时濛在想什么，潘家伟笑嘻嘻地说："就是想和你交个朋友呗。"

时濛还是觉得疑惑，问道："你知道了我的过往，不害怕吗？"

"怕什么？英雄不问出处，我老家还是农村的呢，也没见你看不起我啊。"潘家伟耸肩，"至于你说的什么偷画……说实话，我不太信，你画得这么好，对画画又上心，连给早餐店画幅包子图都认真得像要送去参赛，怎么可能偷别人的画？"

时濛倏地怔住，被这不需要解释辩白也可以拥有的信任。

"其中肯定有误会啦，就像今天那个路虎大哥……"潘家伟说着，又对已知的情况摸不着头脑，"不过，他现在为什么又跑来？"

时濛下意识否认："他是来看我的笑话的。"

"啊？"潘家伟露出惊讶的表情，"不能够吧。"

回想先前与傅宣燎有过的接触，潘家伟琢磨了一番，道："先声明，我不是想替他说话，就是感觉，他应该是来道歉的。他在你面前跟个犯了错的小孩似的，你说什么他都听，怎么看也不像被强迫的啊！"

这晚，时濛睡得不太安分。

翌日醒来，整个人昏昏沉沉的，接到江雪的电话时还在发蒙，错把手中的蛋壳跟着蛋液一起丢进了锅里。

江雪看不到，自是不知他魂不附体，在电话里直截了当地问："听说，那个姓傅的因为偷东西进局子了。"

时濛问她是怎么知道的。

江雪回复说："那家伙不敢惊动家里人，给高乐成打了个电话，让他帮忙，找人查点东西。"

时濛没问查什么，只"哦"了一声。

半晌无言，再出声时，江雪大胆猜测："是你指认的他？"

时濛说："他自己承认的。"

那便是了。

江雪叹了口气："我就说，他是疯了吗？竟跑到浔城去偷东西。"

时濛不说话，用筷子把锅里的碎蛋壳拨弄出来。

"如果他盯得太紧，让你觉得不舒服，是可以报警，但是指认这种事……"江雪说到一半卡了壳，颇有些头疼的样子。

时濛突然开口，打断她的话："是他自己承认的，不是我报的警。"

他不想再继续这个话题，说完便以还有事为由将电话挂断。

原本有事只是托词，不承想上午吃过早餐，竟接到了来自公安局的电话。

是昨天见过面的警察打来的，问时濛上午有没有时间，方便的话去公安局一趟。

"对于那幅失窃的画，我们还有没弄清楚的地方，希望您配合调查。"

时濛有的是时间，便过去了。

到了公安局，警察给他做了笔录，全面而细致地了解了给早餐店的那幅画何时动笔，何时画完，又是何时挂到店里的墙上。

时濛猜测这次收集的信息，或许将要用来查验那个人的说辞是真是假。

不知他面对警察的盘问是怎么说的，按目前情况看来，他至少没反驳时濛的指认，因为警察并没有追究时濛昨天那番漏洞百出的"证言"。

做完笔录，临走的时候，时濛把手中的纸袋递给警察，麻烦警察转交里面叠好的大衣。

警察看上去很忙，合上笔录本指了指走廊尽头的审讯室："人就在里面，放在门口就行。"

时濛犹豫了一下，还是走了过去。

审讯室的门虚掩着，看样子接班的警察还没到。

他放下纸袋抬起头，视线刚好透过门缝和稀疏的铁栏杆，与坐在里头的人的视线碰个正着。

血红的眼睛昭示着他一夜未眠，此刻却目光炯炯地看过来，看得时濛猛地瑟缩，所思所想全被看透一般。

"是来看我的？"时濛听见傅宣燎问。

他坐在一把椅子上，身上的衬衫微皱，没戴手铐，因为坚固的栏杆足以桎梏他的行动。在枫城赫赫有名的傅家掌权人，竟由于涉嫌盗窃被关在逼仄的审讯室里，传出去又是人们茶余饭后的笑料。

沦落至此，傅宣燎脸上仍挂着笑。

而这种时候，越是胆怯，时濛越是要命令自己不准逃跑，他指了指地上，说："你的衣服。"

时濛说完便要走，又听傅宣燎说："等一下。"

被叫住的那一刻，压在时濛心里的石头终于有了下落之势。

他以为傅宣燎将要质问，将要发飙，那么一切都可以回到正轨，他不用再说谎，不必良心不安，更不必担心接下来不受控制的发展。

可是，傅宣燎没有质问，也没有发飙。

"院子里种的花，不要那么频繁地浇水，先前下了一周的雨，泥土已经足够湿润。"说的是时濛种在院子里的金盏花，已经长出半截手指高的花芽。

走道临窗，晨间稀薄的阳光洒在身上。

傅宣燎用再平淡不过的语气，说着最寻常不过的话："那是一种向阳生长的花，也不喜欢淋雨。"

时濛回到住处，经过院子里种的那片金盏花，看了好几眼，到底没把刚搭上不久的花棚拆掉。阴天防雨，晴天防晒，一棚两用，有什么不好？

他习惯性地提起水壶，经过一阵犹豫后，还是没出去浇花。

秉承着科学严谨的态度，时濛用手机上网查了下，百科上确实说金盏花喜干燥怕湿润。

随便弄了点吃的对付午饭，时濛便在画板前坐下。

绘画比赛已由马老师代为报名，主题是人像画，时濛拿着炭笔在画板上勾勾画画半天，也没想好画什么。

他不擅长画人像，甚至对此有种天然的抵触。

他之前和马老师通过邮件探讨过这个问题，马老师的意见是让他试试画周围的普通劳动人民，还原最真实的样子，毕竟越朴素的东西越容易打动人。

于是，时濛开始在脑海里搜索最近见过的人。

潘家伟刚添了两个耳洞，看上去和朴素完全不搭边；潘阿姨刚烫了头发，得仔细观察才好下笔；昨天见过的那位卫先生，言行举止全然是个有丰厚资本的人，而非劳动人民；早餐店的老板娘忙着补玻璃，今早都没开门做生意；而上午在公安局见到的那个……

笔尖一歪，在纸上画了一道弧线，时濛深吸一口气，放下笔。

他在心里告诉自己，一定是复健没做够，手还不稳，而且身边来来去去就这些人，想到他很正常。

这么想着，他从口袋里掏出橡皮筋，回想昨天医生教的，将大拇指和其他四指来回抻开做康复运动。从食指到小指，做完一个来回，刚要从头继续，外头发出"哐"的一声，是铁门被推开的动静。

循声望去，看见提着大包小包站在门口的人时，时濛下意识地眨了眨眼睛，以确认自己有没有看错。

来人也不太镇定，攥紧的拳透露了她内心的紧张。

两人对视半晌，李碧菡率先打破平静，温声道："今天难得空闲，我就想着直接把东西送来，本打算放下就走的，没想到这铁门没锁……"

顺着她的目光，时濛看向铁门。虽然上了锁，但他平时回来习惯随手一拉，不管它关没关上，反正里面还有一道门。

时濛便"哦"了一声。

由于没应对过这种情况，时濛只好干巴巴地说："要不要进来喝杯茶？"

这两天频繁有客到访，时濛把盛了茶叶的小瓷碗直接放在了桌上，是李碧菡寄来的花茶。

见自己送的东西被妥善使用，李碧菡抿唇微笑，捧起杯子喝了一口，问时濛:"这花茶没怎么晒干,口感偏淡,你喝得惯吗?"

时濛给自己也泡了一杯,闻言把脸抬起来,点头道:"嗯。"

他想,既然收了东西,总不能将人家拒之门外,虽然从小没人教他,但这点礼貌他还是懂的。

李碧菡又提起院子里种的花:"是我给你寄的种子长出的花芽吗?早些种也好,明年春天就该开花了。"

这话让时濛想起那几株被他铲掉的蔷薇,如果生根存活,明年春天是不是也会开花?

喝完茶,李碧菡站起来道:"这回带的东西多,我帮你拿到厨房去分个类。"

时濛也跟了进去,看着她从袋子里拿出一个个精致的便当盒,有的是透明的,有的印着小兔子图案,和放在窗台上的保温桶的兔子图案一样。

"这是牛肉酱,用的是我和你方姨新研究的配方;这是柚子茶,我自己随便捣鼓的,你试试看,要是不合口味就丢掉;这是腊肠,平时没空做菜的话,放在锅里和米饭一起蒸,熟了切片就能吃,记住切的时候慢点,小心烫……"李碧菡一边将瓶瓶罐罐推到时濛面前,一边尽可能详细地介绍。

时濛的关注点没放在这些吃的上,而是落在李碧菡的手上。

这双曾经十指不沾阳春水、养尊处优的手,如今出现了细纹,沾染了沧桑,上头甚至有几道细小的伤口,像是切菜时不小心划伤的。都这样了,还给时濛织了副新手套。

这回是五指款,右手掌心处特地做了加厚处理,对此,李碧菡说明道:"入冬了,手不能着凉,尤其是患处。戴上这副手套,活动方便些,可以在家里戴。"

时濛接了过来,手套触感很软,针脚比上次那副整齐很多。

看了一会儿,他抬起头问:"那你呢?"

李碧菡先是一愣,待明白过来时濛问的是她的手,发红的指尖不禁颤抖几下,忙道:"我没事,我是坐车来的,挨不了冻,不用担心。"

说完才意识到时濛说不定只是随口一问,并没有担心的意思。

到底是出事以来时濛第一次主动跟她说话,李碧菡有种受宠若惊般的喜悦,手脚都不知该往哪儿放,试探着同时濛商量:"还带了点新鲜的猪骨,我给你煲个汤?就借用一会儿厨房,你忙你的,我不会打扰。"

直到回到阳台,坐在画板前,时濛才反应过来自己答应了什么。他有点后悔，却不是因为不敢把厨房交给李碧菡，他怕有一次就有两次，等到他习惯了，再想脱离就会变得困难，这跟温水煮青蛙是同样的道理。

时濛拿起炭笔，在纸上涂了只蹲着的青蛙。

画板前是时濛的安全领域，因此他画了一会儿，躁动的心便平复下来。

青蛙画好了，缺点背景，时濛用笔在下面铺了张荷叶。

荷叶、荷花，菡就是荷花的意思。

如同受到某种指引，时濛的视线又往厨房门口飘去。

从这个角度可以看到李碧菡站在料理台前，正低着头处理食材，西斜的夕阳给她周身笼罩一层光晕，朦胧得很温柔，微微佝偻的肩背是岁月雕琢的痕迹。

浓黑长发被她束起来搭在肩的一边，挺括的大衣将她的背影勾勒得纤细高挑。时濛想起有人夸他身材比例好，长得像明星，还借此推测他的妈妈一定很漂亮。

妈妈……这个不常出现在时濛脑海中的称呼，足以撼动人心。

不由自主地，时濛将一张新纸铺在画板上，握着炭笔，一边看着，一边在纸上描画出映在他瞳孔里的景象。

猪骨不容易炖烂，李碧菡一忙就忙到了天色昏暗。

出来的时候，看见时濛抬手挡住画板，她微笑着说道："别怕，我不偷看。"说着指向厨房，"汤炖好了，要不要尝尝看？"

本着尊重别人劳动成果的原则，时濛接过冒着热气的小碗，尝了一口。

对着李碧菡期待的眼神，他点点头，无声地给予认可。

起初的忐忑一扫而空，李碧菡终于发自内心地笑了出来，眼睛里也有了神采。

她在急于接近时濛的同时，又深知过犹不及的道理，待时濛喝完一碗汤，她便起身摘下围裙，打算告辞。

临走前，李碧菡交代了几句"一个人住注意安全""多喝热水不要贪凉"之类的话，往门口走的脚步因为踟蹰而缓慢。

时濛把她送到门口，见她似乎有话要说，也不催促，只默默站着，一言不发。

门打开，外面的凉风灌进来的时候，李碧菡终于下定决心，从拿出很多东西之后仍鼓鼓囊囊的包里扯出一件衣裳，转身微微踮脚，往时濛身上披。

"羽绒服,买了好一阵,怕邮寄不稳当。"她说,"过几天你的生日就到了,时家那边官司打到紧要关头,也许抽不出空过来,就先把礼物带给你。"

时濛没太注意听,只觉得身上一暖,紧接着便闻到那股熟悉的柑橘香,是李碧菡身上常有的味道。

他曾经向往过的、羡慕过的,如今离他这样近,近到触手可及,他却不知该如何回应,傻愣愣地站在那里,由着厚实的衣服将他裹紧。

羽绒服大小正好,还够里面加件秋衣。

李碧菡拍了拍时濛的肩,接着后退两步欣赏,笑得眯起眼睛:"我们濛濛啊,穿什么都好看。"

心尖狠狠一颤,是比收到信时更剧烈的一种确信自己拥有的感觉。这让时濛有些惶恐,他连"谢谢"都忘了说。

李碧菡看到他一副无措的样子,不知怎的红了眼眶。

"我们濛濛啊,值得拥有这世界上最好的东西。"她又抬手给时濛整了整衣领,怕他有负担,强忍泪意哽咽着道,"这不是补偿,而是把本就属于你的还给你。"

晚一点的时候,时濛从羽绒服口袋里摸到一封信。

人们经常通过文字委婉道出难以通过口头直接诉说的事情,李碧菡也不例外。

她在信中写道:从前待你不好,是我时至今日都觉得后悔的事。若你还怪我,就不要理我,或者骂我也好;若不怪,也别轻易原谅,让我再为你多做些什么。

看完,时濛呼出一口气,无声地说,我从来没有怪过你啊。

他是任性固执,但非蛮不讲理,尤其在有过濒死的经历之后,更觉得谁都有难处,都会有疏忽犯错的时候,如果总是围着过去打转,活着未免太艰难。

可是,放下不等于接受,放下不需要勇气,而接受需要很多很多勇气,比初次拿起的时候还要多。时濛早已没了勇气,只能颓废地待在原地。

同样地,冷静下来之后,时濛确定自己也没有怪过傅宣燎。只是被逼到了绝境,他情急之下用攻击代替抵御,为的是让自己看起来不那么狼狈。

待那股被动攻击激发的冲动过去,时濛开始频繁去早餐店走动,协助老板娘调查小偷的去向。其实用不着协助,这一带来来往往的就这么些人,老板娘趁闭门歇业躲在暗处稍一观察,就发现了蛛丝马迹。

这天，时濛照例上门探听情况，老远就听见小孩哇哇的号哭声，伴随着老板娘洪亮的骂声。

时濛走近才看清，挨打的是老板娘的小儿子。

这个男孩是老板和老板娘老来得子，全家上下都十分宠爱他，听说店里的肉包子馅都是按他挑剔的口味调制，这包子因此也远近闻名。来用餐的客人无论吃面还是馄饨，总要点上一笼搭配。

见时濛来了，老板娘暂时收手，把孩子从条凳上拎起来提到跟前，满脸歉意道："对不住啊大画家，熊孩子干的好事，让你朋友背了锅。"

原是小朋友想买玩具，爸妈嫌贵不让，他想起每天早上自家店里都会收到好多钱，便动了偷拿的心思。

至于为什么连画一块儿偷了，熊孩子还挺委屈的，说道："画得太像真的了，我想照着描一幅来着，爬凳子上刚摘下来，就把桌子碰倒了，一不小心还把窗户砸碎了。"

时濛这才明白了，难怪小偷来去自如，一跑就无影无踪，原来是自家人作案。

把被小朋友叠成方块的画纸铺开，重新挂回墙上，时濛又协助老板娘在店里装了监控设备。最后，时濛被老板和老板娘千恩万谢地送出来，手上拿了厚厚一沓早餐券。

时濛觉得太多了，一年都吃不完。老板娘笑出两个酒窝，豁达地说道："带你朋友来吃啊，正好给个机会让我向他赔个罪。"

这句话，时濛自是不会主动传达的。

听说警察已经来过，除了教育小朋友，还告知人已经放了，时濛便放心地回去了。

街坊邻居就这事讨论不休，时濛也左耳进右耳出当没听见，潘阿姨上门来八卦，他也只含混地说是一场误会。

"是误会就好。"潘阿姨嗑着瓜子道，"那派出所审讯室哪是人待的地方，听说那儿没的吃没的喝，连张硬板床都没有，这个天气再多待几天，非得折腾出病来。"

直到晚上，时濛听见雨声下楼关窗，又听见铁门"哐哐"响，出去打算将它锁上，被埋伏在墙角的一个人冲出来吓了一跳，才对"折腾出病来"有了大致的概念。

而他出来的刹那，时濛就分辨出来是谁，下意识地松了口气。

借着屋里透出的灯光，时濛看清他颓败的脸色，以及不过几天工夫就消瘦一圈的身形。天那么冷，他还穿着那身单薄的衣裳，呼出的热气越来越稀薄。

仿佛为了验证潘阿姨说的话，时濛观察完毕，问道："那里面没有饭吃吗？"

傅宣燎用手撑着墙壁缓缓站直身体，听到这个问题先是愣怔，然后很轻地笑。

时濛恍惚一下子穿越回九年前的平安夜。

那天的雪，那天萦绕在鼻间的酒气，虽然过去了很久，时濛依然记得很清晰。他像一个丧失了遗忘功能的超忆症患者，脑袋里塞满了这些本该打包丢在海上的记忆。

想起那时被误认为别人，时濛顿时丧失了同傅宣燎说话的兴致。也不想知道傅宣燎有没有吃饭了，就算饿晕在门口，与他又有什么关系？

他转身便往屋里走，院门也顾不上关。

傅宣燎追了上来："还有什么是我不知道的吗？"

时濛不答，他便不依不饶地说："你不好奇我是怎么出来的吗？"

傅宣燎显然不知道他被放出来也有时濛的功劳。

时濛也不想他知道，一声不吭地摔门，欲将他关在门外。

然而，门板受到阻力，时濛试了几次都关不上，瞪圆了眼睛从一掌宽的门缝里看着傅宣燎，说道："你到底想干什么？"

"这话该我问你。"也许是发现越是服软退让，时濛就越是逆反心高涨，傅宣燎对症下药地质问，"做伪证，让我被当作疑犯抓进派出所，你到底想干什么？"

时濛被问得愣住，就这一会儿工夫，傅宣燎推开门，从身侧的空当挤进屋。

门"砰"的一声关上，傅宣燎在离厨房最近的那把椅子上坐下。

他从派出所出来就马不停蹄赶到这里，强打精神撑到现在，最后一点余力也在刚才的拉扯中彻底消耗掉。他精疲力竭，闭了闭眼睛，不抱希望地问："有能吃的东西吗？什么都行。"

真当傅宣燎是来兴师问罪的，时濛去冰箱里找了晚饭吃剩的食物，放在微波炉里加热完，端到桌上。

傅宣燎当真饿极了，半眯着眼，也不看是什么东西，用筷子夹起就往嘴里塞。

这回时濛没心情挑衅，没问傅宣燎怕不怕自己往里面下了药。

傅宣燎也不再急于表明自己的态度，没说类似"就算下了毒也心甘情愿吃下去"的话。

屋内发生的一切仿佛一部慢速播放的电影，却又快得如同夏日里的疾风骤雨。无论快或慢，都叫人难以忘记。

时濛热过饭菜就坐在桌边，离傅宣燎不远不近的一个位置。

因此，傅宣燎刚放下筷子，他的开口接得很及时。

"我做伪证，是为了报复你。"时濛说，"你以前污蔑我偷画，我就把污蔑还给你。"

他是在回答进门前傅宣燎的问话。傅宣燎听完却愣了半天，像是忘了自己有这么问过似的，反应过来之后，说道："我知道。"

他接着说："所以，我才承认了，是我自己愿意的，你不算做伪证。刚才，是我胡说了。"

"胡说了？"

"嗯。"傅宣燎点头，"太饿了，饿晕了，说胡话呢。"

"……"

时濛半晌无言，似在琢磨自己是不是被套路了，付出的代价是一顿饭。

潘家伟之前告诉他，渣男最擅长用装傻充愣这招，让你一拳打在棉花上，有气都撒不出。

憋气的不适感做不得假，时濛闷了半天，说："我不信。"

傅宣燎有些惊讶于今天时濛的反应。先前时濛对他的出现表现出强烈的抗拒，甚至不惜说谎来让他远离，如今竟能坐下开诚布公地谈及往事，虽然态度依然强硬，但至少不再拒绝交流。

老实说，傅宣燎心情很糟。虽说自己是心甘情愿进的派出所，面对审讯盘问也顶着压力撑了下来，可碰上这种有理说不清的祸事，他护着时濛的同时又要将无辜的自己择出来，精疲力竭倒是次要，被困住手脚无能为力的痛苦才是煎熬。

这让他想起当年的时濛，即便不曾受过牢狱之灾，缚在他身上看不见的绳索，也远比看得见的道道障碍沉重得多。

那时候，他是怎样对待时濛的？

他不听解释，不由分说就认定是时濛偷的画。他恨到抓着时濛的手企图将其拧断，他还为了那幅画一次又一次伤害时濛，让时濛坐在窗台上迎着风，让时濛把那幅画当成救命稻草般抱在怀中。

经历这样百口莫辩的痛苦、日复一日的折磨，难怪时濛绝望死心后，会毫不犹豫地将那幅画付之一炬。

时濛烧掉的不仅是痛苦之源，更是纯净鲜活的一颗心。

而傅宣燎直到今日，才有机会当面对他说："我知道，《焰》是你画的。"

时濛置于桌面的手指往掌心瑟缩了一下。

"当年往我课桌里塞画的是你，去教室找我的是你，来学校医务室看我的是你，圣诞夜把我带回家去的……也是你。"

时濛听完却说："不是我。"

傅宣燎被他的反驳弄得一愣。

"那个人，已经死了。"时濛看着他，一字一句道，"死在了那天的大雨里。"

心知肚明是一回事，被当面提起又是另外一回事。

当时在医院看到浑身是血、奄奄一息的时濛的恐惧感仿佛卷土重来，当事人用如此淡然的语气谈及生死，傅宣燎更有如万箭穿心一般，痛到呼吸凝滞，从此怕极了"死"这个字。

他甚至怀疑当时的自己疯了，居然能说出那样冷漠的话。

若是有机会回到过去，又无法阻止事情发生，他说不定会选择直接把当时的自己掐死。

时濛是因为他才放弃了求生，他亲手按灭了时濛心底燃烧的火焰，现在又企图让它重燃。世上哪有这么好的事，凭什么任他为所欲为，又给他反悔和凭吊过去的机会？就凭他迟来的歉意和深情，就凭他受到报复后的亲身体会？可他仍然不死心。

"那也一定有办法，"傅宣燎低声道，"一定有办法，让他复活。"

自欺欺人的话，让时濛扯开嘴角，仿佛看着当年偏执的自己，心中唯余空寂的荒凉。

他说："当然有。"

听了这话，傅宣燎黯淡的双眸重现光亮。

而时濛要做的是毁掉最后的希望。

犹如置身事外的人说着事不关己的话，时濛的视线飘忽："只有把那幅烧掉的画，恢复原样。"

静默良久，傅宣燎问："只有这一个办法？"

时濛看着他眼里的光再度黯淡下去，沉下一口气，肯定道："是的，只有这一个。"

第九章
天晴

这场雨下到半夜，晨起时，昨天闯进屋的人已不知去向。

碗被洗干净放在橱柜里，没吃完的菜也用保鲜膜封好，空荡荡的餐厅只剩下一只伸懒腰的猫。

说来奇怪，这猫自被时濛收养后就变得极乖，从前上房揭瓦到处乱跑，如今家里来了人就躲得影子都见不着。除了上回被潘家伟挑衅时溜出来龇牙示威，其他时间都静悄悄的，要不是墙根放着食盆，根本不会有人知道家里养了猫。

似是察觉到人类的关注，改名为"喵喵"的猫扭着屁股走过来，竖着尾巴亲昵地蹭时濛的裤脚。

时濛蹲下去摸它油光水滑的毛，喵喵"喵"了一声。

无人的时候，时濛偶尔会把猫当作倾诉的对象，不管它能不能听懂，说出来总比憋在心里强。

"你也觉得我狠心吗？"

这次没有回应，喵喵不明所以地看着时濛，显然没听懂他在说什么。

时濛便自顾自地想：我好狠的心，明知不是他的错，还让他淋雨，让他坐牢，看似给他指了条明路，实则断了所有的可能。

这样也好，时濛转念又想，早早分道扬镳挺好。

如今报复的事已经做了那么多，不仅没有想象中的快感，还凭空生出几分迷茫。

遑论旧伤未愈又添新伤，这无解的恶性循环自当由他亲手终结。

时濛缓慢地呼出一口气，望向窗外熹微的晨光，自言自语道："幸好他没进来。"

幸好，他不知道。

之后，时濛的生活恢复到了刚来浔城时的模样，按部就班，独来独往。

也有些许不同，比如偶尔出门同他打招呼的邻居多了，众人用好奇又敬畏的眼神看他，又满脸堆笑极尽讨好，原因是听说时濛是画家，都存了结交的心思，连先前介意他是外地人的也改变了态度。

这天又有带着孩子前来拜师学艺的邻居，被时濛婉言拒绝后送出门。

隔壁潘阿姨在院子里嗑着瓜子感叹："再过些日子，小时恐怕就记不得咱们的好咯。"

时濛忙说不会，刚到这里时受过她不少照顾，他永远记得潘阿姨做的包子的味道。

潘阿姨说："说着玩呢，看大家都跟你亲近，阿姨高兴还来不及。当初看你一个人搬到这里，我就在想，这是谁家的孩子呀，又乖又俊，家里人怎么舍得让你一个人跑到这里来？"

时濛想了想，说："是我自己跑出来的。"

潘阿姨被他的认真逗得"咯咯"直笑，连连摆手说："那肯定也是因为受了欺负，才离家出走的。不提那些不开心的了，明儿个晚上来阿姨家吃饭，五花肉买多了，正愁吃不完。"

时濛没答应，因为明天是他的生日，江雪说好了要过来。

第二天，满满一大碗红烧肉还是被送到了家里，配着江雪千里迢迢从枫城带来的蛋糕，又做了几样小菜，两人吃了一顿丰盛的晚餐。

"原本高乐成也要跟来。"江雪正在减肥，一边往嘴里塞红烧肉，一边拼命喝水缓解负罪感，"我没让，这是我们姐弟俩的聚会，他掺和进来算什么事。"

时濛舔掉嘴角的奶油，点了点头："嗯。"

吃完之后，两人蹲在地上拆快递，都是时濛收到的生日礼物。

李碧菡寄来一双新鞋，在信里说可以配着上回的羽绒服穿；马老师寄来一套绝版画集；在学校忙着做实验的潘家伟通过同城速递送来一盒颜料；连仅有一面之缘的那位卫先生，不知从何得知时濛的生日，也寄来一件颇具观赏价值的艺术摆件。

江雪连连感叹"世风日下"："我们小濛濛都学会社交了。"

时濛百口莫辩，连说几声"不是"。

江雪笑着宽慰道："好好好，我都知道。我只是高兴，现在有那么多人喜欢你，待你好。"

她和时濛许久未见，刚到这里就发现时濛相较过去性情温和了许多，至少不会在别人接近时下意识地躲避。

江雪再一想，其实这才是时濛原本的样子，犹如冰山的尖锐棱角在暖流中一点点化掉，露出柔和恬淡的内里。拥有爱的人才会变得柔软，没有人生来就带着一身刺，也没有人生来就喜欢孤独。

江雪看着跪坐在地毯上，将礼物一件件细心收好的时濛，笑着笑着眼眶酸胀。她别过身拭去眼角的泪水，久违地觉得活着是这样好的一件事。

第二天是星期日，晚上江雪赶着回枫城。

道了别坐上车，到底没忍住，江雪降下车窗探出脑袋："你过生日，那家伙没来？"

时濛"嗯"了一声。

"不是被释放了吗，怎么……"

"他不会来了。"时濛说。

见他这样肯定，江雪纵然想劝也寻不到切入口，思及前阵子时濛将傅宣燎送进派出所之后的反应，沉默片刻还是妥协道："你决定了就好，我先走了，有事记得打电话。"

目送江雪的车驶远，看着车尾灯在漆黑幽长的道路上明明灭灭，直至消失不见，时濛裹紧了身上崭新的羽绒服，转身回屋。

浔城的初冬来得也比枫城早一些，夜里起了雾，能见度低，因而看见院门口站着的人时，时濛险些以为自己眼花了。

似是急于告诉时濛没看错，那人迈步上前，路灯将他的影子拉得很长。

几日不见，傅宣燎看上去比上一次走时更显憔悴，加上一副风尘仆仆的模样，时濛很难不猜测他是不是离了自己就吃不上饭。

傅宣燎自是不知时濛在想什么，他嘴角扬起浅笑，开口为自己申辩："谁说我不会来了？"

想来应该是方才和江雪的对话被他听了去，时濛蹙眉道："你偷听。"

"不是偷听，是正大光明地听的。"傅宣燎摊手，"我刚到这儿，你俩正好出来。"

"你来干什么？"时濛问。

如果他没记错的话，上次分别前，他告诉傅宣燎，"复活"的方法有且只有一个。而那件事，根本不可能办到。

果不其然，傅宣燎丝毫没有提起那件事的意思，而是指了指天上："来看星星。"

时濛抬头往天上看。

就在这个时候，已经走到他面前的傅宣燎抓住他的手腕，抬起，迅速挂上了一件沉甸甸的东西。

回过神来的时濛忙抽回手，低头一看，是条有些眼熟的手链。

说眼熟，是因为那剔透漂亮的蓝宝石；无法确定，是因为原本足有鸽子蛋大小的宝石变成了好几块，由一条银色的链子穿起，过分华丽的造型被低调的款式取代，倒变得适合平时佩戴了。

耀眼夺目的一整颗宝石被打散，环绕在手腕之上，闪烁的光芒让时濛不禁愣怔，仿佛真的看到了星星。

恍惚中，他听见傅宣燎的声音——

"生日快乐。"

傅宣燎抬起手臂，手掌悬在他头顶，做出一个为他遮风挡雨的姿势。

"希望今后的每一个生日，小蘑菇都淋不着雨。"

时濛不承认自己是蘑菇。哪怕他曾经很想知道傅宣燎为什么给他取了个"蘑菇"的外号，还想看看傅宣燎笔下的自己究竟长什么样子。

他也不相信傅宣燎能将那幅画原样恢复，毕竟这件事连他自己都做不到。可是，傅宣燎还是不屈不挠地跟进了屋，厚着脸皮说饿坏了，给点什么吃的都行，倒真应了时濛的猜测。

时濛这回虽然还是没守住门，却不打算理他，想着他觉得没趣自会离开。

进屋后，时濛径直走向厨房，将晚餐剩下的厨余垃圾处理掉，再把用过的锅碗瓢盆扔进洗碗机。

烧热水的时候，想起那手链还套在腕上，时濛洗完手，边把它摘下来边往外走，刚要把它还回去，抬头发现傅宣燎趴在桌上双目紧闭，走近几步，依稀能听见平缓均匀的呼吸声——睡着了。

时濛一时间陷入两难境地，理智告诉他应该把人叫醒赶出去，可又有一个声音在脑海里劝他说，你看这个人这么可怜，都累得睡着了，就让他休息一会儿吧。也许是困倦也会传染，犹豫的短暂工夫，时濛竟也开始犯困。

和略显暴躁的脾气不同，傅宣燎睡相很好，躺着一觉到天亮，趴着的时候脸只朝向左边，桌子下的长腿放松地叉开，和他上学时趴在课桌上的姿势如出一辙。

唯一的不同大概是如今的他眉眼染上沧桑，凝着挥之不去的郁结。

是谁让原本随性开朗的他变得忧郁的？

如此思考着，时濛神志与视线逐渐模糊，记忆中的画面却慢慢清晰，直到与眼前的景象重叠。

不知不觉间，时濛伸出手去，像许多年前自己在午后的教室里做的那样。

好在理智尚存，时濛从幻梦中回神，指尖剧烈一颤，飞快地收回手。

他仓皇地站了起来，头也不回地往楼上跑去。

傅宣燎醒来的时候，天已大亮。

趴在桌子上睡了一宿的后遗症在睁开眼的那一刻显现，整根脊椎因长时间维持同一姿势而变得僵硬，一动就如同强行拧动生锈的齿轮，他酸痛到龇牙咧嘴，几欲落泪。身体也因长时间饥饿变得虚弱不堪，光是站起来这个动作就让傅宣燎打了好几晃，要不是有桌子可扶，说不定已经瘫坐在地。

唯一值得高兴的是，时濛并没有趁他昏睡过去，将他像垃圾一样丢到门外。

为了保证生存，傅宣燎遵循本能去厨房找吃的，随便挖了块昨晚剩下的蛋糕送到嘴里，就听到门口传来动静，去院子里晾衣服的时濛回来了。

着急忙慌地将蛋糕咽下肚，傅宣燎举着沾满奶油的勺子，很不体面地向时濛道了声"早上好"。

时濛看了看他，又看一眼放在料理台上的蛋糕，没搭理他，转身就走。

这些日子被无视惯了，傅宣燎丝毫没有受到打击，眼看时濛忙完家务在画板前坐下，吃饱睡足的傅宣燎凑上去，搬了张凳子在旁边坐下。

他记得时濛不喜欢被人看着画画，找了个侧对画板的位置，嘴巴却闲不下来，一会儿问时濛想不想知道自己这几天去哪儿了，一会儿又说这附近的便利店老板欺生，上回他就买了几样日用品，结完账核对发票才发现，有几件商品老板趁他不备扫了两次，多收不少钱。

"如今我偷东西的事闹得尽人皆知，以后他们岂不是更有理由欺负我？"傅宣燎说着，偏头瞅了时濛一眼。

时濛还是那副不甚关心的样子，画笔在调色板上蘸取颜色，专注的表情让傅宣燎觉得他根本没听进去。

傅宣燎无奈地扯了下嘴角，对目前平和的相处模式不敢有异议。

他百无聊赖地看向门口堆着的礼物盒，感到欣慰的同时又问时濛："现在你有良师，有益友，还有疼爱你的亲人，就缺一个知己了。你看，我可以试试争取这个位置吗？"

客厅里，时濛冷冷地看着傅宣燎，问道："你闹够了吗？"

傅宣燎也看着他，说："还没。想让你看到我的诚意。"

再度被无力感席卷，时濛觉得很累："你究竟想怎么样？"

他在心里问：到底还要我躲到哪里，退到什么地步？

傅宣燎几乎没有犹豫，拿出从时怀亦那里弄来的合同原件，摆在时濛面前。

"本合同自签订之日起生效，未经任何一方的允许，不得随意终止。"

傅宣燎将注意事项其中的一条念给时濛听，然后作为其中一方表态："我不同意，所以合同继续履行。"

时濛这才知道，他消失几天，把自己弄得精疲力竭，竟是为了这个东西。一种难以言喻的荒唐感漫上心头，时濛感觉自己走进一座巨大的迷宫，四周都是路，却不知哪条通往出口。

时濛不允许自己往后退，负隅顽抗般地低着头："我不要，你走。"

没坚持多久，时濛就在傅宣燎的引导下抬起眼睛，去看他手中另一件东西。一张纸，展开是一幅画，线条粗劣，色彩搭配亦算不上纯熟，风格却很鲜明。

若是那幅《焰》还在，和这幅放在一起，说不定会被认为出自同一人之手，或是有心模仿复刻。哪怕画的主题并不相同，那幅画的是火，这幅画的是雨。

瓢泼的雨浇灭燎原野火，本该是一场出于本能的主权争夺，那看似强势的火却主动敛去声息，由着雨将它扑灭，将它包围，心甘情愿，毫无怨言。

如果说《焰》表达的是渴望，那么眼前这幅，诉说的便是臣服。

时濛本不想解读这幅画的内容，可傅宣燎太过粗暴直接，在用所有行动兑现他立下的承诺。

"你不是说，只要能原样恢复就可以吗？"傅宣燎说，"你给我的没办法复原，但我给你的，掌控权在我手里。"

他们两个之间的关系，本质上是一场零和博弈，一方的进攻和胜利，必然造成另一方的败退与损失。

听到心里传来的类似零件松掉的声音，时濛抽走傅宣燎手中的画，拿起窗台边的打火机，拇指转动砂轮，让火焰吞噬了那张薄薄的纸，以最快的速度将它烧毁。

一切发生得太快，色彩绚丽的画瞬间化作一摊灰烬。傅宣燎望着眼前的景象，张了张嘴巴，似乎呆住了。

时濛却松了口气。

历史重演，就算威力不再，就算无法让时濛感受到快意，至少也会给他一点逃出生天般的轻松。

"我不需要补偿，我什么都不要。"时濛捻了捻指尖的一撮余灰，宣布道，"已经没有了，你可以走了。"

下一秒，傅宣燎突然大步上前，扯过时濛的胳膊，一使劲，将他按在墙壁上。

面对他的逼近，时濛大可像之前那样无动于衷，冷漠抗拒，可时濛选择了抢夺和销毁，这是正向反馈。

傅宣燎扯松左边衣领，拽到胸口处，让时濛看皮肤表面印刻的痕迹。

还是那场雨。

时濛慢慢睁大眼睛，看着刚被销毁的那幅画活了过来，落在一个连着心跳、渗进血肉肌理、只要活着就不可能磨灭的位置。

嘴唇一翕一张，半晌，时濛颤声道："你疯了……"

见他终于给予反应，傅宣燎呼出一口气。

"是啊，我疯了。"傅宣燎扬唇，"以前是你疯，现在换我。"

可是，时濛说："你不用这样，不用做这些。"

你不用变成疯子。

"你本来就没做错什么，所以不需要求得原谅。"

我本来就不该把恨倾倒在你身上。

傅宣燎的心悬了起来，问道："那你，不再……"甫一出口，他就意识到不能这样假设，这样约等于给对方提供破局的方法。

果然，时濛顺着他的话，替他补全未尽之言："是的，我不恨你了。"

傅宣燎忽地怔住。他没想到，时濛先说出口的是不恨。

不再恨，一切都成了比过往云烟还要轻的空茫。

抬起头时，时濛眼底的迷惘失措已然退去，取而代之的是比先前更加理智的沉静。

"对于过去的所作所为，我也该对你说声'对不起'。"

对不起，像个疯子一样困住你。

"不，你没有——"

眼看傅宣燎着急反驳，时濛一改疏于开口懒得多言的习性，抢先一步将主动权握回手中。

"我没有什么能给你。"他终于回答了那个问题，"也不想要你给我的任何东西。"

一场来势汹汹的危机被化解于无形。

也许是受了打击，之后几日，傅宣燎没再步步紧逼，却也没有愤然离去，偶尔时濛出门采购生活用品，或者去医院复诊，还是能在不经意的回头时看到他的身影。

安静得连潘家伟都不适应，有一次问时濛："那个大哥……是回去工作了吗？"

对这个问题答不上来，时濛说："不知道。"

"唉。"潘家伟叹气，"看他那么生猛，还以为能多坚持一会儿呢。"

过完生日，一年也差不多走到尾声。

通过这些日子的复健，时濛的右手已经恢复到可以正常用筷子的程度。

先前因为不方便，江雪给他买了双儿童用的训练筷，两根连在一起，手指可以套进去，顶端还镶了小动物玩偶的款式。

时濛不觉得丢人，用了好久，现在已经可以用这筷子顺利夹起花生米。

这天，他试着把一整盘新炒的花生米从一个盘子夹到另一个盘子里，只花了不到五分钟，并且手部关节仅有些微酸痛。

他忙坐到画板前，久违地用右手画了幅速写，模特就是那盘花生米。

画完拍照发给江雪和马老师，江雪直呼明天就开始给他准备复出的画展，马老师也很欣慰，说："照这个恢复速度，说不定能赶上决赛。"

时濛用左手绘制的那幅人像画，已经高分通过初赛预选。不过他没有乐观到认为自己左手的画技已经炉火纯青，能得到评审青睐，多半是因为题材恰当。

想起那幅画上的主角，时濛犹豫一阵，到底还是遵从内心，将这幅代表他有所恢复的画仔细地卷叠好，放在垫满泡沫纸的箱子里，寄往经常给他寄来东西的那个地址。

响应速度超乎想象地快，寄出去的第三天，时濛就收到回信。

李碧菡在信中说：从小到大你都是个坚强又果断的孩子，无论别人说什么，都可以坚持自己的热爱。为你高兴的同时，我亦感到惭愧，为之前二十多年的得且过，如果我早些下定决心，现在就不用在这里为身外之物奔走忙碌，实在自找麻烦。

随着来信增多，李碧菡写信的语气也越发熟络，起初还有些拘谨，如今已经把时濛当成相识多年的老朋友，无论是掏心窝子的还是家长里短，什么都说。见她把离婚官司形容为自找麻烦，时濛抿唇一笑，心里自是知道她努力维持和时怀亦的婚姻，很大程度上是为了孩子。如今摆脱这段婚姻，也是为了孩子。

她有着小学课外读物上所有描述母亲的特征，是一种无惧岁月更迭、历久弥新的美丽与温柔，柔到时濛心脏发软。他盯着信末留的那串号码看了良久，到底还是拿起手机，点开微信界面的加号。

不到三分钟就验证通过，正当时濛手指悬在键盘上，犹豫着该怎么打招呼，李碧菡先发来一张照片。是刚寄过去的花生米速写，用质感很好的木头裱了框，挂在一面空白墙上。

紧接着，李碧菡发来一条文字信息：最遗憾的莫过于没有看着你长大，幸好现在开始还来得及，我为你准备了一间房子，从现在开始，里面会挂上你所有的练习作品。不要急着进步，慢慢也可以，妈妈永远陪着你。

几天后，时濛在潘家伟的指导下学会了视频通话，他本想打给江雪试试，江雪在忙工作没回复，他鬼使神差地点开了和李碧菡的聊天框，问她有没有空。

视频通话很快拨打过来，时濛还没准备好，就手一抖按了接通。

画面出现，今天李碧菡打扮得干练，看背景，正坐在车里，在去往哪里的路上。即便如此，她仍然兴致很高，看见时濛的脸出现在屏幕里，眼角眉梢都浮起笑意。

时濛今天穿了她给买的羽绒服，戴着兜帽，像个刚进入社会的大学生。

就是太瘦了，不知送去的食物都补到了哪儿，李碧菡心疼道："我这边再有几天就能处理好，到时候就有时间了，每天煲不同的汤给你喝。"

时濛还是不习惯接受无条件的照顾，也不太习惯和李碧菡如此靠近。

"不用。"他别开眼说，"我可以照顾好自己。"

通过这段时间的来往，李碧菡知道他就是这样的性子，因此也不急于将两人的关系修补到正常母子的状态，而是像写信那样，借着视频通话的机会同他聊了些日常。

说到原本属于时濛的股份已经拿回，将连同李碧菡本人的一起转到时濛名下，包括还在谈判中但已经板上钉钉的部分时家资产，时濛摇头道："我不需要那些东西，你不用这样……"

不用这样为我奔波操劳。

似是听到了未尽话语，李碧菡先是一愣，继而微笑。

"无论你要不要，该属于你的，一样都不能少。"她看着小小一方屏幕里的时濛，罕见地展现出作为疼爱孩子的母亲固执的一面，"或许与过去和解这件事，只有等到一切回归原位，我才能做到。"

后来，时濛曾无数次问自己是否真的放下了，是否真的表里如一，与过往达成了和解。

答案是：不知道。

他躲在一个坚固的壳子里，即便外面的人敲门告诉他天已放晴，他依然不敢轻易出去，除非觉得足够安全，才会探出脑袋四下张望。

他怕一旦感受过阳光，就再也不想回到阴冷潮湿的地方。

悲剧往往都是由固执和贪婪造成的，他宁愿未卜先知死于绝望，也不要被岁月慢慢吞噬，活回从前的令人嫌恶的模样。

所以，他拼命否认过去，否认记忆，为的就是防患于未然，不给悲剧重演的机会。哪怕现实没有如他所愿，总是发生一些让他措手不及的意外状况。

今年的冬天来得比往年早一些，十二月刚过去一半，浔城的温度就降至零下。

虽然屋里有地暖，李碧菡还是担心时濛受凉，抽空购置两套新的羽绒被寄来，让时濛楼上楼下各放一套，这样平时画累了懒得上楼，可以直接去沙发上躺躺。

买的时候，李碧菡还特地问一句："现在就你一个人住吧？"

时濛说是的，李碧菡便没再多问。

后来想起，时濛才明白过来，李碧菡大约是在打听他有没有谈恋爱，但他一时半会儿没这个打算。

周末，潘家伟约时濛出去看画展，他答应了。

时濛去超市买了些零食，挑的都是年轻人喜欢的膨化食品和碳酸饮料。

拎着东西回去的时候碰上快递员，从枫城寄来的被子就在快递车上。

李碧菡提前交代过被子是晒好了的，比较蓬松，但时濛也没想到会蓬成如此巨大的体积。

赶时间的快递员依旧把东西丢在门口就走，足有大半个人高的箱子分量不算重，只是不好搬。

时濛把购物袋挂在臂上，把箱子抱起来，就看不见前面的路，打着晃往院子里走，被围花圃剩下的一块砖头一绊，身体登时往一边歪倒——没倒下来，被一双手扶住了。

低沉的声音隔着箱子传到耳朵里："你松手，我来吧。"

紧接着时濛手上一轻，那箱子被横空扛了起来，他回过神时，只看见一道挺拔的背影。

这回是正大光明进的屋，站在客厅正中，傅宣燎问："要送去楼上吗？"

时濛手握钥匙，"啊"了一声。

傅宣燎便明白了，扛着箱子往楼梯走去。

他大概能猜出这里面装的是被褥之类的东西，也没想到是如此扎实的两大套。

时濛把箱子打开，被压实了的被子弹到脸的时候也有些蒙，先抱出一套放到卧室的床上，剩下的就不知该如何处理。

傅宣燎猜测道："这些，弄到楼下去？"

时濛背对着他，将铺开的被子翻过来又折回去，一言不发，像在等他自行离去。

傅宣燎有意拖延，问："是李姨寄来的？"

时濛仍是不答。

倒是对面邻居家的窗户打开，潘阿姨冲这边喊："家里做了年糕，小时，你过来拿些回去吃！"

时濛应了一声，直起腰，面向傅宣燎时的神情冷淡，就差把"赶客"两个字写在脸上了。

"能借洗手间用一下吗？"傅宣燎举起沾满灰尘的手，"洗完就走。"

时濛着急出门，看一眼他因为搬快递弄得灰扑扑的手心，到底没说什么，扭头下楼去了。

这便是同意了。

傅宣燎径直走向连着主卧的卫生间，洗个手足足花了五分钟时间，都快把洗手液背面的成分表背下来了，时濛还没回来。

其实，他不知道还能对时濛说些什么，仿佛面对一座坚固的堡垒，炮弹打不穿，所有进攻都失效，他拼尽全力也不足以撼动分毫。

那天之后，傅宣燎失魂落魄了一阵子，因为时濛连恨都不恨了。

时濛亲口说的，由不得他不信。加之他熬了几个通宵绘制的画，被时濛眼也不眨地烧掉，即便是铁打的心脏也会痛。

最后的底牌也宣告无效后，傅宣燎甚至想过，不如就拿着那份合同，强行要求执行上面的条款。横竖还有五年，五年不够再续五年，总能熬到时濛松懈退让。

可他无所畏惧，敢做这种疯事，时濛却不一定受得了。

小蘑菇遭过一场大难，刚拼凑完整的身体还不够牢固，一碰就要碎了，此刻既需要一剂猛药，也需要适度的温和调养。不如先离开一阵吧，傅宣燎想，反正待在这里也没什么用，徒惹人白眼。

还没来得及陷入懊恼，傅宣燎一脚踩到一个软绵绵的东西，只听见一声凄厉的猫叫，还没反应过来是怎么回事，就见一团白色的球状物从床底下蹿出，撞在床头柜上，又急急忙忙从傅宣燎两腿之间穿过去，眨眼间便跑没了影。

原来是那只猫。

弄清情况的傅宣燎松了口气，惊魂未定地放下手中的被子，视线触及挨着床柜放的一个小盒子。是个纸质盒子，约有他一个巴掌大，本来在角落放得好好的，被刚才仓皇逃窜的猫打翻，盖子也掉落一旁。

傅宣燎蹲下，低头看向地上的蓝色纸盒。他没有偷窥的打算，但这盒子太轻，里面的东西也不重，猫撞一下就散了一地。

想着帮时濛收拾好，傅宣燎伸手过去，先将那有些破旧的纸盒捡起，刚对上面已经褪色的纹理感到熟悉，目光又被盒底放着的东西吸引了去。

一张薄薄的铜版纸片，上面印着摩天轮图案，来自枫城某游乐园。

下面是张一模一样的入场券，连日期都记相同，去年的11月21日，时濛的生日，傅宣燎还记得那天下了场雨。

再下面是几张字条，其中两张出自他放在家里的那种便笺本，一张写着"我上班去了"，另一张写着"有事打我电话"。

后面两张字迹较新，写了两句浑不吝的话，一句是栗子记得趁热吃，一句交代他关好窗户，小心隔壁的"色狼"。

自己的字迹，傅宣燎不可能认不出。

最底下，是一张对折叠起来的A5纸。

傅宣燎只记得那时候自己困得睁不开眼，面对时濛的要求极尽敷衍，草草几笔就画了个蘑菇递回去。

他自己都不知道画成什么样的东西，竟被时濛留到了现在。

而因为有几分重量散落在地上的，更不是什么值钱的东西——一串蓝宝石手链，一株没能存活的蔷薇，还有两个干燥的栗子壳。

这些便是时濛的宝贝了，被擦得干干净净，存放在无人知晓的角落里，若不是方才被猫无意碰翻在地，说不定自己永远无法得知，只会在夜深人静的时候，被时濛偷偷拿出来看看。

一时间，傅宣燎连呼吸都滞住，心底泛开的，是劈头盖脸砸下来的、几乎让他灭顶的震撼。

他浑身战栗，五感失灵，以至上楼的脚步声都没听见。

直到时濛推开门，看见蹲在床边的人，再看向他拿着的东西，手一松，装满食物的袋子应声落地，傅宣燎才缓慢地转过头，对上那双倏然睁大的眼睛。那里面有惊惶，有无措，还有事发突然来不及遮掩的浓烈情绪。

与之相比，傅宣燎此刻的心却变得很空，空到只来得及想——

原来他给时濛的只有这么轻、这么少。

把掉在地上的东西放回盒子里，还没来得及盖上，就被冲来的时濛劈手夺了过去。

"谁让你碰我的东西！"时濛抱着盒子，侧着身，喊道，"你不准看，你走。"

可是，傅宣燎已经看到了。

"我不走。"傅宣燎说。

脑中的弦绷断的声音震得整个身体僵硬，时濛如灵魂出窍般呆立原地。这盒子里的东西犹如一把锤，砸开了他的躯壳，微薄的尊严碎裂一地，如今再辩驳只会显得可笑至极。

"你走……"腾出一只手扶着门框，时濛让出一条道。

傅宣燎从未见过时濛如此激烈的反应，他的嘴唇都在哆嗦，扒着门框的手指关节也泛了青。可傅宣燎还是说："我不走。"

"为什么不让看？"傅宣燎向他伸出手，"拿过来。"

都说因果轮回报应不爽，上回他揪住傅宣燎的冲动失言扭转局面，傅宣燎这回就依葫芦画瓢，反将一军。

傅宣燎走上前，作势要去抢。

时濛抱着盒子转身就跑，到楼下窗台边拿起打火机，高高举起。

时濛面向跟过来的傅宣燎，显露威胁之意："你别过来，再过来，我就把它……"

"烧掉？"傅宣燎早就识破了他的想法，笃定道，"你不会。"

真实存在过的温暖，时濛无论如何也不会丢弃。

哪怕时濛早就惯于苛待自己，为了击退别人甚至不惜伤害自己，所谓杀敌一千、自损八百也不过如此。

"你不会"三个字毫不留情地将最后一层遮羞布揭开，时濛双目失焦。他踩着散落一地的自尊节节后退，每一步都发出清脆的碎裂声，似在告诉他——

你在傅宣燎面前，再无秘密。

信念崩塌扬起无数余烬，被逼到绝境的时濛没办法坐以待毙，更不允许自己对上傅宣燎炙热的眼睛。

我怎么办？那些撞得头破血流的过去，又算什么？

手指慢慢松开，将装满回忆的盒子丢在地上，时濛在濒临崩溃之前，推开门跑了出去。

冬天的浔城也比枫城冷上几分，尤其太阳被飘来的云遮住，风也来凑热闹的时候。

不过，时濛并不觉得冷，他难得地浑身燥热，身体里攒着的一股气催着他走得很快。

他沿着道路向东走，一直走，实在没路就拐个弯继续，经过临街熟悉的商铺，穿过人群熙攘的菜市，在天色渐暗时抵达霓虹闪烁的街头。

他不知道自己走了多久，只知道眼前的景象一直在变，由宁静变得吵闹，由白天走入黑夜，最后目睹一盏盏灯接连亮起来。

他像一个飘荡在这个世界的灵魂，冷眼旁观正在发生的一切。

有时吵闹喧嚣，有时静如止水，虽然是变化多端，但对他来说都无区别，都是悬崖峭壁，一失足便会落入万劫不复的境地。

或许他已经站在了悬崖崖下，这样垂死挣扎不过是自作聪明。

他只能走，一直往前走，哪怕没有目的，没有方向，因为一旦停下来，那些足以让他狂暴的念头便会顷刻间占据脑海。

望着远处的钟楼，时濛不着边际地想，如果我变成了鬼魅，那他一定就是来逮捕我的鬼差，等到两根大小不同的指针重叠，他就要将我带往地底十八层。

夜晚，风大了起来。

时濛选择了一条向北的路，凛冽的风将他稍稍留长的头发吹起，露出一片光洁的额头和映着灯火的瞳孔。

燥热退去，凉意渗入毛孔。似是发现了他的冷，跟在后面不到五米的人快步上前，将刚脱下的大衣披到他肩上。

时濛挥动手臂挡开，冷冰冰地说了一句："别跟着我。"

傅宣燎自是不会听的。他知道时濛受到刺激，需要静一静，却没办法放任他跑出去，无论如何也要看着他，不让他伤害自己。

实际上，时濛哪里还有伤害自己的力气？他走了那么长的路，无非是为了发泄无处安放的躁郁。

眼下躁郁随风散去，莫名的空虚袭了上来。时濛停下脚步，举目四望，发现不知何时离开了熙熙攘攘的闹市区，又进入了另一片安静的地域。

和住的地方不同，这里是临近市郊的工业园区，处在休息时间的工厂只亮了几盏守夜的灯，掩映在大片茂密的树林中，忽暗忽明。对面一家二十四小时便利店成了最显眼的存在。

时濛回头看了一眼来时的路，余光扫过几米开外的人时几乎没有停留，然后便抬脚穿过马路，推开便利店的门走进去。

走了这么久，早就饥肠辘辘。

时濛从货架上拿了杯面，结账的时候看到后面排队的人将差不多的速食摆在收银台旁，视若无睹地别开眼。

室内外截然两种温度，灌上开水等待泡面的过程中，时濛搓了搓冻红的手，有点后悔没把手套带出来了。

不过，当时走得太急，别说手套，要不是手机本来就在口袋里，现在可能连泡面都吃不上。这么想着，时濛又觉得庆幸。

不知怎么回事，泡面的这三分钟过得仿佛比从家里一路走到郊区的几个小时都要漫长。时濛撕开杯面的纸盖，发现里面多了一根火腿肠和一颗卤鸡蛋，思绪才陡然卡壳。

等到思绪续接上，时濛已然想不起是什么时候让他钻空子往里面加了配菜，如同想不起自己究竟从何时起，可以坦然接受他的照顾一样。

他给过他的东西，只有那一点点，也远不止那一点点。

他把他从黑暗里背了出来，让他看到这个灰黑色的世界里还有阳光那样美好的东西，赋予了生命另一种意义。

时濛也曾问过自己：真有这么多吗？

回避这个答案的原因，正是这个答案肯定且唯一：有的，有这么多。

这餐饭吃得简单，却令人胃里舒暖，全身的血液都顺畅流动。

处理掉垃圾，时濛又走向收银台，要了包烟。

时濛习惯右手拿烟，如今右手伤未痊愈，动作少了点灵敏度，亦欠缺准头，好不容易将烟抽出一支，夹在食指和中指之间，一摸口袋，没有火。

听到傅宣燎丢下一句"等我一下"，紧接着脚步声远去。

玻璃门开合，时濛扭头，透过玻璃窗看见他立在收银台前。一道修长孤寂的侧影，看上去有种被欺负了的可怜。

傅宣燎用买来的打火机，用手拢着火给时濛点上。时濛夹着烟，盯着上头的火星看了会儿，才送到嘴边。

他很慢地吸了一口，因为不适应被呛得咳嗽。

他不知道突然想抽烟的原因，却知道当初戒烟是为什么，于是抬起头，看向和他一起伫立在冬夜寒风中的人。

傅宣燎也看着他。

时濛先是愣住，之后忽地扯动唇角笑了一下。

"哦，我知道了。"他说，"你还没被虐够。"

当下时濛是麻木的，不知是因为天太黑，风太冷，还是因为刚刚直面了一场令人绝望的自我剖白。而这种程度的调侃，对经过大风大浪的傅宣燎来说，无异于挠痒痒。

"是的，"傅宣燎坦荡地说，"还可以多来一点。"

这回答又出乎时濛的预料，他一时间羞恼起来："你有病。"

傅宣燎却话锋一转："你为什么留着那些东西？"

时濛一哽，没想到话题又绕了回去。

"搬家的时候，混在行李里，忘了丢掉。"

"是吗？"

"嗯。"

"时濛。"傅宣燎忽然喊他的名，"你抬头，看着我。"

时濛不肯抬，避无可避，只好闭上眼睛。

然后，他又听见傅宣燎用很轻的声音唤他，叹了口气："时濛——"

那声音里有疲惫，有痛苦，还有浓重到要将人压垮的哀伤，为无能为力而哀伤。这些日子以来，傅宣燎第一次在他面前流露出负面情绪。

时濛看不到，直到闻见一阵古怪的焦糊味，不得不睁开眼睛。

刚才在路上将外套脱下来要给时濛披，即便被拒，傅宣燎也没再把衣服穿回去，而是搭在臂间。因此，他此刻只穿着一件单薄的衬衫，时濛下意识地抵在身前的手，让尚未熄灭的烟头烫穿那层布料，直直戳在他胸口上。

移开已经来不及，烟头将衬衫烫出一个焦黑的洞，蹿起袅袅黑烟。可以预见不久的将来，会愈合成一个圆形的、深红色的疤痕。它和文身一样不可逆，是但凡活着就永不磨灭的印记。

时濛被目睹到的场景吓得心跳加速，呼吸暂停，被烫的人却一副浑不在意的样子，或是迟钝到来不及出声，只被生理的不适感弄得微微皱了下眉。

看见时濛被吓到失语，傅宣燎上前握住时濛的手腕，不让他再乱动："小心烫到手。"

没什么说服力，因为他的手上已经落了两处烟疤，时濛早就看到了，在他刚来到浔城的时候。

时濛最后的挣扎，也是在这一刻，才有了放弃的迹象。

"你不怕吗？"他有一种枯萎般的颓败感，"我做过什么，你都忘了吗？"

时濛一面说着，一面心想：真奇怪啊，这些话，最后竟然由他说出来。

明明早该被吓跑，明明不该留到现在，更不该再受到伤害。

也许是听出他声音中的微颤，傅宣燎看向时濛，语气依然笃定："应该由我问你怕不怕。"

时濛有些懵懂地抬头，撞进傅宣燎那双满布血丝却还含着笑意的眼眸。

夜深人静，月朗星稀，寒雾自空旷的地表升腾而起，让人有一种置身于浩瀚海洋的错觉。

恍惚中，时濛机械地问："怎么……办？"

傅宣燎看着时濛，只看着时濛，心无旁骛地认真。

他提供了唯一的解决办法："恨我吧……我要你继续恨我。"

回到住处，被丢在地上的东西已经不在原来的位置。

开门的时候，喵喵正用爪子拨弄地上的栗子壳玩，看见时濛身后跟着的人，见了鬼似的扭头就往楼上跑。

时濛的注意力全在那盒子上，他上前去捡。

本就软蔫蔫的蔷薇已经被猫踩踏得直不起来，栗子壳沾了灰，他拿起来放在嘴边吹了吹。把东西都收拾好了，才想起身后有人，手上动作停顿了一下，接着，时濛将盖子盖上，转身试图溜之大吉。

傅宣燎拉住他的胳膊，把他带到卫生间门口。

"先洗个热水澡吧。"傅宣燎捏了捏他冰凉的指尖，"我给你做好吃的。"

密闭的空间里水汽蒸腾，令置身其中的人有一种朦胧的不真实感。

今天发生的一切，太过离奇。离奇到他反应不及，抬起手摸向心口，摸到胸肋那处手术后凸起的疤，确认自己还是自己，心跳依然规律，才放下心来。

洗完推开门，傅宣燎还没走。衬衫解开了几颗扣子，他正低头看着胸前新鲜的烟疤，似在思考该怎么处理，表情略显苦恼。

听见动静，他忙将衣襟合拢，怕吓着时濛似的，别过身问他："洗完了？要不要吃点东西？"

家里有什么可吃的东西，没人比时濛更清楚。

因此，看到傅宣燎无视冰箱里成堆的熟食以及昨晚吃剩的炒饭，选择解冻鸡翅，辅以奇怪的配料做了两盘菜，时濛抿抿唇，一时无语。

傅宣燎把盘子往他面前推："尝尝看，可乐鸡翅。"

用糖就可以，他偏要倒光一瓶碳酸饮料。

接着又将另一个盘子推上前："薯片鸡翅，咸脆口的。"

面包糠厨房也有，他偏要碾碎一袋膨化食品，也不嫌麻烦。

也许是知道自己的意图过于明显，且干的又是借花献佛的尴尬事，傅宣燎硬着头皮说："两种……任君挑选。"

时濛从不跟自己的胃过不去，夹起一块鸡翅咬了一口，味道竟然还不错。

"跟我妈学的。"傅宣燎读懂了他的微表情，兴致勃勃道，"你要是喜欢，以后我经常做给你吃。"

时濛没吭声，默默将一个鸡翅吃完。

饭毕，傅宣燎适时递上水杯，顺便问："明天有什么安排？"

"看画展。"时濛说。

"我和你一起——"

"我约了人。"未待傅宣燎说完，时濛便接话道，"零食也是给他买的。"

傅宣燎登时有点上头："他没安好心……"

"那你呢？"时濛问，"你安好心了吗？"

"我只是……"

这回是傅宣燎自己收声，因为他想起了由那百分之十的股份引起的如同追尾的一连串灾难。然而，时濛参透了他的招数，掌握了他的套路，未待他反应过来，就占领了先机。

"不恨我了？"时濛笑得很冷，打碎了好不容易攒起的一点温情，"我记得你说过，会永远恨我。"

如同被钟杵敲在脑袋上，嗡嗡鸣响的同时，傅宣燎这才恍然明白时濛不相信的原因。

时间不等人，他噌地站起来，追着时濛的脚步到楼上。

"对不起。"他对时濛说，"对不起，我一直不知道……那是你。"

刚才进门的时候，他就想起来了，那个装满陈旧物品的蓝色纸盒，正是九年前的圣诞夜，他用来装礼物的那个。而这份挂在圣诞树上的礼物，是送给时沐的。最终时沐拿走了里面的手表，丢进垃圾桶的包装盒却被时濛捡了起来，珍藏到现在。

傅宣燎恨极了当时的自己，也恨后来明明已经有所怀疑却没有追问下去的自己。他不断地重复着"对不起"。

"现在知道了，我知道了。"傅宣燎的声音不自觉地发颤，为自己的眼瞎心盲，"我知道是你。"

可他越是表达，就越是让时濛有种无处藏匿的恐惧。犹如将他种在心里数十年的树连根拔起，下面埋着的是溃烂已久的泥浆，每一滴都曾浇灌过他的卑微与绝望。

"你看清楚，我是谁。"时濛信手将一道伤口撕开，"我不是时沐……"

"你是时濛。"没有犹豫，傅宣燎将视线锁在面前的人身上，将他的名字道出，"你是时濛。"

眼底那潭抵死不动的水猛地翻涌，时濛张了张嘴，失语似的愣住，良久才哑声道："可是你说，我不配。"

伤口又撕开一道，鲜血淋漓。

刺骨扎心的话经由时濛之口原样复述，无疑让傅宣燎更直接、更清楚地感受到从前的自己有多混账。

这已然不是单纯的"恶劣"或者"过分"可以概括，也无法用"误会"二字轻易为自己洗脱罪名。

那是一柄尖锐的刀，从前往后贯穿时濛单薄的胸膛，为他早已千疮百孔的心脏再添足以致命的一道伤口。扎得太深，拔不出，血也止不住，唯有让这把刀子同样捅在自己的心口。

"是我不配，我才不配。"

那刀子终于把傅宣燎也扎了个对穿。

可是不够，远远不够，他欠时濛的，远不止这些。

他六神无主地乱给自己出主意："我该还你，我该怎么还给你……"

时濛叹息了一声，像是也觉得自己难伺候，还冥顽不灵，任是好说歹说，都不听也不信。

"你是不是在想，这个人真是麻烦啊，要是当初死在那里，就好了……"

身体剧烈一震，傅宣燎厉声道："不是！"

他急喘几口气，怕极了这个假设成真似的："你不麻烦，一点都不麻烦，你好不容易、好不容易才活下来，是我害的你。"

"你没有害我。"时濛的声音出奇地平静，"路是我自己选的，你也说了，我的生死，本来就与你没有关系。"

好似被拽回那个下着大雨的傍晚，落地窗被雨水打湿，凉意浸透身体，傅宣燎眼睁睁地看着自己接到来自时濛的电话，以为他又在玩什么威胁的把戏，拇指毫不犹豫地按在挂断键上。

雨声停息，傅宣燎伸出手，试图抢过那部还能与时濛取得联系的手机。

可是回不去，往事和伤害一样不可逆。

刚从惨痛的回忆中挣脱出来，又被拖进一个愧疚夹杂着莫名恨意的旋涡，傅宣燎语无伦次："不，和我有关系……你活着，你好好活着，该死的是我。"

时濛大概不会相信，傅宣燎说这样荒唐的话的时候，是真的存了可以随时去死的决心。

傅宣燎认为这至多算是交换。一场等价交换，只要时濛觉得痛快。

以为终于找到有效的偿还方法，抱着付出一切的信念，傅宣燎深吸一口气，咬着牙向后退开。

"你要是希望我死，那我就去……"

傅宣燎没能走掉，手腕被抓住了，被一只掌心微微湿润，却冰冷的，甚至在发抖的手。

"谁让你去死了？"时濛问。声音压得很低，让傅宣燎分辨不清其中的意义，究竟是嘲讽，还是真的不想他去。

于是，时濛换了更直接的方法，另一只手也圈上来，合力将他禁锢住，命令道："不准去。"

久违的霸道语气，恍惚中，傅宣燎以为从前的时濛回来了。

那个霸道得蛮不讲理又可爱至极的时濛，回来了。

轮到傅宣燎不信。他浑浑噩噩地转过身去，看见时濛直直望向他的眼眸时，心中才犹如被风吹到高空的羽毛，在漫无目的地飘荡后，慢慢落定。

此前无论他做什么，时濛都在回避，直到此刻，才真正愿意面对自己。

时濛说着"不准去"，竭力睁大的眸中却不见几分凶狠之色，其中打转的水光，是藏匿于平静之下的欲泄山洪。岌岌可危，眼眶终是承托不住，先放跑两颗豆大的泪珠，让它们顺着脸颊滑落下去。

这是傅宣燎第一次看见时濛哭。

心跟着绞痛，傅宣燎想让他别哭，想抬手帮他擦拭，还想说，你不让我去那我就先不去了……有那么多要做的事，最终还是决定先道歉。

"我……"

他想说，我错了，你别哭，然而只吐出一个字，就被时濛阻止。

时濛的手不知何时转移到了傅宣燎的衣领上，使劲拽着衬衫的两边，用力逼他低头，让他住嘴。时濛像是被逼得没办法，只能通过这样的方法，让他把乱七八糟的胡话都吞回去。

一切都出自本能，大脑尚未发出指令，身体已经先一步行动。

本能地想要他活着而已。

而傅宣燎，唯有本能地站着不动，与时濛对视。

"你不想我死。"

听到这话，时濛才从激愤中拉回一丝理智，并察觉这场冲动的起因有多荒唐。时濛嘴硬道："你想去就去，和我又有什么关系？"

"好，那我现在就去。"

言罢，傅宣燎连身体都没转过去，就被时濛扯着衣角拽了回来。

在灯光下，时濛的眼睛现出一种被逼急了的红，凶巴巴的却没太多威慑力，尤其浓密的睫毛被泪水湿濡成一簇一簇的，轻轻眨一下就挤出更多泪来。

傅宣燎咬紧牙关，亦红了眼睛。

"你不想我死。"这回是肯定的语气，"我就知道。"

一次次因为心软冲动落入骑虎难下的境地，时濛恨极了傅宣燎的狡猾。

不想听这些，时濛的鼻翼急促地翕动几下，双手握拳，无处发泄般地狠狠捶打傅宣燎的肩背。

"你凭什么，凭什么……这样逼我？"喉咙里像被塞了块棉花，泪腺仿佛不受控制，时濛拼命咬着牙，不让自己继续掉眼泪。

哭是弱者惯用的伎俩，他现在拥有一切，什么都不缺，有什么好哭的？或许不是恨傅宣燎，而是气自己懦弱无能。

他早该没有期待了，面对傅宣燎的步步紧逼，也早该心如止水，从容应对。

垒得高耸入云的山峰，如同被地震摇撼，簌簌掉下几块碎石，原本稳固的山体也晃动得厉害。而傅宣燎，就是始作俑者。

以前他冷眼旁观，甚至在关键时刻给几欲崩塌的山体致命一铲。如今却疯了似的站在山脚下，敞开怀抱接住坠落的碎石，哪怕被砸得遍体鳞伤，也要用自己的力量将它悉心保护，然后重新堆砌起来。

"是啊，我凭什么？"傅宣燎也嘲讽自己。

迟来的后悔百无一用，可他除了驻守原地，别无选择。

"可能是我运气好吧。"傅宣燎说，"整整好了两辈子。"

"我怕我的好运用完，没有下辈子了。"

最后，哭到没力气的时濛是被傅宣燎扶到床上的。

他们回来的时候已经很晚，再一通折腾，天边都已泛白。

时濛歪着脑袋盯着窗外看，抬手摸到开关，将头顶唯一的光源灭掉，屋里也变得灰蒙蒙的。

傅宣燎洗澡很快，也许是刻意加快速度。匆忙将身上的汗渍冲去，他胡乱套上衣服，疾步回到房间，看见床上隆起的一团，才把干毛巾搭在头上，边随手擦头发边慢吞吞地走进去。

"我用了你的毛巾。"傅宣燎说，"白色那条。"

黑黢黢的头顶从被窝里全探出来，一张白白净净的脸。

时濛看他一眼，没什么表情地"哦"了一声。

傅宣燎便走到他旁边，坐在床沿，和他一起看向远处界限分明的屋顶和天空。

看了一会儿，傅宣燎把毛巾搭在肩上，忽地出声道："我经常梦见你，从很久以前开始。"

蜷在被窝里的时濛眨了下眼睛。

"梦里的你和现实中一样，英俊、可爱，还温柔，总是对我笑。"

时濛懒得开口，在心里说：从来没有人用"温柔"形容过我。

果然，傅宣燎下一句就是："可是你大吼大叫地命令我，让我觉得很丢脸……"

时濛不知道傅宣燎为什么要说这些，理所当然地以为他在翻旧账，在兴师问罪。一个巴掌拍不响，这段关系弄到如此地步，时濛从不认为自己全然无辜。可是傅宣燎接下来说的话，超出他所料。

"后来我才明白，其实你本来就该是温柔的，很久以前，你就是世界上最温柔的人。后来，那么多本不该遭受的灾祸落到你身上，你被逼到走投无路，才不得不伪装自己，把温柔藏起来。"

"是被我，被我们，逼到这一步的。"

时濛扯了下嘴角，说："没见过你这种人，非要把罪名揽上身。"

针对的是傅宣燎认罪被抓进局子里的事。

傅宣燎自是听出来了，因此也笑了下，却没有抱怨，也不含自嘲。

"我乐意。"他说，"再来一波也照单全收。"

在时濛再次骂他疯子之前，傅宣燎转头看向床上躺着的人，主动回答了这样做的原因："梦反映了我潜意识里的愿望，我想要你不再捆着我，想要你对我笑。"

所以他记不得时沐的样子，因为那只是一副皮囊，他真正执着的，是那个给他温柔美好的虚幻影子。而真相浮出水面后，那些影子与时濛一一重叠，黑白变成彩色，影子才有了生动具体的样子。

感情从来不是突如其来，而是与日俱增的。

"那时沐呢？"歇斯底里后的时濛，冷静到非常介意的事也不再耻于问出口，反正已经被翻了个底朝天。

时濛甚至将这个问题具体化："你说过只会记住他。"

沉寂几秒，傅宣燎才说："不是不可能，是不能。"

当时他身上套着枷锁，所有人都提醒他不可以忘记，他越是害怕忘记，就越是急于远离。不确定时濛能否明白他的意思，傅宣燎将复杂的事情做了简化："总之，我记住的其实是你。"

他可以坦荡地承认自己是错了，想要纠正和挽回，只求时濛承认自己是恨的、是计较的、是想要被关注的。在他们之间，可以全无理智，也可以互相算计。而被"屈打成招"的时濛，面对傅宣燎就这样挑明，暴怒之后的无奈也渐渐散去，取而代之的是另一种罕见的情绪。

他不想让傅宣燎瞧见，便偏过脸，面向墙壁。然后启唇，缓缓道："天没亮的时候，在便利店对面的那条街上，我回头看了一眼。"

刚过去没多久的事，傅宣燎自然记得。

时濛走了多久他就跟了多久，他还记得那时起了一阵风，时濛转过头，给他的第一个眼神并不冷冽，淡然中有种莫名的安心。

"其实可以不用回头看的。"时濛接着说，"但是我回头了。"

由于时濛鲜少挑起话题，傅宣燎摸不清他的路数，也不知道他提起这件事的目的为何。是让我猜他为什么回头吗？

不过，时濛亦有不说废话的习惯，把问题丢出来，关子也不卖，就主动告知答案。

拧着脖子的别扭姿势使时濛的声音有些模糊，哽咽中是一种由不得他隐瞒的无可奈何。

他说："因为想看看你还在不在。"

傅宣燎一时愣怔，不知是因为时濛终于在他面前露出类似委屈的情绪，还是因为这短短一句话里巨大的信息量。

处在交织的混乱和讶然中，他还是决定先将这句话"翻译"出来。

其实不用回头，却还是回头了，时濛想说的是——

我嘴上说着让你走，可身体和心，诚实地希望你留下来。

天像被轻轻抹开水汽的玻璃窗，一点一点释放光亮。

傅宣燎还穿着那件衬衫，由于着急出来，扣子都没顾上系。时濛转身，纤长的手指越过垂落的前襟，不小心触到他胸前的文身。

这会儿傅宣燎知道疼了，倒抽一口气，说："好准头，正好按在文身上。"说的是被那燃烧的烟头弄伤的地方。

时濛抿抿唇，闷声道："我不是故意的。"

"嗯，我知道。"傅宣燎安慰他，"下回我重新画一幅，文在背上。"

时濛说："不要。"

"为什么？"

"丑。"

傅宣燎先是一愣，之后胸腔振动，忍不住笑起来。

"是嫌我画得丑，还是文在身上丑？"他追问，"难道是都丑？"

"你不准死，我不让你死。"看着近在咫尺的人，时濛双目圆瞪，这才有了点凶狠的意思，"如果死了就能解脱，我是绝对不会让你死的。"

傅宣燎听懂了，他眼眶发涨，却故作轻松地扬起嘴角："那我得长命百岁了。"

为了偿还，为了被你折磨，为了我们彼此都不再孤单。

时濛在清晨时分终于合上眼睛，沉入睡眠。

晨雾散去，自然光洒进屋里。怕光线影响时濛休息，傅宣燎起身去把窗帘拉上，抬腕看表，刚过七点。

他没有乐观到认为经过昨天，时濛就可以向他敞开心扉，他们俩的关系就可以走上正轨。还有很多事等着他去处理，他只是按照轻重缓急处理，并没有将该做的忘到脑后。

走回床边，傅宣燎看着床上安静的人。

时濛昨天流了许多眼泪，原本薄薄的眼皮如今微微发肿，即便如此，上面青蓝色的血管依然清晰可见，浓长睫毛随着呼吸起伏，如同振翅欲飞的蝶。

到楼下，傅宣燎先给时濛做了早餐。

他厨艺不精，能做的只有把昨晚没吃完的鸡翅热一热，温在烤箱里，再用切片面包夹煎蛋、蔬菜，做个粗糙的三明治。

煎鸡蛋的时候差点儿被溅起的热油烫到手，傅宣燎一面拿锅盖挡在身前左躲右闪，一面暗下决心这次回去好好向母亲请教掌控厨房的方法。

临走前，他找来纸和笔，留下一张便笺，放在蓝色纸盒里。

他怕时濛看不到，放在这里面最保险。一切安排妥当，傅宣燎拿起外套往外走，想着早去早回，脚步都匆忙了几分。

他打开门，撞上抬手正欲叩门的李碧菡。

始料未及的照面让两人都有些尴尬，傅宣燎喊了声"李姨"，顺着李碧菡的视线垂头看去，才发现自己衣冠不整不说，白衬衫上烫出烟洞还蹭了血迹，加上一夜未眠的疲累，可想而知看上去是何等落魄。

心里"咯噔"一下，傅宣燎忙将披在身上的外套拢紧，挡住那些看起来很诡异的痕迹，之后打起精神重新道了声"早上好"。

李碧菡点点头，露出一个勉强称得上温和的微笑："原来是宣燎啊。"

见李碧菡手中的大包小包，傅宣燎主动帮她拎到屋里，并告诉她："时濛还在睡，昨天太累了，可能要中午才会醒。"

不知这话哪里说得不对，李碧菡听完淡淡瞥了傅宣燎一眼，颇有些审视的意味。

傅宣燎被这一眼看得汗毛竖起，心说：奇怪，从前怎么没觉得李姨有点可怕呢？好在李碧菡没再多说什么，一边收拾带来的东西，一边问傅宣燎要去哪里。

"回枫城一趟。"傅宣燎说，"处理点事情。"

李碧菡"嗯"了一声："是该处理好再来。"

这话傅宣燎听明白了，她不认可他莽撞冒失地跑过来的行为。不过，对此傅宣燎并不后悔，他做事求稳的前提，是先遵从内心的选择。

晚一天来，小蘑菇就有可能多淋一天雨。

听说李碧菡这次过来打算多住一阵，傅宣燎更放心了。

道过别走出门去，恰逢一道阳光穿过云层洒下来，亮得晃眼。

仰头驻足看了一会儿，傅宣燎看向二楼卧室的窗户，用很轻的声音告诉里面沉睡的人："别哭了，小蘑菇，太阳出来了。"

第十章
再不会淋雨

　　回到枫城，即便被傅启明叫他回公司的电话催得手机都快没电了，傅宣燎还是先跑了趟马老师的家。

　　星期天没课，马老师又出门遛弯去了，回来的时候看见门口戳着的人，登时拉下脸，变成一个凶巴巴的小老头。

　　"马老师，"傅宣燎恭敬地迎上去，"上回说的那件事……"

　　"上回不就跟你说了没戏吗？"马老师掏出钥匙开门，"你这年轻人，怎么这么固执？！"

　　傅宣燎跟到门边："事关时濛的声誉……"

　　马老师笑了一声，说道："所谓声誉，不过是俗人在意的虚名。时濛这个学生我了解，他不图名不图利，画画是他的兴趣而已。"

　　门打开，傅宣燎跟了进去。

　　"您说得没错，真正热爱画画的人，都能分辨出那幅作品出自谁手，也的确不在乎虚名。"他说，"可我是一介俗人，我在乎。"

　　马老师"哼"了一声，不置可否。

　　稍加酝酿，傅宣燎说："说出来不怕您笑话，那幅《焰》是时濛送我的礼物。"

　　闻言，马老师眉梢一挑，才偏头给了傅宣燎一个正眼。

　　傅宣燎来过这里不少趟，之前每趟都败兴而归。他想，或许艺术家和普通人之间本就有壁垒，比方说，他总是弄不懂时濛想要什么，只能凭自己的猜测和感觉胡乱地给。哪怕弄错了方向，给的东西并不是时濛心底最在意的那个。

"说是笑话，并非指时濛的画，而是这幅画竟然是给我的。"说着，傅宣燎自嘲地笑，"可我，竟然以为是别人给我画的，还让他还给人家。如今回想，不仅觉得自己眼瞎，更觉得自己不配。他那么好，我算什么，凭什么得到他的青睐？"

他深吸一口气，接着说："所以，我必须要这样做，为了他，也为了我自己。

"我不想让他继续背着这个如同大山一般压在他身上的骂名，想让他摆脱这么多年的阴影，也想让他能到充满鲜花和掌声的地方去。"

说到最后，傅宣燎的语气近乎哀求："这件事，只有您愿意帮忙才有可能办到。"

毕竟画已经被烧毁，仅凭留存下来的照片，辨识难度更提高了，出具这种认证须得是圈内足够权威的艺术工作者。这一块是傅宣燎的盲区，他只好三番五次上门拜托马老师，期待以此为切入口，找到可行的方法。

也许是被这番话打动，马老师沉吟良久，终于叹了口气。他先回了趟屋里，出来的时候手上拿了张字条，上面写着一个电话号码。

"这个也是我的学生，画画静不下心，又不想离开这个行当，后来去做了书画鉴定。"马老师将字条递给傅宣燎，说，"他现在的老师，是业界最有名望的鉴画师。等联系上了，你报我的名，我的学生也会帮着说说看，至于大师肯不肯接这活儿，就看你的造化了。"

郑重的口气，让傅宣燎莫名有种受托的责任感。

他接过字条，整齐地叠好，放进口袋里。

前脚从马老师家出来，后脚傅宣燎就拨通了这位学生的电话。

一听是恩师介绍来的，电话那头的学生二话不说就答应了。只是和马老师猜想的一样，这学生也说他得先探探口风，这种鉴定并出具证明的事关乎信誉，他现在的老师也不想砸了自己的招牌，必须谨慎。

傅宣燎体谅他们的难处，奈何心急，干脆问了地址上门跑了一趟，带着让高乐成提前备好的厚礼。

这回总算轮到傅宣燎坐在主场，他虽不擅长提笔画画搞艺术，谈判桌他却上得比饭桌都勤。

到地方见到老人家，先来一番不着痕迹的恭维，然后从面子到里子给足诚意，承诺要是出了什么状况，他一力承担，签合同都没问题。

任是再固执的老人家，也经不住这金钱和情分的双重夹击。

出来的时候，傅宣燎接到高乐成的电话，听说搞定了，他也很高兴。

"江雪正筹备让时二少复出呢，加上洗刷冤屈，这不正好双喜临门！"

这话傅宣燎听了舒坦，紧绷多日的神经也稍稍放松。

听说他办完事就要回浔城，高乐成疑惑地问："他那便宜姐姐已在唱'铁窗泪'了，良心被狗吃了的养母和老师没个十年也出不来，连那畜生不如的亲爹也落了个老婆、儿子带着财产跑光光的下场，还有什么事要处理？"

车拐了个弯，转入一条人迹罕至的道路，向前曲折绵延，没入幽深山林之中。傅宣燎对着电话简短回答："处理过去。"

冬日的风将道路旁常青的杉树吹得"哗哗"作响，下车时，傅宣燎回头看一眼来时的路，想着昨晚时濛说的"回头"，不由得加快脚步，想着早些回去。

这是一片坟地，依山傍水位置极佳，据说最偏的位置也能卖到七位数。

抛开金钱不谈，每块矗立的墓碑的主人都有一段不同寻常的人生故事，傅宣燎面前的这座墓碑的主人也是。

这是他第一次抱着坦然而平静的心情来到这里，因此看到墓碑上的名字，他脑袋里有一瞬间是空的，不知道该说点什么。

其实，他不必说出来，也不必跑这一趟。但是，傅宣燎认为需要给时濛、给自己一个交代，如果不当面说，就显得不够坚定。

就当他赶个潮流，也追求一次仪式感吧。

傅宣燎记得自己上次来到这里，由于怀着对"变心"的愧疚，连正眼都不敢看。而现在，他看着墓碑上的黑白照片，只觉得这面容越来越陌生，早就不是他记忆中的样子。或者说，正因为他以前见到的是假象，所以当真相来临时，美丽的梦境才崩塌得那样快、那样彻底。

换个角度想，傅宣燎应该感谢躺在这里的时沐，让他的最后一丝愧疚烟消云散，缚在身上的绳索也被解开，得以重新拥抱自由，审视自己的真心。

傅宣燎在冷风中启唇："这是我最后一次来这里。不是为了看你，毕竟我不欠你，时濛更不欠你。"

照片中的人听不到他说的话，笑容灿烂，和从前别无二致。

傅宣燎忽然有一种冲动，想上前撕开他的笑容和伪装，问问他为何如此狠毒，临死还要将时濛害到那样的地步。

时濛又做错了什么？凭什么被折磨得伤痕累累？

凭什么他们要误会这么多年？

可是，眼前的人已经死了，无论傅宣燎说什么都传不到地底下去。

至此，傅宣燎才明白时濛当年那句"可是他已经死了"的真正含义。

因为他死了，所以你不可能忘记他；因为他死了，所以我永远无法替代他。看似挑衅，用自己还活着来耀武扬威，实则卑微至极，仿佛除了活着这件事，拿不出任何足以和死人匹敌的优势。

这是一种绝望到底的无能为力。

深深吸进了一口山间凉气，刀子般冷冽地刮在喉间，牵起足以将神经麻痹的铁锈味。

"我这次来，是想告诉你，被你抢走的一切，都将回到时濛那里。"傅宣燎一字一顿地说，"包括被你顶替他的那些年。"

傅宣燎想到那些年本该属于时濛和他的美好片段被破坏得七零八碎，在恨自己识人不清的同时，也恨面前这个笑得一脸无害、实则歹毒无比的人。

这人走得倒是干净，就算以后被提起，也可以用一句"年纪轻轻就得了绝症，难怪心里不平衡"轻描淡写地揭过去。可他做过的事像针一样扎在他们心上，让他们互相怀疑，就算拔出来也不可能毫无罅隙。

现在不是抱怨的时候。强压下翻涌的暴怒，傅宣燎冷笑："现在，我可以保证不会忘记你。我永远不会忘记你对时濛做过的事，即便你死了也不可能一笔勾销，你犯下的罪必须接受审判。"

说到这里，傅宣燎又觉得庆幸。

幸好他还活着，幸好他们都还活着。

活着才有希望。

同一时间，一百多公里外浔城江雪的别墅里，时濛睁开惺忪的睡眼，起床拉开窗帘，被高悬的日头刺得眯起眼。

他走在楼梯上，就听见楼下的动静。

在厨房忙碌的李碧菡闻声出来，见时濛愣愣的还没睡醒，笑着说："先吃点东西再睡吧，胃不能空太久。"

时濛刷完牙来到餐桌旁，面前摆着两份餐食。

"左边是小傅留下的，他说回枫城办点事。"李碧菡说，"右边是我给你准备的。你根据胃口，想吃哪个就吃哪个。"

刚起床就面临选择，时濛看看这个盘子里的三明治，再看看那个碗里的鸡汤面，担心面放久了变坨，于是拿起筷子开始吃面。

现煲的老母鸡汤配着软硬得当的细面，吃到胃里，让身体暖洋洋的，很舒服。

时濛吃了多久，李碧菡就在旁边陪了多久，视线一直落在他身上，带着一种不至于产生负担的关心。

食物下肚，身体活力恢复。

时濛放下筷子刚想问李碧菡是怎么来的，她像是知道他要问什么，说："官司打完了，接下来会有很长一段时间的空闲。"

她穿着印着小兔子的围裙，笑容温婉，说道："来陪你过年。"

时濛一向没太明确的时间观念，从前的日子对他来说只有白天和黑夜、星期六和非星期六的区别，如今被提醒，才想起原来元旦和春节都快到了。难怪潘阿姨叫他去拿年糕。

想到潘阿姨，时濛猛然想起和潘家伟约好今天去看画展，拿起手机发现电量耗尽自动关机，插上电源勉强打开，屏幕显示了一串未接电话，均来自潘家伟。

回电话过去没人接，不知是不是因为他的无故爽约生气了，时濛忙披上外套，打算去隔壁走一趟。

他打开门就看见潘家伟站在院外，双手插兜，漫无目地来回踱步。

看见时濛出来，他露出哀怨的表情："刚醒？你也太能睡了吧。"

时濛十分愧疚地表达歉意，说，如果方便的话可以换到下周，门票、饭食他全负责。

潘家伟本来也没生多大的气，听他这么说当即表示既往不咎，然后提出下一顿要吃烧烤的要求，时濛自是答应。

凑近了发现时濛的眼睛有些肿，潘家伟好奇地问："昨晚去哪儿了？"

"工业园区。"

"去那儿干吗？"

"散步。"

潘家伟嘴角一抽，说道："好家伙，马拉松式的散步。"又问起别的事，"你一个人，还是那个疯子大哥和你一起？"

时濛如实回答："一起。"

"哦。"潘家伟情绪不由得低落。

他把手从兜里抽出来，搓了搓，说道："也好，祝你们的友谊天长地久。"

时濛也松了口气。潘家伟是他来到这里交的第一个朋友，他也不想因此失去。

两人在院子里盘弄了一会儿花草，时濛怕种下的金盏花冻伤，打算用玻璃砌一个小花房。

潘家伟主动申领了画图纸的活儿，捡了根枯树枝在地上比画，告诉时濛这儿是门，那儿是窗，靠南摆张摇椅，冬天还能躲里面晒太阳。

时濛听得入神，出于职业习惯，在脑内构建起花房的 3D 图像。

休息时，潘家伟吃着时濛给他的仅剩的一包薯角，压低声音问时濛：“窗边那位姐姐，好漂亮。”

时濛偏头望去，李碧菡坐在靠近院子的窗台前，低头摆弄什么东西，如同有心灵感应般地抬起头，正好对上时濛看过去的视线。

她弯唇冲他笑。时濛下意识地也弯起唇角。

“她不是我姐姐。”时濛告诉潘家伟。

“那是阿姨？婶婶？不是吧，她看上去好年轻啊。”

再次从时濛口中得到否认的答案，潘家伟大胆猜测：“难道她……是你的妈妈？”

时濛愣了一下，然后没来由地低下头，看那泥土中冒出的绿芽，很轻地“嗯”了一声。

几月不见，李碧菡的手艺越发好了，不过半天工夫就织成一条围巾。傍晚给时濛试了试，觉得短了点，说晚上就能弄好收边。

“我跟那位江小姐打过招呼了，她说借住几天没问题。”将带来的行李提到楼上主卧旁的房间，李碧菡说，“平时我就做做饭，洗洗衣服，你该干吗就干吗，不用管我。”

她能把自己当保姆，时濛却做不到。饭后，李碧菡收拾碗筷，时濛就擦桌扫地，两人分工合作，本就不多的家务活很快处理完毕。

眼看时间还早，李碧菡拿起毛线和棒针继续编织，时濛则坐到画板前，用右手做速写练习。

一张纸刚翻过去，时濛听见李碧菡出声：“明天，有时间吗？”

时濛抬眼，略显疑惑地看过去。

“也没什么事。”李碧菡说道，“之前跟你说过，我认识一个骨科方面的专家，想带你去看看，说不定他那边有更好的方法，能让你的手伤更快地恢复。”

时濛思考了下，点点头，说：“好。”

没想到时濛会这么快答应，李碧菡在惊喜之余，还有些手足无措。

这天晚上，她里里外外忙着收拾明天要用的东西，衣物、毛毯、饮用水，连带到路上吃的水果、点心都准备了两个便当盒，让时濛有种他们明天不是去就诊，而是去春游的错觉。

那家医院离这里不近，来回一趟约三四个小时。

次日起大早出发，李碧菡坐驾驶位。

时濛被厚实的围巾裹得低不下头，摸了半天找不到安全带，李碧菡倾身过来帮他戴上。

离得近了，时濛总是能闻到李碧菡身上的柑橘清香，是他小时候就经常闻到的味道，是小时候老师布置作文题目"我的妈妈"时，首先会浮现在他脑海里的味道。

他下意识地屏住呼吸，却被李碧菡视作紧张。

"别怕，虽然我不常开车，但技术还行。"李碧菡冲他眨了眨眼睛，"也别当目的地是医院，就当去个好玩的地方。"

因为这句话，时濛进到医院里，倒真不似平时那样局促不安，被护士带着拍片，再给医生检查，整个过程简单又轻松。

李碧菡全程陪在他身边，只在检查完毕后，让时濛到外面玩一会儿，说要跟老朋友叙叙旧。

时濛便在门口的长椅上坐下，百无聊赖地盘弄手机。

里面的人没聊多久，脚步离门口越来越近，说话声也越来越分明。

"画画这事，对手部动作的精准度要求高。"李碧菡说，"麻烦您多费心。"

接着，那医生说了些"好好复健就有望恢复"之类的安慰话语，忽然问道："我怎么记得你的小儿子叫沐沐？这是改名了？"

时濛心头一紧，门里头的脚步声也顿住。

不多时，他隔着一道门板听见李碧菡说："不，之前那个不是。您刚才见到的濛濛，才是我的孩子。我从前做错了事，现在只想他好好的。只要他好，让我折寿我都愿意。"

这座医院位于郊区，周围是连绵的群山，空气清冽，只是温度较城区低一些。

中午，两人索性前往医院食堂，配着李碧菡带来的点心水果，也算色香味俱全的一餐。

回去的路上，时濛看向车窗外灰沉沉的天和海浪般起伏的山峦，置身其中，忽然觉得自己很渺小。

李碧菡似有同感，也发出感叹："都说造化钟神秀，也只有身临其境，才会有令人心胸开阔的效果。"

时濛"嗯"了一声。

他想：过往很渺小，未来亦然。

离开那潮湿阴暗的壳，他才发现人的一生不过沧海一粟而已。

越是狭小的空间，越是会让人甘守原地，并不由自主地放大那些爱与恨，让原本可以解决的困难演变成一场灾难。

这便是受害者心态了。

事实上，这个世界没有绝对的受害者，也没有绝对的加害人。

从前他站在受害者的位置，被四面八方涌来的误解伤害，变得不懂委屈，不会流泪，只会用强硬的手段获取想要的东西。

而现在，处境发生了变化，他没有伤害别人的主观意愿，也没有了报复的想法，别人仍因为他感到挫败，甚至痛苦。

他从受害者变成了精神上的加害人，他让身旁的人活得战战兢兢，也让自己背负压力，疲惫不堪。无怪乎先前的医生总建议他出去走走，到处看看。

神奇的大自然总会不期然给人类一场精神普度，让人发现自己的不值一提，并在今后的处事中学会将自己渺小化。

所谓执念，不过是自己加到自己身上的一场严酷刑罚，运气差的自我折磨到死都走不出来，运气好的重来一次，除了不过如此，更会发现——就算还是如此，又如何？

这个世界糟糕的样子他已经很熟悉，熟悉到无须睁开眼睛，就知道接下来会发生什么。因此，他从现在开始目及的每一份美好，都是新鲜的、前所未见的。

大到隐忍克制的爱、不顾一切的追寻、承认错误的挽回，小到长途跋涉后的一碗泡面、装在便当盒里的水果、院子里的金盏花，还有车里正在播放的轻音乐。

美好那么多，多到时濛长长舒了口气。

跨过前二十多年的坎坷，他头一次觉得，自己的运气也不算太差。

回到住处，碰上散步回来的潘阿姨，她夸李碧菡漂亮，说："家伟那小子回来告诉我，说小时的妈妈像他姐姐。我还不信，如今一见，这哪是姐姐啊，分明是仙女下凡！"

李碧菡二十岁之前是大家闺秀，二十岁之后是贤妻良母，平日里打交道的都是些书卷气浓的人，头一回被人这样当面朴实地夸。

时濛看见她脸颊红了一片，连句客套话都讲不出，只简短地说回头请吃饭，感谢他们一家对时濛的照顾。

天气阴沉，恐要落雨，潘阿姨进屋前提醒他们把车挪到库里。

时濛刚要下车去把车库门打开，手中的钥匙就被李碧菡拿了去。

她迅速开门下车，向时濛交代了句"在车上等我"。

看着她离去的背影，时濛鬼使神差地喊出了那个字。

李碧菡身形一颤，反过身来，有些不确定地问："你叫我什么？"

由于鲜少说这个字，时濛不太习惯地干咽，才又开口。

"妈，"他用有些生硬的语气，发出关于未来的邀请，"下次，我们还一起出去玩吧。"

李碧菡应下了。她飞速转过身去，时濛还是看到她倏然变红的眼睛。

约莫数到一百，被交代在车上等着的时濛坐不住了，想着自己的手如今应该能握方向盘，把车开到车库门口，省得李碧菡来回跑。

于是，时濛也开门下车，脚刚触地，鼻尖陡然一凉。

接着是额头、脸颊，然后是手背、唇角。

时濛仰起头看天，灰色的天幕如同破开无数个小小的洞眼，任由白色的雪片钻挤而出，洋洋洒洒地降落到地面。

原来不是雨，而是初雪。

时濛想起去年初雪的时候，自己正在栗子铺前排队，在嘈杂人声中听到那人叫自己的名字，以为是幻听；还有很多年前的初雪之夜，他爬上高高的圣诞树，取下那件无人认领的礼物，不料脚一滑摔进那个人怀里。

每一种气象，都承载了独属于它的回忆。

正想着，冰雪突然就被阻隔在外，是一把黑色的伞遮在头顶。

举着伞的人气喘吁吁，近来不知怎的，每次碰面他都心急火燎，不知从何处赶来，倒应了他如太阳般炽热的名字。

开口也是没头没脑地着急："不是让你在车上等着吗，怎么下来了？"

竟然又是偷听。

时濛抬眼看他，不出两秒，傅宣燎气势就短了一截，说道："我也刚到，看见你俩回来，打算等你们进去我再敲门。"

毕竟他又不是这里的主人。

对于他罕有的遵纪守礼和清晰的自我认识，时濛有些无语，仿佛之前频频不请自来、强闯进门的不是眼前这个人。

傅宣燎也后知后觉地不好意思起来。

他隐约察觉到自己和时濛之间的气氛发生了改变，应该换一种与之匹配的相处模式。

正思考着，时濛推开傅宣燎，嫌他挡路似的，绕行至驾驶座那边的车门前。

傅宣燎忙举着伞跟上，看见时濛手握方向盘，惊道："你的手可以开车了？还是我来吧。"

车窗开着，时濛没好气道："我能开。"

"那，那我留的那张字条。"傅宣燎抓紧时间问，"你看到了吗？"

时濛说："没有。"

傅宣燎有些失落，又想着字条不会跑，时濛早晚会看到的。

他弯腰面向车里的人，用伞挡开可能被风吹进去的雪。

"那我待会儿……可以敲门吗？"明明已经做了决定，偏要多此一举地先问一问，傅宣燎也觉得自己有点毛病。

可是，他想知道，想确认。如果补救这种事也存在打分机制，时濛便是唯一能验证他的努力是否有用的最权威的鉴定师。

他想到昨天离开马老师家时，第一次享受到被主人送到门口的待遇。

交代完鉴画的行规后，马老师还讲了些别的："我这个徒弟木讷又固执，给他纠个错，他能半天不吭声，问就是没听进去。眼光倒还不错，无论看画还是看人。"

傅宣燎迫切地想知道更多，以摆脱抓瞎的现状，扬长避短。他不知道的是，在他离开后不久，时濛手机上收到一条来自马老师的消息。

在那条消息里，老人家说："虽然我说过让你别困住自己，别把自己吊死在一棵树上，但如果这是一棵聪明的、知错就改的树，吊一吊也不是不行。"

等这树长大长高，说不定坐在上面的人，能看到更多更好的风景。

眼下傅宣燎戳在车门外，倒有几分"树"的样子。

想要树为人遮风挡雨，得给它一片沃土，还要施肥，给点鼓励。

于是，时濛转身，扬唇微笑，告诉他："等你敲了，再说吧。"

傅宣燎如愿以偿地敲开了门。

正赶上晚餐，李碧菡做了一桌子菜。

以前在时家规矩多，众人在餐桌上都不敢出声，这会儿没事了，傅宣燎便放肆地大夸特夸，从卖相到口味再到营养搭配，夸得李碧菡这样宠辱不惊的人都笑容满面。

"这鱼，在屋外就能闻到香味，我妈做的都没这鲜。"

"小心我告诉你母亲。"李碧菡说。

"我说的是实话。"傅宣燎用公筷给时濛夹了块鱼肚，"不信的话，您问他。"

时濛是无论在哪里都不爱说话的性子，画画时一心不能二用，吃饭时一嘴也不能两用，莫名被拉进这场吹捧中，愣愣地"嗯"了一声。

傅宣燎当他认可了，说道："看，我说的吧。"

李碧菡本来心情就好，吃了顿饭被两个小辈围着夸，更是喜上眉梢，吃完饭还停不下来，钻到厨房里研究饭后甜点。

时濛画画去了，不让旁观，傅宣燎百无聊赖地坐在沙发上休息。

半个小时后，李碧菡从厨房出来，看见他歪靠在沙发上睡着了。

时濛犹豫要不要喊醒他，李碧菡轻声说："这两天奔波劳碌的，应该是累坏了，让他睡会儿吧。"

"他去干什么了？"时濛问。

李碧菡摇头，说道："他走前没说，可能是家里的事，他很久没去上班了。"

时濛稍一琢磨就明白了，毕竟不是人人都可以像他这样在家里工作。

怕傅宣燎这么睡着凉，时濛拿起一旁的棉被往他身上盖。盖的时候手指碰到他的下颌，不同寻常的热度让时濛愣住了。

李碧菡见他发呆，问："怎么了？"

时濛摊平掌心，按在傅宣燎额头上，然后摸摸自己的额头，比对后露出迷茫的神色："他又发烧了。"

傅宣燎从小自诩身体强健，除了呼吸道有点陈年旧疾，平日里连感冒都罕有，如今在不算长的一段时间内连续发烧，像个体质虚弱的小朋友。

时濛将他摇醒，说要送他去医院，他坚决不去。

好在家里备了退烧药，傅宣燎就着热水吞服，放下杯子。

时濛坐在旁边看着他，问："要不要去床上躺着？"

傅宣燎自是要去。

时濛把病号安排在自己的房间，每隔半小时来量一次体温，真把傅宣燎当小朋友照顾了。

　　虽说傅宣燎不是故意让自己生病，但被这样照顾还挺受用的……

　　只是时濛有时候太较真，想知道什么，就要打破砂锅问到底。

　　"前两天，你去上班了吗？"时濛问。

　　傅宣燎不想让时濛知道自己去了什么地方，含混道："嗯。"

　　"你父亲让你去的？"

　　"嗯。"

　　"他不知道你病了？"

　　"不知道吧。"

　　"你自己也不知道吗？"

　　"就这两天忙了些，我也没想到……"

　　没想到淋雨着凉会发烧，过度疲劳导致的抵抗力低下也会。

　　对此，时濛说："你已经不是小孩子了，我也不需要你总是围着我转。"

　　傅宣燎心头一跳，以为时濛把这当成了"苦肉计"。

　　"我没有——"

　　然而，话没说完，时濛站起来就走，气呼呼的，连手上一勺没动的甜品也一起带走了。

　　楼下，李碧菡还没睡，在织毛衣，看见刚从楼上下来的时濛手上捧着碗，问："他不吃？"

　　时濛摇头，说："不给他吃。"

　　李碧菡先是一愣，随即笑了："闹别扭了？"

　　时濛还是摇头。

　　李碧菡指了指单人沙发让时濛坐，泡了两杯花茶端来，热气氤氲，顿时有了几分谈心的氛围。

　　"以后打算就住在这儿了，还是另有安排？"

　　时濛怔了下，然后如实回答："没想好。"

　　"没事，这个不急。"李碧菡温声道，"做个假设，如果现在我，或者宣燎，希望你回到枫城，你会答应吗？"

　　话音落下良久，时濛都答不上来。

　　李碧菡对此早有预料，她笑着说："正是因为知道你会犹豫，知道你有心结，我们才不逼你做出选择，而是来到这里陪伴你。"

　　"可是，我不想你们这样。"时濛挣扎许久，才说，"你们会生病，会痛苦，会不幸。"

他习惯了被人亏待和无视，对接受始终无法坦然适应。

他甚至觉得他们在一起就会是痛的，是不幸的。

李碧菡问他："那你和他在一起相处的时候，会痛苦吗？"

时濛点头。

"会觉得开心吗？"

时濛想了想，又点头。

"那就对了。"李碧菡笑道，"会觉得痛苦，甚至痛苦比开心还要多，但仍会为了那一点开心，甘愿承受这份痛。这一切你都曾经历过，我们也是一样的。"

都在坚持自己认为对的事——愧疚，补偿，付出爱和关怀。

处在感情旋涡中的人都逃不过这样的痛，重要的是，换来的那点甜是否值得。

时濛抬起头，发现面前温婉美丽的女人眼中，再度盈满了泪。

"外面人人都笑话我，说我帮时怀亦的情妇养了二十年儿子，却对血脉相连的儿子置之不理。我因此悔恨过，消极抵抗过，事实证明，我还是幸运的。"

李碧菡不闪也不躲，就这样直直看着他："至少我看清了他们的真面目，不再抱有侥幸。至少我认回了你，往后还有许多年的时间可以对你好。

"幸或不幸，并非天定，而是由你自己决定。"

自幼时起，就有人告诉时濛，你是个见不得光的私生子，活该被所有人讨厌。

今天，第一次有人告诉他，没有一个人生来注定不幸。

时濛沉默了很久，久到桌上的半杯花茶都放凉了，才开口道："那，时沐呢？"

他想问的有很多——你还爱不爱他？想不想他？来找我是不是因为失去了他，是不是为了填补内心的空缺？

思绪太杂，出口便只剩一个人名。

好在李碧菡懂他，当即便说："如果他不知道那件事，他现在还是我的孩子。可他分明知道，连可能导致的后果都一清二楚，却还是选择隐瞒，甚至用心险恶地利用我来达到他的目的。"

说的是偷画并栽赃的事。

提及晦暗的过往，李碧菡深吸一口气："从他决定骗我的那一刻开始，他就不再是我的孩子了。"

她说得轻描淡写，时濛却无法想象从接受到完成这样地动山摇的心理转变，需要多大的力量和勇气。

她还为了他，把女儿送进监狱。

时濛垂低眼帘，低声道："不这样，也没关系。"

他承认恨过时沐，可是每当他想到这个人已经死了，那份恨突然变轻，然后慢慢飘起来，变成无处着落的浮萍。

所以，他不介意李碧菡还惦记着他们，这是人之常情，他应该学会用正常人的方式看待。即便他曾经拥有过的太少，所以无论什么，都希望自己拥有的是独一无二的一份。

可是，李碧菡说："怎么办？我现在只有你一个孩子了。"

她看到了他善良的本性，为此欣慰，更有一种意料之中的欢欣。

"以后我会一直跟着你，还会叫你宝宝。宝宝吃饭啦，宝宝画得真棒……宝宝长宝宝短的，把你从前缺的都补齐"李碧菡拉过时濛的一只手，握在柔软的掌心，另一只手抚上他的侧脸，轻轻地颤抖着。

这是自出生那日分别后，他们第一次靠得这么近。

她带着母亲滤镜，发自内心地说："我的宝宝，怎么这么漂亮、这么可爱。"

看到她落下眼泪，时濛顿时手足无措，慌乱中喊了声"妈"。

笑容同样发自内心，李碧菡弯起唇，哑声应道："唉，妈妈在呢。"

沉睡的夜晚总是过得很快，睁开眼看见蒙蒙亮的天，傅宣燎经过好一阵思索，才想起自己身在何处。

头没那么烫了，头晕的症状也有所缓解，傅宣燎坐起来想找水喝，扭头便看见趴在床边的一个毛茸茸的脑袋。

时濛的头发又长了些，也许是睡姿不当的原因，几根呆毛翘在头顶。

傅宣燎忍不住伸手去按，按下去又竖起来，再按一下还是如此，和时濛本人一样，脾气固执。

被这么一折腾，浅睡的人自是缓缓苏醒。

当惺忪睡眼对上满含笑意的眼睛，时濛先是发呆，之后确认般地"哦"了一声，说："你醒了。"

傅宣燎被他一脸正经的犯傻逗笑，笑出声，笑到岔气咳嗽，当即收获时濛一记眼刀。

等他喝完水喘匀了气，时濛问："还难受吗？"

身体还有点酸软乏力，傅宣燎将发烧归咎于昨天百忙中回了趟公司，被老傅押着处理工作伤了元气，仰面靠在床头，叹息道："死不了。"

时濛记得这三个字，傅宣燎上回发烧的时候，也这么说过。

后来，他差点晕倒。

因此，时濛格外警惕，又拿温度计给傅宣燎测了体温，甚至拧了湿毛巾搭在傅宣燎脑门上。

做完这些刚直起身，他就被傅宣燎拉住手腕。

"再睡一会儿吧。"傅宣燎拽他坐下，自己往边上挪了挪。

时濛的身体陷入柔软的床铺，和傅宣燎并排躺在一起。

又是一个清晨，窗帘的缝隙中透进微微一点亮光，空气静悄悄地流淌。

傅宣燎偏要打破这份平静，问："还生气吗？"

时濛看着天花板，说："没生气。"

过了一会儿，时濛开口："我有事情要问你。"

傅宣燎本就不困，闻言更是打起精神："你问。"

好不容易等到时濛愿意主动，傅宣燎在很短的时间内想到了许多种可能，包括当年夺股权的事，关于《焰》的签名的事，总之，就是关于时沐的一切。不承想，他心如擂鼓地等了半天，紧张到唾沫都咽了几次，时濛还没有发问。

他以为时濛睡着了，舒了口气。

时濛忽然动了一下，翻身侧过来，面向傅宣燎。

经过长久的思考，终于做出了坦诚面对的决定，时濛直视傅宣燎的眼睛："去年生日，我许了三个愿望。"

这个开头让傅宣燎始料未及，他回想当时，记得最清晰的便是时濛在雨中等他的场景。而他，因为毫无道理的好胜心和自我绑架的愧疚，连蛋糕都没为时濛准备。

可是，时濛依然许下了三个愿望，对着游乐园的冰激凌、碗中的泡面、陡然落下又匆匆离去的暴雨。

一是——

"希望傅宣燎可以别再恨我。"

二是——

"希望傅宣燎可以对我好。"

三是——

"希望傅宣燎可以像对时沐那样，对我好。"

相同的开头，甚至连意义都重复的三个愿望，却是时濛全部的念想。

昨晚时濛受到李碧菡的鼓励，她说："你介意的事，何不自己去问他？"

时濛思来想去，还是用了最丢脸也最蠢笨的方法，将过去剖开，连骨带皮摆在傅宣燎面前，告诉他——我无可救药，无法既往不咎。

纵然我死过一次，但我眼里就是容不得沙子。在痛苦中挣扎数年的时濛只想确认，傅宣燎究竟是不是在透过他看时沐。

他不是不能接受别人对他的好，而是只能接受对名叫时濛的人的好，掺杂了其他内容的，都不可以。

对于时濛许下的三个愿望，傅宣燎给他的答复里，也有"不可以"。

傅宣燎让他继续看着自己，然后逐一回答："可以，可以，不可以。"

听到"不"字的瞬间，时濛睁大了眼睛，傅宣燎接下来的解释，又让他重归平静。

一是——

"本来就不该恨你。"

二是——

"我会对你好。"

三是——

"非要找个参照物的话，对你可以比对我自己更好。"

虽然已经看到了证明，时濛却直到听见他亲口说出来，才真正觉得饱受震荡的心落回原地。

时濛又确认了一遍："真的？"

傅宣燎点头："真的，当年弄错了，其实我一直都……"

时濛竖起手指按在傅宣燎唇上，傅宣燎霎时没了声音，剩下的话语没说出口。只要那一句斩钉截铁的"真的"作为肯定，时濛就可以什么都信。

时濛打了个小小的哈欠，眼角泛着泪花，说道："我困了。"

如同在最兴奋的时刻被迎头浇了盆冷水，攒了满肚子话没讲完的傅宣燎愣在那里，直到时濛挪开手，才一脸难以置信地问："就，就困了？"

时濛翻了个身，从一默念到一百，心说：你能撑着胳膊这么久没倒下，看来恢复得不错。

如同启动了某种自我保护机制，经年的痛苦暂时被掩埋进地底，上面覆了一层沥青，防腐防潮，再大的雨也渗不进去。

过了一会儿，时濛睡着了。

傅宣燎用略显哀怨的声音问："那今年生日，你许了什么愿望？"

睡梦中的时濛迷迷糊糊道："不告诉你。"

雪下了一整夜。

时濛睡得晚起得晚，起床下楼时已是正午。

李碧菡从厨房出来，见时濛站在客厅里环视四周像在找人，便道："他在外面堆雪人呢。"

时濛走到窗户前往外看，果然看见傅宣燎蹲在院子里，背对着他，不知在捣鼓什么。

时濛正看着，一件外套从后面披到自己身上。

"去玩吧。"李碧菡走上前，也看向窗外，微笑着说，"我们可以晚点开饭。"

时濛便出去了，顺便给傅宣燎捎了件外套，随手盖在他脑袋上。

傅宣燎堆雪人堆得入神，连脚步声都没听见，被从天而降的衣服蒙住眼睛时吓了一跳，扭头见是时濛，又笑开了："早上好。"

时濛当他笑话自己睡过头，爱搭不理地走到另一边，蹲下扒弄地上的雪。

傅宣燎担心他着凉，把小铲子递给他，又把自己的围巾摘下来裹在时濛脖子上，被时濛冷冷瞥了一眼。

傅宣燎还以为是着装有问题，低头检查仪容仪表，疑惑地问："怎么了？"

时濛别过脸去，继续弄雪："再发烧，没人管你。"

"没事，我身体好得很。"说着就打了一个喷嚏，傅宣燎尴尬地揉揉鼻子，有心转移话题，指向堆好的雪人，"看，像不像？"

时濛早就看到那雪人了。与其说是雪人，不如说是个用雪做的蘑菇，矮胖胖的菌体上顶着个圆咕隆咚的伞状菌盖，由于头重脚轻显出倾倒之势，刚才傅宣燎就在摆弄菌体使其稳固。不知从哪儿找来的两根枯枝被插在上面当胳膊，让本就奇形怪状的蘑菇更添几分傻气。

时濛看不下去了，闷声道："幼稚。"

傅宣燎被骂也不生气，回到门廊下拿起昨天的那把伞，撑开放在地上，让雪蘑菇躲在下面。

"这是我。"他指着伞说，"你看，像不像？"

时濛觉得，傅宣燎可能烧傻了。

起因是上次来过的那位卫良骥先生再度登门拜访，说是从江雪那里听说时濛即将复出，特来道贺。

李碧菡以前在枫城的酒会上见过这位卫先生，听说他是时濛的"忠实粉丝"，更是感叹缘分妙不可言，忙把人请进屋。

"昨夜枫城也下了雪。"看着窗外雪景，卫良骥说，"不过没有浔城下得大，只是草地、树杈上有些积雪。"

说着他就拿出手机，给时濛看晨起时拍的照片。

时濛许久没回枫城，被这熟悉的街景勾起几分怀念，不由得多看了一会儿。

卫良骥见他目不转睛，试探着发出邀请："星期六晚上有场画展兼元旦跨年晚会在枫城举办，如果时先生有空，不妨——"

"他没空。"

听见突如其来的一道声音，时濛抬头，将傅宣燎拧眉不悦的表情收入眼底。

卫良骥亦是一愣，回过神后，打量抱臂站在一旁的傅宣燎，问道："这位是……"

时濛刚想接话，可慢了傅宣燎一步。

"您好，我姓傅。"好在他没完全丧失理智，上前伸出手，皮笑肉不笑地说，"我们在枫城见过。"

经提醒，卫良骥想起来了，说道："原来是傅总。"

卫良骥到底年纪大，阅历丰富，犹自镇定："那下个星期六的晚会，傅总不妨一同来参加。"

"那倒不必。"傅宣燎慢悠悠道，"跨年，还是得留给重要的人。"

这话说得直白，一来提醒卫良骥，他只是客人，并不"重要"；二来暗示时濛赶紧拒绝。

"这样的话，"卫良骥笑容温和地看向时濛，"时先生意下如何？"

在两道目光的注视下，时濛抿唇片刻，开口道："我考虑一下。"

五分钟后，隔壁潘家的门被敲响。

正在家里打游戏的潘家伟问是谁，没听到回应，趿着拖鞋走过去打开门，和门口的人大眼瞪小眼，半天憋出来一句："你来干吗？"

"借你家窗户一用。"傅宣燎边说边穿好鞋套，显然没打算告知来意，便一阵风似的闪身进屋,往楼上跑去。

潘家伟莫名其妙,于是跟上楼,接着就看见傅宣燎站在二楼客厅处的窗台边,抻长脖子往对面看。

"看什么呢?"潘家伟也跟着看,然后"我去"一声,问道,"那个老男人怎么又来了?!"

傅宣燎也想问,奈何当着面不方便,现在只能像个偷窥狂似的观察情况。

"老男人来干啥?"潘家伟还在问,"是来带他走的吗?"

傅宣燎听着恼火,喊道:"你闭嘴吧。"

潘家伟撇撇嘴,问道:"那你这是被赶出来了?"

"我——"确实是被请出门的傅宣燎无法辩驳,只好说,"我出来透透气。"

"行,透气。"潘家伟看破不说破,还把窗户打开了,"正好我也觉得热。"

两个肝火旺盛的年轻人在下雪后的冬季开着窗户吹冷风,吹着吹着,冷静下来,终于有机会好好聊上几句。

花了点时间劝大学生把逐渐走向危险的思想拉回正轨,傅宣燎"功成身退"时,碰上逛街回来的潘阿姨。

热心的邻居一见到他就大惊小怪:"哟,小伙子出狱啦。"

傅宣燎又花了些时间解释自己没坐牢,只是被拘留接受调查。潘阿姨摆摆手:"都差不多,按我们老家的规矩,从牢里出来是要跨火盆的。"

然后,潘阿姨就真支了个火盆,摆在时濛住处的院子门前,招呼大家都来跨一跨。

姓卫的已经回去了,傅宣燎带头跨了个来回,反身在时濛跨的时候稳稳接住他,口中还念念有词,什么"趋吉避凶、变祸为福、晦气统统远离",全然不像一个接受过高等教育的现代人。

做这样的事,大家不过为了讨个好彩头,对着瑞雪中熊熊燃烧的火焰,祈求来年风调雨顺,远离烦忧。

既然碰上头,两家人顺便一起吃晚餐。

潘阿姨从家里拿来刚腌好风干的卤味,李碧菡大显身手做了几道拿手菜,不大的圆桌摆得满满当当,香气扑鼻,馋得众人早早入席,窗户上也覆了层温热水汽。

寻常人家好在吃饭时谈天说地,时家母子也渐渐融入了这种氛围,你一言我一语，将来历底细交代了个分明。

听说时家就是传说中建筑行业的龙头，浔城这边的不少房地产项目都有时家手笔，潘阿姨惊道："不得了，原来小时是豪门继承人啊。"并借鉴电视里看到过的情节，以此推测，"小时是因为家族内斗，才跑到这里避风头的？"

时濛不知该如何作答。

李碧菡替他解释道："不是，濛濛来这里是为了散心。他是画画的，不管生意场上那些事。"

潘阿姨点头，继而转向傅宣燎："那小伙子你呢，大老远跑来就为坐个牢？"

傅宣燎差点噎住，在潘家伟揶揄的笑声中强作镇定，说道："我是来找他的。"

潘阿姨感叹道："多好的朋友啊。"

"我和他不是普通朋友关系。"傅宣燎说。

"那你们是……？"

傅宣燎悠哉地喝了口汤，说道："我们从小一起长大。"他看着时濛笑，"你一直把我当哥哥，对吧？"

酒过三巡，时濛去了洗手间。

脸颊还是有些烫，用凉水拍了拍，好了少许。

看着镜子里的面孔，他想起小时候刚到时家，不知该如何称呼这个非亲非故却总是出现在眼前的人。时濛的确在阿姨的指导下叫过傅宣燎哥哥，后来关系疏远便直呼其名，要不是方才被提醒，他都快忘了。

时濛把这种感觉归咎于被占便宜，心想：这人比我还大两岁，怎么二十年如一日地不正经，哪里有当哥哥的样子？

时濛刚腹诽完，出门就碰到更不正经的。

傅宣燎不知何时守在门口，见时濛出来一把拉过他，拐个弯将他带到僻静的走道里。

"嘘——"傅宣燎压低声音，"有人来了。"

当意识到这里是自己的住处，并且傅宣燎此举分明是在模仿他，时濛羞恼之下又不敢乱动，因为确实有人过来了。

是潘家伟，用完卫生间恰好电话响，他便在这无人处接了起来。

先是说了些学校的事，项目实验什么的，接着闲聊了点别的，潘家伟颓丧道："没。"

过了一会儿，他又说："要不是那疯子大哥横插一杠……"

直到脚步声远去，傅宣燎才松开手。

"横插一杠？"他笑了一声。

时濛没理会他，转身就要走，又被傅宣燎拉了回来。

"纸盒里的东西看了吗？"他又一次发问。

时濛梗着脖子，说："没看。"

傅宣燎叹了口气，退而求其次，说道："那下周，我们一起回趟枫城。"

"回去干什么？"

"给你看样东西。"

"不看。"

"……"傅宣燎心急，问道，"难道你真的要跟那小子去看画展？"

时濛点头，说道："嗯，说好了的。"

"可那是星期六。"

"星期六怎么了？"

"合同上白纸黑字写着的。"

"你以前总是不遵守。"时濛抬头看着傅宣燎，反问，"凭什么要我遵守？"

一句话就把傅宣燎堵了回去。

小蘑菇变回从前那个倔强的小蘑菇，在欣慰之余，傅宣燎又难免心酸。

"也没有……总是吧。"他掰着手指算了算，没什么底气地说，"就两次。"

时濛撇开视线，咬了咬嘴唇，说："是三次。"

傅宣燎不知道时濛曾为他包下过一整个草莓园，只记得时濛让他吃草莓的那个晚上，他因为再度受到威胁，气急之下说了很难听的话。

哪怕后来时濛报复回来了，问站在雨中的他贱不贱，他也只觉得自己活该，恨不得时濛多骂他几句，最好拳打脚踢。

傅宣燎终于败下阵来，说道："那，再等等。"

两人在黑暗处站了很久。

傅宣燎在思考该怎样道出迟来的歉意。

时濛在胡乱地想何为一段"稳定、健康"的关系。

后来，傅宣燎又说了"对不起"。

时濛说不想听，他又开始不断地重复，一遍又一遍。

多到时濛觉得这辈子收到的所有道歉，都集中在了这个寒冷的年尾，多到他认为就算此刻死去也没关系。可是，他不能死，因为书上说过，肉体是记忆的容器，如果死了，所有记忆就消失了。

时濛觉得自己的疯病好像复发了，他甚至开始惴惴不安，害怕失去。他蓦然发现，傅宣燎也有一双很亮的眼睛。

傅宣燎自是知道这副皮囊有点用处，他调换了两人的位置，仰起头。

这一刻，他才知道自己盲目的骄傲与自信来源于何处。

"别怕。"傅宣燎告诉垂眸与他对视的时濛，"以后没有我俯视你，只有你俯视我。"

他在心里说：我明白你的胆怯和心惊，也只有我甘心臣服于你。

下一个星期六，画展还是没去成，因为潘家伟临时接了个项目，要跟导师去外地。

在电话里跟时濛说这件事的潘家伟快要哭出来了，听说这事的傅宣燎却笑得开怀，被突然转身的时濛逮个正着，忙嘴角向下，轻咳一声："既然票都买了，那……我们俩去？"

傅宣燎最终如愿以偿地去了。不过，是当司机。

时濛邀请了李碧菡一起，傅宣燎到现场补了张票，保镖似的跟在后面，只能趁李碧菡不留神悄悄说句"这幅没你画得好"之类的话，还被时濛瞪，好不委屈。

逛到下午开车回去，路上说起卫良骥邀请参加的跨年晚会，李碧菡看了看时间，笑着说："现在过去说不定还来得及。"

下车刚走进院子，时濛就被某人故技重演拽到廊下。

"真的要去？"傅宣燎难以置信地问。

时濛说："赶得上就去。"

傅宣燎又急了："那家伙不行。"

"他欣赏我的画。"

"……"

时濛觉得这段对话有点熟悉。

时濛垂着眼看地面，半晌才闷声开口："你不讲道理。"

傅宣燎刚要问问时濛自己怎么不讲道理，忽闻一阵急促的脚步声，刚进屋的李碧菡走了出来。

看见站在廊下的二人，她握着手机上前，脸色凝重。

"晚会怕是去不成了。"她对时濛说，"时怀亦出了车祸，情况不大好，我们得回去看看。"

将猫托付给隔壁邻居照顾，一行人赶去医院，到达时已是晚上八点。

夜晚的枫城万家灯火，医院虽也亮如白昼，却透着冷气，地板倒映着惨白的灯光，长长的走道里回荡着突兀的脚步声。

一行人刚出电梯，时怀亦的助理就迎了上来，边引着大家往重症监护室去，边交代详细情况。

说来并不复杂，时怀亦乘车去市郊某工地视察，因为时间紧张车速较快，路遇酒驾奔逃的司机闯红灯，是两辆急速行驶的车相撞引发的事故。

据说那酒驾司机没系安全带，当场就没气了。

时怀亦坐在后排，司机刹车转向还算及时，车身侧面迎接撞击。

即便如此，他被抬进医院时仍头破血流，至今昏迷不醒。经过抢救，如今暂时脱离生命危险。

这个时间段，重症监护室不开放探视，众人只能在外面隔着玻璃墙远远看一眼。

时濛与时怀亦感情并不深厚，对他为保全自己而知情不报的事也无法谅解，看见这个平日里威风八面的枫城大人物如今安静地躺在那里，戴着氧气罩，脑袋包着厚厚的纱布，仿佛一具尸体，也只生出些微的怜悯，就像自己躺在病床上时，时怀亦对待自己那样。

李碧菡很难无动于衷，毕竟那是她孩子的父亲，和她生活在一起几十年的人。

离开重症监护室，李碧菡长舒一口气，闭了闭眼睛。

时濛上前扶住她的胳膊，她顺势拍了拍时濛的手背，似在告诉他，妈妈没事。

母子俩缓慢地走在医院冷清的走道上，李碧菡的语速也很慢："这个人啊，真叫人伤脑筋，还是夫妻的时候，他就成天给我出难题，一会儿外面有别的女人，一会儿带个孩子回来，一次一次打碎我重新修补好的镜子，让站在镜子前的我，连自己都看不分明。"

时濛知道她其实很讨厌一次又一次选择原谅的自己，也知道她作为母亲的难处，所以从不听信外面的风言风语。

能为了孩子忍耐，也能为了孩子决绝离开所谓的家，任由那面镜子碎在原地，李碧菡的坚强是世上大多数人不能企及的。

可惜时濛不擅长安慰人，想了半天，只说："不怪您。"

"是啊，不怪我。"李碧菡却因这三个字，自疲惫中挤出笑容，苦中作乐道，"要怪也只能怪二十二岁的李碧菡挑男人只看脸，太肤浅。"

这话不像是对儿子说的，反倒像对认识多年的好友说的。

时濛却很适应这样的相处模式，认真思考了下，总结道："容颜易老。"

到了零点，远处钟楼敲响，预示着新的一年到来。

李碧菡忽地叹了口气："是啊，又老了一岁。"

这回轮到时濛劝她："每年都是一段新的旅程。"

时濛扭头望去，傅宣燎正守在不远不近的地方，看见他回头，便露出微笑。

碍于长辈在场，他只用口型无声地说了句什么。

时濛假装没听懂，转回去，继续向前走。

然后，他也弯起唇角，在心里默默地说：新年快乐。

时怀亦出车祸重伤入院的消息，在新年的第二天就传遍了枫城的大街小巷。

如今时家没了主心骨，李碧菡不得不替时濛出面，安排各项事宜。

时濛自是不能袖手旁观，他在附近的酒店住下，白天李碧菡在公司处理公事，时濛就抱着小本本在外面画画。

时间久了，集团上下都晓得这个年轻英俊的男孩是时怀亦唯一的儿子。

对于外界的声音，时濛向来不闻不问，只是在感受到来自集团员工们过分殷勤的招待后，减少了去公司的次数，多出的时间去找江雪，或者去马老师家坐一坐。

最近，时濛的生活重心放在年后的人像画决赛上，他和马老师两人讨论了几个来回，都没能把参赛的题材选定。

"还画妈妈，不行吗？"时濛问。

马老师戴上老花镜，翻开比赛章程指给时濛看："上面规定，初赛和决赛不可以画同样的主题。"

这让时濛犯了难。他本就不擅长人像绘画，对自己不愿意画的人更是无法下笔，可决赛迫在眉睫，除了李碧菡，还能画谁呢？

带着这样的难题，时濛连午饭都没吃好。

回去的路上，傅宣燎下车给他买了份糖炒栗子，开口的那种，很容易剥开。时濛接过去慢吞吞地往嘴里塞，吃着吃着没了动静。傅宣燎扭头一看，他竟合眼睡了过去。

时濛后来是被傅宣燎叫醒的，对上那双含着笑意的眼睛，无端生出些起床气。

"干吗呀？"他望向外面，觉得这地方似曾相识，"这是哪里啊？"

傅宣燎打开车门，带他下车，温声道："带你去看个好东西。"

进到酒店模样的建筑内部，看见熟悉的装潢布局，时濛才想起，这里是当初拍卖《焰》的场地。一起涌入脑海的，还有当时周围人的冷嘲热讽，以及自己的画被署上别人名字的痛。

时濛下意识地想逃离，可还没来得及转身就被傅宣燎抓着手腕拉了回来。

"相信我。"傅宣燎说，"我不会伤害你。"

即便他这样说，时濛仍然畏惧。

此处正在举行一场与美术有关的宴会，舞台的大屏幕上出现了一幅幅画作，许多圈内的画师和鉴赏家围坐在一起欣赏、点评。

时濛只在旁边听着，不敢加入，就算有人认出他过来敬酒，他也不知该做何表情。何况他们说的话，时濛一句也听不懂。

先是一位有过几面之缘的鉴赏家，笑容和蔼地说："当时我就说，你不可能做出那种事。"

"谁也不想碰上那种事。"再是某位画界前辈，宽容豁达地说，"好在一切已经水落石出，今后好好创作，让不愉快随风而去吧。"

还有素未谋面的媒体人员，怀着打探的目的，问道："请问，时先生您这次来到这里，是为了亲自为自己的画作正名吗？"

傅宣燎将媒体人员拦了下来，带着一头雾水的时濛往场边去，找了处清静的地方让他坐下，指向舞台："看，开始了。"

时濛抬头望去，只见一道光倏然亮起，打在屏幕之上。而屏幕正中，正是那幅出自他手、如今已不见踪迹的《焰》。

后来发生的事，时濛都记不太清。

只记得好像做了个梦，有人将他的画的照片展出，并根据权威鉴定师出具的鉴定结果，更正了该画作的作者姓名。

醒来后，时濛不信，看见画的下方赫然署了"时濛"的名，声音和画面通过感官传递到心脏，引起震耳欲聋的跳动，才有了一些实感。

台上面熟的主持人在为主办方曾经弄错画作的作者表示歉意，然后隆重介绍这幅出自新生代画手时濛的匠心与灵气并存的作品。

他的每一笔、每一画倾注的心血和感情，都被看到，都得到认可。

那么多赞美的词落入时濛耳中，所有掌声和赞扬声为他响起，恍惚中，时濛又回到那个为他铸造的梦境。

不同的是，这次的美梦，永远不会醒。

喧嚣结束，宴会散场，时濛走在通往外面的走道上，忽然歪了下身体。

傅宣燎手疾眼快地扶住他，皱眉道："让你少喝点。"

时濛扯开嘴角，眯起眼睛，说道："我高兴。"

千金难买小蘑菇高兴，傅宣燎便随他去，心想：等下说不定有惊喜。

等车行驶在路上，傅宣燎才发现自己想多了。

时濛醉归醉，神志却还清醒，甚至有力气掏出小本本，画了幅还原度高达百分之九十九的钟楼夜景。

他把画举到傅宣燎面前，问："好不好看？"

傅宣燎说好看。

他不信，又问："真的？"

"真的，你要是不信，可以问问别人。"

"我就问你。"

"好。"傅宣燎应了一声，把车停在路边，把本子接过来在阅读灯下细细打量，然后由衷地说，"很棒，比当年画室的老师画得都要好。"

时濛还是怀疑他的鉴赏水平，说道："可是，你只学了不到一周。"

"那又怎么样，好坏我还能分不清？"傅宣燎指了几处，"看这游刃有余的线条，没有十几二十年的勤学苦练，怎么画得出来？你这些年有多用心、多努力，我都看在眼里。

"你想想，刚才那些人在每幅画展示的时候都会鼓掌吗？还不是因为你画得好，不然他们正眼都不乐意瞧。"

话音落下，车内一时安静。接着，时濛在寂静深处，抬手抹了下眼睛。

傅宣燎吓得不轻，以为自己哪里说错了，想哄又不知该从哪里哄起，只好抽了纸巾，轻轻为他拭去眼角溢出的泪，说："我错了，你别哭。"

笨拙得连家猫都不如。

时濛骂不出口，心里百转千回，启唇唯余一句："你好烦。"

傅宣燎一愣，反问："我，我哪里烦？"

时濛不想说，他就追着问，一副虚心求教的样子，仿佛只要时濛说了，他就能原地改正。

时濛被追问得没办法，只好说："总是随便道歉认错。"

明明在很多事情上错的并不是你。

"这也不算……"傅宣燎说到一半改口，"行，我改。还有吗？"

当然有。

可是，时濛摇头，是不打算告诉他的意思。

时濛流着泪，在心里默默地说：你好烦啊。总是在我接受了自己很渺小的现实之后，又告诉我——你很棒，也很伟大；你渺小的心愿在我眼里，是比任何事都重要的存在。

很久以前，时濛以为自己丧失了哭的能力。

现在他才知道，哭这件事也需要天时地利。

从前面对命运不公，面对千夫所指，他可以坚强到冷漠以对，因为他孤军奋战，流泪也没人看见；而现在，他才敢袒露自己的脆弱和委屈，这是不同于心死时的痛快发泄。而是一种因为被珍惜着、疼爱着，有人会痛他之所痛，才会流下的泪；是故作坚强那么久，终于甘心示弱的泪。

见时濛的泪非但没止住，反而有愈演愈烈之势，傅宣燎彻底慌了神。

他明白时濛为什么哭，依然不知该如何安抚，只好侧过身，手忙脚乱地为他擦眼泪。

时濛没有躲开。曾经徘徊在许多个命运的岔路口，时濛顽强挣扎，也企盼有谁来将他拯救。

两人对视良久，待时濛喘息平复，情绪逐渐稳定，傅宣燎呼出一口气："还有什么我不知道的事，你慢慢告诉我，好不好？"

又得寸进尺，借打个商量的名义引他道出一切。

可现在不是计较的时候，时濛捕捉到另一个声音。

他抬手按住心脏，感受掌心之下的震颤——

是低入尘埃，也能开出花的声音。

回到酒店，傅宣燎给时濛叫了醒酒汤。

时濛晚上光顾着喝酒，没吃什么东西，喝着喝着就有点饿，把下午在车上没吃完的栗子拿来继续吃。

这会儿傅宣燎不用开车，卷起衬衫袖子帮忙剥。一边投喂，一边讲那过去的事情。

为体现公平，傅宣燎拆了酒店房间里的扑克牌，打乱，背面朝上，每轮两人各抽一张比大小，点数小的先讲。

第一轮时濛点数小，他要赖说再来一次；第二轮还是时濛点数小，他把牌塞回去说拿错了；第三轮时濛很谨慎，从左往右取了个吉利序号，翻开一看是个数字 3，傅宣燎举着手中的数字 10 朝他耸肩，模样十分欠揍。

时濛气呼呼地把牌丢回去："你出老千。"

闻言，傅宣燎笑得肩膀直抖："还知道什么叫出老千。"

时濛不想告诉他，小时候他跑到时家用影碟机放香港电影的时候，自己也跟着偷瞄过几眼。

又来一轮，终于是时濛点数大，傅宣燎放水放得心甘情愿，当即愿赌服输，将如何得知真相，以及两人无数次的错过娓娓道来。

时濛静静听着，大多都默认下来，一个栗子壳捏在手里抠了十来分钟。

唯有傅宣燎提到九年前的圣诞夜，他憋了一口气，说："那不是我。"

"嗯，不是你。"傅宣燎顺着他的话，"是一朵小蘑菇。"

时濛否认道："我不是蘑菇。"

傅宣燎摊手："我可没说你是，你自己往上套。"

时濛更恼，抄起盘子要砸，被傅宣燎逮住手腕，将盘子换成了枕头。

"轻点儿。"傅宣燎劝道，"赔偿事小，要是楼下的住客投诉到前台，大家都来看热闹，怎么办？"

"让他们看。"时濛硬气道，把手中的枕头狠狠砸在他脑袋上。

晚些时候，两人闹够了，开始发呆。

时濛还在摆弄那副牌，按照点数大小的顺序整理着，漫不经心地问："你是怎么知道的？"

话题又倒了回去，说的是圣诞夜的事。

彼时，傅宣燎年纪轻不胜酒力，虽醉得彻底倒也尚余一丝神志，他说："我就记得背着我的人个子不高，我脚都擦着地了。"

见时濛又在到处找称手的"兵器"，傅宣燎笑着去拉他的手："开玩笑的。我后来找方姨确认过，她告诉我，当年是你把我扛回来，还喂我喝汤。我也真是的，几瓶啤酒都能喝醉。"

时濛在意的并非他不记得，而是"你把我当成别人了"。

对此，傅宣燎长长叹了口气："其实，是我把他当成了你。"

回顾从前，从塞到桌肚里的画，到医务室的悄悄探望，再到那个具有关键意义的圣诞夜，对应的都是时濛本人。

傅宣燎告诉时濛："如果不是因为弄错，我不会与他关系好。知道他做了那样的事，也不可能继续跟他来往，说不定连朋友也做不下去。"

说出这些话，对傅宣燎来说才需要勇气。

因为他心知自己这样说，落在旁人耳朵里可能并非坦荡赤诚，而是识人不清，甚至是铁石心肠，十几年的交情也能一朝撇得干净。

可是，他必须坦白："你知道我的脾气。"

时濛当然知道。傅宣燎这个人，可以在所有人都嘲笑他是私生子的时候站在他这一边，让他别把那些话放在心里，还背着他走出漆黑的山林。

这个人有着世间难得的正直，连时思卉倾心于他都是因为他这样的品质。

想到时思卉，时濛很难不联想起多年前那场关于下药的乌龙。

虽然这场乌龙很长一段时间横在两人之间，抹不去也解不开，造成更多的误解与麻烦，可时濛仍庆幸当时是自己走上阁楼，而不是别人。

时濛莫名其妙地陡生闷气，丢了牌转过身去，扔下一句："臭脾气。"

傅宣燎忍不住发笑："你倔得跟石头似的，还说我？"

两人半斤对八两、针尖对麦芒，不然从前也不会非要争个高下，弄得两败俱伤。

傅宣燎过完嘴瘾立马投降："是我臭脾气，你不臭，小蘑菇最香。"

"我不是小蘑菇。"

"行，你是奇诺比奥。"

"奇诺比奥是什么？"

"一个很厉害的国王。"

傅宣燎从牌里摸出一张，抬手举到时濛眼前，时濛瞥一眼，是张红桃 K。

"跟这个一样，特别厉害。"傅宣燎的声音很低，说得郑重其事，"你就是国王。"

不久，时濛从江雪的对象高乐成口中得知，奇诺比奥是个白底红点的蘑菇头，至多算是拥有蘑菇王国的王室血统，他不知第几次陷入无语状态。

江雪还特地上网查了这号人物，指着图片笑得前仰后合："他以前画的你，就长这个样。"又劝时濛，"男人至死是少年，你不也还喜欢小时候看过的动画片里的兔子吗？"

时濛气得抄起小本本画了十只兔子，都叫傅宣燎。

元旦过后不久就是春节，大年初一这天，恰好李碧菡那边的事也处理得差不多了，众人对了下时间一拍即合，决定发扬传统，去山上烧香祈福。

到了目的地，人山人海，光排队挤进去就费了好大工夫。

请了香，依次进佛堂，时濛看见李碧菡低头默念着什么，又看见傅宣燎有样学样，左手在上、右手在下举着香，虔诚地合眼祈祷。

出来之后，江雪做东请大家吃饭，李碧菡说自己是长辈就不参与年轻人的聚会了，然后掏出手机，约蒋蓉一起去喝茶。

长辈前脚刚走，年轻人后脚就开了几瓶酒，推杯换盏，划拳打闹，还玩起了真心话大冒险。

问来问去不过是围绕着刚才在佛前许下的愿望，江雪大大咧咧地告诉大家："当然是赚更多的钱啦。"

高乐成也坦白："娶妻生子，走上人生巅峰。"

他收获江雪一记白眼。

到另一边，就开始磕磕巴巴。

傅宣燎宁愿喝酒受罚，摆手道："这是秘密，说出来就不灵了。"

时濛也不肯说，理由很牵强："我忘了。"

江雪大有上当受骗之感，埋怨高乐成道："你看你，都交的什么朋友！"

高乐成摊手："你也不遑多让。"

游戏有游戏的规矩，到底不能轻易放过。

江雪临时换了个问题："如果有的选，你会选有他的人生，还是没有他的？"

换作别人，这简直是道送分题。可放在时濛身上，就变成了让傅宣燎大气也不敢出的送命题。

傅宣燎的答案是一个字——有。

时濛却思考了很久，决定后利索地站起来："我选择大冒险——再经历一遍这样冒险的人生。"

原以为随着这次聚会化开的是时濛冰封已久的心，不承想，年初二时濛就搭上了去往南方的飞机，理由是比赛在即，去外面寻找灵感。

傅宣燎心想：有什么好找的，灵感不就在这儿吗？

行动上却不敢逾矩，之前逼得太紧，是时候让小蘑菇喘口气了。

他急得要命，被老傅抓回公司也无心工作，成天抱着手机，对话框里的字打了删、删了再打，问不出口的无非那一句——纸盒里的东西看了吗？

他不确定时濛是真的没看到，还是看到了故意不回应。

这天，傅宣燎收到时濛发来的消息，问他有没有空。傅宣燎噌地从座位上跳起来，衣服也顾不上收拾就往机场奔去。

路上，他接到傅启明的电话："公司你是不打算管了？"

"我不是安排好了才走的吗？"

"你只管安排，不管执行？"

"拜托，当初是谁扔下烂摊子让我收拾，自己跑去国外陪老婆的？"

傅启明心虚地咳了一声，说道："我那是为了家庭不得不——"

"您是为了自己。"傅宣燎说，"我现在也是为了自己。为傅家活了那么久，我也想为自己活一次。"

电话那头，傅启明沉默一阵，然后说："确定了？"

"嗯。"

经历两个多小时的飞行，傅宣燎来到了温暖如春的南方城市。

匆匆赶去时濛居住的民宿，下车时天公不作美，竟下起了雨。

星星是看不成了，待到雨势减弱，两人去海边溜达了一圈。

天是黑的，海也是黑的，阵阵涛声入耳，踩在沙子里的脚步声也很清晰。

时濛没带拖鞋，湿漉漉的沙子灌入鞋口往脚心钻。

傅宣燎见他走得别扭，大步上前矮身蹲下，抓住他两条胳膊，就把人背了起来。

时濛因为双脚忽然离地倒抽气，问他："你干吗？"

傅宣燎说："背你啊。"

"谁要你背了？"

"那我放你下来？"

肩膀被捶了一拳，傅宣燎"嘶"了一声，说道："当年在山上迷路，你可没这么凶。"

时濛默认他说的是最早的那个"当年"，心说：那会儿不熟，当然凶不起来。

傅宣燎也想起最早的"当年"，低笑一声，说："还是凶巴巴的比较好。"

回到酒店，两人瘫在床上休息。

"我去理个寸头怎么样？"傅宣燎突然问。

时濛动了动，调整了个舒服的位置，反问："为什么？"

"你都能剪短发。"

时濛拿出手机翻看，收到一条来自卫良骥的消息。

不知他从何处得知《焰》更正了作者名的消息，因为人在外地出差只能通过短信表示祝贺，并借此邀请时濛共进晚餐。

时濛看消息的时候没避人，傅宣燎跟着瞄了一眼，当即嗤笑，说道："阴魂不散。"

"他是好人。"时濛说，"他告诉我应该舍弃过去，发展一段稳定、健康的关系。"

傅宣燎第一个举手报名："我姓稳定名健康。"

时濛被逗笑了，他弯起眼睛，说："你是兔子。"

"稳定健康的兔子。"

"是火兔子。"

"火兔子那不都熟了吗？"

"嗯，香。"

"该不会是饿了吧？"

时濛点头："嗯。"

傅宣燎立马从床上起来，穿衣服下楼买吃的。

在这个时间点，外头的早餐店都没开门，只能在二十四小时便利店买点熟食对付。

次日天晴，两人又去海边闲逛。

看见渔船驶入港口，两人都觉得熟悉，却很默契地什么都没提，而是在海滩留下四串脚印，回头看它们被涌到岸上的海水抚平。

回到枫城后，傅宣燎被傅启明抓去上班。

时濛一边准备比赛一边陪李碧菡四处溜达，参加了几场老友聚会。

也许是先通过气，聚会现场氛围都很好，没有人用好奇的目光打量，也无人在背后窃窃私语。

李碧菡急于让全世界都知道时濛是她的孩子，也存了给时濛的将来铺路的心思，她大大方方地将他介绍给所有亲朋，请他们以后多关照。

她还带时濛去了趟娘家，在那里，时濛第一次见到外公外婆。

隔老远，时濛就看到一对满头银丝的老人，互相搀扶着站在门口。

听见时濛喊"外公外婆好"，老太太当场掉了泪。

外公退休前在大学任教，气质儒雅，将时濛带到书房，亲手为他写了幅字，祝他平安顺遂，在画界大展宏图。

母子俩留下吃了顿饭，饭后李碧菡陪父亲出去散步，外婆则拉着时濛的手说了些话。

大多是让他以后常来、把这里当自己家的体己话，后来才说到时家的事，听说时怀亦已经醒了，老太太"哼"了一声，说道："当初我就不同意碧菡嫁给他，看看，这些年他干了多少坏事！"

在外婆眼里，李碧菡的悲剧婚姻和时濛前二十多年的不幸，皆因时怀亦而起。事实也的确如此，也许是经历生死看透了，醒来的时怀亦第一个要见的就是时濛。

虽然戴着氧气罩说不出话，但时濛能从他颤动的眸光中看出几分懊悔。因此，后来收到来自时怀亦的股权转让书，时濛也不觉稀奇。

李碧菡也收到了，本来冷声骂着马后炮，待听说这场车祸让时怀亦元气大伤，后半辈子可能都要在轮椅上度过，她又于心不忍，到底没将那文件当场撕毁，而是交给时濛，让他一并处理。

时濛没什么好纠结的，将两份没签字的文件一起寄了回去。

对于这样的处理，江雪直呼大快人心。

"孙雁风也给我寄东西了。"时濛拿出一封没拆封的信。

被江雪手疾眼快地抽走："不准看，说不定这家伙又跟你打感情牌，说那个姓杨的是爱你的呢。"

江雪料事如神，时濛在她的监督下拆开，粗略读了一遍，果然三句离不开杨幼兰，字里行间都透露着拜托时濛去看看她，解开母子间的误会。

"母子间？还误会？"江雪声调都拔高了，"真够不要脸的，简直脏了'母亲'这两个字。"

时濛大概知道孙雁风说的是什么误会。

在许多个难眠的夜晚，他也曾回想从小到大的种种，那到处漏水的平房是他记事以来最初的记忆片段，那个将他养到八岁的女人，对他也不是完全没有感情。他记得那年将他丢在人来人往的大街上，后来又红着眼回来找他的杨幼兰，也记得冬天寒风凛冽，家里只有一床厚被，杨幼兰嘴上骂骂咧咧，深夜里还是将被子裹在他身上的温暖。

他能理解杨幼兰对他的恨和敌意。可路是她自己选的，打着爱的名义伤害，比坦荡直言的恨意更令人不齿。因为时濛记忆中最深刻的，是不断受到打骂和诅咒，却不知自己做错了什么的茫然。

"唉，"江雪的一声叹息将时濛的思绪拉回现实，"就是可惜了时家的股份。"竟还在为时濛退回去的文件遗憾。

时濛说："我有钱。"

"钱哪有嫌多的？"江雪劝他，"你也是时候给自己置办房产了。"

时濛想了想，说："有房子。"

江雪猛拍桌子："好啊你，头房子都不告诉我一声！"

时濛摇摇头，似有些犹豫，接着说道："不过，我还没想好要不要搬过去。"

比赛在即，时濛自是没去探监。他回到浔城闭关练习，连傅宣燎都只有星期六才能和他见上一面。

这天又听到敲门声，时濛本不打算理会，傅宣燎一个电话打进来，委屈巴巴地说："我都来了，就让我看一眼呗。"

时濛下楼开门，瞧见门口头发很短的人时直接愣住。

傅宣燎不太习惯地抬手摸了摸短得扎手的发楂，有些忸怩地问："应该……不算太难看？"

事实上，傅宣燎脸好头型佳，任何发型都不会影响他的帅气。

时濛却没夸他，而是问他干什么来了。

傅宣燎有问必答："来刷一波存在感。"

顺带洗衣做饭，为忙于拼事业的画家带来灵感。

"那纸盒里的东西……"

没等傅宣燎说完，时濛就脑袋一歪，佯装昏睡。

傅宣燎配合时濛演戏，说道："小蘑菇乖乖，把盒子开开。"

用说的，比唱的还奇怪。

"睡着"的时濛嘴角动了下，没给别的反应。

傅宣燎得寸进尺，问道："蘑菇蘑菇告诉我，他什么时候会把盒子打开？"

时濛的睫毛簌簌颤动，强忍着没睁开眼睛。

后来，嫌吵的时濛表示想和傅宣燎当一段时间的陌生人，一直到他比赛完。傅宣燎坚决表示不可，然后乖乖降低存在感，给足了时濛空间和时间，等到比赛当天才开车来接，并当着时濛的面给自己的嘴拉上拉链，意思是绝不会影响他。

决赛是现场作画，傅宣燎像个在考场外等孩子出来的家长，看见时濛出来，立刻迎上前，问道："怎么样？"

时濛不说话，表情上看不出喜忧，只垂头盯着自己的右手瞧。

傅宣燎忙安慰道："没关系，这次没发挥好还有下次，等手好了……"

时濛没理他，转脸招来一辆出租车，丢下一句"我先走了"，然后扬长而去。被留在原地的傅宣燎莫名其妙，心想：这陌生人难不成要当到比赛结果出来？

郁闷之下，傅宣燎跑去找老朋友诉苦。

高乐成听说他重新拟了份合同，除了时效拉长到生理上的死亡之前，以及将星期六改成一年三百六十五天，其他内容与先前的差不多，咋舌道："这不等于把自己的一辈子套牢了吗？作茧自缚，诚意满满，真会玩。"

傅宣燎叹气道："可是，他都不肯打开看。"

"他是不是还在气你啊？"

傅宣燎愁容满面，说道："新仇旧恨加起来一卡车都装不下，有的气了。"

他嘴上灰心丧气，行动上丝毫不懈怠。

喝了两壶消愁茶，傅宣燎开车往城东去。

那里有他在年前买的一套房子，今天阿姨发消息说把日用品都送去了，让他没事去清点一下，看看还缺什么。

车子进了小区大门，停到地下停车场。

这也是一套大平层，因为傅宣燎记得时濛先前去他家时，在落地窗前站了很久，城市的璀璨灯光映在他眼里，格外漂亮。

乘电梯往上时，傅宣燎还在想，明天要不要抽空跑一趟家居广场。

时濛在审美上挑剔，他没敢把软装这块全交给装修公司，打算亲自去选，还想在必要的时候联系几个买手，去国外弄些别具一格的装饰品回来。

只是时濛连那纸盒都不打开，更不可能……

这么想着，傅宣燎蔫头耷脑地掏钥匙开门，玄关的感应灯亮起时，他还没察觉到什么，直到低头，看见鞋柜旁摆着的一双鞋。

时濛畏寒，屋子里必须有暖气。在房子刚买下水电装修材料还没进场的时候，傅宣燎就计划好要在里面铺设全屋地暖。眼下，地暖显然已经打开多时，傅宣燎脱了鞋踩在地板上都不觉得冷。

他踉跄地跑进去，福至心灵般地推开主卧房门，只见入目之景皆覆了一层暖色调的黄。

床头灯也亮着，身形颀长的时濛背对着他跪坐在地上，光着脚，正弯腰将衣服从摊放的行李箱里一件件往外拿，手腕上的蓝色宝石随着动作流光溢彩。

听到开门声，时濛扭头望过来，冲他一笑，眼睛里像落满细碎闪耀的星星。

时濛问傅宣燎："我住这间，行吗？"

傅宣燎连声音都带了哽咽，对时濛一会儿说"谢谢"，一会儿说"对不起"，语无伦次。

好半天才平复情绪，傅宣燎弓腰趴在沙发上，像个难哄的大小孩。

被问到什么时候看到的，时濛轻轻拍傅宣燎的背，说："早就看到了。"在他回枫城处理事情的当天。

傅宣燎"哼"了一声，有不满却不敢发作，问道："那怎么现在才来？"

时濛说："比赛结束了。"

"哦。"傅宣燎佯作不满，"忙的时候不理我，不忙了才想到我，那叫什么……招之即来挥之即去？"

时濛看穿他的故意，心说幼稚，却遂了他的心愿，说："钥匙一直带在身上，比完赛时间还早，就先回去收拾……"

他没说完，就被傅宣燎接过话去。

"我都知道。"傅宣燎说，"你不需要解释。"

听了这话，时濛想起从纸盒里找到的另一样东西，来自傅宣燎的一封信。

傅宣燎显然没什么写信的经验，格式乱七八糟，字倒是端正。

他在信里絮絮叨叨说了很多，包括最近发生的事、梦到的人，还有期待的未来的生活。

他说："不知道你会不会后悔，希望你不会。你不需要后悔，而且后悔这件事不适合你，交给我来就好。"

他还说："你可以不这么快原谅我，可以让我有危机感。我会有所准备，这样被丢到水里时，就不至于像不会游泳的人一样徒劳扑腾，而是会漂起来，游回岸边找你。"

在"想过有他的人生还是没有他"这道难题上，傅宣燎替时濛回答——无论哪段人生，我都会把你找到。

时濛觉得，这人真是一如既往地不讲理。

两人一起收拾衣物，不知谁起的头，说到了距今已有十二年的那次冬令营，傅宣燎笑道："人家都是上初三或者高中去参加，你一个初一新生，凑什么热闹？"

时濛像是为在山里迷路感到丢脸，半晌才吭声："当年，要不是因为你……"

傅宣燎当他埋怨自己，解释道："我没想到你会跑到那么偏僻的地方，在山脚下转了好几圈，才耽误了时间。"

时濛听进去了，然后盯着他看了一会儿。

晚上两人都睡不着。

干脆续接下午没说完的话题，傅宣燎问时濛比赛画了谁，时濛掀开眼皮看他："你。"

惊喜来得太突然，傅宣燎不敢相信，问道："真的？"

"嗯。"时濛说，"寸头好画。"

傅宣燎又泄气，抬手摸了摸扎手的脑袋，自我安慰道："也算发挥作用了。"

这一晚是傅宣燎先入睡的。

他睡相很好，摆成什么样就什么样。

时濛闭上眼睛，从一数到一百，再睁开眼。

像雪后天晴，随着积雪融化，疼痛渐渐消散；像万物复苏，心跳也恢复了过来。

时濛有那么多小秘密，三天三夜也说不完。

比如，当天下午的那场比赛，原本定的是画自己，马老师说自画像容易出彩得高分。时濛苦苦钻研了几个月，上场拿起画笔却改了主意，将那天推开门看见的刚理了寸头的傅宣燎画了下来。因为这个变数，时濛气自己的手不听使唤，所以出来的时候没给他好脸色看。再比如，几个小时前提到的那场冬令营，时濛压根儿也没怨他没早点找到自己。

夜深，时濛做了个有关假设的梦。

假设没有那些坎坷、劫难，他们相识于幼年，那傅宣燎必是他的英雄，脚踏七彩祥云而来，化解最后一丝阴霾。

他们会一起长大，一起经历人生路上的酸甜苦辣、悲欢离合。

而时濛也不会在半途要求下来，让自己留在无边的黑暗中，只要趴在他背上，保持依赖，就可以安然走到故事的结尾。

醒来后，时濛看见傅宣燎撑着脑袋侧卧于旁，笑得比外面的太阳还要灿烂。

没等时濛说话，他率先开口："我忽然想到，昨晚少说了一句话。"

时濛眨了下眼睛。

"对不起，还有——"

"谢谢你。"傅宣燎深切地看着时濛，不厌其烦地重复，"谢谢你，谢谢你。"

时濛看着他的眉眼，每一根线条、每一处棱角都与画纸上的人像重叠，仿佛经历风雨，走错过路，兜兜转转，最终还是觅得妥帖的圆满。

安静片刻，时濛翘起唇角，在清晨肆意倾洒的阳光下，说："早安。"

番外一
彼时年少

　　别人学画，要么是自己喜欢，要么是被家长逼的，傅宣燎不一样，他学画是为了偷懒。

　　学校的画室位于综合楼二层，一个不高不低的位置，迟到早退都很方便。

　　高二上学期傅宣燎报了名，从此挤在一群艺考生当中，过起了下午只上两节课的愉快校园生活。

　　可惜的是，他想蒙混过关，画室的老师却不答应。

　　该老师姓孙名雁风，除了带艺考生，还兼任初中部的美术老师。

　　当年就是他在一堂美术课上发现了傅宣燎的绘画天赋，力邀他来画室学习，可是被傅宣燎拒绝了。

　　彼时十四岁的傅宣燎站在教室外的走廊上，书包单肩背，臂弯里夹了个篮球，理由很充分："要打球，没空。"说着抻长脖子往楼下张望，"老师你让让，我得先去把球场占了。"

　　后来回想此事，傅宣燎只觉得这姓孙的记仇得很，上回那个叫张昊的同学也是课上了一半偷偷摸摸从后门溜走，动静那么大姓孙的都装没看见，凭什么轮到他就被当场抓包，还拎到门外罚站？

　　不过，既然都被罚了，不"摸鱼"更对不起自己。

　　傅宣燎找了个背阴处，先掏出手机给高乐成发了条消息，说今天不去了，然后把手机调成静音揣回口袋，放松身体，靠着墙壁打起了瞌睡。

　　不知过了多久，傅宣燎被时沐叫醒。

"在这儿也能睡着？"时沐显得很惊讶，"你的画呢？"

傅宣燎指指地上的书包。

时沐"喊"了一声，说道："还说来陪我学画呢，我看你就是想逃课。"

虽然被说中真实想法，傅宣燎却没什么不好意思的，伸着懒腰问："画完了？"

"嗯。"说到这个，时沐忽然有些低落，"我们走吧。"

拎起书包挂在肩上，边走边往画室里看一眼，见后排里侧的位置被几名学生围住，都在欣赏画板上的作品，讨论得很激烈。

傅宣燎记得那是谁的位置，对时沐道："你弟弟还没走，我们等等他。"

时沐不愿意等，语气还很冲："你想等他就自己等，我先走了。"言罢大步往楼梯口走去。

傅宣燎以为课堂上出了什么事让时沐不高兴，只好追上去，跟他一道前行。

"怎么了？"傅宣燎问，"谁又惹你生气了？"

时沐听不惯那个"又"字，说："没人惹我生气，我心情好得很。"

傅宣燎岂会听不出他的反话，说道："整个画室孙老师最喜欢的就是你，有比赛也先给你名额，大家羡慕你还来不及。"

"那他们为什么不来看我的画？"时沐愤愤道，"一帮有眼无珠的家伙。"

这话傅宣燎没法接，在绘画这方面，他连半吊子都算不上。

他只知道时沐争强好胜惯了，什么都要做到最好，之前还跳了一级念高一，虽然其中不乏时家打点关系的原因。

作为朋友，傅宣燎觉得自己更该说实话："你弟弟确实画得不错，他尤其擅长画风景……"

傅宣燎的意思是术业有专攻，在不擅长的领域落人下风很正常，平常心对待即可。

时沐听了他的话更没好气，说道："别一口一个'你弟弟'的，他又不是我妈生的，才不是我弟弟。"

说到这事，又牵扯到时家另一桩广为人知的丑闻。

与旁人看待此事的角度不同，傅宣燎觉得要怪也只能怪被他唤作伯父的时怀亦私生活不检点，跟下一代压根儿没关条。然而，到底是别人家的事，他不方便插嘴，况且时沐现在正在气头上，未必能听进去大道理。

傅宣燎只好耸耸肩，说："那就不是你弟弟好了，反正你俩同一天出生，差不离。"

时家和傅家有些交情，傅宣燎出生早些，比时沐大两岁，比时家大小姐时思卉大半年。十岁之前，三个小孩总是玩在一起，因此傅宣燎常往时家跑，把这里当作第二个家。

今天时怀亦不在家，时沐的母亲李碧菡身体不适，听说傅宣燎来了，只出来打了个招呼，让他随便坐、随便玩，便回房间休息去了。

时沐心情欠佳，到家就钻进卧室反锁了门，谁敲也不让进。

画室下课早，傅宣燎在外面餐桌上写了一会儿作业，又开始打瞌睡。

横竖闲着，时家的保姆方姨给切了甜点。傅宣燎捧着盘子来到电视机前，随便挑了张碟塞进蓝光播放机，退回沙发坐下观看。

播放的是一部20世纪90年代初的香港电影，黑帮赌王古惑仔大集合，打打杀杀吵吵闹闹的，纯看个热闹。

看到一半，听见大门开关的声音，傅宣燎以为时思卉回来了，便没搭理。

直到听见方姨唤"二少爷"，他才扭过头去。

原来回来的是时濛，搬了张凳子坐在傅宣燎身后距离不到两米的地方，也在看电影。

让傅宣燎感到惊讶的是，从听见门响到现在过去足足半小时，时濛一点声也没出，连搬凳子的动静也没让人听见。

"二少爷回来了。"一直待在厨房的方姨显然不知道他什么时候回来的，"饿吗，要不要来份水果？"

时濛摇摇头，说道："不饿。"

方姨指沙发，问道："怎么不去那边坐？"

傅宣燎也拍拍身旁的位置，说道："一起看啊。"

闻言，时濛抬头看他一眼，又低头，不知想了些什么，好半天才拎起放在地上的书包站起来，慢腾腾地走到沙发旁。

不过，他并没有选择傅宣燎身旁的位置，而是坐到了沙发的最边缘，两人离得更远。

看了一会儿，傅宣燎把甜点盘递过去，问："吃点？"

他只是随便客气一下，心想：总不能自己一个劲儿吃。

原以为时濛要么干脆拿了，要么跟刚才一样果断地说"不饿"，没想到这小孩犹豫半天，快把盘子里的小蛋糕盯开花了，才迟钝地伸手，把蛋糕拿了起来，还对傅宣燎说"谢谢"，蚊子嗡嗡似的小声。

傅宣燎啼笑皆非，问道："这是你家的东西，跟我说什么'谢谢'？"

时濛愣了一下，之后耷拉眼皮，默认似的。

音响发出的声音盖过人声，傅宣燎好像听到他"嗯"了一声，又好像没有。

时濛吃东西的时候很安静，也很小口，腮帮子慢吞吞地鼓动。

傅宣燎余光扫过，莫名想到一种啮齿目动物。他抽了张纸巾递过去，时濛受惊般地抖了一下，抬头的时候满眼茫然。

傅宣燎又忍不住想笑，并推翻了刚才的比喻，觉得他更像一种生长于阴暗无人角落的蘑菇。

生怕他再说"谢谢"，傅宣燎抢先问道："好看吗？"

问的是电影，时濛却盯着他看了半天，眼睛都没眨一下，然后点头，郑重地回答："好看。"

其实要论长相，真正好看的是时濛。

晚上在一张桌子上吃饭，傅宣燎看看李碧菡，又看时濛，越发觉得这两人长得像，尤其眼睛，都是微微上挑偏艳丽的形状，不说话的时候透着股清冷。要不是知道时沐才是李碧菡亲生的，任谁在看的第一眼都会觉得他俩才是母子。

然而，相近的容貌并无法改变李碧菡对待时濛的态度。

自七年前时濛来到这个家，她对待继子便不冷不热，外人所能见到的时沐有的东西时濛都有，至于外人见不到的，强求不来，也没人插得上嘴。

比方说此刻，李碧菡吩咐方姨将汤锅放在时沐跟前，锅盖掀开香味还没飘远，她就拿了精致的小碗率先盛上头份鲜香的汤，放到时沐面前，慈爱地让他多吃点。

作为时沐的朋友兼家中的客人，傅宣燎自是受到了礼待，下一碗就是盛给他的。

"今天你时伯父不在家，餐桌上不必这么拘谨。"李碧菡道，"画室里发生了什么有趣的事，不妨讲来听听。"

时沐幸灾乐祸地把傅宣燎逃课未遂被罚站的糗事讲了，傅宣燎自己不当回事，倒是李碧菡劝他将心思多放到学习上："你父母对你期许甚高，别让他们失望。"

傅宣燎点头应下，心想：家庭和睦才是第一生产力，就我爹妈的恩爱劲儿，恐怕百年内都轮不到我挑大梁。

被问到今天在课上画了什么，时沐闷闷不乐地收了声，放下筷子，饭也不吃了。

李碧菡忙让方姨把水果端上来，果盘装满切开的红心火龙果，时沐这才露了笑容。

傅宣燎虽嗜甜，但不太喜欢这种糖分很高口感却不怎么甜的水果，只对盘子边上起衬托作用的几颗草莓感兴趣。

最后一颗，傅宣燎伸手去叉时，正巧碰上从另一边来的另一把叉子。

抬头见是时濛，傅宣燎立刻收手，冲他笑笑，意思是"你吃吧"。

时濛却不好意思了，叉子收也不是，留也不是，纠结片刻叉起最后一颗草莓，胳膊一拐，丢进傅宣燎面前的盘子里。

这天晚上下起了雨，傅宣燎干脆留宿在时家。

时沐的房间是个套房，带有一个小客厅，方姨拿出铺盖和被褥在沙发上铺好，便成了简单的客房。

年轻人精力旺盛，傅宣燎今天没打成球，不到凌晨恐怕睡不着。

时沐闷在房间里画画，不便打扰。傅宣燎只好自己找乐子，去厨房溜达一圈，在冰箱里摸了罐饮料，一只手拎着悠哉地往阁楼上去。

他另一只手握着手机，高乐成在跟他聊微信，说今天你没来，场边围观的女生都少了。傅宣燎回复说那我明天也不去，高乐成了然。

傅宣燎一边往阁楼的房间走，一边不慌不忙地打字，没等到高乐成的回复，一只脚碰到什么东西，发出"啪嗒"一声，吓他一跳。

他手胡乱地在墙壁上摸，还没找到目标，先捕捉到一道微弱的声音："别开灯。"

听出是谁，傅宣燎松了口气，移开已经摸到开关的手，问："这么晚了，你在这儿干什么？"

窸窸窣窣一阵响动后，一个人从桌子底下爬了出来。此人站起身比傅宣燎矮大半个头，仰面直勾勾地看着傅宣燎，眼睛在光线不足的地方依然黑白分明。

半晌，时濛才回答："画画。"

这回答在意料之外又在情理之中，傅宣燎虽不懂时家兄弟对绘画的执着，倒也不会觉得在夜深人静的时候找个僻静的地方待着是件稀奇事。

毕竟是在别人家做客，傅宣燎非常识趣地扭身欲走："那我先……"

"你别走。"

傅宣燎没想到时濛竟出言留他。

说完大约也察觉到哪里不对，时濛沉默片刻，接着说："这里很冷。"

傅宣燎便没走，虽然他琢磨半天也没弄清"这里冷"和"别走"之间的关系。

时濛在桌边的凳子上坐下，抱着画板埋头继续画画。

傅宣燎则找了个不碍事的地方，一跃坐上窗台，拉开易拉罐拉环，晃晃瓶身，耳畔是无数气泡密集地爆破的动静，和笔尖在纸上滑动的沙沙声。

雨也一样，不断地撞击地面、玻璃、窗框，嘈杂却不显吵闹，甚至沉寂得有些无聊。

冷不丁想到眼前的人的名字和雨有关，傅宣燎随口问道："在画什么？"

时濛握着炭笔的手一顿，似是没想到傅宣燎会主动同他搭话，愣了一会儿才说："没想好。"

话音刚落，听见傅宣燎低声地笑。

太低了，险些被雨声盖过，时濛不得不竖起耳朵，然后清晰地听见傅宣燎说："已经在画了，却还没想好。有意思。"

得到这样的评价，时濛很轻地呼出一口气。

他听见傅宣燎喝饮料的声音，又听见傅宣燎问他："你们画画的不都很在意光线吗？那个谁谁，很有名的一个画家，发明了那个什么'外光画'？"

时濛提醒道："莫奈。"

"对，莫奈。"傅宣燎接着问，"你不怕看不见？"

"不怕。"时濛说，"我从来没把颜料弄到身上过。"

这答非所问的回答让傅宣燎有些意外，借着窗外透进的一点路灯光，他上下打量时濛。

不像画室里的其他学生，一堂课不到就从头到脚五彩斑斓，仿佛在调色盘里打了个滚。时濛身上没有斑驳的颜料，也未沾染窗外的尘土，蓝白校服穿在他身上有种冷色调的纯，澄净得似从画中走出。

听出时濛语气中一点似有若无的骄傲，傅宣燎心想果然还是个小孩，边笑着边不吝夸奖道："那你好厉害。"

时濛抿抿唇，说道："谢谢。"

傅宣燎依旧笑着，说："该我谢谢你，把最后一颗草莓让给我。"

回想起草莓的事，时濛垂眼"嗯"了一声，说："我知道。"

傅宣燎不明所以，问道："知道什么？"

这回几乎没有停顿，时濛说："知道你喜欢。"

傅宣燎一愣，下意识地看向时濛，待对方也抬头，他又匆忙移开目光，回头才觉得莫名其妙，也不知道自己在心虚什么。

也许是因为时濛冷冷的目光瞥过来，总给人一种被看穿的错觉。

想到时濛就是个喜欢跟在人屁股后面的小孩儿，刚刚还躲在桌子下面玩捉迷藏，傅宣燎舒了口气。

夜间温度低，时濛画着画着打了个喷嚏。

傅宣燎从窗台上跳下来，走到画室的另一头把虚掩的窗户关上，路过时顺便瞧一眼时濛的画。抽象的色块组合，他还没看出画的是什么，就被扑鼻而来的颜料味熏得鼻尖一颤，背过身也打了个喷嚏。

傅宣燎吸了吸鼻子，开玩笑说："被你传染了。"

时濛听了，放下笔，抽了张面巾纸递过去。

傅宣燎道了谢，接过的时候，视线扫过时濛伸过来的手。

那是一双很漂亮的手，指节长而细，极其适合握画笔。

恍惚中，傅宣燎想起曾在学校医务室见过的一只小心翼翼伸过来却又不敢触碰的手。

回过神来，他觉得自己昏了头，当时睡得迷迷糊糊，还隔着一道帘子，光凭一个影子能看出什么？再说他跟时濛并不熟悉，最近的一次交集大概是念初三那年的冬令营，他在深山里救过一回这个迷路的小屁孩。

怎么可能是他？

如此想着，傅宣燎抛开莫名其妙的思绪，转脸瞧见时濛神情严肃，仿佛真的在为传染了别人感到无措，不禁莞尔。

"逗你玩呢。"傅宣燎指指画板，"你接着画。"

时濛睁大清澈的一双眼，又看了傅宣燎一会儿，确认他没有感冒，才转回去面向画板。

时濛动两笔又停住，扭过头时再度垂低眼帘，没什么底气地说："别看。"

"为什么不能看？"傅宣燎理直气壮地说，"画的又不是我。"

虽然这么说，傅宣燎还是转身，回到先前坐着的窗台边，拿起易拉罐，晃一晃，仰头把最后一口饮尽。

与空易拉罐和木桌的碰撞声同时响起的，是彼时十五岁的时濛清亮的嗓音——

"你想看吗？"

傅宣燎先是愣了下，然后冲口而出："想啊。"

罕见地毫不犹豫，时濛应道："好。"

雨还在下，半明半暗的光影中，两人各居阁楼的一角，共度了他们之间最宁静的一个夜晚。

很久以后，傅宣燎回想起那个夜晚，不信鬼神的他竟有一种冥冥中自有天定之感。

他问时濛："难道那个时候，你就打算画《焰》了？"

正在作画的时濛抬眼瞥过来，露出一副听到了什么蠢问题的表情。

傅宣燎不确定这表情是"废话"还是"你做梦"的意思，悻悻地闭了嘴。

待到晚上，傅宣燎问："你那时候为什么总是躲在桌子下面？是不是有人欺负你？"

时濛的嗓音有种独特的慵懒："欺负我的，不就是你吗？"

提及往事，傅宣燎很难不气弱，只好说"对不起"，还有"我不知道"。

十七岁的傅宣燎以为，自己和时濛的关系多半止步于此，言语不投机，性情不投契，做朋友也至多发展到点头之交。

孰料后来风云变幻，一切的发展都偏离了轨道。

因为他不知道，自己信手给予的帮助，循心释放的善意，竟埋下了一颗为他破土发芽、蓬勃生长的种子。

纵然习惯了孤独，那么多个独自躲在黑暗里的夜晚，时濛也曾渴望有另一个人出现，让暂停的时间重新开始流动。

许多年前的那一晚，少年傅宣燎向桌底伸出一只手，掌心朝上，对他说："没人了，快出来吧，在里面待着不冷吗？"

周遭那样喧嚣，时濛却总是健忘。

后来虽然发生了那么多事，他却只清晰记得，少年时的傅宣燎就生了张顾盼神飞的好面孔，彼时那双桃花眼微微上翘，露出个略带玩味的笑模样。

一如外面炽热耀眼的太阳。

番外二
此间岁月

这年春天，时濛收到一辆新车，是傅宣燎送给他的礼物。

时濛的生日在 11 月，还没到，也不兴过什么纪念日。

被问到礼物的由头，傅宣燎反问："平时就不能送礼物吗？"

好像确实没有人这样规定过。想明白的时濛摇摇头，说道："谢谢。"

大概没想到时濛会接受得这么干脆，傅宣燎忍不住确认道："这是……收下了？"

时濛点头："嗯。"

傅宣燎心想：早知如此，当时应该把房子的钥匙直接给他，何必搞那些迂回战术？

他拉着时濛往门口带："走，看车去。"

综合考虑了时濛的身高体形、开车习惯，以及作为艺术家的审美偏好，傅宣燎给时濛选了辆保时捷帕拉梅拉，瞧着脸色，艺术家挺喜欢。

上车试驾，一脚油门踩下，刚系好安全带的傅宣燎猛地后仰，又被一脚刹车拽了回来，看向坐在驾驶座的时濛的表情不可谓不惊悚："踩错了？"

很久没碰方向盘的时濛不想承认，抿唇半晌才说："没有，我开车快。"

曾在时濛的车上睡觉的傅宣燎自是不信，掏出手机边滑边念叨："给你联系个驾校，先去复健两天。"

时濛不肯去，伸手麻利地抽走傅宣燎的手机。

傅宣燎勾勾手，说："拿来。"

时濛摇头。

傅宣燎只好采取怀柔政策，叹气道："都是为你好，万一手生出事故……"

时濛伸出右手，先握拳再摊开，重复了几次，说道："已经好了。"

"需要恢复的是熟练度，跟你平时做速写练习一样。"

时濛还是摇头。

苦口婆心无效，傅宣燎只好板起脸，再开口说："练一天就行。"

时濛对这个结果还是不满意，撇开脸不吱声。

等到傅宣燎慢悠悠补上一句"我也去"，时濛才翘起嘴角，在窗外透进的阳光下露了一丝不易察觉的笑。

去驾校的那天，出了点意外。

两人都出门了，傅宣燎接到一个电话，看见他渐渐深锁的眉宇，时濛就知道今天去不成了。

果然，挂断电话，傅宣燎说："公司有点事，先送你去，我晚点到。"

时濛问："晚点是多晚？"他一般不纠结，一旦较真起来，就代表不开心了。

可是，傅宣燎也说不准要去多久，只好说："我尽快。"

时濛没追问尽快是多快，车停稳之后没等傅宣燎来给他开车门，他就自己下车了，把门摔得震天响，只给傅宣燎留了个"懒得理你"的背影。

傅宣燎先是愣了下，之后便觉得好笑。

小蘑菇从前生气的时候只有不说话这一个反应，现在竟会摔东西了。

也好，心情差就该表现出来，总比憋在心里强。

傅宣燎一面想以后务必继续这样，一面猛踩油门往公司去，盼着早去早回，省得时濛回头把他刚送的新车砸了。

其实，时濛挺爱惜东西的，对砸车也没什么兴趣，对练车就更没兴趣了。

傅宣燎早早安排好了一切，教练是个脾气并不暴躁的中年人，知道时濛有驾照但很长时间没开车，耐心地带着他念了几遍口诀。

没耐心的是时濛。本来这地方他就不想来，傅宣燎又不在，他摸上方向盘开了两圈就把手感找回来了，跟教练说了一声便要走。

教练拿钱办事不敢怠慢，问时濛去哪儿，时濛信口道："看画展。"

今天还真的有个画展，他原想着练完车和傅宣燎一起去。

时濛打了辆车回家，路上满脑子都是"一拨二踩三挂挡"，到了电梯里面没按上楼，反而下到了地下车库，把自己还没正式上过路的新车挪了出来。

练车，顺便去看画展。

十几公里，不算远，即便堵车，半小时也到了。

展馆不大，布置得很精致，弧形拱门，黛绿色的墙纸点缀着跳色装饰，轻易地平复了时濛心中的几许烦躁。

时濛常看画展，抱的却不是欣赏或者学习的心态，顺眼的就多看两眼，而判断顺眼的标准，完全取决于他的心情。

烦躁散了大半，计划被打乱的丧气还在。

时濛逛了一圈就没了兴致，在展馆旁的咖啡馆点了杯冰美式咖啡。

原以为傅宣燎临时爽约够意外了，没想到在这充满艺术氛围的安静场所，还能发生一场更大的意外。

另一边，傅宣燎一路风驰电掣，赶到公司迅速处理完事情，召集几个部门主管开了个短会，便着急要走。

财务部的负责人要给他看季度报表也被他挡回去了，让发到他邮箱，回头看。

自傅宣燎接手后，公司的工作氛围一天比一天轻松愉快，有不怕事的员工出声揶揄道："傅总着急忙慌的，赶着去干吗呀？"

傅宣燎转过脸，似笑非笑地说："再不走活儿都被我干完了，要不干脆把你们都炒了？"

众人心领神会地偷笑，互相打完哈哈便分头忙工作去了。

去驾校的路上，傅宣燎给时濛打了个电话，没接，又给驾校教练打了个电话，才知道时濛练了两把就走了，没说要去哪里。

他果然还是生气了。

可是，时濛生气的时候会直接按挂断键，或者拉黑拒接，从来没有过放任不管的情况。

再打两遍电话，还是没接，傅宣燎眉心紧蹙，意识到事情恐怕没那么简单。

实际上，时濛压根儿不知道手机响了，因为在混乱中他习惯性地找了张桌子钻到底下，手机还落在咖啡馆的桌上。

说来有些不可思议，一个规模不算大的画展，竟闯进了持枪打劫的。

也有可能目的不在打劫，毕竟枪只响了一声，且是朝天打的，没伤到人。

时濛悄悄掀开桌布一角往外看，只见在场的工作人员和顾客都抱头蹲在地上，那扛着一杆不知是猎枪还是自制枪的年轻男人站在一幅画作前，似在端详。

离得远瞧不清，时濛只看到那个男人攥紧了拳头，表露出一副愤怒的样子。

时濛还没来得及思考他为何生气，就见他抬手将那画从墙上摘了下来，狠狠摔在地上。不够解气，还追加了几脚。

这下时濛看明白了，不是嫉妒成疾，就是其中另有隐情。

都说艺术家和精神病患者之间就隔着薄薄一线，贪嗔痴都有可能令其陷入癫狂。对此，时濛深有体会。因此，他多观察了会儿，试图弄明白这人是前者还是后者。

就在他无意识地探身到外面时，另一只手被人从身后拉住了。

"别出去。"来人有着低沉的嗓音，"外面危险。"

足足三分钟，时濛都没想明白傅宣燎怎么会知道他在这里，并且精确到这张桌子底下。

傅宣燎不欲多做解释，边攥了时濛的手往回搂，边告诉他："警察已经在外面了，我们很快就能离开这儿。"

时濛的脑袋勉强运转了两圈，问："有警察，你是怎么进来的？"

按说发生这种情况，警方一定会封锁现场，别说人，就连一只苍蝇也难飞进来。

傅宣燎回答："钻地道进来的。"

待反应过来这家伙又在满嘴跑火车，时濛冷冷地瞪了他一眼。

傅宣燎只好如实交代："我是在警察来之前赶到的，看见有人往外跑就觉得不对劲。"

时濛觉得他的行为很奇怪，问道："那你怎么不跟着跑？"

"我跑哪儿去？"傅宣燎理所当然地反问。

时濛眨了下眼睛，他习惯一个人待着，习惯一个人面对所有事故，这段时间远远不够他转变观念。

"我是大人了。"时濛说，"我可以保护自己。"

说这句话的时候，时濛直直地看着傅宣燎的眼睛，没有丝毫躲闪之意，更没有讽刺揶揄。

这却让傅宣燎心口揪紧，猝不及防，被藏在脑海深处的回忆蜇了一下。

他想到小时候时濛总是跟在自己屁股后面，那时候的他也会不耐烦，转过身去对时濛说："你已经长大了，别总是跟着我。"

傅宣燎有一个优点是言出必行。

后来，听到警铃声，持枪者慌乱下扣动扳机，导致枪械走火。

来不及观察流弹往哪个方向飞，傅宣燎先把时濛护住，身体一转用后背挡住外头，毫不犹豫地当了时濛的人肉盾牌，幸而没被流弹打中。

不过，撤出案发现场的时候，傅宣燎护着时濛的那只手被不明尖锐物剐蹭了下。他没当回事，坐到车上一摸方向盘，湿漉漉的，全是血，摊开一看，掌心正中划开一道五六厘米长的口子。

时濛抽了几张纸巾给傅宣燎捂伤口，耷拉着嘴角皱着眉，有几分嫌弃。

傅宣燎要叫司机来，时濛坚持自己开车。他把傅宣燎赶去副驾，自己坐驾驶座，发动前还不忘提醒："按住伤口，别把新车弄脏。"

傅宣燎："……"

人不如车。

等到车开起来，时濛罕见地话多起来，东拉西扯地不断挑起话题，傅宣燎这才确认他是真的在担心。

"画展不错。"

"是吗？那我们下回一起去看。"

"出事了，不会再办。"

"休整一段时间会重新开放的。"

"那个人……"提到刚才画展上发生的案件，时濛放慢语速说，"不是存心要伤人。"

"嗯，我知道。"

"你怎么知道？"

"他的枪是自保的道具，不是对付他人的武器。"

"哦。"

对话停顿少顷，又是时濛起头："你怎么知道我在那里？"

傅宣燎本想开个玩笑，看见时濛凝重的表情，还是改说实话："你车上有定位系统。"

"你装的？"

"嗯。"

"哦。"时濛说，"你监控我。"

"这不叫监控。"傅宣燎解释道，"我只是不放心。"

听了这话，时濛过了良久都没说话。

再开口就换了个话题："手疼吗？"

傅宣燎有些受宠若惊，握拳又张开，动了几下，说："不怎么疼。"

时濛一脸的不相信。

很快傅宣燎就后悔了。

难得的示弱机会，他怎么能说不疼呢？应该喊疼，疼死了，疼得睁不开眼、喘不上气。

也许是表情泄露了他内心的想法，等红灯的时候，时濛忽然说："手，伸过来。"

傅宣燎以为他又要看伤口，就伸过去给他瞧，不承想时濛握着他的手臂一低首，小心地吹了吹。

吹完还要装作无事发生，找借口道："上回，你也是这样的。"

说的是在浔城的公交车上傅宣燎的那次"偷袭"。

奇怪的是，当时傅宣燎没什么感觉，反正他敢作敢当，现在回想起来，倒有些不好意思。

"是啊。"傅宣燎没什么底气，问道："效果还不错吧？"

傅宣燎以为时濛又会给他个白眼，或者对他的"大言不惭"嗤之以鼻，然而，时濛思考了一会儿，点头肯定道："效果不错。"

岂止不错，傅宣燎简直要飞起来了，直到两周后以生日为名攒的聚会上，提到这事还有点飘。

高乐成说："老傅厉害啊，在那么危险的情况下都敢往里闯。"

在傅宣燎看来，这不算什么，他抬手展示给众人看："最厉害的是这个，老长一条口子，没去医院，自己好了。"

"哟，"高乐成拉长了声音，配合道，"这是哪路神仙下凡吹了口仙气，给医好的啊？"

时濛听不下去，起身去找了个僻静处，没像平常那样坐下就掏出纸笔画画，而是单手托腮，另一只手戳着桌上的小摆件玩。

傅宣燎炫耀够了跟过来，凑过去看了一会儿，问道："在想什么？"

时濛没搭理他，手指一钩，让夹在铁架中间的玻璃瓶翻转，纯白晶莹的沙汇成一股细流，从中间窄小的缝里簌簌下落。

见时濛看得目不转睛，傅宣燎说："我们也买一个。"

时濛摇头。

看起来很贵，而且追逐流逝的时间这件事很孤独，并不好玩。

似是听到他内心所想，傅宣燎探身更近，声音也刻意压低："那我们把这个拿回去？"

　　肩膀一抖，时濛被吓到，说道："这是偷。"

　　"光明正大的事，怎么能叫偷？"

　　时濛这才抬头，看见傅宣燎脸上明晃晃的笑意，心底很难不升起一种被戏弄的恼怒。

　　他拿起桌上的沙漏，猛地塞到傅宣燎怀里，说道："那你拿吧。"

　　言罢，时濛站起来往人群走去，刚迈两步又转回身，撇清关系般地说："我不认识你。"

　　傅宣燎的郁闷一直持续到散场后，看到楼下停着一辆崭新的库里南，车头彰显身价的金属小天使流光溢彩。

　　时濛抬手轻轻一指，说是给他的生日礼物。

　　傅宣燎心跳都快了几拍，被吓的。回过神来又心疼得紧，他恍然大悟道："难怪你前阵子拼命接稿。"

　　言谈中，时濛已经拉开副驾车门坐了上去，递给傅宣燎一个淡定的眼神，声音也很平静："稿费不多，我本来就有钱。"

　　傅宣燎："……"

　　开门上车，简单的抬脚动作，做出了新皇登基的效果。

　　傅宣燎一面盘算这车的配置和价格，一面后悔当初想着时濛低调，没给他送辆等价值的车。

　　不过，他如果送了辆价格五六百万元的车，说不准时濛送他的就奔着千万级别去了。这是时濛固执的好胜心，也是对人好的方式，他就是这么朴实无华。

　　傅宣燎欣然收下了，并下定决心，在下个月时濛生日之前多跑几个新楼盘。

　　毕竟，能比这车贵的也只有房子了。

　　新车上路，迎着枫城秋夜的清风一路开到了近郊的山上。

　　在一处僻静地方，夜间的薄雾将远山树林融化成斑驳的浓绿，如同铺洒在画纸上随意流动的色块。

　　傅宣燎冷不丁想起上回的事，忍不住发问："要是这会儿我又被一个电话叫回公司，你打算怎么办？"

　　只是个假设，就让时濛眼神发冷，甚至有点寒光毕露的意思。

　　"我跟你父亲说过。"时濛说，"下次不会了。"

傅宣燎全然不知此事，问道："跟我爸说过？说什么了？"

时濛摆出一派理所当然的架势，说道："让他不要总在节假日叫你加班。"

傅宣燎语塞，过了好半天才问："他怎么说？"

"他说是为你好。"

"……"

说这话的时候，时濛脸上没什么表情，只是一双黑白分明的眼睛看着傅宣燎。

总有人说时濛这种人疯狂得可怕——沉浸在自己个人的小世界里，背对外部世界，背离现实，任性偏执，占有欲爆表，以及不达目的不罢休。

傅宣燎曾经也这么觉得，现在却无比庆幸时濛好的坏的都冲他。并且来势汹汹，不管不顾地拽他也进入那个小世界。

傅宣燎一刻也等不及，双手握住方向盘，就要发动车子。

"去哪里？"时濛问。

"给这车也装定位系统。"傅宣燎说。

时濛把手覆在傅宣燎受伤的那只手上，意图阻止。

他垂低眼帘，小声说："已经装了……"

傅宣燎先是一愣，之后由衷地赞叹："干得漂亮。"

傅宣燎还是发动了车子，准备掉头。

车子驶入草木茂盛的群山深处。

时濛懒懒地歪靠在放平的座椅上，手指作画般地抹开车窗玻璃上的水汽，侧头望向窗外。

看到这一情景，傅宣燎没来由地想到某年的除夕夜，时濛就是这样看着车窗外不断后退的景物，呼吸浅得像要消失了。

沙漏倒转，时光倏然倒流。

傅宣燎叹了口气，妥协似的说："以后不准再说不认识我。"

时濛看着他，唇角微微勾起："看你的表现。"

都说时濛疯，可傅宣燎知道，他竖起的所有刺都是保护自己的道具，而非伤害他人的武器。这是他作为一个再普通不过的凡人，罕见地能与高高在上的艺术家共情的地方。

哪怕两人曾经毫无体面地缠斗，给彼此留下不可磨灭的印记。

毕竟受伤时有能够依靠的肩膀，才不枉相识一场，不负岁月悠长。

番外三
流星

这年秋天，江雪和高乐成登记结婚。

由于江雪的老家在浔城，婚礼分两边举行。

时濛不喜热闹，也怕碰到以前认识的人，选择参加浔城的那场，傅宣燎与他同去。

或许是因为在江家的主场，又或许是因为刚经历过一场婚礼，江雪显得游刃有余，带着新郎高乐成挨桌敬酒，笑容爽朗："现在我结婚了，叔伯姑婶们不用再替我操心了。"

高乐成今天也容光焕发，正装上身，整个人变帅不少，敬酒的工夫就把江家父母哄得开怀大笑，全然没了第一次登门拜访吃瘪的狼狈样。

江家也是生意场上显赫的家族，家境优渥，老两口对江雪这独女并无接手家族生意的期许，只盼她有个好归宿。

出于找补心理，江家父母不仅对未来女婿家境没要求，甚至希望她能找个搞学术的、清正儒雅的学者，好中和他们家的铜臭味。

不承想，江雪还是找了个做生意的，论圆滑和精明一点不比江雪少。老两口唯恐女儿被算计，操碎了心。

据说高乐成是通过死缠烂打才过了丈母娘那关，整个上半年他得空就往浔城跑，礼物一车一车往江家拉，由于经常陪江母打麻将，牌技都精进不少。到底是成了。

因为这桩婚事，高、江两家强强联手展开合作，据说项目推进得很顺利，也没人在意铜臭味是不是太浓了。

时濛送江雪的结婚礼物，是一幅画。

原本想送点实用的，如珠宝首饰、车子房子之类，李碧菡劝道："戒指、项链这些，应该让她的丈夫送，车子、房子又太贵重，会让人有负担。"

时濛虽不懂人情世故，但很听妈妈的话。

于是，讨论后决定送画。

他的画市场价值高，送画既能表达心意，又不掉面子，可谓两全其美。

只在画作主题上碰到点困难。

时濛习惯随性创作，不喜欢"命题作文"，皱着眉参考过网络上各色喜气洋洋的画之后，时濛还是放弃了玫瑰、牡丹等传统主题，起笔画了一幅远山雪景——江雪是雪、高乐成是山，寓意两人彼此依靠，长相厮守。

江雪对这幅画喜欢极了，当即就找人运回了新房，说要挂在客厅的正中央，让每个来到家中做客的人都能第一眼就看到。

这股兴奋劲儿一直延续到婚礼现场。

扔捧花的时候，江雪使足了力气，花束在空中划出一条极长的抛物线，凑在跟前的人们接了个空，倒是精准地落进了时濛怀里。

回枫城的路上，时濛抱着捧花看了半晌，像是不明白怎么会被自己接到。

傅宣燎在开车，等红灯的时候看一眼副驾，被时濛蒙蒙的样子逗笑："怎么了，还没缓过神？"

时濛"嗯"了一声，然后宣布自己思考得出的结论："雪姐可能是故意扔给我的。"

"不是啊，"傅宣燎说，"是你运气好。"

时濛眨眨眼睛，问道："好吗？"

"好啊。"傅宣燎立刻回答，"别的我不敢说，至少今天，小蘑菇的运气好到爆。"

起初时濛将信将疑，直到回到枫城，傅宣燎拿出早已准备好的行李箱，里面装着帐篷、炉具、营灯、纯净水，以及各色食物，时濛的眼睛登时亮起来。

向来处变不惊的时濛忍不住问："你怎么知道我想去露营？"

傅宣燎故弄玄虚，说道："秘密。"

时濛的开心从不表现在脸上，他掏出小本子和画笔，聚精会神唰唰唰地画，一路上画了好几幅，额头都沁出一层薄汗。

到了露营的目的地扎好营帐，把烧烤炉架上，开始烤肉时，已是傍晚。

远处有山，夕阳将天边染得绯红。时濛掏出手机拍下这美丽的场景，翻了下通讯录，给李碧菡发了过去。

那头直接发来视频通话邀请，时濛接了，李碧菡在屏幕里笑得温柔："在外面玩？"

"嗯。"时濛不太习惯在手机里看到自己的脸，眼神飘忽了下，说道，"刚从雪姐的婚礼回来。"

听说时濛接到了捧花，李碧菡笑容更甚，说道："看来我们濛濛要交好运了。"

想到傅宣燎也是这样说的，时濛走到烧烤炉前，摄像头切换到后置的，让"嗞嗞"冒着油香的烤肉，和傅宣燎忙碌的双手一齐入镜。

食物是事先腌制好的，即便如此，傅宣燎还是手忙脚乱，困难地腾出空儿向李碧菡打招呼："李姨好。"

李碧菡瞧见他一张俊脸都被烟熏黑，笑得眯起眼睛："辛苦你照顾濛濛了。"

傅宣燎难得被她夸，颇有些羞赧："不辛苦，是我这个当哥哥的应该做的。"

虽然时濛从来没有当面喊过傅宣燎"哥哥"。

分食完一盘烧烤，时濛躺在帐篷前铺好的一块软垫上，看穿行在云朵间时隐时现的星，忽然想起许多年前的一个晚上。

彼时他刚被送回时家，还在念小学。

那阵子，父亲时怀亦热衷于在家举办宴会与生意伙伴联络感情，每逢星期六晚上，时家都灯火通明，人头攒动。

时濛畏惧人多的场合，每次要么躲在卧室，要么往阁楼跑。

有一回做家政的阿姨正在打扫他的卧室，阁楼被时沐占领，时濛无处可去，只好在一楼的院子里找了个偏僻角落待着。

时濛蹲在一棵树的阴影下，低头捡起一片椭圆形的叶子，盛夏的叶片是墨绿色的。

他想起去年夏天，他还住在简陋的棚屋，屋旁也有一棵树，树上有蝉，总是吵得他睡不着。当然，睡不着也与天气太热和总被蚊子叮咬有关。他怕痒，忍不住去挠，杨幼兰便会看着他挠破的皮肤，骂他娇气。

可是，前两天，时濛亲眼看到时沐伸着被蚊子咬过的胳膊，让李碧菡为他涂抹花露水。

女人神情温柔，一点也没有嫌弃时沐娇气，反而心疼极了。

陷入回忆的时濛还没察觉自己此刻的心情是羡慕，忽然听到一阵脚步声。

循着声音抬头望去，不远处，花园小径的入口，走来一名身高腿长的少年。

此处光线不足，那少年看到树下的黑影先是一愣，待确认是一个人后，松了一口气，问道："你是时沐的弟弟吧？躲在这里干吗，不怕被蚊子咬吗？"

经他提醒，时濛才发现树下蚊虫环绕，腿上已经被咬了好几个包。

时濛用手指挠了几下，站起来，往前走两步，又顿住。

他知道自己应该回答问题，可他不想开口，因为那句"你是时沐的弟弟吧"。

虽然大家都说他是时沐的弟弟，可是时濛从来没听过时沐喊他弟弟，倒是听过时沐和他的小伙伴在背后叫他"野种"。

时濛不确定眼前这个少年是否也是时沐的小伙伴。

多半是的，他们都喜欢时沐。

而且时濛记得，时怀亦向他介绍过，少年姓傅，从小和时沐、时思卉一起长大。

时沐的朋友，多半也讨厌他。

不远处的少年等了一会儿，见时濛不作声，没什么耐心地说："小孩，我在跟你说话呢。"

时濛知道这个人念初中，比自己大几岁，可他仍然不喜欢被人当作小孩。他便一屁股坐了回去，继续低头摆弄那片落叶。

脚步声走远，让时濛放松下来。

然而，没过多久，那人又折返回来，手上还抱着一堆东西，在时濛身旁席地而坐。

傅宣燎把烧烤盘随意地摆在地上，将花露水塞进时濛怀里，拍拍手："还是这里清静。"

烤肉的香味钻入鼻腔，时濛偏脸看着傅宣燎，更说不出话来了。

傅宣燎也看着他，被他傻乎乎的表情逗得笑出了声："看我干吗？我又不是烤肉。"

两人在树下，分食一盘烤肉。

傅宣燎吃得快，每放下一根签子，就提醒时濛："你再不快点，就都被我吃完了啊。"

时濛被他催出了紧迫感，一根还没吃完就着急去拿另一根，腮帮子塞得鼓鼓囊囊的。

他吃得急，傅宣燎却慢慢停下了。

傅宣燎双手后撑，仰面朝着星空，忽地轻叹一声："你说，这像不像露营？"

时濛从来没有露营过，无法回答。

后来，时怀亦跟随家中保姆找到这里，先是责怪时濛不跟大人说一声就到处乱跑，看见一堆吃完烤肉剩下的竹签，欣慰地看着傅宣燎，说道："多亏你懂事，会照顾人。"

接着，他转向时濛，说道："还不快谢谢哥哥。"

出于时沐的原因，时濛对"哥哥"这个称谓有些敏感。在他的认知中，哥哥应该是个子高高的，笑起来很好看的，会带弟弟玩，受弟弟的崇拜。

十三岁的傅宣燎已经有了几分大人模样，单手插兜，笑说："别了别了，我也是嫌闷跑出来玩，刚巧碰到他。"

时濛便蒙混过关，闷声说了"谢谢"，别过脸，面向盛夏倏忽吹来的风。

梦外，时濛被一阵拂面而过的晚风唤醒。

天已经黑了，他发现自己待在帐篷里，门口亮着一盏幽暗的露营灯。

手脚并用地爬到外面，守在不远处的傅宣燎闻声回头，冲时濛招招手。

时濛站起来，走了过去。

周遭还有其他游客的帐篷，正是热闹的时间，欢声笑语，食物混杂着草木香气……时濛顺着傅宣燎的视线往上看，繁星点点，闪闪烁烁。

此时手机振动，是李碧菡发来消息，让他记得涂抹驱蚊的花露水，夜间当心着凉。

时濛回复完，刚收起手机，面前冷不丁出现一个烤盘，里面有肉串、扇贝、各色蔬菜，边上点缀着几颗草莓，都是时濛喜欢吃的。

"刚看你睡得香，就没喊你。"傅宣燎说，"快吃，不然凉了。"

时濛愣愣地拿起一串烤肉，觉得眼前的场景莫名地熟悉，终是没忍住开口："你记不记得……"

"看，流星。"傅宣燎突然喊道，"快许愿！"

再次抬头，一颗拖着长尾巴的星星划过天空。

鼎沸的人声中，时濛眨了眨眼睛，恍惚中，觉得这颗流星好像跨越了很多年而来。

傅宣燎似乎听见时濛说了一句什么。

他偏头，凑过去问："你说什么？"

时濛看着他，很慢地摇头。

傅宣燎没有追究，而是问："不许愿吗？"

时濛又摇了摇头。

"那行，"傅宣燎不对他的选择发表任何意见，而是改变自己，"我帮你许。"

听了这话，时濛眉眼微微弯起，笑得灿如朗星。

小蘑菇曾经有很多愿望。

不过，现在不用再趁夜深人静悄悄许愿了。

因为他的所有愿望都已经实现，在每一天升起的太阳、每一次落下的雨里。

图书在版编目（ＣＩＰ）数据

太阳雨 / 余醒著. -- 北京 : 北京联合出版公司,
2024.1
ISBN 978-7-5596-7141-7

Ⅰ.①太… Ⅱ.①余… Ⅲ.①长篇小说－中国－当代
Ⅳ.①I247.5

中国国家版本馆CIP数据核字(2023)第129959号

太阳雨

作　　者：余　醒
出 品 人：赵红仕
监　　制：一　航
选题策划：航一文化
出版统筹：康天毅
责任编辑：李艳芬
特约编辑：储　紫　赵　婷
封面设计：光学单位
版式设计：罗佩佩
插画支持：秋泊然　空　未　茶　姚

- -

北京联合出版公司出版
（北京市西城区德外大街83号楼9层　100088）
北京联合天畅文化传播公司发行
三河市嘉科万达彩色印刷有限公司印刷　新华书店经销
字数409千字　880毫米×1230毫米　1/32　11.75印张
2024年1月第1版　2024年1月第1次印刷
ISBN 978-7-5596-7141-7
定价：49.80元

- -